Our Old Home

霍桑英国漫记

[美]纳撒尼尔·霍桑 著

于承琳 王超超 高 旭 鲁筱君 译

中国青年出版社

谨以此书献给大学时就结为莫逆之交的好友，

美国第十四任总统富兰克林·皮尔斯。

前言

致好友

亲爱的将军①，请原谅我没有邀请你来为这本书题词作序，因为我很担心你会拒绝我。虽然我们的理想追求与人生境遇差别很大，但是我却一直希望把你写到我的某一部作品里，以此来纪念我们多年真挚的友谊。我本希望可以写得更详尽一点，而不只是眼前的这短短几卷粗略的概述。远离朝野的政治家也许并不会觉得这书有趣，因为里面没有多少关于国家政策和机构的内容，也很少深究国民性格这种问题。这本书最多只能算作一部美学作品，创作的目的也只是为了向美国读者展示一些英伦风光和生活琐碎，而这些事物往往都是很表象的，不过比起从小生活在这里的人来说，我们美国人似乎更容易被这种古旧的魅力所折服。

其实我想写的远不止这薄薄的一本。当初，我的日记本上总是写得满满当当的，有风景概述，有背景知识，还有一些额外的感慨评论，慢慢地也就有了一种想把它们写成一部小说的念头，并且希望能够深入探究，从多个角度来阐释想要表述的问题。当然了，我不该提及这个

---

① 将军：即富兰克林·皮尔斯（1804—1869），美国第14任总统。皮尔斯是美国民主党总统，也是第一位出生在19世纪的美国总统。（译注）

无果而终的计划，因为它已经被搁置一边，短时间内是不可能实现了。当下的这份初稿已经让我倍感压力，我用尽了本就不多的写作技巧，也逐渐放弃了原来的谋篇布局，那些我们曾经和正在经历的社会巨变，在我笔下也变得平静了许多；也许它们本该像我设想的那部小说一样，更加跌宕起伏，预示着我们的国家和社会将要走向地狱的边境。[2]但是对于我们的祖国，我还是有着更加殷切的希望。我不会因为身处这样动荡的时代而感到苦恼。而那本无果而终的小说，终究有一天我也会把它完成并出版，和我之前的那些大部头高质量的著述一起放在我的书柜里。

有朋友提醒我，说我的书稿里有时会不自觉地透露出对英国人的不满。我似乎是不应该有这种情绪的，而且即使有，把它这样表达出来也不是什么明智之举。这话着实让我吃了一惊，如果真是那样的话，我看问题的眼界该是有多浅薄。一般我和英国人打交道，除非对对方的人品有了一定了解和认可，否则我是不会和他有什么私交的。英国社会总是阶级分明，而且对待美国人总还是有那么一种尖酸刻薄的感觉。他们总会高看自己，却要贬低他人。所以想要一直保持好脾气和他们相处，实在不是一件容易事。我把这些小细节都记录了下来，并且写到了我的书里。其实这些都是事实的，只不过我表述的方式比一般的资深国民观察员更坦诚罢了。如果事实真是如此，那拿出来谈论一番也未尝不可。只是这群英国人从来不会出于礼貌和尊重而谅解美国人的一些行为；而我们这样互相抹黑，也同样无益于改善双方的关系。但是无论怎样，最好不要凭借自己的想法判断英国人的敏感度，因为我

---

① 地狱的边境：宗教用语。据说是基督降生前未受洗的儿童以及好人灵魂所居之处。（译注）

们常常会低估了他们。

先说到这儿吧，我亲爱的朋友。你身为一国总统，地位高贵，而我只是普普通通的一个美国公民，请原谅我这样贸然地在公众面前把自己称作你的朋友(如果你觉得需要一个解释的话)。谨以此书献给你，我最亲爱的朋友；待到天气渐凉而阳光依旧和煦的时候，我们再一同闲坐畅谈。我记忆中你的生平经历以及我对你个性的深入了解，都让我坚信你维护联邦的远大理想一定是坚不可摧的。你曾经跟我说，这是你父亲给予你最早的一份教导。对于其他人，也许人生有着多种选择；但是在你心中，只有这一个目标。你对祖国永远怀着一颗赤诚之心，你永远将个人悲喜和国家的命运紧紧相连，在这一点上，无人能与你富兰克林·皮尔斯相比。

1863年6月2日　路边记

目录

领事经历

当年我被派驻英国时,美国领事馆还在华盛顿大楼里。房子有四层高,年久失修,烟渍重重。之所以用美国诞生地的名字来命名,想必多是因了这份久经风霜的年代感。大楼位于布伦瑞克街南端,毗邻格瑞可拱廊(英式拱廊街道,两旁常设有商店),旁边不远处便是老码头的思康饼店。看到眼前这幅景象,想必没人会相信自己正置身于一座一流的英国商业都市,更不会期望在这种地方找到心目中本该庄严肃穆的美国官方办公大楼。顺着一段窄小昏暗的楼梯,通到二楼同样狭小昏暗的走廊。走廊尽头的门框上方挂着一幅"鹅和烤架",笔触非常生硬,不过据说这在英国好像是过往某种荣誉的象征。一早醒来,经常会发现楼梯和过道上挤满了各种无赖混混,一个个总是一副乞丐或是海盗模样。我没觉得如此称呼他们这些"自己人"有何不妥,因为二十人里没有一人有正经美国人的样子。这帮家伙声称自己是美国商船船员。而这支船队主要由利物浦 - 布莱克布尔公司组建,当然也包括当时一些其他航海国家的杂牌军。不过不得不承认,也正是由于这帮家伙,美国得以与英国在航海领域一争高下。这群倒霉鬼里,有跑来讨要衣食住宿费用的事故商船船员,也有来寻求治疗的病号,还有带着满身瘀青血肿来控诉老板不近人情的,醉汉、暴徒、流浪汉、骗子也不少。

当然了，这其中也偶尔能见到几个诚实可靠的家伙。除了一个被绑架的家伙还穿着破烂的水手服，其他人无一例外都是红色法兰绒衬衫。无论是酷暑还是严冬，都是如此。现在正等在领事馆门口寻求这样或那样的帮助。

即便是贵宾前来，也要先挨过这条挤满了落魄鬼的走道，才能进入外围的办公室；他们在那里能看到更多与自己身份相当的人。这些“贵宾”各自向副领事和工作人员讲述着自己的悲惨遭遇以及需求，与此同时，他们的难兄难弟则在门外等待着他们回来。穿过这个外围的大厅，就进入了一个较为私人的空间。领事的办公室就在这里，他主要负责更为困难和重要的事宜，因为这些事情都是需要依靠（我们出于礼貌应该这样）他本人的过人洞察力和决断力才能解决的。

房间大小适中，橡木色调，屋内略为黯淡。临街的墙上只有两扇窗户，街对面是一座棉花仓库，那房子低矮破旧，我在美国都没见过这么难看的建筑。屋内的墙上挂着一幅美国地图（版图是二十年前的，不过估计二十年以后应该不是这个样子）。房间里除了刚才提及的美国地图，还有一幅类似风格的大不列颠地图，疆土十分紧密，就像一块岩石一般，看起来更容易沉没而不是破裂。房间里的陈设还有许多，比如几幅并不算精美的纪念雕版作品，上面画着一八一二年海战[①]胜利的场景、田纳西州政府大楼以及哈得孙河上的蒸汽轮船；还有一个真人大小的泰勒将军的彩色肖像，他的神情十分严肃甚至有些可怕，占据了壁炉上方整面墙。一旁的书架顶端是杰克逊将军半身像，耳朵两侧的

---

① 一八一二年海战：1812 年战争，又称为第二次独立战争，是美国与英国之间发生于 1812—1815 年的战争。是美国独立后第一次对外战争。在战争初期，1812 年，美国海军取得了一系列胜利，俘获大量英国船只，甚至包括三艘皇家海军战舰。（译注）

军服领子僵直树立，蹙眉注视着每一个进入这个房间的英国人。不过他们似乎对将军怒目的眼神并不在意，更让我觉得不能忍受的是，似乎年青一代压根就不知道有新奥尔良战役[①]，而上了岁数的则要么忘得一干二净，要么扭曲事实，把战争归结为英国最终取得胜利。在这一点上，他们似乎继承了罗马人的“光荣传统”（其他很多方面也是如此），所谓保留国家荣耀的最好方式就是忽视一切失败和屈辱。不过，作为一个美国驻英领事，作为美国在英格兰的国家代表，我心中的爱国主义情怀让我觉得，我应该把这些物件都保留着，因为它们代表的就是美国，而且……有时候看着它们，我便会欣然想起美国生活的各个方面，比如老式的美国理发店。

屋子里唯一有英国特色的恐怕就是墙上的晴雨表了，只不过指针通常也都不会指向晴天。所以，有时候我怀疑好天气的那半圈表盘设计完全就是多余。高大纵深的烟囱外加黑黢黢的煤块，同样也算是英伦特色了。即便是盛夏之时，天气也算不上暖和，有时还需要点燃炉火来取取暖；而雾气蒙蒙的九月到次年三月之间，正午之后看到煤炉依旧烧得正旺也是常事。如果有什么没说的，那应该就是办公室里放着的那个书架，上面一般都是些八开纸大小的美国法令章程。一旁的信件架里则塞满了各种早年参议院的往来信件或者其他的官方书信，成年累月的都快变成档案了，或许我应该把它们都丢进炉子里，没准还算是帮了我后任的一个大忙。不过有一样东西还是要特别留意的，这是一本领事专用的《新约》。书皮是摩洛哥搓纹革的，表面有些油腻，可能是因为多年来人们虚情假意地发表誓言后又多次亲吻书皮的结果。

---

① 新奥尔良战役：一八一二年战争中最后一场大型战役。战役中，由安德鲁·杰克逊少将率领的美军击败了企图占领新奥尔良的英军。（译注）

很难想象，每次在我主持的宗教仪式中，有多少人的祈祷和忏悔是真正源自内心的。

就是在这间令人窒息的昏暗办公室里，我度过了四年多的大好时光。说句老实话，起初我总觉得像美国这样富裕强大的国家，怎么能让他的外交代表屈身于如此寒酸的地方？我甚至一度觉得我应该赶紧把办公地点换到一个更加宽敞舒适的公寓楼里去。这的确可行，不过风光的前提是我要自掏腰包。况且，我的诸位前任（比如上一任现在就已经是威风凛凛的联邦将军了）他们都觉得这个地方还说得过去。所以对于我这样一个对外部环境基本没什么特殊要求的人来说，应该也不必过多抱怨。所以我便安下心来，试图在这片土地上站稳脚跟，努力融入当地的环境，而事实证明我做得的确还不错。虽然我讨厌看到这间屋子，可是到最后竟然也懒得换一个更好的地方了。

就在这间小屋子里，我接待了许多不同类型的访客，其中主要是美国人。当然也有一些其他所有国家的人，那些穷困落魄的人，比如最常见的就是波兰人和匈牙利人。也有一些意大利强盗（至少他们看上去很像），被剥夺公民权利的西班牙人、西班牙裔美洲人，因为支持纳西索·洛佩兹政权而被起诉却不想就此被逮捕的古巴人，从法兰西第二共和国逃出来的法国士兵，等等。总而言之，这都是些为了争取自由而不幸遭受劫难的人们（可能有些是伪装的），他们大都无家可归，他们的祖国或是已经消亡，或者正在经历新旧社会秩序的痛苦更迭。所有人（当然也包括一些牢狱犯，虽然外表看起来都差不多）都跑来美国领事馆，有的只是讨要一些口粮，有的则要求更高，祈求能够前往自由的美国。多数情况下，我们也都是无能为力；我从来没有改变过自己的信仰，不过却也不愿意把我的领事馆变成这些逃难者的领地。不过这些家伙利用美国人的同情心来祈求帮助，似乎对于我们来说又是一件值得骄傲的事情,因为在美国只是“轻罪”的行为却让他们在自己的国家严重触犯了法律。所以我还是多多少少给他们一点小帮助。我想,对于真正的爱国者和殉道者而言,国家的崩溃和覆亡,其实也就是他们自己的痛苦和悲哀。

而过去的四年里,也让我对我们美国人自己的国民性格有了更深入的了解,比我之前所了解得都更深入。不知是和英国人的处事方式对比过于强烈,还是我的那些朋友因为目空一切的爱国主义而表现出的美国性格过于强烈,反正我见到的所有美国人,无论是言谈举止还是面容身材,所有的特质在英国似乎都显得特别棱角分明。因为有时候来访求助的同胞如果觉得我无法理解他们的想法,只能无奈地感慨一句:“哎哟,领事大人,您可是个美国人啊!”他们经常没事也会拉帮结伙地来到领事馆,有时候就只是为了检查一下他们的“人民公仆”有没有认真履行职责。这样的巡视可一点都不好对付,虽然现在回想起来挺好笑的,可是当时那些人尖酸刻薄的样子的确让人讨厌。我坚信,这群家伙秉承了我们美国人爱集会的传统。他们总是会先在门外选出一个主席或者代表来,然后代表“人民”进来跟我正式会谈。每次当我们互致问候时,他们总是一脸严肃认真的样子,而我则通常会装出一副诚恳认真的模样。象征性地握个手,会谈就开始了。他们总是有备而来,问题问起来也都有条不紊(一般只有发言人讲话,其他人都是一声不吭),不过换来的回答自然也是官腔十足,有时候我觉得有些问讯过于深入了。说来有点自夸,但这也是事实,经过多次交手之后,我已经掌握了基本的门道,假意避开陈词滥调而讲述有用的消息,而事实上虽然空话连篇,但是仍能让听众信以为真。不知道是否有更好的法子来对付这样无聊的对话,至少我现在还没有学会。

我恰好就位于新旧世界的交汇处,每天到岸的轮船运来一批批寻梦的美国人，而数个年月之后，也许又会看到周游无果的他们在这里启程返航，这样看来，我觉得恐怕没有比美国人更习惯漂泊的民族了。如果尚且可以糊口，估计是没有哪个欧洲大陆人愿意出门远行；而对于英国人来说，除非是手头阔绰，或者有个足以说服自己的理由，也不会像我们这样出海远游。而作为美国人，年纪轻轻就倾尽所有来游历欧洲，为了追寻理想中的国度，而后即便两手空空地返回家乡重新开始奋斗也毫不后悔，这似乎是一件太稀松平常的事情。说来也好笑，似乎这帮家伙每次的钱物总是恰好足够支撑他们挨到领事馆门口，精准得连我自己都觉得不可思议。然后他们便堂而皇之地走进来寻求援助，甚至亲自来我这里要求被送回美国，好像这一切的保障和服务都是理所应当的。不过总的说来，这些孩子看起来还算是有礼貌，也受到过一定的教育，也许只是为了追寻自我提升，抑或希望在音乐、绘画或雕塑方面达到更高的艺术造诣而来到这里。看到这些，我也就不会那么严苛了，甚至会把照顾他们当成自己的责任，因为我们的政府不会为了他迷路的孩子自找麻烦，除了那些航海从业者。然而，几番试验下来我发现，无论这些年轻的艺术追梦者看起来如何值得信任，到头来却几乎从来没人想过要回报补偿我支付的费用，于是我从中得到了经验。我联系了一些熟识的船主，告诉那些要返回美国的家伙们，他们要在船上工作作为返程费用的补偿。我清楚地记得，有几个画家和音乐家哭丧着脸来哭诉，说像拉缆绳这样繁重的劳动将会对他们奉献给“艺术”的小手指带来多大的伤害。其实我见过的更棘手的问题很多，所以也就不会对他们的祈求心软。虽然我们不会让他们在英国流落街头，让一个同胞除了英国救济院就别无他法；可是想到他们终归还是要返回美国去安身立命，我会适时理智地硬起心肠来。归结起来，其实我觉得美国人的聪明劲儿是天生的，漂泊在外的他们即便是没有领事馆的协助,也一样能完完整整地返回家乡,而且这样一份特殊的磨炼反而对他将来的发展大有益处。

在这群流浪的美国人中,印象最深的应该就是那个隔几个月就要来见我一次的老头子了。他每次来讲的内容都一样,无非就是说自己已经在英国漂泊了小四分之一个世纪了(确切说来应该是二十七年),而他一直都在试图找到回家的法子。在《伊萨雷尔·波特》这部自传体作品中,赫尔曼·梅尔维尔①好像也描述过类似的场景。眼前的这个老者,虽然性格温和有耐性,但却衣衫褴褛、瘦削不堪,面色暗淡的脸上,一个大大的红鼻子显得格外显眼。他很少抱怨自己命运多舛,只是总不自觉地低声哀婉地重复着:"我想回到费城九十二号街区的家里。"老汉很明显没有意识到自己说这些话时的悲怆之情。他说自己曾经从事印刷业,年轻的时候来到英国,希望能淘到一桶金,同时也能见识一下大不列颠帝国。可是事实总是难遂人愿,他没能发家致富,甚至回家都成了问题。我跟他说,我觉得他言谈举止都不大像美国人;可是他还是不急不慢地说着:"长官,我出生在美国,我家住在费城九十二号街区。"然后紧接着开始叙述他熟识的一些当地建筑,紧贴着我跟我说:"长官,我要回家,我不要待在这里!"尽管我仍面露迟疑,但他却毫不介意,一如初始地一遍遍重复着九十二号街区的故事。当初我见到他的时候,他还偶尔能在他所从事的行业打一些临时散工,不过主要还是靠救济过日子。他辗转各地,寻求帮助,希望有人能把他带回到美国去。也许他就是个江湖骗子,因为这样的流浪汉在英国有千千万,每日重复着自己的谎言,有的时候说的次数太多了,甚至连自己都糊弄了。

① 赫尔曼·梅尔维尔(1819—1891):19世纪美国最著名的小说家、散文家和诗人之一,与本书作者霍桑齐名。(译注)

但是如果事实真如他所说，那这位老者的人生该是多凄凉。常年流落异国，而返乡的愿望却迟迟难以实现，于是他便一次次地来到领事馆寻求援助，因为在这里他看到船只载着他的同胞返回美国，回到九十二号街区。然而流落的岁月慢慢吞噬了他身上美国人的特质，最终让他和这片他始终无法逃离的土地融为一体。

他似乎看出来他已经打动了我，不过却没有更进一步的行动或者换个方式向我寻求帮助。眼前的老者鬓发花白，脑中的思维也许已经有些混乱匮乏，不过唯一不变的依旧是那句“我想回到费城九十二号街区”，如同民谣里的老调一样不断地重复着。尽管回家的愿望算是支持他活下去的唯一动力了，不过现在看来好像也不像原来那样热切急迫了。

这位老先生的故事在我看来就像现实版的《奥德赛》或者《伊凡吉林》一样。虽然我很重视他的事情，可是出于道德责任的考虑，我不敢帮他回到美国去。想想看，这么多年过去了，也许他曾经熟稔的风俗已经改变，曾经的好朋友可能已经故去或者离开，而那个朝思暮想的祖国也许也会像英格兰一样陌生，哪怕是他魂牵梦萦的九十二号街区应该也发生了翻天覆地的变化。而这些他又怎么能承受得了？为了满足自己的愿望，即便家乡已经变得像《圣经》中的新耶路撒冷圣城一样虚渺，他也还是难以停下追寻的脚步。而他曾经多少次走过的英国村镇却反而在这个过程中变得越发熟悉起来，人们总是会好心地为他提供食物，他也可以随便在某家的干草垛上留宿一晚。但倘若他真的回到了难以忘怀的美利坚，等待他的却只有满满的失落，或许一两年之后他只能在救济院里终老，弥留之际身旁也没有亲人。为图心安，我还是给了老人一些救济，他谢过之后便也离开了，只留给我一份淡淡的愁苦。可是，几个月之后，他却又转了回来，继续跟我讲述他二十七年漂泊在外，一直试图返回费城九十二号街区的故事，语调还是跟以前一样平缓耐心。

这让我想起了另外一个更荒唐的故事，不过想来也还是令人同情，而此刻尤其如此。有一天，一个面相古怪憨厚的胖脸男子跑到我办公室来。他身着天蓝色的常礼服和花色裤子，不过无论哪一样都是破旧不堪，尤其跟他的大个头搭配起来极不相称。一番寒暄之后，他告诉我说他是个乡间杂货铺老板（好像是从威斯康星州来的），买卖曾经做得不错，来英国只有一个愿望，就是和女王见个面。几年前，他分别用维多利亚女王和她丈夫艾尔伯特亲王的名字为自己的两个孩子取了名，还把他们一家四口的照片寄给了女王。很显然，他认为这样做女王就应该算是他孩子的教母了。没想到，女王还真的吩咐秘书给他回了信，感谢他的一番好意。于是，这个杂货铺老板，像许多异想天开的美国人一样，就此把自己幻想成了某个英国贵胄的继承人。况且他手里还有女王的回信，就像拿到了王室认可一样，索性一激动把自己的店铺关了，跑到不列颠"继承大统"来了。来英的路上，一个同船的德国人谎称帮他换钱，拿走了他所有随身的盘缠，却在船靠岸之后一溜烟地跑了。不得已，这个可怜的家伙只能把所有的衣衫都典当了，只留下了我见到他时穿的那一件，并且准备穿着那个去见女王。不过正如他所说，我也觉得这一身短外套加杂色裤子的搭配实在诡异，并且建议他最好还是现在赶紧回到威斯康星州去，越快越好。"不！"他斩钉截铁地回答道。看来他是铁了心一定要见女王了，而他那不管饥饱不顾形象的决心让我觉得我都有必要帮他置办一身行头，好让他体体面面地去温莎城堡。

我有生之年，还真没见识过比这人更让人无奈的疯子。我有点同情他，可是常理又让我觉得他实在让人看着心烦，怎么能容忍这样一个笨蛋在我面前晃来晃去？于是我选择用最平白的语言表达了我对他怪诞行为的看法，然而，这既没有激怒他，也没有动摇他的大业决心。“哎哟，领事大人哪！”他说道，“您怎么就不能设身处地地为我想想呢？您知道我这一路都经历了什么吗？”语气平和简单却又满是固执。说句老实话，被他一讲，我也觉得自己似乎有些铁石心肠，好像那一刻我的确低估了他内心的不满。就像有些人习惯把想象和理智当儿戏一样，我当时也许不应该对现实中的正确与否这样黑白分明。就像前面讲到的这个家伙一样，荒诞有时候也能改变一个人。我或许应该把他送到伦敦去，交到布坎南[①]先生手上。布坎南先生一向是个好脾气的老绅士，由他介绍把那位杂货铺老板引荐给女王陛下再合适不过了，况且女王基于极其微小的理由，已经接见了许多杂货铺老板，而且这在某种程度上也算是满足了美国大众的意愿。不过，由于无法忍受他疯癫的行为，我变得铁石心肠，任由这个家伙如何哭诉，我还是不为所动，唯一答应他的就是帮他争取到一张回家的船票。那一刻，我清楚地看到了他脸上那轻微的失落表情，想来他一定觉得我是个冷酷无情的铁面长官。这么多年来，他满脑子想的都是要去面见女王；而如今，他已经踏上了英国的土地，而王室宫殿的大门也似乎就在他面前了。可偏偏就是因为这位无情的领事不肯借他三十先令，让他买张去伦敦的二等车票，一切的希望就这么落空了，俨然一个人们嬉笑讽刺的对象。

之后这个杂货铺老板又来过领事馆几次，每次都来向我讨点小钱，我都给了他，不过是希望他拿着钱赶紧回到威斯康星州。而他还是逮到机会就给我唠叨同样的故事，而且越到后来越衣衫褴褛，虽然脾

---

① 布坎南（1791—1868）：曾任美驻俄公使、驻英公使、参议员和国务卿，1857—1861 年任美国总统，任内颁布执行了《逃亡奴隶法》，企图防止内战爆发，未获成功。（译注）

气还是一样好,讲起故事来还是一样笑中带泪,可是却对自己的荒唐形象全然不知。最后他总算是彻底从我面前消失了,至于他去了哪里,他是否见到了女王,还是一直徒然度日,我都无从知晓。不过那段时间,每每打开《泰晤士报》,总能看到一两篇关于衣着不整的美国人企图潜入白金汉宫却最终被抓的报道,文中也会写写当事人是如何向警方哭诉,希望满足他们面见女王的愿望。我把此事上报给了西沃德[①]国务卿,建议他外交知会英国内阁,恳请英国女王不要再回复我们某些美国同胞的信函和照片了。

前面这个杂货铺老板的经历其实很多美国人都遇到过,究其原因,应该是英裔美国人的心理在作怪。虽然经历了这么多残酷血腥的战争和互相报复,但是我们对英格兰依旧有着一种难以割舍的情怀。多少年前,我们的先辈离开英国奔赴美洲大陆,也许他们换了行业改了居住地,可是却在其他方面仍然与英国关系密切,这样的联系是不会因为遥远的距离或者两国之间的争斗而被就此斩断的。时至今日,"英国"两个字仍然能够挑动我们的心弦,并且仍旧可以像船舵一样影响着美国这条大船的航行方向。他们一面无视一面又曲解我们,让我们在他们眼中变得粗鲁、执拗、妒忌却又自给自足,还算聪明。就是这群人逼着我们脱离了不列颠帝国,转而成立了自己独立的国家。想来当初他们把我们甩掉也不是件容易事,至今也是如此。这对于他们来说也许是个错误,不过却也是命运使然,或者说是上帝的旨意,无论怎样那该死的英格兰性格对于我们来说都是个前行的巨大负担。况且,如果英国人还算明智,那他们现在应该掂量一下我们双方的实力;英

① 西沃德(1801—1872):1861至1869年任美国国务卿,任内从俄国买进了阿拉斯加,是美国内战前辉格党和共和党内反对奴隶制的领袖。(译注)

国已经不是曾经称霸一方的帝国了,它已经开始衰败了。也许接下来的几十年,人们就将见识到这个神奇的日不落逐渐消失在地平线的一端。

在美国,似乎没有什么既凶险却又引人注意的事物了。于是美国人便常常对已经故去的时光念念不忘。这样十足的怀旧情怀也就解释了为什么会有我刚才讲到的那些幻想英国爵位的荒唐事出现。有时候可能只是碰巧名字相同,或者是一份伪造的家谱,一份刚刚挖掘出土刻有盾形纹章图案的银杯,一个图案不清的家族印章,一张纸张泛黄字迹模糊的信函,反正越是看起来无迹可寻就越好,总之就是这些从某个旧抽屉里翻出来的破烂儿,再配上某份英国报纸还登出了寻找遗散多年的继承人的广告,就足以让某些忠厚老实的共和党人激动不已。如果不是亲眼所见,很难想象人们心中居然还潜伏着这样可笑的想法。尽管我还算冷静理智,可是有时还是会对某些故事信以为真,这也许算是我性格中最真实的一部分了。

类似这样美国人妄想英国继承权的故事我还可以讲好多。比如有一次,一位还算端庄的老妇人出现在了我办公室里,标准严格点的话,她其实长得算不上出众,不过言谈举止却是一副标准的新英格兰腔调。她把一大摞的文件摆到桌子上,我一看就知道,大事不妙了。事实也验证了我的预感。文件内容显示,这位女士是利物浦主要街区的产权所有人,这其中包括城堡街、市政厅、证券交易所和其他主要的商业活动区域。看样子她很着急,希望我可以尽快接手处理她的案件,并且上诉法庭。这案子如果胜诉,至少会带来一两千万英镑的巨额收入。不过这位女士貌似没有跟我平分的意思,她觉得我的作用不是她的代理律师,这只不过是我作为领事应尽的义务罢了。还有一次同时来了两位女士,带来了一封地方长官的信函,信中证明了她们在当地的高贵地位和名声。这两位女士宣称自己是柴郡某一处大庄园的所有者，而且和当今的伊丽莎白女王还有血缘关系。不过对于后一点，两人希望暂时保密，直到庄园产权归属她们名下。因为她们觉得这样的特权背景有可能会影响到法官大人的裁决，因为他有可能不愿意承认这两位新近出现的王室远亲。我想她们肯定幻想着将来某一天，她们其中的一个人或者两个人会一起继承大英帝国的王位，虽然同为年轻的贵族妇女，她们可能没有多大机会像曾经的伊丽莎白女王一样建立一个强大的王朝。不过对于我来说，即便这两位真是即将发迹的没落贵族，我也还是不会向她们邀功请赏的。

这里还曾来过一个算是同等阶层的先生，看来睿智俊朗，风度翩翩。跟许多有着航海冒险经验的人一样，他也是同样不善言谈，对于日常的社会交际也不大熟悉，看着他也许就能想到他平日平静甚至有些隔绝的生活状态。刚来的一个小时里，他基本都是在讲自己这些年不寻常的人生经历。比如说他出生在船上，父母都是美国人，不过最终却是坐着一艘西班牙船只登上大陆的，而后的多少年都是在不断地旅行和漂泊，见识了各种稀奇古怪的事物。我当时觉得，这样奇特的经历似乎应该只有在《格列佛游记》里才会出现。他慢慢地不再拘谨了，故事讲起来也是越来越绘声绘色，仿佛一切都发生在你眼前一般。那一切都太真实了，我感觉自己完全信服了，因为常人是很难有这般精彩的人生经历的。这些故事主要发生在远东地区，比如那些人迹罕至的印度洋群岛。于是你会觉得他的言谈中总带有一阵淡淡的东方香水的异域芬芳，而那个香料岛国的气味也依旧停留在他的衣领衣袖上。他还会讲马来海盗的故事。人们常说在那群野蛮人眼里，任何过路的船只都有可能成为袭击的目标，他们还会把每个基督徒俘虏的喉咙都割断（虽然这其实只是马来土著人的行事方式与宗教信仰使然）；除此之外，马来人其实天性天真聪颖，算是一个不错的族群。

不过他给我讲的最精彩的故事是关乎另外一个原始部落的。在这个冒险家眼中，这些土著人（如果可以算作人的话）与《格列佛游记》中的人形兽是最为相近的，有时候他甚至怀疑这群家伙到底有没有灵魂。这群土著人生活在锡兰，长相如同野兽一般，周身毛发浓重，生性好斗，没有社会规范，没有武器器具，没有房子，没有语言（虽然有时候他们也会发出一些奇奇怪怪的刺耳声音，应该算是用作交流之用）。他们不会记录历史，更不会规划未来。这里就是一片荒原，没有政府，没有社会机构，没有任何的法律条文，只有一个生理上最强壮的部族头领。他们完全就是一副未被驯化的样子，只留有一小部分不大凶恶愚笨的家伙为他们的宗主国做苦役、守城墙。换句话说，他们和野兽无异。我的这位探险家朋友表示，当初看着这些家伙，跟在动物园里看到任何一种凶残的四脚动物没有任何区别，他几乎没想过把这种生物和人类联系在一起。不过有的时候，对比我们人类某些最低等的特质，和那个族群最先进的特质，有时候还是勉强可以找到一点点共通之处的。

经历过这样一番格列佛游记般的探险之后，我的这位客人就不幸被荷兰政府逮捕了，在狱中度过了近两年的时光，大量的财产也被没收充公。而目前，我们在海牙的长官贝尔蒙特先生正帮忙催促赔付偿还。眼前的这位冒险家先生正准备途经英国返回美国，碰巧被人问询到有关他在船上出生的事情。而事实证明，当时在同一艘船上出生的还有另外一个孩子，并且他们两个确定是被误抱给了对方的母亲。很多他幼年的记忆都证明他的养父母应该是知道这件事的。而他本来应该是一个大户贵族的后裔，因为就在那家人的家族肖像画廊里，这位先生发现自己跟其中的一位先人长得出奇的相似。他跟我说，当他向总统先生和国务卿上报荷兰政府的恼人行为并拿回自己的财产之后，便会动身返回英国,继承自己的贵族头衔和财产。

我认为这位探险家给我讲的东方传奇(公平地讲,好像这些片段已经被科学爱好者协会收录到自然历史奇观里了)，并不能算是十足可信,但是可以算是一个旅行者丰富想象力的代表了,就好像实在粗糙的现实底布上点缀了些许鲜亮的绣花装饰一样。他最后讲到的那段在英国偶然发现身世的奇遇算是他给我讲的最新的一个故事了,不过打从我听到开头,就差不多猜出来结尾了。也就是从那时起,我就后悔一时冲动地让他乘坐柯林斯号返回美国了。不过,他的那点收入应该是要延迟了。虽然那笔钱应该还在我们美国政府的手里,不过他号称的上千美元现在看来最多也就只有三十英镑,但我们还是会偿还给他的。只不过我担心他的所谓巨款恐怕只是徒有其表,那么这样看来,他的英国爵位更是真假难辨了。我真是为此感到痛惜,毕竟他还是不错的聊天伙伴。

作为一个领事,总会有各种各样的责任,要时常为人提供建议和帮助,有时候还需要为某些大人物提供安全保障,毕竟这些人物在当地都是最高权威和利益的代表。曾经有位年岁不小的爱尔兰裔美国老先生既是感激又是同情地跟我说，在他们这群四处漂泊的美国人眼中,我就好像是他们的“父亲”一样。就比如说我现在坐在这里签签文书,也算是我这个“父亲”职责的一部分,我的“孩子”不仅有像这位先生这样年事已高的,还有更多的那些不经世事的家伙们。在他们踏上英国的土地之前,我希望他们对于以下几点有个基本的了解:知道自己有什么性格弱点、不法的劣习、不洁的想法,虽然在美国的时候,周边的环境和限制总会尽最大可能地帮助他们掩饰和避免这些问题;追寻这所谓的“自由”之前,能够割舍得下熟悉的圈子,可以不被各种负担羁绊，能够忍受多年在外的默默无闻；要清楚，在那片陌生的土地上，总会有不断出现的危险和挑战，它就如同一头圈在铁笼里的野兽一样，终日咆哮，倘若某一天破笼而出，之后的噩梦将会让人无法想象。

过去两三周内，领事馆收到了一大摞的信，寄信人都是一个叫作“神学博士”的家伙，当时他正在离开美国前往英国的某一艘邮船上。船只靠岸后，这位尊敬的博士还特地到领事馆来拜访了我。这是一位面色和蔼的中年男子，气质儒雅，跟他的神职身份很相配。他看来也算是有一定的人生经历，已然没有了乳臭未干的鲁莽劲。他身上总带着某种大地方来的牧师的神圣感觉，据说他们的职责之一就是向人们例证基督教和高贵血统之间的密切关系。他看起来有点兴奋，毕竟这是他第一次来到英国；但言语之间却充满了睿智和活力，仿佛一下子照亮了我单调乏味的生活。据可靠消息说，这位博士在讲经布道时一向口才灵敏，充满激情，只不过现在只能暂告一段落，因为身体欠佳，他必须来欧洲巡游调养一番。他和我约好共进晚餐，然后就带着信件离开了。

可是后来这位博士并没有来赴约，也没有在第二天派人来转告他的歉意。总之，一两天之后我也就把他抛在脑后了，就像他前面跟我讲过的一样，兴许他已经远赴欧洲旅行去了。之后不知道过了多久，我忽然接到了一通电话，打电话的正是博士来时乘坐的那班邮轮的船长。他说博士先生把他的行李落在了船上，可是我也不知道这位糊涂先生那天离开领事馆之后去了哪里。于是我们两人决定先碰个面。我建议上报警方，让他们帮助我们寻找博士的下落。令我有些奇怪的是，船长好像有什么不可告人的秘密一样，几番欲言又止。仔细想想，我觉得也许船上一同度过的几个月时间，让船长更加了解神学博士，所以关于某些细节他不愿过多透露。如果换在美国本土,我可能会顾及博士的安危而不会过多干涉与他名誉相关的事情,因为大家都知道,神职的光芒可以远远盖过这个人身上某些常人都有的缺点。可是这里是英国,人们总爱中伤和讽刺他人。这位博士可否保全名誉完全就取决于我,除非迫不得已,我不能让他因为一份警方报告就声名狼藉地出现在报纸头条之上。而且我觉得这些牧师应该也会同意我这么做的。况且如果真有不幸发生,现在才来调查恐怕也为时已晚。从以前的经验判断,我觉得博士先生应该还活得好好的,估计他钱财用尽或者钱包被偷之后应该就会出现在领事馆了。

博士失踪的一周之后,我的办公室里又来了一位新访客。这是一位高个子的中年男子,他身穿蓝色军式紧身长外衣,衣服接缝处还配有官阶穗带,只是衣衫已经破烂不堪,好像刚刚参加了克里米亚战争回来一样。除了丢掉的三四个纽扣,其他都还算整齐地扣着,直到脸颊下方衣领处。但是仔细看去,也没见里面穿着什么常见搭配的白衬衫和黑领结。两抹山羊胡让他的嘴部线条显得更加生硬。虽然从外表看起来实在不堪,可是却依旧难掩他身上某些高雅的气质。这就好像一把被污泥溅湿的刀剑,依旧可见其锐利的光芒。我以为他是某个与队伍走散的美国海军军官或者英国陆军少校。他正要走过来和我拥抱,那样子就好像我们已经很熟悉了一样。我下意识地退后一步(我相信一般理智的人都会这样做,无论是对好朋友还是陌生人,这样莫名其妙的亲热总归要先问个清楚),并且质问他到底是谁,来领事馆又是做什么的。“你不认识我了?”来者一副失落的样子。经过一番短暂的有些云里雾里的交谈,我终于想起他是谁了,是神学博士!眼前这曲折相认的一幕简直可以搬上剧院舞台演出了。可怜的博士,他肯定以为这短短一周的厄运已经把他的儒雅风范都蚕食了。说实话,眼前的他就好像被送到了魔鬼撒旦的手里的约伯一样，虽然遇到的不是最野蛮的突厥人，却还是像在地狱里走了一遭一样，从一个正派庄重的传教士变成了眼前粗俗肮脏的遣散军官的样子。我一直都不明白他身上那身军装是怎么来的，只是隐约觉得衣服这么合身，是他自觉自愿地换上的也有可能。我也不知道他到底遭遇了怎样的苦难和灾祸，而如今怎么还会有这位博士所逃离的那样可怕的地方。

我想，这种从道德和宗教两个方面来斥责一位神学博士的事情一般人是遇不到的，可是这次偏偏就落到了我头上。本着清教徒的理念和自我良知，我觉得这件事情不能这样不了了之。事实上我的确感到格外震惊和意外。不是说我那个时候才了解到神职人员和我们是一样有血有肉的普通人，有时候反而不如我们那样懂得自我保护，因为他们深知自己的罪孽，所以不能把神职看成世人眼中那么神圣的身份。只是记得小时候，我眼中白发苍苍的牧师就好像圣人一样，就如同他现在正身处天堂一般。所以自那以来，我一直对这样的神职人员心怀崇敬。可是眼前这位博士却把这一切想象都毁了，也将我心中那个神圣的形象打碎了！这样看来，是不是所有的布道台都不再那么神圣，而我们所犯下的一切罪行就应该自此不再受到谴责？于是我用最刻薄的语言来打击眼前这位失魂落魄的博士，我从来没对别人这样过，因为我想借此了解他到底经历了什么，而他心中到底有什么不愿言说的秘密。而这样的方式也许是最合适最有效的了。

毫无疑问，如今博士先生身份掉转的状况有些奇怪，他就这样站在这里接受我的斥责(而他以前本来是可以不用承受这种压力的)，让我觉得我说出来的话更加刺耳。其实他这般算是忍让的态度听我训导还是另有原因的(而对此我也深信不疑)。眼前的这个人，他在暂时的迷失堕落之后，不远千里回来见我，一路的奔波已经让他有些神志不清了;他靠着心中的执念才挨过了这痛苦的一星期,而我如今居然对待他是这番态度,不禁心中失望至极。这场巨大的劫难给他造成了那么大的伤害,以至于他的神态、声音、肢体动作现在看来都显得过分而夸张,这恐怕是我见过最悲惨的状况了。就是从这件事上,我了解了一个受到谴责的灵魂会遭受怎样的痛苦折磨。所以自那以后,再碰到类似的情况,我会选择安慰他们而不是怒声斥责。我为什么要责备他呢?灾难带来的阴影长久地潜伏在他心中,并且已经影响到了他的日常生活。这已经够了,真的够了。

事情的真相其实是这样的。可怜的博士先生在一次外出散步的时候钱财被洗劫一空,没了法子,他只好放弃之前的旅行计划,回到他的教徒身边。而那些虔诚的信徒似乎应该也从博士慷慨激昂的布道演说中感受到了他对于宗教更多的热忱,可是他们却很少了解为什么会有这样的状况出现。博士开始变得沉默了。我把这件事情转告了教会,让他们决定是让博士不再担任神职,还是允许他继续留任,仿佛一切都没有发生过。我和博士都觉得,这样一番痛苦的经历应该是他所能忍受的极限了。

对于一个天生爱管闲事的人来说,利物浦领事馆应该是最适合他的地方了。就我个人而言,我觉得自己很少能理清楚事情发生的前因后果,并且不大会给自己在众多繁杂的机构里找到一个合适的容身之所。我一直就不喜欢给别人提建议,尤其是对方还很愿意采纳你意见的时候。只有眼界狭隘的人或者行事很果断的人才有可能做这种事情。如果一个人能够睁开双眼,客观看待事情的话,他会发现其实各种可能性实在是太多了,所以最后最好的法子也就是让寻求意见的人自己做决断。而且在之后的过程中也会一直保持沉默,除非最后需要提醒敦促一下优柔寡断的当事人。可是不管怎么说,每天总还是有各式各样的大错出现。我想英国人制胜的秘籍也许就在于他们这种“一只眼看世界”的态度，只要是决定的事情就义无反顾地坚持下去，直至取得最终的胜利。如果麦克莱伦[1]将军不那么优柔寡断，那么我们也许早就可以进攻里士满了。回到领事馆这个话题。在那里，不管我是否情愿，反正我需要为各种无关私利的事情提供帮助和意见，同时在处理紧急情况的时候尽可能地不出现误导和差错。由于工作的需要，我需要四处跑，什么监狱、警察厅、医院、疯人院、法医现场、墓地，这些地方我通通去过。我还要跟各种人打交道，比如疯子、罪犯、破产的投机商人、狂热的探险家、外交官、其他城市的美国领事。这各式各样的事件和遭遇倘若不是来到英国，我是绝对想不到的。此外还有那些讨厌的英国流氓，时不时捏造一些关于美国人的文章出来。想要不被他们蒙骗并不容易，因为他们熟知美国人的性格，装起美国人来也让人很难分辨；倘若盘问起来，无论是地理分区、公众机构还是当地的名人望族，通通难不倒他们。不过有一招却百试不爽，你可以问问他们“been”这个词怎么发音，英国人一般都会发成“green”，而我们美国北部几个州则一般念作“bin”。

其实我处理的这些事情基本都是个例，和领事馆日常的工作不能完全等同。而海员和船老板的各种纠纷相比之下就更常见了。经常会有水手一大早就跑到领事馆，指着身上的伤疤控诉在船上的恶劣待遇。一般他们都是一大群人一起来，有的是头上破了，有的是身上有瘀青，他们一边哭诉一边互相佐证。有时候不仅仅是受伤，可能变成了一场真实的凶杀案，水手们认为遭遇厄运的同僚应该是被大副或者二副

① 麦克莱伦（1826—1885）：美国将军，南北战争初期曾任联邦军总司令，后来被林肯总统撤职。（译注）

用金属类的器物击打而死，或者也有可能是被船长射杀身亡。如果单听海员控诉，你一定会觉得应该尽快把凶手绳之以法；而如果再去问问船长和其他高级船员，你又会觉得这么仁慈善良的人无论如何也不会做出这种事情，反而是这群海员图谋不轨，在出海几日一场宿醉之后的械斗中杀害了自己的同事。这样看来，似乎没有哪方是完全无辜的，也似乎没有比美国海洋商务航行条规更无用的法条了。其实领事能做的不多，顶多就是手抚着那本油渍渍的新约做个证，然后再亲吻一下表示郑重。有时候遇到谋杀案或者过失杀人，还要把这件事情的通报给英国的地方行政官，虽然一般情况下对方都会觉得证据矛盾点实在太多，不能够就此把嫌疑人遣送回美国受审。英国的报纸总喜欢用大篇幅的文章加照片描绘美国海员的可怕和凶残。居然连英国议会也对此事表示了特别关注（英国人总喜欢对周围国家的情况指指点点，好像他们是这世界上最人道的国家一样，真是可笑），并且通过他们的约翰·罗素[①]首相向我国政府表达了强烈不满，认为我们应当对于类似事件尽量予以制止，并且惩罚相关当事人。而时任的美国国务卿卡斯将军也对此做出了回应，他最大限度地忽视此事的影响，并认为英方的说话有夸张的嫌疑，而美国的现有法律足以用来处理此事，无须英国内阁“伸手帮忙”。

不过其实这件事影响的确很大，我们当时（估计现在也是如此）根本没有相应的法律条文来处理这种情况。我当时还想着要不要写个小册子来谈论一下这个问题，不过后来由于离开了领事馆，这件事也就

① 约翰·罗素（1792—1878）：于1846—1852年和1865—1866年两次担任英国首相，是辉格党自由改革派的主要人物，曾提出1832年选举法改革法案，后因新改革法案失败而隐退。（译注）

不了了之了。那段时间的生活简直就像在梦里一样，我根本就无法向大家解释清楚。而如今一切看起来都那么遥远和模糊了，就好像一百年前发生的事情一样。其实说到头这场麻烦的起因就是那群海员，他们其中没几个美国人，大多是些各地海港来的混混地痞、外国移民以及极少部分被绑架的美国公民，这跟海盗团伙的组织结构差不多。即便如此，还是有人会雇佣他们。船长也是左右为难，他手里毕竟还有这么一船价值不菲的货物及其他那么多条人命，别无他法，也就只能让那些不大靠谱的船员们多干点苦力活了。船长并没有法律给予的惩罚权利，所以他就索性把这件事交给了并不大负责的手下们，而那些人通常也比一般的海员等级高不到哪里去。这么混乱的制度也就说明了为什么后来发生了那么多的暴力冲突和侮辱事件，因为发生在茫茫的大西洋上，所以两国反而都没有合适的理由对暴行予以裁决。就在写这段文章的时候，我想起了更多这样悲惨的故事；虽然错误的确存在，却不知道该由谁来负责。有时候你了解得越多，反而觉得那可能不是故意为之，也许真的就是一场难以避免的灾难。或许体制的不完善才是事件的元凶，但是却要由某些不幸的人来承担后果。就算如此，如果我们坚持不让英国法庭来裁决发生在大西洋某个美国船只的案件，认为那会有损于我们国家的形象和利益，那我估计类似的事件恐怕永远都没办法有效解决了。

于是在这样的环境之下，美国的船长们变得越来越坚强，更加勇敢无畏，似乎总能找到解决问题的方法和资源，当然了，这样的变化也是以牺牲了某些可以帮助他维护权威的品质为前提的。不过最近几年，由于合格的新英格兰海员越来越少，可供选择的范围也越来越小，所以上面提到的这样的美国船长的数目也在不断下滑。我觉得他们一般来说人都还算不错，闲话不多，也不会纠结于过分琐碎的理论，处事灵活。只不过有的时候还是会有点偏见,而那偏见就好像船底的甲壳动物一样一时半会儿难以消除。有那么一两个,估计现在跟我讲话也没那么平心静气。而且他们都不喜欢领事在船上干预他们对船只的日常管理,这好像是大家一起讲好的一样。我有时候还是会钻个空子表达一下自己的意见,虽然作用不大,但我还是希望能帮助在船上建立一种更加有效合理的规范制度。当然了,在他们眼中,我就是个陆上来的家伙,只会纸上谈兵,对于船长工作到底有哪些必需的品质以及会遇到什么问题,我完全就是个门外汉。不过我觉得他们对我的冷淡也是可以理解的,毕竟如果一个人白天还是一副严肃威严的样子,晚上却又对你和颜悦色,这怎么看起来都觉得不大正常。

领事馆里比较技术性的工作我基本上是不会参与的(当时的确是那样,不过我觉得现在已经数量大大削减,估计以后也不会有之前那么大规模了)。这里有两个英国下属专门负责此项工作,他们都是一样的正直可信,工作能力也很强。依照上面的通知,是要派两个美国人来协助他们工作的;不过他们已经熟悉了我的工作习惯和领事馆的日常工作,所以我还是悄悄地把他们留下了,我可不想在领事馆突然冒出个国务院的间谍或者阴谋家来。我们尊敬的皮尔斯副领事已经在这里工作了多年,经历了多位领事的到任和离职,总是来也匆匆去也匆匆。如今皮尔斯先生仍旧可以回忆起莫里阁下在此任职的场景,当时的莫里先生在其任期内给人留下的印象可以用传奇来形容。而一等文员沃丁则是一个带有典型英国廉正品质的人,他后来继任了副领事。我这么说不是因为英国人真的就比我们诚实多少,只是他们的可靠性普遍要更明显一些,而这些品质在这些并不重要的职位上似乎并没有那么明确的要求,比如英式的廉洁、美式的聪慧、灵敏和学识广泛。有时候想来实在有些可惜,沃丁先生如果不是逐年升迁,而一直在这里工作该多好。幸好他是出生在美国，他独有的聪慧品质和高尚的自我修养让他无论选择哪条路都一定会取得成功。而与此同时，这对我来说算是个不好的消息，因为此后我在工作中就不能得到沃丁先生的协助了。

常识广泛，基本掌握美国宪法和各种法律条文，善于察言观色，有效管理团队，了解世界局势，同时具备自己独特的判断标准和能力：如果具备了以上的这些资质，那么基本上就能算是个合格的领事了。不过日常的工作中还会遇到很多其他的状况，这些都是需要长时间的积累才能够掌控的了。不过我觉得如果按照这个标准，恐怕没几个领事能达标。美国人所谓的外交或领事职位其实就是英国人所说的“工作”。换句话说，这样的委任通常都是基于个人判断，而不是纵观公众利益，也缺乏对被委任者个人资质的深入考察。通常（当然总有例外），这也并不是说美国人很难胜任一份外交岗位，或者不会主动努力在卸任之前去达到某一标准。只是我们的这种委任制度本身是不合理的，可能有时候只是觉得现任者对于目前环境已经太熟悉了，便会一纸调令把他撤换。虽然这是个不可忽视的问题，因为即便是任何一个在私人企业内任职的员工，都应该是对自己供职的机构和自己的工作了解透彻，而且一般不会因为这点而丢掉工作。但是对于一个外国雇员来说，他的技术水平高低并不是关键，这相对来说只是个小方面，还有更多更重要的事情需要考虑。

领事的重要职责之一就是在当地广交朋友，提高自己在当地的声望，这也算是提高自己国家影响力和声望的一种方式了。倘若双方相处愉快，那对于两国的关系也是很有益处的。领事馆所在国应当了解这些新来的外国居民都是抱着良好的交往的心态来到这里的。很多时候（比如现在），比如这些在我们利物浦的国家机构中工作的美国公民，他们长期居住在这里，举止规范，值得信任，就是这些人有时候还会对当地英国人的想法产生些不小的影响。他们有时候会自己出手摆平寻衅滋事者;有时候也会在第一时间制止某些行为,因为如果任其发展,很有可能就会招致一场国与国之间的战争。不过我们并不大鼓励这样的行为,因为这已经远远超过一个美国公民的职责范围了。可能好事之徒今日来向美国人挑衅一下,就好像撩拨豪猪脊背上的鬃毛一样;而明天又溜得无影无踪,好像他已经从更广泛和深入的角度了解了这个问题,却又不损失一丝一毫。也许现在和将来,我们会遇到一些好的改变,那么我们在类似这样的方面也会有所改进吧。

希望大家能够谅解我,不过我觉得自己真的不会成为自己所说的那样合格的领事。我从来就不想为公众影响所累。我从一开始就不喜欢自己的办公室,一直都是如此。在别人眼中如此尊贵的职位而于我看来却像是个负担;它对我的吸引力(就好像受邀参加市长宴会或者公众活动一样,我似乎是应该出席并且发表讲话的)几乎为零,请原谅我这样无理的说法,只是我觉得这其中似乎没有任何的能引起我个人兴趣的事物。除了薪水和津贴,办公室的任何事情看起来都对我没什么吸引力。而且我领到的工钱也并不很多,有时候在我任期的第二年或是第三年就已经花得只剩下一半了。我说的都是实话,并且我已经准备好在布坎南先生就任之前就提交辞呈。我的继任者一到,我就感觉自己顿时松了一口气,终于可以看清自己过去几年的生活究竟是过得怎样了,而且甚至有点佩服自己居然可以忍受这么长时间。新领事很好相处,据他自己说,他还是个吞火魔术师。而作为回应,我也把自己的马萨诸塞州清教徒的家谱拿出来炫耀了一番。短暂的会面之后,我的这位新领事朋友终于有机会按照自己的口味设宴款待大家了,所有的食物都辣得很,典型的南方风味。当我离开这间办公室的时候,一切的回忆似乎都变得有些不大真实了。我实在无法想象,大家曾经口口声声称之为“领事”的人居然会是我。我感觉自己就像个幽灵一样，真正的我一直处于一种假死的状态，而我的灵魂却代替我在那漫长的一段时间里完成了领事的职责和工作。

这样的想法我现在还有，不过我知道其中应该是有问题的。我就好像是在写另外一个人的领事经历一样，似乎有种神秘的力量一直在向我传输相关的信息，我对这一切慢慢开始变得熟悉，但是我却从来都不感兴趣。难道这一切都是梦吗？那个倒霉的神学博士看起来就像真的一样；还有那个衣衫褴褛的东方冒险家，还有那个异想天开要去见女王的疯子，还有那个在外漂泊二十七年一直想着要回家的可怜老头子，还有那么多我曾经见识过的奇奇怪怪的人，难道他们都是臆想出来的吗？我想应该不是。而眼前的这些手稿应该也不是我代某个灵魂写下的自传。希望读者不要就此而误解我。我应该写得更坦诚些的，应该多写些关于自己的生活和想法，而不是罗列一大串的奇人异事，因为那些其实几乎都与我无关。唯一一次算是比较真实的事情，是关于我的一个英国朋友的。他年纪很轻，是个学者，也是个文学爱好者，我们之间或许在某一瞬间擦出了一丝火花，不过那都只是昙花一现罢了。他过去经常回来领事馆看望我，和我一同在火炉边坐坐，谈谈文学作品和对人生的看法，有时还会聊聊两人各自的个性。他脾气真的很好，总能容忍我对英国人的各种偏见、误解和质问。正是因为他，我才对英国人有了更多的了解，也因此越来越喜爱这个民族和国家了。就这样，在我的文章中讲述一段关于他的美好回忆，既不会冒犯他，公众也不会知道他的名字，因为这样的状态实在是太好了。每次他来到我这里，就好像一盏明灯，瞬间照亮了我昏暗的领事公寓。

矿泉小镇
利明顿[①]

有时候，我们也会出趟远门。而去利明顿的次数应该是最多的，甚至慢慢觉得有了一种回家的感觉。利明顿街上的行人，一个个都不紧不慢，淡定悠然，这份闲适也感染到了我们这些外来的游客。当地人更青睐熟悉和平常的事物，而对那些别人以为更值得一看的枯燥风景却不大关心。利明顿的兰斯唐广场十号是我认为全英国甚至全世界最舒适的住所之一；并不是因为它有什么独特之处，只是因为我们在那里住了很久，久到都有些厌倦了。这似乎跟家庭和亲友带给我们的感觉是一样的，如果生活中少了这一份因为熟悉而产生的单调和乏味，也许会有更多更刺激的狂欢，但是真正的快乐却无从谈起。

我刚才提及的那个房子只是这个片区中的一个，所有的房子都好像是按照同样的图纸建造出来的：一样小巧而不张扬的二层小楼，门前一小块草坪，旁边种着花，盆栽修剪成球形或者其他的样式，葱郁的树篱很好地将住家的隐私与门外的街道和相邻的住户隔离开来。走出家门，在这附近转转，想凭借你家住处的某个特点找到回家的路恐怕

① 利明顿：英格兰南部小镇，颇具英国乔治时代与维多利亚时代风格。它的快速发展起步于18世纪。（译注）

没那么容易,因为所有的房子都长得太像了。广场中间有一块铁艺栅栏隔离出来的地方，那是给住在这附近的孩子们提供的绿荫游戏场，灌木繁茂,中间还零星分布着一些草地小径。倘若暂时忽略那些临近的住户,完全可以想象自己正隐居世外。其实,如果跟整个的城镇和这之外的大世界相比,这个小小的社区就是一个世外桃源,如同一汪静谧的湖水,任何世俗的繁杂也无法在这里掀起一丝涟漪,这里的住户也似乎从不会因为任何外界的影响而打乱自己生活的节奏。我觉得这些人要么是退役的军官,要么是生活拮据的遗孀,或者年老的侍女,再或者可能还有为数不多的显贵人士。他们都只是跟这个社会有些关联,却从来都不是真正的中心人物。这里通常都很安静,不过有时也会有沿街叫卖的杂货郎或者肉贩子,坐着汽车、出租马车或者巴思椅偶尔出门转转的贵妇人,带着代养马匹早上出来遛弯的退役军官,或者穿着红衣服、摇着铃铛、早晚来发收信件的邮递员。就算我只是这样简单列举了一番上述的事物,我也觉得自己打扰了这里的平静。在我印象中,这个小地方像是从未有人发现过,或者已经被世界所遗忘,唯有这里的居民有幸能安居其中。我当时的领事职责主要是公众服务,而那时那刻,这里仿佛就是我的天堂,让我得以暂时卸下平日工作的世俗和繁杂。

不过,倘若一个人喜欢热闹点的生活,比起其他的英国村镇来说,利明顿也绝对是个不错的选择。这里常年有温泉，而这在美国可不常见,比如萨拉托加的温泉就只有夏天才有,且每年的时间点并不固定。利明顿却是四季泉水叮咚,温暖如春,从不拒绝任何一个无家可归者来此驻足停歇。这座城镇的繁荣据说就是源于一口矿泉岩井。正是这汩汩的泉水滋养了这片土地,沿着泉水下游的利明河,慢慢地出现了街道、花园、房舍、商铺、教堂和墓园。当城镇粗具规模之时,那口神奇的泉眼也渐渐淡出了人们的视线。泉井的上面建起了泵房,隐遁的状态就好像放弃了人们对它那过去的神奇魔力的感激和崇敬。虽然我不清楚如今是否会有人去尝尝这神井的泉水,但是我知道,至少利明顿的魅力不减当年,因为这里是迷人的沃里克郡,英格兰最中心的地方,周围都是狩猎的好地方,还有许多乡间别墅和古堡。时常会有游客慕名前来,也会有许多文人雅士选择在此常住,虽然他们可能不是什么名门望族。对于那些没有乡间别墅,可能又无法担负伦敦高额的生活支出的人来说,利明顿似乎正好能满足他们对乡村和城市生活优点的双重要求。

眼前的利明顿并没有多少岁月沧桑的感觉, 比起周边城镇的古旧,越发显得鲜亮,一眼望去,即便是在英格兰阴郁黯淡的秋季,也如一抹微笑,带来阵阵暖意。其实,几百年前利明顿就已经存在了,只不过那时仅仅是一个寒酸的小村庄,周围都是茅草屋顶的破房子,只有村子中间有一座修道院。而如果不是那位传说中的杰弗逊先生发现了这个神奇的泉眼,并且预见了它将带来的滚滚财富,想必如今的利明顿依旧还是个小村子。在利明河边,有一座"杰弗逊花园",正是当地人为了纪念这位先人的巨大贡献而修建的。在花园入口不远处,就是一个环形的希腊神庙建筑,穹顶之上则是杰弗逊的大理石雕像,栩栩如生,充分显示了他对细节的密切关注和内心的善意仁慈。也许杰弗逊就是这样一种人:如果得到幸运之神垂青,就能为众人创造更多的财富;不过如果判断失误,则会给他的追随者带来沉重的打击。

杰弗逊花园很漂亮,跟其他的英式的休憩场所没有多大差异。而且这里气候宜人,湿度和光线都恰到好处,园林专家只要巧妙搭配一下林木的分布,即使再普通的景色也能变成一幅美丽的画面。英国人热爱园艺,即便是城郊别墅窗户下那一块天地,也不会轻易忽视;倘若有一大片园地摆在面前,那更是要仔细研究设计一番。杰弗逊花园里植物茂密，树荫浓郁，既有独自耸立的参天大树，也有比邻而生的小树林和藤蔓植物，中间还不时穿插了几条林间小路。透过这一片荫蔽的昏暗，我们看到了大片的阳光，阳光洒在那开满鲜花的草地上，为它平添了一份耀眼的光泽。粗木制的座椅和长凳零散地分布在花园里，有些可能只是把伐木剩下的树桩简单地改造了一下，而有的却很明显是用树枝精心打磨而成，或者更像是镂空铁雕的复制品，只不过寿命更短一些罢了。花园的中间有个射箭场，总有年轻的少妇在那里试试运气，可是面对那么明显的靶子她们却依然经常失手，因而不时引来几声自嘲的玩笑声；殊不知，偏偏就是这样一番不经意的举动，反而会让在旁“观战”的年轻男士心中激起一丝波澜。公园占地很大，除了刚才讲到的景物，旁边其实还有个人工湖，湖中心有个不大的小岛。成群的天鹅就栖息在这附近。它们在水中的姿态总是十分优雅，可是刚要入水或者上岸的时候却完全是另外一副样子，摇摇摆摆地迈着小碎步，刚上岸的时候尤其明显，就好像一群莽撞的野鹅一样，好笑极了。我讲这个事情其实是有原因的，这就好像我们观察旁人一样，除非对其有充分的认识和了解，否则不要轻易地对某个人的品质和人格下定论。在花园的另外一边有个迷宫，由树篱分开的各种错综复杂的走道组成。如果有人不小心走进去，估计过了几个小时也都只是在方圆几码[①]内绕圈圈，没有什么实质性进展。这似乎也可以用来比喻我们在人生中遇到的种种迷茫：有时我们可能只是走错了一个小岔路口，看似不大起眼，却足以扰乱整个人生的方向，穷其一生的奋斗有可能只是原地踏步，换不回任何实质性的进展和成功。

---

① 码：英制长度单位。1 码等于 3 英尺，即 0.9144 米。（译注）

那条被德雷顿[1]称作“气质高雅的利明河”，先是缓缓地从城镇主街的桥下流过，而后沿着杰弗逊花园的外延徐徐前行。在这之前，我一直以为康科德河[2]才是这世界上最慵懒的河流，不过现在看来，还是利明河更名副其实。说句实话，利明河的河水一点都不清澈，甚至带着点绿色苔藓的颜色，不过这与周边的景色放在一起也还算和谐，无论看过去还是闻上去都还算可以接受。类似这样的景色在英国很多，摇曳的垂柳下河水缓缓流过，岸边葱郁的林木更让画面增添了一份生机，这一切在我们国家并不多见。杰弗逊花园一侧的河岸上是几条树荫掩映的小路，道旁有一排整齐茂盛的小树林，透过这枝叶间的空隙恰巧可以瞥到利明河不大为人所知的静谧的美；而在河对岸，则矗立着修道院教堂，教堂庭院里灌木和墓碑交错林立。

小镇的商业区主要分布在利明河沿岸，而商户在神奇泉井附近最为稠密，因为现代利明顿正是从那里发展起来的。那里不仅有客栈、邮局，还有家具店、铁匠铺，但凡是日常生活所需，无论大小贵贱，总归可以找到。向着河流上游走去，经过一段漫长却还算平整的上坡路就是主街了。映入眼帘的总是一派欢快愉悦的景象，临街的店铺除了规模稍小，无论货品还是店内布置，都和大伦敦的同行们毫无差别。当然了，这里也有一些同样规模纵横交错的辅路，两边种着高大的沃里克榆树，这样的街道装饰风格在英国的城镇中并不多见。大道更是宽敞，足以装得下一片小树林，步行小路分布在柔柔的树荫下，高高的树顶枝丫上乌鸦叽叽喳喳个不停，不过由于树太高了，聒噪的成分被逐渐

① 迈克尔·德雷顿（1563—1631）：文艺复兴时期英国诗人，一生致力于创作十四行诗、田园诗和其他诗歌，主要作品有《英格兰的英雄信札》、神话诗《尼姆非迪娅》。（译注）

② 康科德河：位于美国马萨诸塞州东部地区，流经波士顿西北城郊地区，全长 26.2 公里，是美国历史上最著名的河流之一，正是在这里打响了美国独立战争的第一枪。（译注）

过滤消除，传到地面附近也变得悦耳了很多。街边的房子都是按照街区为单位而建的，社区内部的房屋毫无两样，但是不同的街区之间还是差别不小。比如，有的房子看起来就好像宫殿一样，布局可谓奢华。在城郊常常会有独门独院的别墅，装饰风格也是很英式，房屋外面是高高的石质围墙和灌木树篱，只留给外人一个冷冰冰的铁艺大门，一条沙石铺就的车道自此通向林木深处的别墅。无论是城内街道还是城外近郊，利明顿都绝对称得上是个美丽的镇子，或者说迷人都不为过。可是，慢慢地，你又会对这份难以置信的美景表示怀疑：虽然没那么明显，却难掩有些做作的本质；这样优雅闲适的环境甚至有些预谋的因素。不仅如此，无论这些房子看起来有多漂亮、多舒适，总有一种难以名状的感觉让我们觉得，它们并不是人们真实的内心需求，只不过是人类娴熟技艺的一种展示罢了。无论出身显贵还是卑微，从来没有人在这里度过一生，在这里抚养孩子成长，直到那孩子长大继承这里的家业。这里的房子，即便是最不起眼的那个，其实都是不错的容身之所；不过即便建得再奢华，也依旧没有一个"家"所应该有的氛围。其实我们在兰斯唐广场的那个小窝也是如此。这类房子不是为了供人安家落户，仅是为了出租出售而已。这就好像成衣店里的衣服一样，因为不是量体裁衣，所以最多只能说是勉强合身，能穿而已。

类似的温泉胜地里，应该也只有巴斯是唯一可以和利明顿相比较的。不过我还是觉得这里的房屋建筑装饰是我在英国见过的最具有贵族气质的。看看这些别致的街道名称：兰斯唐新月街，兰斯唐广场，兰斯唐街，摄政街，沃里克街，克拉伦登街，上下阅兵场。比如"阅兵广场"这个名字，用在主街上就很合适，因为正是在这里，镇子里的人们每天重复着自己日常的生活，就像对着游客例行展示一样。我多希望自己的文笔足够好，能够把眼前某个正午时刻的景色完整地描绘出来，让每个人物都能跃然纸上。比如主街商店门口刚走下马车的显贵,比如坐在巴思椅中的老妇人或者苛刻的印度长官;再或者那些面色红润,还算长得不错的英国姑娘,不过我们美国人可能会觉得这样的评价其实更适合挤奶女工而不是风韵翩翩的少妇。再或者那些留着八字胡身着盘花纽扣紧身大衣的绅士,身上总会透露出一股子军队里的派头。还可能会有带着胖乎乎的小宝宝一起出门的奶妈,看着那些小家伙迈着不大稳当的步子跑跑跳跳,在这一点上,美国的小娃娃也是没什么两样。总之就是各种各样、各个年龄段的英国人。

说句实话,我提笔规划已经很久了,总是想写段东西描述一下利明顿阅兵场主街上的人们,初步定好写清晨散步的场景,借此来表现一下英式户外活动的画面。不过我却发现,在印象中,一时似乎还没有特别形象鲜明的备选人物来帮助我完成这幅全景描绘计划。

奇怪的是,唯一让我觉得符合标准的竟然是老年的英国妇人。在英国,我遇到过好多让我感到惊讶赞叹的老妇人。不过,她们却很难完全代表垂暮之际的女性,因为她们常常太过消瘦,忧郁脆弱,虽然这是衰老的必然结果,不过在她们身上仿佛更加明显。

以前我的确听说过有些英国女士在年老之际依旧能够保持端庄典雅。我并不是说作为一个美国人,一定要经过一番引领和培养,才能理解这样一份英伦韵味。只是这的确让我感到很吃惊,因为至少从外表看来,大部分年过五旬的英国妇人已经完全不符合西方人对于女性美的普遍衡量标准了。一般的女人发福之后,虽然体格会变大,可是体内主要还是脂肪,所以无论看上去还是摸上去都是软软的。而这些半百老妇,一样的体态臃肿,可是身体密度却大很多,厚实得像块牛排一样;虽然我也不大喜欢这个比喻,可是就是会忍不住觉得她就是一块大牛排。她们走起路来笨重迟缓,好像大象一样;坐下的时候又要占去好大一块地方，格外稳当，就仿佛没什么法子能让她再移动一毫。她们会尽最大能力表示对主的敬畏和崇拜，所以有时候你会觉得也许她们内心道德和智慧的力量真的比表面上看到的多得多。她们总是神情严肃，虽然没有特别明显地令人生畏，但是也的确算得上冷静得可怕。这样的印象不仅仅因为那冷峻的外表，更多的是受到那多年严格的自立精神的影响，她们仿佛知道这世界上所有的境遇，无论是苦难、困境、危险，并且总有能力将其打败。即便周围并没有什么让旁人觉得明显的侵犯挑衅性质的迹象和行径，她也依旧给人一种如七十四门炮战列舰强大的潜在攻击力。因为当你觉得周围一切安全的时候，却还是忍不住会去想如果有人挑衅，那这老妇人的回击会有多大威力，而她这样做又会对自己造成多大的伤害。与美国那些柔弱憔悴的同龄人相比，这些年过半百的老妇人看起来要强过十倍，不，是百倍，似乎完全有能力照顾好自己。不过我觉得那也只是表象，这并不代表英国老妇人的内心也更加坚毅和勇敢，也不一定她们就比别人活得更长寿。而且很有可能她们只在自己熟悉的环境中才会显得这么淡定，倘若游戏规则改变，那么她们同样也会显得孤立无助。

走在英国的大街上就能看到这样的老妇人，而在我的这本书中也会出现她们的身影。如果一位正当年的颇具风韵的少妇出现在舞厅里，那必然是一幅养眼的美景；可是，如果换作如这五旬老太一般的过季洋蔷薇，看着那臃肿的身躯和粗壮的臂膀，恐怕顿时就心情全无了。

不过如果仔细看去，在这一帮大妈中间，总还是能发现几个年轻的女孩子，柔弱却不失端庄，如初开的紫罗兰一般，带着一抹独特的英伦风情；虽然这个英国女孩子，不像美国女孩子那样甜美可爱，可是却有着一份矜持的美感，如将开的花朵掩映在枝叶之中。而绝大多数情况下,美国女孩子却很难做到。岁月总是残酷的,曾经娇嫩的英伦紫罗兰终究还是变成了俗世的牡丹花。自从男子携着他的妻子走入婚姻的殿堂,无情的岁月就不断侵蚀着女子曾经的美丽容颜,这样的不公平待遇有时候让我觉得,难道这算是合法合理的结合吗?换句话说,他们其实并不应该结婚,因为当时只是一场婚礼庆典,并没有包括这接下来几十年妻子一方要承受的重担。所以说,于情于理,在结婚二十五周年之际,总应该举办一场银婚纪念仪式,让夫妻双方都认真回顾一下多年来两人共同的成长和收获。

我几次来到利明顿,最喜欢做的事情就是在临近的乡间散步,或者从这周边众多的景点里挑一个去转转。一般的大路都很适合游人出行,道路两旁有成排的树木,树荫之下还会有长椅,让劳累的人们停下来歇歇脚。不过对于初访的游客,小路上面其实乐趣更多:从台阶延伸向外,沿着树篱,穿过一片开阔地,走过一个小树林,最终把你带到某个不知名的小村子。那里会有茅草顶的小屋,也有古旧的农庄,还有跟油画里一样漂亮的老磨坊、小河、池塘,一切都是那么安静、神奇而又不可思议,却也有几分熟悉,正如丁尼生[①]在他的田园诗中描绘的一样。这些田间小道让旅行者既能够深入地了解乡村生活,又能减少贸然前来而产生的愧疚感。其实和那条尘土飞扬的主路一样,这蜿蜒的小道和躲藏在后的景色,其实都是属于大家的,而且后者也许年代更久远。比如有些小路可能在罗马人入侵之前就已经存在了,再比如眼前这些连接村落的田间小道可能就是很久以前的先人们不断踩踏而逐渐形成的。如果换作一个美国农民,他可能就会把这些道路都犁平

① 丁尼生(1809—1892):英国诗人,重视诗的形式完美,音韵和谐,辞藻华丽,1850年被封为“桂冠诗人”。(译注)

了，然后种上大片的土豆和玉米。而在这里，无论是脚下的小路还是它背后的历史，都受到保护。在英国人眼中，过去是一笔宝贵的财富，而在我们看来不过如路边的野草一般。

我记得从“情人园”出发，沿着一条小路，就能走到一个长满了高大橡树和榆树的山丘上。站在那里，尽管周围常常迷雾围绕，却也能将沃里克城堡以及周围的美景尽收眼底。不过这条小路并不是我觉得最理想的那种，路的尽头并没有幽静的山谷和田园，而且很快就和主路会合了。小路的某一个分支连接了利明顿和另外一个临近的小村庄——利灵顿——那里与美国的乡村有着诸多不同，因而总会给美国人留下深刻的印象。利灵顿主要由一排毗邻的房屋构成，每户之间只用界墙分离。房子的风格各异，高低不同，虽然修建的年份不一样，但是在我们看来，都可以算作年代久远了。有些人家用的是灰色边框的格栅合页窗，房子也是灰色石制的。而旁边同排也有红砖房，有那么一两个风格还十分复古，可能是伊丽莎白时期或者更早的样式，主体是涂成全黑的橡木架构，空隙处填入碎石或者碎砖。如果单从修葺的痕迹来看，这些橡木架构应该算是最耐久的了。有些人家的房顶用的是陶土瓦片，而不大富裕的则大多是用茅草做顶，里面还经常会掺杂些草叶野花什么的。不过最让我们不能理解的是，这里的房屋之间都没有留下多少私人的空间，比如花园草坪什么的，而这些在美国都很常见。不过这里的建筑好像没有这个先例，它们都被建在了一起，就好像蜜蜂蜂巢一样。

其实，在第一排房子后面，转过一个路口，还有另外一排房子（或者说是社区）。不过个个都是又小又破，挨得都很近，房顶用的也都是茅草。我估计，这里住的应该是最穷困的手工劳动者，这局促的空间总让人感觉到这里生活的不适和不易。似乎对于生存在这样环境里的人来说,要时刻做到干净整洁、邻里和睦以及互相尊重,无论如何看起来都不大可能。不过仅从外表看来,这个小社区也算是我见过的类似景象中还算不错的一个。在这个排房前方是一圈修建整齐的山楂树篱,而且长势正旺;而每户人家都有一小块算是花园的私人地盘,中间用栅栏分割开来。花园里总是满满当当的,种的不是可食用的蔬菜,而是鲜花,虽然都是熟悉的品种,不过似乎颜色都更加鲜亮;有时候还会有被修剪成各种形状的灌木丛。我记得有一家门口的灌木就变成了生蚝贝的样子,那个据说是沃里克城堡的标志。这里的住户显然都很喜欢自己的房子,并且总是尽可能地把它们装饰得更加漂亮,他们做得很不错,好像老天也在帮他们一样,所以这里的鲜花、绿草还有灌木都是一副生机勃勃的样子。有时路过一些开着门的人家,会看到有小孩子在石头的台阶上玩耍,旁边则是一脸幸福微笑的妈妈们。我们被这甜蜜的家庭氛围所感染,看得有些发呆,这时候却突然有个老太太冲了出来,肩上扛着个大铁锹,上面还挂着串钥匙。一开始我们以为她是要来收拾我们,因为我们打扰了人家。后来才发现,情况危险得多。原来是老妇人养的蜜蜂盯上了我们,嗡嗡地飞得漫天都是,一个个飞过来撞在脸上,像子弹一样,生疼生疼的。

在这两排房子不远处,一条绿荫小道从主路分岔而来,指向一个广场。那里有灰色的塔楼,城垛刚好高过旁边的枝叶,从远处便能看到。一路顺着走过去,眼前正是一个典型的英式乡村教堂。塔楼是诺曼式的,低矮而厚重,顶端用城垛装饰。教堂本身也并不张扬,屋檐很低,好像我拿手杖都可以碰到顶。我们透过窗子向里面看去,屋内昏暗而安静,空间并不大,但是用作宗教仪式少说也有几百年了,神圣的氛围一点都不输给任何一个大教堂。厚实的房梁上有几个尖拱,将教堂的中殿和旁边的走道分割开来,历经百年风雨依旧恪尽职守。这里还有一架风琴,被放置在墙边特意留出的一面拱形顶下,每周就用它来为宗教仪式伴奏。而在教堂的另外一面墙上有两扇窗户,窗户中间挂着一块白色大理石的壁画,上面有黑色的铭文,难得这次可以看清楚上面的纪念文字,这在平常并不多见。一般的英国人死后都会埋在地下,用一块平齐于地面的石板作为墓碑。教堂里颜色单一,没有任何现代的绘图彩窗,也没有其他别致的装饰,似乎所有现代人的复古审美在这座简朴的灰色教堂面前都显得有些多余。来这里参加祷告的估计多是些当地的普通农户,所以过多的装饰似乎也就没有了必要。不过,如果当地的领主要来这里周末礼拜的话,那在教堂的圣坛上肯定会有一把精雕细刻的舒适座椅,上方高处悬挂帷幔,旁边还会放着火炉,而且一旁的石板和石柱上肯定也会有家族世袭的盾牌标志。

多年来往的行人在教堂墓园外踩踏出一条小路,打开门闩,进入院内,可以看到各种各样的墓地和纪念碑。纪念碑基本都是摆在墓穴前,从上面刻下的时间看来都还不算久远。有的墓碑上的烫金铭文甚至还在阳光下微微泛光,这的确和这么古旧的墓园有些不大相称。我以为,这片土地想必已经被挖起翻动过好多回了,埋下的尸骨也怕是难以数清,这些逝去的生命就如野草野花一样,度过了自己短暂的一生,然后悄悄离去。英国的天气很不适合纪念碑的露天保存。不是阴雨便是雾天,只需二十年的工夫,一座崭新的石碑看上去就会变得像古迹一样,而同样的效果在我们美国那么干燥的环境中,少说也要一个世纪。碑上的铭文一两年后可能就已模糊;再过不了多久,就会长出苔藓来。可能当你还难以忘怀逝去至亲至爱的痛苦的时候,那块墓碑上寄托哀思的铭文却早已被雨水冲刷了大半。时光总是轻易地在英国的墓园里留下足迹。有时候,如果某个墓碑上的字迹已经完全模糊,那么教堂司事就会请人把旧石碑移走，没准把它改成壁炉底板，然后把本来的墓主人请出来，给这个地洞换上一个新住户。在塞勒姆的查特尔街区公墓，还有易普斯威奇的山地墓园里，我都见过很古旧的墓碑，可是要论那碑上的铭文，无论哪个看上去都要比这里的清晰得多。

这样阴雨绵绵的天气让纪念的铭文总不能长久保存，不给人们一个怀念故人的机会。不过有的时候，有些平地放置的纪念碑反而成了例外。雨水积聚在刻字的地方，还没有完全阴干，又一场雨便接踵而至，字迹反而越来越清楚，跟水滴石穿的道理有些相似。苔藓和地衣也在这潮湿的环境中出现，长满了刻字的地方。就这样，一年过去了，两年过去了，许多年后，石碑上的字迹就只剩下“这里长眠着×××”，而其余无用的华丽辞藻都湮没在了那绿色丝绒之下。逝者的名字在多年之后反而因为这特殊的天气而变得更加清楚了，这也让他不会在亲友逐渐褪去的悲伤中淡忘。我第一次见到类似的状况是在柴郡的白宾顿墓园。也许上天是垂怜这许久之前逝去的生命，所以才会让关于他的这份记忆永葆青葱。我想也许刚才引用的那句谚语应该就是源自这里了。

我们挑了一块平放的石碑准备歇歇脚，石碑的位置放得正好，可以当个椅子用用。我注意到，其中的一块墓碑离教堂很近，从教堂屋檐上掉下来的东西也会溅到这个墓碑上，看起来就好像墓主人想要爬上教堂的墙一样。走到跟前，我们发现石碑上有一行不太清晰的墓志铭，大概是这样的：

“来时两手空空，去也一身清白，匆匆入土为安，无人为之悲叹。”

估计要想把这样一个悲冷凄苦的故事两三句讲完是不大可能的，讲得引人入胜那就更难了。

不过至少我们觉得还是挺有意思的，因为我们需要除掉石碑上的苔藓才能了解这墓主人到底经历了怎样跌宕起伏的一生。这个墓碑位于教堂的背阴面，距离那一面的地基墙只有三英尺[①]远。所以说，除非这墓主人天生个子矮小，否则他应该至少被移动了两次才最终被安葬在了现在这个地方。这也难怪他的墓志铭里会抱怨为何葬礼如此寒酸。从石碑上的字迹看来，墓主人名叫约翰·特里欧，于一八一〇年去世，享年七十四岁。墓碑上杂草丛生，布满了苔藓，想必已经是有些年头了，估计应该也很少有人有心情来探究他的身世谜团。虽然从他的墓地看来，他似乎一直都被大家所遗忘，不过还好我们知道了他的故事，在他去世五十年后，能给予他些许迟到的关心和同情，同时让他至少在利灵顿的这个墓园里更为人所知。

在临近的村镇总能发现类似的老教堂和村落，相隔不过两三英里[②]；我想要讲讲那里的故事，不是因为它们有多罕见，只是觉得它们太普通却又富有个性了。从利明顿出发步行二十分钟，有个叫惠特纳什的村子，如世外桃源一般，好像从未受到过现代社会的影响。换句话说，这里就好像百年前的利明顿一样，没有杰弗逊先生发现的神奇泉井，也没有之后的那些阅兵广场和新月街道。我有时候甚至怀疑，这里的居民有没有听说过铁路，或者公共马车？当你走进这个村落，首先映入眼帘的便是一棵高大茂密的榆树，枝叶如华盖般高高在上。站在这树下总会心生踌躇：到底要不要继续前行？因为一面是这个旧时代的世外桃源，一面是你刚刚走来人头攒动的现代街区，两者之间实在差距太大。最终还是决定进去转转。走了不远就发现自己已经置身于村子的中心，抬眼看去，一圈古旧的乡村房舍围绕着中间的公用绿地。绿

① 英尺：英制长度单位。1英尺等于0.3048米。（译注）

② 英里：英制长度单位。1英里等于1609.344米。（译注）

地的一边是教堂,典型的诺曼塔楼和城垛,旁边紧挨着的就是牧师的住所,屋顶的尖顶和两侧的山墙[①]都很漂亮。第一眼看过去,这里的房子应该都至少有两三百年的样子了,古老的木质架构,有些简陋的茅草屋顶却也成了鸟儿的好住所,这一份清新自然让人格外喜欢。

教堂塔楼布满了苔藓,满是岁月侵蚀的痕迹;正面和侧面从上到下间或分布着观察孔,低矮的入口上方是个拱形的窗子,上面的玻璃破旧昏暗,形状奇怪,在这里仿佛就可以从过去窥探到现在。从这座建筑的投影里能看到古旧狰狞的怪兽墙饰的样子。教堂的庭院很小,周围是一圈同样老旧的灰色石头围栏。塔楼前方的公用绿地上,是一棵紫杉树,没有人可以说得出它到底有多少岁了。它树干粗壮,但是顶上的枝叶却对比起来显得有些少,也许早些年撒克逊人攻占建立惠特纳什村的时候,这紫杉的枝叶还是很繁茂的。一千年的时光对于紫杉树来说不算什么。正说话的工夫,发现有两个小家伙正从枝干中间的空隙中笑眯眯地看着我们,这着实让我们感到很惊奇,这样一棵古树中竟然还藏有这么年轻而有活力的生命。紫杉树的一边是一副虫蛀后的树干残架,我很好奇它到底是用来做什么的。后来我才明白,原来它就是这个村子的脚枷,估计想当年在这里受罚的人也不少。不过现在它就只有被抛弃在教堂庭院慢慢腐朽的命运了。也许这样古老的惩罚方式在惠特纳什已经不复存在,只不过碰巧郊区的牧师有收藏文物的习惯,所以才会把这东西从某个隐蔽的角落里拖出来,并且放回原来的地方。

在英国,每见到一处旧时的景象,总会引发我对过往岁月与当今时代的思考,而我也忍不住想要把这些告诉你们。而且这些思考通常只有美国人能明白。面对这个古老的国家,即便你已经在这里待了很

---

① 山墙:又称三角墙,指人字形屋顶的房屋两侧的墙壁,常用作承重墙。(译注)

久,对周遭的事物也都已经熟悉,可是却还是忍不住感慨古与今在这里何以如此和谐地继承和交融。比如眼前这一个小小的惠特纳什教堂,虽然外表看起来有些寒酸,几百年来却一直默默为传播天主教做着自己的贡献;而如今你看到的那些怪兽墙饰也许跟当年克伦威尔的军队入侵时打破的那个是一模一样的。同样的还有眼前的这棵紫杉古树,如同有利爪一般,深植于泥土之中,任凭岁月的飓风撼动也从不松动一丝一毫。这古树就好像有生命一样,为你讲述曾经发生过的故事。它一直就生长在这里,看惯了人们生活的点点滴滴:人们出生、受洗、结婚、去世,最终被埋葬在教堂的墓园里。几个世纪以来都是这样,古树知道至少五十代惠特纳什人的故事。

不过这样看来,这古树的生活又该是多么单调,简直是难以想象的枯燥!这也许就是我作为一个美国游人,对于这里最终的印象。我不再因为发现了新的古迹而欢呼,反而更想念美利坚人对于变化的热衷。我不愿意再待在这样沉重的氛围里,所有的事物仿佛都是一样的轨迹,多少代的先人在这里成长、结婚、逝去,从未有过改变。这一切看似生生不息,但是生命仿佛就在它最繁茂的季节被永远地禁锢了。在这里,一个人活在现在和活在一百年以前没有任何区别:走同样的街道,娶性格面容都类似的妻子,连寿终正寝之后盖在棺木上的那抔泥土都无大差异。从金雀花王朝一直到如今的维多利亚时代,这里的房子都是同样的这一座,门口的石头门槛也在这几百年的踩踏过后变得不再明显了。而我们美国那些乡间农夫的生活也许要比这有意思些,他们不愿意墨守成规,总愿意去不断寻找"新鲜的树林和牧草地",而不是这样,守着一份慢悠悠的生活:每日在公共绿地闲逛,在世袭的土地上劳作,听牧师在那老教堂里重复着百年未变的冗长祷告词。我们喜欢改变,无论是地点、社会风俗、政治体制还是精神信仰。我们相信,现有的一切终将消失,而后来的社会体系一定会更好,将会有更优秀的一批人在那样的社会中生活,并且不断进步。

然而,虽然美国人愿意不断地成长和改变,这也似乎是我们国家和国人的生存法则,不过固执己见的英国人却没有那么多要求。可能是因为他意识到这些强化的条条框框会有碍于他成功改变。就像我不喜欢在英国看到嫩绿的常青藤蜿蜒盘曲在古老的石墙上一样吧。不过还是有变化发生的,即使是在惠特纳什这样不起眼的小村庄里。记得后来我又来过这里,仔细地观察了紫杉树周围和教堂对面的那一圈并不大规则的住房,我发现有些房子其实也是新建不久的,虽然那茅草顶、古怪的三角墙还有橡木质的架构都让人很容易把这一切都和古旧的老房子混在一起。教堂本身也正在进行修缮和维护,这也可以算作是一种改变了。泥瓦匠正在教堂塔楼正面做着拼凑修补工作,并且准备用厚石板和砖块来加固边墙,不过也有可能在原有的建筑外多加一个走廊。除此之外,他们还在教堂的墓园中挖了一个巨大的坑,又长又宽,大约有十五英尺深,这里以前都应该是埋放尸骨的。为什么要挖这样的一个大坑,我无从知晓。朗费罗[①]曾说过:“把已逝去的永久掩埋。”[②]也许惠特纳什此举正是要实践这句伟大的诗词。如果真是那样,那埋下的数量一定不少,而且坦白地讲,好东西也肯定会很多。

其实没什么可以安排,我就是自然而然地写下了这篇文章,主要讲的都是乡间的教堂;不过,我的确原本打算再简单介绍一下利明顿

---

① 朗费罗(1807—1882):美国诗人,曾任哈佛大学近代语言教授,主要诗作有抒情诗集《夜吟》,长篇叙事诗《伊凡吉林》《海华沙之歌》等,还翻译了但丁的《神曲》。(译注)

② 出自朗费罗的著名抒情诗《人生颂》,它以一个年轻人的口吻表达了诗人对人生的见解,以及如何认识生命的时间性,并指出人生的目标、道路在于行动和不断地自我超越。(译注)

周边的几个镇子的，比如沃里克、考文垂[①]、坎尼尔沃斯和斯特拉夫德。其中，有一个教堂给我留下了很深的印象。教堂在哈顿，那天午饭前我正在附近闲逛，碰巧停在这里，准备去这里瞧瞧，因为这里曾经住过老帕尔先生，他曾经是这里的教堂主持。哈顿这地方，没有旅店，没有商店，也没有连排的房屋（而绝大多数的英国村子都有，虽然规模都不大）。就只有古老的农舍，一个个都宽敞得很，不过互相距离有点远。每个农舍都有一片自家的领地，里面有果园、田地、谷仓和麦草垛以及其他一些田间乡野应该有的景物。这看起来总不像是现代人的居所，一切都生长得那样繁茂，然而又都保持适当的隐私，房屋建造在岔路口处，入口是个带门闩的大门，就那样敞开着，让我感受到一种无声的邀请。或许在沃里克郡的某个山谷中还会有比这人口更多的小村镇，跟哈顿有各种相像，只不过我没有找到罢了。

走上一条小路，在某一个通向沃里克郡的方向转弯，就到了帕尔先生的教堂。就像我之前讲过的那些老教堂一样，这里也有一样低矮的石头塔楼、小广场，塔楼顶上是一样的城垛。这样看来，似乎所有的教堂都是一个模子刻出来的，规模一样，相比起那些著名的大教堂来说，样子也基本相同。当我走近教堂的时候，正午的钟声正好响起（钟的个头虽不大，可是声音却一样浑厚悠远）。教堂被周围的墓地环绕，远离路边，与周边的房屋群都不相邻，也没有看到旁边建有牧师的住所；整个教堂都被树荫遮蔽着，而不是只有常青藤这单单一种。大厅的表面不久前刚被用一种黄色的灰泥覆盖或者清洗过（这想法很愚蠢，可偏偏英国的教堂负责人就喜欢这么干），毁掉了曾经的岁月感，不过

① 考文垂：英国英格兰西米德兰郡城市。曾以纺织业驰名于世。建有英国诗人丁尼生的两座纪念塔和三一教堂。（译注）

还好塔楼本身依旧是曾经的暗灰色的样子。教堂高坛的窗户画着代表性的基督十字,而其他的窗户上也有着不同的绘画和图案,不过它们中间却没有一个是古旧的(如果有人不介意我这样贸然定论),也没有一个拥有着那样的柔和光辉,这本是这一类作品从中古时期以来就应该继承和蕴含的。我走过那一片墓地,透过两三扇窗户窥探过去,出乎意料的是,教堂里面反而是一片温暖舒适的感觉,透过那一扇扇的玻璃窗展现出来的景象如梦中的场景一般。屋内的地板都是崭新的紫杉木,与我们在新英格兰见到的会客厅一个样子。不过我觉得,也许哈顿的农户家里比这个更温馨。那些曾经在弥留之际在帕尔先生祷告中睡去的人们,多半在多年之后也都长眠在了这个教堂里面,而自那之后受到的精神洗礼似乎也应该比他们在世的时候要多得多。这样的例子看起来有些罕见(不过即便是例子很多的时候),帕尔先生怎么会被安排在这种地方?他博古通今,却并不擅长讲经布道,有时浅显的道理也会被他讲得有些高深。眼前这一群愚笨的听众,如果想靠帕尔先生来拯救他们的灵魂,恐怕是不可能的。

似乎总是这样,每当我造访这些我想要向你们介绍的地方的时候,我总有种似曾相识的感觉。即便是那些被藤蔓环绕的(比如巴比顿教堂,就是我第一个讲到的那座)英式教堂,在我初来英国之时却也觉得很熟悉,因为那里好像塞勒姆的老会客厅。每当冬日的主息日之时,那里都会成为我心目中童年的炼狱。这是一种令人疑惑却又愉悦的感觉,如夏日的微风拂面,让我想起无数个相似的事物,就如阳光一般稍纵即逝,总不给我留下时间仔细欣赏回味。当然了,其实答案很简单,就是因为我看了很多的史书、诗集、小说、游记和游客访谈,这些都让我对英国的景物提前有了充足的了解,这些曾经在少年脑中美妙的幻想,如今就这样出现在我面前。但是,曾经的想象影响太大,所以我有时候也会怀疑眼前的想象是否是脑中的幻觉，或者是那些游记中先人们的记忆一点点地影响甚至移植到了我的脑中。的确，我感觉自己就像两百年后重访故地一样，那教堂、塔楼、农舍、木屋，一切的一切都和两个世纪以前没有什么区别，还是同样的林荫道，还是同样的迷雾天，还是同样郁郁葱葱的田野地，仿佛曾有的记忆被一步步地唤醒。

总的说来，无论相识多久，美国人一般都不大喜欢英国人。不过我觉得倘若我们不那么冷漠，仍然把自己的意见表达出来，依旧还是会吸引到这群英国人的注意，没准还会有一两声回应，虽然通常不会是什么好声音。他们其实常常会因为某些在他们看来不合体统的事物而感到局促不安，而这在别国人（特别是美国人）看来却往往很稀松平常。当然了，他们从来不会承认这一点，这样的性格仿佛就像他们的艾尔苦啤一样是生活的必需。所以他们觉得应该美国人在这里也不会像他们过得那样惬意吧。如果真是那样，那他就不应该被称为美国人了。一个美国人无论在英国待多久，都不会像他们一样如此热爱自己的国家。有时候我会想，如果美国把英国吞并了该多好，这样我们就可以让三千万的英国人移居到我们广阔的西部地区去，而把我们中的一半或者四分之一转移到英国来。也许这样的做法于我们双方都有好处。我们这些在干燥地区待久了的家伙，变得越来紧张、憔悴而狂躁、悲观、蔑视他人、做事没有持久性、纸上谈兵，似乎需要有个地方让我们静静心。而这群英国佬长时间地蜗居在他们的岛国上，变得越来越行动迟缓、瞻前顾后、势利实际，总之就是太英国了。也许几个世纪之后，他就会变成世界上最世俗的生物了。而我们美国普罗维登斯的英国后裔因为和其他的种族成功地融合，如今发展得欣欣向荣。这样看来，每一次对于英国的占领和征服都应该算是对当地种族的一次提升。难道美国人和英国人不能就此达成一致来共同利用一下两个国家的优势吗？

3

沃里克的故事

前面不远处有两条路，不过来往的行人并不是很多。路的一边是这一百年来兴盛发达起来的利明顿，而另一边则是有些破旧的沃里克，据说建城的时间比中世纪还要早个一千多年，这样算来应该大概是在辛白林①暮年的时候了。

其中的一条路从利明顿的小型阅兵场起始，沿着新月街道，绕过榆树荫蔽下的伊丽莎白时期小别墅、路旁的艾尔啤酒馆和一小片新建的村舍，最终到达沃里克的主街道。站在这里，无论是爬满了藤蔓的城堡角楼城垛，还是高高耸立的圣玛丽教堂塔楼，都看得清清楚楚的。镇子入口不远处就是圣约翰学校，外面用高大的石栏隔开，远远看见里面一幢古老却装饰精美的石制建筑，门廊宽敞大气，栅格窗子向外凸出，最顶端是一排四个三角墙。一切都由于常年的多雨天气而布满了苔藓。学校的门口处是一道铁门，透过这里能看到里面郁郁葱葱的草地，仿佛也能看见以前这里那些腼腆小孩子，他们曾经就是在这里翘首张望，好奇着门外的世界。我忽然觉得这种老式的英国学校(男校)

---

① 辛白林：英国剧作家威廉·莎士比亚作品《辛白林》中的主人公，作品大约创作于1609年。故事主要基于古代凯尔特族不列颠国王的传说，主题是清白与嫉妒。(译注)

总会给人一种交错穿越的感觉:还是同样的教室,如今的学生竟然跟几百年前的先人一样,坐在同样的长凳上,学着几乎一样的语法或者算术。而如今的美国学校校委却完全不认可这样的教学方式,也许他们激进的观点还会让英式的学界权威们大为光火。

从这里原路返回到利明顿,我们可以选择去另外一条平整笔直的沙石路上遛遛。这是我最喜欢的一条小道,两边是高高的榆树,时不时还会点缀着一两个小村舍或者小别墅,可能这一边还是个种植园,那一边就变成了一大片草地或者麦田。路的尽头右转弯,是一座横跨艾冯郡的拱桥。桥面两边的矮护墙由沙石堆砌雕刻而成,上面还有不少人名或者缩写,刻得浅的已经字迹模糊,刻得深的则会因为表面长出的苔藓而越加明显。这些石刻说明这里应该还算是个小有名气的景点。这里的风景的确不错:眼前的小河波光潋滟,两岸的垂柳身姿摇曳;不远处便是宏伟壮观的沃里克城堡,高耸的角楼俯瞰着外围的护城林。一切看起来都似乎太不真实了——布有狙击点的塔楼,长长的城垛,数量庞大的扶垛,还有硕大的格栅窗——这分明就是人们常说的千年古堡的样子,而如今就这样真真地出现在了我们眼前。仿佛眼前的这条小河(这里也是莎士比亚的艾冯郡,有着跟他同样的魅力)将我们带入了几百年前的骑士时代一般,波光粼粼的水面上倒映着这附近的景象,分不清哪个是真,哪个是假。石墙上的低洼凹陷展示着岁月的流逝。远处的城堡实景在云端若隐若现,而河面上的倒影又好像让这封建时代的堡垒得以永存。

一座爬满藤蔓的残桥从城堡一面跨河而来,却在半中央戛然而止,不过这也让眼前的景色更加远离尘世。倘若真有骑士或者贵妇的马队从古堡里走出来,途经这样一座桥,想必也不会比我们更多地触碰到这现实的土地,此刻,我们仿佛是站在现在回顾过去。倘若我们非要打破这样美丽的意境也并不难,而事实上我们的确这么做了。跨过艾冯桥，再向前走不远便是城堡的入口处。大门就在路边。城堡会定期开放，只要你愿意付点小钱，略表一下对伯爵家领地的尊重和支持，都可以进入其中参观一番。这里房间个个都历史悠久，传统英国大家族必备的屋内陈设也是一个不少。而且随着时间流逝，这些物件也会越发价值连城。不过当你一个个屋子转过之后，也许就会觉得沃里克城堡的梦幻光芒也消失殆尽了。因为带你游览的侍者永远像个导游册子一样，单调无味地重复着这里曾经发生过的各种美丽或者诡异的传说和故事。所以，我觉得最好的方式，其实就是站在桥头，透过那微弱的阳光下尚未散去的迷雾，远眺恺撒塔楼和盖伊塔楼的风采，让这迷人的景象永远地留在脑海里，而不是一定要爬到城堡之上，亲手触碰一下那里的每一块石砖，每一级台阶。对于这些远古时期的遗迹，似乎留在曾经的传说之中才更加真实。

这条路从艾冯郡的这座桥出发，经过城堡门前，通向沃里克的主街道，这街道比城门口的圣约翰学校更靠近城中心。我觉得切斯特已经可以算作英国比较古老的村庄了，可是跟沃里克主街两边的房子相比起来，历史的沧桑感便也少了很多。这里的房子都是典型的都铎式建筑，橡木制的横梁因为长时间的重压而有些弯曲变形，中间填补的石灰石块也有多次填补维修的痕迹，而本就低矮的门口处地板石也有些下陷。房屋的二层一般都是三角墙的形状，比底楼多伸出一部分到街上，感觉就像二层骑在了一层的肩膀上向外张望一样。屋子的窗户也都很有意思，分布在房子的不同位置，形状也是奇奇怪怪的。比如有的就开在了房顶上，基本都是格栅状的窗框，中间装着大概二十块左右的玻璃。这种都铎式建筑，一般都有着很显眼的橡木架构，将房屋的结构完全展示了出来。这跟我们观察一个人的外形很像，只不过这次是把骨架摆在了最外面，人们要通过这个架构观察里面的内容。如今的建筑工有时候也会模仿这样的风格，而且最终的结果看起来也的确不错。不过反对的声音也不少。有人认为这样仿古风格的房子有些矫揉造作的感觉，因为这房子好像就是造着玩儿的一样，甚至说得严重些就是儿童积木的放大版，没人会愿意在这样的地方经历诸如出生或死亡这样重要的人生时刻的。我们需要创新，因为终有一天我们也会变成历史；如果只是一味仿效前人，那到时候我们又有什么能留给后人呢？

类似这样的老房子（至少外表看起来都是这样的风格）现在无论在原来古城墙外面还是城中都能看得到了。主街一直延伸，穿过一道拱门（拱门上面是一座教堂抑或是某个宗教建筑）便进入了城镇的中央。我第一次来这儿的时候，碰巧看到了一次军队阵营游行。那应该是伯爵麾下的一个民兵团，他们当时正好行进到集市所在地。有一位将领的衣领上绣着一只站立的熊被锁链拴在木桩旁边的图案，这个据说是沃里克伯爵的家族族徽。这些士兵都是些坚毅的青年男子，有着英国乡下人特有的淳朴、执拗却又善良的脸庞，一个个看起来都精神抖擞；只不过队列行进一结束，估计也会立刻变得涣散下来。整个的军团队伍很长，所以几乎在每个街角都能看到哨兵。我注意到，一个中士正手握一把巨大的钥匙在那里站岗（那钥匙很大，应该曾经是城堡大门的钥匙，因为那扇门应该是最厚也是最沉的）。曾经的国王也许正是在我今天看到队列的地方集结自己的队伍，而如今，几百年过去了，仍然有全副武装的战士在领主的召唤下列队经过这里。

比起我们刚刚经过的城郊，镇子里面好像并没有那么古旧。高街上的店铺橱窗用的都是现代的平面玻璃，而建筑物的墙壁也都是拉毛灰①

① 拉毛灰：一种传统的装饰抹灰手法，不仅能够营造出墙面的肌理美感，而且具有吸音功能，多用在有音质要求的礼堂和影剧院等场所的内墙。（译注）

的。一切都很新，让你面对它们不会产生什么过往时光的感慨。这样看来，这样的店铺搬到美国去完全没问题。不过，在这修葺一新的外表之下，其实始终隐藏着这样一种气质，和中古时期的哥特风格店铺似乎一脉相承，多年未变。这就好像英伦性格的一个缩影。我们美国人讨厌过时的东西，而英国人则会仔细琢磨，想法子让旧事物适应新环境。已有的事物给新东西奠定了坚实的基础，反而能让它从中汲取更多的能量和动力，不过这漫长过程中的种种限制和挑战或许也只有英国人可以忍受得住。不过，英国人似乎也很享受这种时间的厚重感，或者说，这已然变成了英国人天生性格的一部分，永远无法割舍。这样看来，英国人应该是很享受这种感觉，那不如就让他们这样幸福地踟蹰前行吧，而这样的心理，不了解英国的旁人是无法理解的。

美国人有这样一种心理，就是面对纯粹古旧的习俗或者建筑，而不是现代的仿古货，总会大加赞扬，因为我们觉得在如今这样现代的社会中居然还有这种垂暮之年的景象，实在是难得。

这样的景物在沃里克可谓随处可见。向镇子西边走去，我们发现了好多巨大的天然岩石，似乎是整块地被凿刻成了某种建筑的形状，中间有一个拱顶的过道，样子原始得好像辛白林时期的古迹城门一样；巨石建筑的顶部，也就是拱顶上方，是一个又小又旧的教堂，将这里和街道这一侧高度相同的一个或者一排建筑都连接了起来。成排的高大树木茂盛浓郁，树荫将巨石排房遮住了一半。这应该是代表了这种橡木石灰的建筑中比较奇怪和古老的一类：房屋的前方向前延伸，形成了门廊和前厅；上方是巨大的三角墙结构，有的是成排直立出现的，有的略微向后倾斜，形成了房屋的顶子；窗户一般都是折页的，不过位置和形状却都各不相同；烟囱一个个都很突兀地从房顶上冒出来，感觉并没有什么固定的用处一样。总的看来一切都还是很破旧，比如二层向街上延伸的那一部分，用来支撑的木梁好像已经有些不堪重负，不过这里人维修房屋的技术也是不错，让你觉得依照这个情形，这老房子再安全挺立个几百年是绝对没问题的。屋子门口一般都会有长凳，天气好的时候最适合坐下来晒晒太阳。街上的行人不少，不过有一群人却很容易抓人眼球。这是一群身着大斗篷的英国老绅士，佩戴着沃里克伯爵家族的银质勋章，在太阳下闪闪发亮。他们其实是住在莱斯特医院的“十二教友会”的成员。这个组织一直延续着伊丽莎白女王时期的身份认证的制度，而且他们好多的生活方式现在看来也只能用鲜见来形容了。

莱斯特医院所在的那幢建筑远比“十二教友会”要历史久远得多，打从中世纪时期就是一个宗教性质的男信徒组织所在地，直到亨利八世时期的“宗教改革”才发生改变。早年的僧侣们都会仔细挑选自己的居所，并把它们建造得尽可能地宜人和便捷；而这也让后来的居住者们很容易就能把这里改造成稳定而又舒适的家；就这样，这些房子保留了下来，而且还保留着些曾经的神圣而令人敬畏的气氛。我们眼前的这个地方最早好像是赏赐给尼古拉斯·雷斯特雷奇爵士的。也许他当初是想跟其他人一样，在推翻了罗马教皇的控制之后，在自己家中也设置一个神龛，并且在自己死后也能安葬在圣坛的旁边。不过那个时候，人们好像普遍反对把家族的兴旺和福祉都寄托在某一个古老的宗教。时至今日，还是有这么一种迷信的说法，半是幻想半是笃信，认为教会的财产总会有种不祥的诅咒，无论是对于早年接受封赏的人还是后来的继承者，即便你只是按规矩借来或者买来也不例外。奇怪的是，有些现在正住在这些老房子里的人，却很乐于向你讲述他们前人所经历过的各种诡异和不堪的离奇死亡事件，也似乎愿意自己来找寻事实的真相。是否尼古拉斯·雷斯特雷奇爵士真的是个终日紧张兮兮的都铎王朝后期的人物，我无从知晓；但是有一点很确定，那就是他很快就让自己从这教堂的折磨中解脱出来了。而后的二十年，这幢建筑成了达德利的居所，他也就是著名的莱斯特伯爵，沃里克伯爵的兄弟。他把这个古老的宗教场所改作慈善用途，在这里投入了大量的资金，为十二个贫穷、诚实，却因战争而致残的战士在这里建造了一个家，他们中的好几个都是伯爵的家臣，来自附近的沃里克郡或格洛斯特郡。这些退伍老兵以及多年之后跟他们状况相似的人都居住在这里。他们每天经过同样古旧的走廊和大厅，过着同样老派却又舒适的生活，穿着同样样式的大斗篷，胸前的徽章擦得闪闪发亮，一切都遵循着莱斯特伯爵时候的样子。据说莱斯特伯爵当年并没有多少好名声，却唯独做了这么一件好事，让他能够名留青史。

拱廊入口处上方有一块凸出的地方，写着“一五七一”的字样，还挂着几个伯爵家族的盾徽，而在大门的正上方就是一座沃里克伯爵族徽的雕塑。

走过了拱门，就到了四方院，或者说是个相对封闭的庭院，这在伊丽莎白女王或者更早时候算是一个大家族民居的中心地带。说起这样的风格，莱斯特医院算是个更典型的例子。四方院是苍穹顶的大厅，从房子的哪边过来都很便捷。透过老式的窗子看进去，内部的四个分区，每个都是一样的高挑的房顶搭配着三角墙，每面都有开放的走道和画廊。相比于临街的一面，这里似乎有更多的装饰品、橡木雕刻，更复杂的原木结构。在拱门入口处对面的墙上写着这样的几句话，“尊敬他人”“敬畏上帝”“尊重国王”“友爱兄弟”，听起来像是道德准则一类的东西，而这些想必对于今天维持教友会依旧很重要，似乎是一种特别针对屋子里这些早年艰辛不易的老兵们的格外提醒。而在医院监理人居所的一边，墙上的话则是“统领他人之人必先为人正直”。这些警句都是用老式的英文字母写的,也算是这幢房子一个独特的装饰。这里的每个地方,无论是墙上、窗户上、门上,只要有余地,都挂着武器徽章、家族纹章和各种饰章,颜色样式各异,似乎在向我们不停叙述着曾经的辉煌。其中一件的图案很惹眼,中间是一只巨大的豪猪,外围是一圈装饰环,据说这是李勒家族的标志。不过最显眼的还是沃里克伯爵家族族徽的图案,出现了好多次,形式多样:有全幅的,也有半身的;有绘画版的,也有橡木雕刻的;还有浅浮雕的,或者放在圆形图像里的。想必医院的建造者是想把他的善举在家族中不断地传扬下去;如果他早出生五十年,或许还可以责令这十二位住客一起为他的灵魂和福祉祈祷。

我第一次来的时候,有些教友正坐在门外的长椅上休息,不时望着不远处的街道;他们根本就没有搭理我,只是沉浸在自己古老的制度和大斗篷里,好像完全与世隔绝一般。和他们搭个话,仿佛是从现在对着遥远的伊丽莎白时期隔空呐喊一样。所以我便径直走入了四方院。这里有些冷清,只看到一个衣着整洁的老妇人碰巧路过,从她要做的事情和样子,我才觉得她应该是这个现实世界的人,而不是某个过去的魅影飘过。我问她是否可以进来,她说可以,回答得很自然也很客气,并且告知我可以随意参观,只不过不要擅自去开这些老兵的屋门,因为以前总有不守规矩的游客这样贸然打扰了老兵们,影响很不好。在她的引领之下,我来到了这座建筑的中央大厅,在这里沃里克伯爵曾经宴请詹姆士一世,在旁边布满蜘蛛网的墙壁上隐约有相关的铭文记述。这里十分宽敞,足够用来做谷仓了。砖石地板,高大的苍穹顶,椽子都是用橡木做的,雕工精美,不过想要在这样灰暗的环境里把高处的图纹也看个清楚怕是很难。曾经这里应该是一派富丽堂皇的景象:墙上挂着提花挂毯,顶上是枝型吊灯,灯影在银质的餐具上留下闪闪的回影，餐桌旁是高高在上的詹姆士一世和各位王公贵族，推杯送盏，觥筹交错。而如今，它早已经被移作他用，用我们美国人的话说，变成了酒窖和盥洗室，或者变成了这些教友为自己单独储存煤块的地方。

老妇人离开后，我又返回了四方院。这里很安静，环境幽雅，虽然装饰有些古旧，可是对于住在这里的老人来说却是个不错的选择，即使外面正值严冬，也无须担心这里寒风刺骨。墙的一侧种有灌木，另外一侧则是回廊，墙上挂着牡鹿头，再往上是一道带着栏杆的楼梯，墙上挂着一整排的画作。在这栋房子拱门出口的对面就是医院监理人的住所，透过窗子看进去（虽然我也不确定刚才那位老妇人是否允许我这样做），这是一个低矮却十分舒适的起居室，家具都很不错，几乎可以说是奢华了。壁炉的拱顶很大，延伸面差不多有一整面墙，不过中间放置炭火的地方却显得有些狭小。向里面看去，面对眼前的各种陈设，我觉得这房间主人的日子实在是令人羡慕，既能够享受以前的各种古旧奢华，同时又可以利用现代人的智慧结晶来弥补过去的不足。在四方院内有回廊的一侧，高大的橡树窗格让这个封闭的空间显得越发昏暗。我看到一扇窗子，虽然被帘子掩着，却依旧可以隐约看到后面的一丝暖红的火光，同时还能听到有东西咕嘟冒泡或者水开的吱吱声，毫无疑问，那锅里的东西肯定是鲜美无比，一阵阵的香气飘到我面前，这一切都让我觉得莱斯特医院是整个英格兰最让人心情愉悦的住家了。

我正要离开，这时又一个老妇人出现了。她穿着很普通，身材有些臃肿，却依然让人看起来很舒服，眼角因为微笑而泛起了皱纹。她正好穿过这个拱廊，好奇地看着我。我原以为这样一个曾经的宗教场所应该是严肃而克己的氛围，可是眼前这位这样慈祥的老人（虽然已不再是貌美如花的年龄），却改变了我对这里本来的印象。她问我是否愿意参观一下这里，还说看门人的房间原本是可以对访客开放的。不过守门人刚刚去世,而且就在那一天下葬,所以整栋房子不便完全对我开放。不过她说如果不介意的话,我可以去参观一下她和她丈夫的房间。于是我就跟随着她一路走过那段古旧的楼梯,来到了一个客厅里,窗框依旧是橡木制成,屋内坐着一位老者,身穿蓝色外套,看到我进来,特意站起来跟我敬礼,表示友好。这位老先生看起来不大爱讲话,不过看上去应该是经历颇多,有着一种隐隐的传奇色彩,这让我想起了中古时期的朝圣者,他们的衣着跟眼前的这位老者颇有几分相像。房间里铺了地毯,整洁舒适,墙上挂着屋子主人的画像,而桌上则摆着两副交叉放置的刀剑,其中的一个应该是他自己的战时武器,而另外一个,当我把它从剑鞘里拔出后,从上面的铭文看来它是来自滑铁卢一带。房屋的女主人热情地向我展示着他们房间的特别之处,甚至还把我带到了卧室参观。那里还真是不错,整洁的床上铺着雪白的床单;而在旁边有个小房间,是用来盥洗和洗浴的,这在一般的英国平民家中并不多见。

老夫妇两人似乎都很高兴有人可以跟他们聊聊天,不过,女主人似乎比老先生更加滔滔不绝,所以有时候老先生也就只能用胳膊肘碰碰他的老伴,悄悄地嘀咕一句“你就不能少说两句”,其他时候,他也似乎很少能插得上话,一如既往地寡言少语。老妇人向我详细介绍了医院的各个方面。她说,住在这里的老兵们每年都能领到一笔丰厚的津贴(具体数目她没有提及),没有房租,还能享受到其他各种福利。在这里,不会被各种条条框框束缚,也不用被迫一起在一张大长桌上共进晚餐,住户们可以自主决定自己的生活方式,比如自己做晚饭,既可以在公用厨房里吃,也可以端回自己的房间享用。除此之外,在她看来最好的一点就是,如果得到了监理人的许可,家眷也可以随同入住,照顾起居;毕竟这不可能有什么问题,一个个都已经是耄耋老人了,还能有什么奢望呢？很明显，老妇人很满意现在富足安逸的生活，同时还能做点小事情，日子也不至于枯燥无聊；但是她丈夫给我的印象却完全不同，他曾经经历了多年的世事变迁，而如今的一切都变得过于稳当，生活似乎也变得没什么趣味和意义了。我猜想，这位老人也许会因为一位意外的访客而感到一丝惊喜，不过应该不会愿意变成大家眼中的展品一样；否则，老派庄重的莱斯特医院也只能被称作救济院，而他身上的那件蓝色套装也不过是乞丐的破衣烂衫，只不过肩上多了一个银色的徽章罢了。其实，无论是银徽章还是那件别致的套装，尽管在莱斯特伯爵时代是最寻常的事物，然而在今人眼中却是格格不入，只会招致丢弃。

此后的一两年，我又去过这个医院一两次。那里来了个新的守门人，并且已经能够像导游册子一样向来客详尽介绍这里的历史、过去和现今。他告诉我，住在这里的十二位教友老兵都是经过仔细挑选的，个个品质优良，并且收入都不能超过五英镑。这样一来，所有的现役长官就被排除在外了，因为他们的薪资即使减半也远远要多于这个数目。这些住户每年从医院领取八十英镑的津贴，除此之外，还有免费的住所，一件制作精良的蓝色套装，充足的艾尔黑啤，以及厨房的优先使用权。所以说，相比于这些人原来的生活状况，他们现在过的恐怕是世界上最舒服的日子了。不仅如此，他们还享有政治权利，比如他们可以凭借自己的收入或者教友会员的身份在议会选举中投票。不过，他们的个人自由也会受到医院监理人的制约，这似乎看起来也比较烦人；不过由于早些年受制于更加严格的军旅生活，这里的条条框框相比之下就容易接受得多了。守门人发誓(至于这誓言有没有价值，我持保留意见)，这些老兵在这里都住得很舒适开心。他还说，这些老兵每天都要花很长时间擦拭他们的银质徽章，并且对于因为这样一份殊荣而倍感骄傲。这些徽章，除了一个因为在安妮女王时期失窃而被替换之外，其余的都是从那最早的十二人手中传承下来的。

这位守门人应该算是我在这里遇到的最好的向导了。他似乎对这里的种种有着一种天然的兴趣,而且也许正因为他并不是从属于这里的,所以能够更好地发现这里的独特之处。说句老实话,虽然他对于这里的了解和观察还都只限于外表的东西,却也算是视野广泛了。他带我走上那段楼梯,向我展示那些已经有八九百年历史的原木房屋架构,虽然历经岁月,却也从未被侵蚀腐化。我们继续前行,穿过了曾经的天主教兄弟会大厅,如今这里已经改建成了十二位老兵的住所;他还把那座早期宗教风格的橡木雕刻指给我看,不过在这么灰暗的穹顶之下想要看清楚并不容易。之后我们就去了旁边的附属教堂,就是我之前曾经提到过的那个哥特式的建筑。它坐落于大门口的门道之上,延伸出大半条街。就是在那里,老兵们每天进行祈祷,他们每人手中都有一本装帧精美的祷告册,字体清晰,这对于他们这种上了岁数的人来说十分重要。教堂的内部显得很普通,只挂着一幅没什么特色的圣坛画,在东边的窗子上也只是一个单扇的陈旧的绘画玻璃,上面的图案不是上帝,不是天使,而是那个名声并不怎么好的莱斯特伯爵,这与平常所见有所不同。不过,当你亲眼所见他所落实的各种善举,也许心中就会怀疑,难道莱斯特伯爵真的是那么一个铁石心肠的家伙吗?

我们沿着塔楼台阶走到教堂高处,透过城垛俯瞰一百英尺之下的街道;一路上我们还能看到小黄花、野草和低矮的灌木丛,一个个顽强地从石缝中长了出来,姿态各不相同。站在顶端放眼望去,远处是一片富饶而美丽的英伦风景,既有教堂,也有庄园,还有古代遗迹。在远处地平线方向就是边山,就是在那里清教徒议会军曾经大败查理一世;再近一点的地方则是克伦威尔在战役打响之前安营扎寨的地方。而在我们眼下就是沃里克伯爵的公园,围墙高高,占据了城镇的大半,看起来似乎这紧凑的街道也算作其中的一部分。一眼望过去,阳光洒在大片的草坪上,其中不时穿插着几条林荫小道,尤其是矗立其中的黎巴嫩雪松,一直都让沃里克家族十分骄傲。两座最高的城堡塔楼高耸于成簇的植被之上,俯瞰着周围的民居。石板顶子的都是近代的建筑,而红色瓦片的则是经历过一些岁月的。大约一百六七十年前,一场大火把这个镇子的大半都毁掉了,当然许多远古的遗留也荡然无存了。不过,至少还是有一些古老的沃里克建筑留了下来,有的据说竟然是辛白林在基督纪元时代所建!

这样的史实或者说史诗故事,无论真假,总是让人觉得比我们眼前所见更像是一种难以磨灭的真实存在;比如沃里克家族的传奇故事,或者圆桌骑士,再或者曾经的边山战役。也许,就是在我们眼见的这个地方,波斯特休莫斯遇到了国王的女儿,那个甜美、纯洁、忠贞又果敢的伊莫金,那个莎翁笔下最温柔的女性典范①。而那条泛着银光的艾冯河,静静地流淌过那灰色的城堡,也许那对佳人的面庞也曾倒映在这同一条河流中。

那天的天气,虽然早上还是一片阳光明媚,可是转眼就阴云密布,雨点也就顺势落了下来,还伴着刺骨的东风;于是我们顺着楼梯走下了塔楼,接着向花园走去,那里有一边被仅剩的一面老城墙封住了。花园的一部分是草坪和灌木丛,中间有沙石铺就的小道穿过,在花园中间是一个漂亮的埃及花瓶的石质雕塑,据说这东西本来是放在尼罗河水位检测标尺的顶端用来检测尼罗河水的涨落的。雕塑的基座处是一段帕尔博士题写的拉丁铭文(他的哈顿教堂离这里不远),想必他应该

① 典出莎士比亚喜剧《辛白林》,波斯特休莫斯是位囊中羞涩却高尚可敬的绅士,与辛白林的女儿伊莫金秘密成婚。(译注)

也是莱斯特医院监理人的老朋友,时不时也会在这个公园里叼着烟斗散散步。就在这个植物茂盛的花园旁边,地段最好的那一块土地是留给医院监理人的,旁边还有十二块独立的小片田地则是属于那十二位老兵的,他们自己种植看管着那里的植物。也许这样自给自足一些的生活方式比起直接从伯爵手中领取施舍过得更舒服点吧。花园的更远处是一个小凉亭,供老人们休息娱乐之用。其实我很想过去跟他们一起坐坐,听他们说说这样的生活到底有着怎样的苦与乐。很奇怪的是,这些老先生忽然让我想起了塞勒姆海关那些可爱的人们,仿佛此刻他们就出现在了我眼前一样。

医院监理人的住所占据了四方院的整整一面, 正面对着花园,既威严又不失家的温馨。也许在过去的三个世纪里,这里基本没有发生过什么变化。不过自从伊丽莎白女王时代起,在窗户那边的花园里,各种植物肯定是经过了无数次的修理,否则谁也无法想象肆意生长之后会是怎样一幅可怕的景象。现在这里的主人名叫哈里斯,他也是这里创始人的直系后裔。哈里斯风度儒雅,家境富有,隶属于英国国教,而这样的神职人员身份也是医院监理人所必备的。我并不清楚官方给予他多少报酬。但是,根据英国的惯例,一个创办多年的慈善基金一般首先要保证监管人的利益,然后还有受益人的利益。就我们眼前这个例子来说,医院监理人的生活应该至少是和那十二位在这里颐养天年的老兵一样舒适的。不过,如果这里的老兵个个都受到了最细致入微的照顾,比如可以安心地坐在炉边烤火,甚至还有仆人来为他们端茶送食,那么我作为一个不了解英国社会的外族人,似乎是不应该随便对这位我并不大了解的监理人先生妄下评论的。现在想来,如果还算称职, 那么以监理人的身份在这里生活该是一件多么令人高兴的事情:遵循着多年的传统,融合于古老的阶级制度中,从来不用担心有什么大的变化。曾经的安稳一直延续至今，不用担心被强迫改变哪怕一点点曾经的生活步调。每个人都赞同前进的好处；有的时候，是否也有人比较喜欢这种安稳甚至有些让人昏昏欲睡的步调呢？

从花园继续向前，就到了厨房，这里炉火正旺，整个房间都暖烘烘的，空气中还飘着一种传统英式烤牛肉的味道，如果真是这样，那现在恰好应该是牛排翻面的时候了。这里高大而宽敞，装饰也一点都不简陋，中间有个橡木制的半圆形格栅，或者说一堆又重又高的板材分割开来，中间有个出口，两面都有那个无处不在的沃里克家族族徽，大概有三英尺高，也是用橡木雕刻，如今因为年代久远加之厨房烟熏已经变得乌黑了。屋子中间是个金属材质的笨重大家伙，跟雕刻的橡木很相似，直通房屋顶端；壁炉的拱顶也很巨大，夸张点说，好像城门一样，在这上方是两个交叉的古戟，也许是在莱斯特伯爵时期战士们在低地国家作战时候用的武器；而在墙上的其他地方则陈列了一些火枪，也许如今医院的住户里面，有些人曾经就是用这些家伙来参与对法作战的。还有的就是一些丝质的绣品了，因为年代久远，已经泛白，不过仍然能够见到上面的沃里克族徽，这东西也许我们很难见到第二个，因为这是那位可怜的艾米·罗伯萨特小姐[①]亲手缝制的，并且放置在一个专门从肯尼沃斯城堡运来的精美的橡木框中。不过一般的英国人对此貌似也不大感兴趣。厨房的炉火映在了铜质的酒壶上，酒壶容量都很大，有一个估计有一桶大（大约三十六英制加仑[②]）；小号的容器放的是

① 艾米·罗伯萨特：莱斯特伯爵罗伯特·达德利之妻，1560 年从楼梯坠落身亡，终年 28 岁，坊间有传言是莱斯特伯爵为了和伊丽莎白女王成婚而密谋将其杀害，不过时至今日仍无定论。（译注）

② 英制加仑是一种使用于英国、其前殖民地和英联邦国家非正式标准化的单位，英国已于 1995 年完成了到国际单位制的转换。1 英制加仑约等于 4.546 092 升。（译注）

平时喝的艾尔啤酒,而大一点的则在每年的四个重大的节日场合才拿出来使用,让这里的人们一醉方休。我很想见识一下这样的场景,不过比起现在,似乎伊丽莎白女王时代更适合这种粗犷豪放。

厨房算得上是这里十二位住户的社交场所了。白天的时候,他们在这里烹制食物,然后在自己房间内用餐;不过某个点钟之后,厨房中间就会被清理打扫,这时候,这群老先生就会聚集在这里,带上自己的酒杯和烟斗,与朋友在这里高谈阔论。如果说监理人在医院里还算是个受欢迎的人的话,那我觉得他有的时候可能也会和老先生们一起坐坐;因为在壁炉边上有个扶手椅,想来应该是监理人的位置,因为类似的风格在三个世纪前也曾经被用到詹姆士一世的餐桌椅上。喝一口艾尔酒,吸一下烟斗,这样简单的举动却能将他很快地跟这些老伙伴们融为一体。接下来,我们就可以想想他是怎样用名言警句或者宗教书文来开导这些老兵的，也许这些话曾经是这里的天主教牧师说过的，并且自那以后这些教导就融为这里的一部分。就算有人讲了个笑话，那应该也没有什么新意,要么和培根的论文集一样老旧,要么跟斯兰德先生为了和安妮·培琪[①]搭讪而临时找来的笑话书一样无聊。他们对外界似乎也并不了解,谈论最多的最近的新闻也就是英西一五八八年大海战,一通赞叹英国海军如何打败西班牙阿曼达舰队。如果他们看到一张潮湿的报纸竟然会在火炉前迅速地被烤干，又该是多么惊恐！他们肯定会认为,要么是他们自己要么就是那张纸,反正两者总有一个是不真实的。而当火车到达沃里克车站时的阵阵汽笛声传入他们耳朵里,又会是怎样的一幅场面?在我看来,似乎外面一切都与这医院里的世界完全脱节了。不过,接下来的多少年可能依旧会是这个样子。这

① 两位人物均出自莎士比亚戏剧《温莎的风流娘儿们》。(译注)

对于一个美国人来说却是个难得的经历，他来到这里，发现本来平淡无奇的日子中居然还穿插着一曲十六世纪的小调。当他参观完毕后，回头想起那拱形的石门，那顶上的铭文，这一切似乎应该永远都没有机会再见到了。

在沃里克市集不远处，坐落着高大宏伟的圣玛丽教堂，其外表之富丽堂皇完全可以媲美任何一座著名的大教堂。有装懂行的人说这教堂修得并不惹眼，尽管也是由克里斯托弗·雷恩①设计的，比起他的其他作品却逊色很多。不过我以为，圣玛丽教堂还是很壮观的，两侧的窗户高大敞亮、设计精美，塔楼高耸，占地广阔（有很长一段时间，我心中还没有被崇美主义所占领，那时我仅仅因为年代久远就会生发出对于古迹的热爱），到处都浸染在灰色古迹的气息中。有一次，我驻足呆望着教堂的塔楼，正好钟声响起，整整十二下，声音悠长洪亮，紧接着就是一段音乐，大概有五分钟，我是看着表盘数过的。这一切都是那样和谐，轻盈如鸟儿鸣叫一般，即便在这样一个巨大、古老而肃穆的教堂里，也依旧不显得突兀。我在其他的地方也听过类似的教堂钟声和音乐，与此几乎一模一样，只不过声势小了一些罢了。

这里最著名应该就是布尚教堂了（或者说，按照他们英国人对于诺曼语的怀旧情结，这里也叫作毕楚姆教堂）。这里也是沃里克伯爵的家族墓地，安葬着四百年前至今所有逝去的族人。这里威严而又精美，窗子上装饰的是古老的印花玻璃，就如我在英格兰其他地方见到的一样保存完好，栩栩如生。这里有一些纪念碑，上面放着大理石的雕像，

① 克里斯托弗·雷恩（1632—1723）：英国著名建筑师，尤以优雅的尖塔顶而闻名，设计作品主要有牛津大学的谢尔登剧院和三一学院图书馆、剑桥大学的彭布罗克学院礼堂。1675 年到 1710 年负责圣保罗大教堂的重建工程。他还提交了整个伦敦的重建计划，不过一直没有被采纳。（译注）

样式基本都是伯爵身着骑士盔甲,伯爵夫人则穿着轮状皱领华丽的朝服,不过石头的雕刻远比想当年浆洗过的衣料和刺绣要线条生硬得多。那位著名的伊丽莎白女王时期的莱斯特伯爵,也就是医院的捐助人,他的墓穴也在其中,石棺上面是他的一尊全身雕像,旁边安葬的应该是他的夫人,不过不是艾米·罗伯萨特,而是另外一个女人(除非我把这个故事与其他的谋杀丑闻混淆了),据说她因为要为艾米被杀而报仇,曾经预谋毒害莱斯特伯爵。不管真相如何,眼前这两尊雕像,尤其是伯爵的,看起来就是我们想象中古代夫妻典型的样子。鉴于伯爵长久以来对于医院中的十二位教友的关照,我实在难以把他和人们常说的那个无恶不作的家伙联系在一起;听起来有些令人惊奇,不过好像现在很多人们一贯认为的坏人物都有了翻身的机会,那为什么没有作家来挖掘一下莱斯特伯爵当年的这些善举呢?

在小教堂的正中间,是一座巨大的纪念碑,用来纪念教堂的创始人——理查德·布尚——亨利六世时期的沃里克伯爵。在一座装饰精美的灰色大理石圣坛墓棺上,放置着这位传奇人物的镏金铜质盔甲雕像,可谓制作精美,那个时代的工匠们已经拥有了独特娴熟的雕工技艺,即便在黄铜或者大理石上,依旧可以雕刻出栩栩如生的人像来。倘若战争的号角真的吹响,仿佛墓中之人可以马上复活,拿起武器走向战场。不过我们现在讨论的这位伯爵,却已经在这里安详地沉睡太久了,即便有号角吹响,估计也很难把他叫醒了。在他去世的几百年后,小教堂的地板塌陷了,把他的石棺也破坏了;从显露出来的样子看去,他的面色几乎一如从前,只是眼睛有些深陷,不过依旧看起来跟他刚刚去世的时候一个样子。不过这样的曝光却也恰好终结了他不腐的传奇,人们甚至还没有时间去仔细端详他的长相,就在瞬间灰飞烟灭了,留下的只有一缕发丝。沃里克的妇人们把这先王的遗物收集了起来,辫在戒指上或者胸针上，以表怀念和敬仰；就这样，即便有这样一个为保护他遗骸而专门建造的教堂和墓穴，这位贵族先生还是难以逃脱面对世人的状况，即便是那耳边卷曲的垂发绺也难以幸免。好像一直以来，先古贵族的墓穴总是会被有意无意地发现并打开，尤其是那些陪葬装潢都很精致的。比如说埃及的金字塔、哈德良，还有奥古斯都、西庇阿等人的陵墓都是如此；而至于古人的发丝，我曾经见到过爱德华四世的，是红棕色的，曾经缠绕在绍尔小姐的食指戒指上。

被埋葬在这里的家族早已经没有了后继之人。如今伯爵位置的拥有者是格里维尔，他是议会战争中战死沙场的布鲁克领主的后裔；最近（其实应该是最近一百年），人们又在小教堂的另外一侧修建了一个墓区（是教堂司事告诉我的），大概可以放八十个棺木。老天啊，幸好这老先生没说是那种装饰精美的陵墓，那是个可恶至极的现代词汇，让每一个尚有一丝理智和品位的人都会反感。谈到那八十个墓穴，目前只有十六个被占用；不过事情的关键好像不在这里。不是说格里维尔家族会不会一直拥有沃里克伯爵的称号，直至这些地方都被用尽，而是伯爵制度和整个的封建领主制度会不会在格里维尔家族殆尽之前就已经从英格兰消失了。我希望不是。拥有头衔和封地的贵族，虽然的确有阴暗邪恶的一面，却也一直都是这个国家应有的特质。而对于美国人来说，他唯一能做的就是羡慕这种制度对于整个社会的影响，倘若他有机会承袭一份爵位的话，那肯定是感到无限荣幸。的确英格兰很保守，而且我也真的没有见到过哪个喜欢变革的英国人。但是我却时常能够听到一种大厦将倒的垂暮之声。尽管有那么多人努力想要维持着行将就木的社会秩序，在将来的某一天，也许不需要过多的暴力反抗，它终究还是要崩塌的。我希望这发生在我有生之年，这样我就可以亲眼看见这一切了，这也许就是我唯一的理由。而我自己国家的灭亡,虽然我坚信还至少要有一千年,如果真的发生了,那恐怕也是一个人一生中难见的场景了。

如果来访者想要带点纪念品走,那么可以去下镇上的“老时光”商店,那儿有很多老旧好看却又价钱不贵的玩意儿,无论大小都很讨人喜欢,有时候你也会好奇:这么些好东西怎么就会被人丢弃一边了呢?从小处来看,这个世界总是在不断变化,却鲜有提升。比如在我看来,以个人饰品为例,那些我们放在梳妆台上的小玩意儿、一个金属小物件或者随便什么,过去的人们都比现在对这个要有兴趣得多。另外有家店就在城镇的东门那边,不过除非仔细留心是很难发现的,店的名字叫“雷德福恩”,一块很不起眼的招牌挂在店门上方。进入店中,周围既有破烂也有值钱的家伙,有古盔甲,历史画像,装饰有珍珠的乌木柜,高大的幽幽的钟表,不太入眼的旧瓷器,以及边框精美却中间雾化的穿衣镜。这里的东西少说有上千样,奇奇怪怪,有些东西你根本想象不出它现在是用来干什么的。想要估量一下这里的物件有多丰富实在是有难度,所有的东西都堆砌在一起,除非拨开丢掉一些东西,或者摘除挂在衣袖上的物件,否则顺利前行都不是件容易事。店有三层楼,几乎每个地方都是这般拥挤凌乱。我们眼见的这些东西,想必加起来也是价值不菲;不过据说真正值钱的东西都在一个秘密的储存室里,除非有特别请求,否则是不对外人开放的。如果真有有钱人来买的话,我估计什么埃及法老的西奈戒指,或者艾尔瓦公爵的牵牛棒,再或者白金汉公爵遇刺的匕首(这些我都见过了),再或者其他任何难以想象的东西,比如金质的鼻烟盒,古宝石,宝石酒杯,威尼斯高脚杯(倒入有毒物质被子就会炸裂,所以不能用来喝现代酒),手柄饰有碧玉的短刀,塞夫勒图案茶匙,都有可能出现在这里。总而言之,这里有许多古玩收藏家倾其一生四处寻找的宝物。

在雷德福恩先生的店里，花掉个一百英镑是件很容易的事情;不过我只买了一个形状精致的镀银小勺子,因为这勺子上没有任何特别的徽章族记,所以价钱很是公道。比起重新将这勺子镀银一遍,好像再买一只类似的花费要少得多。

才女
回忆录

利明顿到埃文河畔斯特拉夫德镇[①],大约八九英里,沿途风光令人陶醉。老实说,我不记得乡村景观有何独特之处。一路上,丘陵连绵起伏,随处可见辽阔迷人的原野。斯特拉夫德镇附近,几乎全是平原。在新英格兰,即使是最单调的景色,都有极其引人注意的轮廓。此外,明眸般的湛蓝湖泊,在美国随处可见,可在这故国却难觅踪迹,或者说,那蓝眸就在我们倒映在路边潺潺小溪中的笑脸里。溪水时而消失在路旁低矮的石拱下,时而又波光粼粼地出现在路的另一边。英格兰鲜少出现这两种美,她的美,在于其青葱的田野、庄严的路旁古树、精心照料的林场以及古老而精细的培育手法。人类的辛勤劳作,培育出颇具人性的绿茵草地。即使是英国的萝卜地,也能让美国人油然而生神圣感——这寸土之地作为个人财产,由父及子传承了那么久,留下了多少难忘的脚印,并最终被慧眼独具的旧人赎回,摆脱荒芜状态。在英格兰,最狂野的事物,也仅仅称得上不那么驯服,比如那些树木,无论是篱笆上,还是公园里,抑或他们所谓的树林中,都毫无野趣。它们毫不粗糙,即使枝干恣意生长,也隐含一种端庄的自制;它们高大粗壮,而又充满活力。虽则饱经沧

① 斯特拉夫德镇:英国英格兰中部沃里克郡西南部地区,莎士比亚故乡。(译注)

桑，却给人历久弥坚之意。所有这些，都拉近了它们与人类的关系。尚处幼苗期，有些人就已经开始关注它们。假如经受住了时间的考验，它们将享有盛誉，并与古老家族的命运休戚相关。正如丁尼生的《说话的橡树》，它们千万张树叶之口，对着知音喋喋不休。

相同环境下，美国的树，会比英国的同类更加生动。沃里克郡的榆树，形态不如我们乡村街道上的美。至于令人敬畏的橡树，外形有种“英国精神”，圆而密实的树叶，千篇一律的轮廓，看起来极似巨型花椰菜。它的叶子，比美国那些姿态迥异的橡树小得多。我并不怀疑，后者能像英国的同胞一样，坚强地活过几个世纪。只要枝叶能自由生长，并得到悉心呵护与培育，免受斧斤砍伐，最终，它们必能证明，自己是更加庄严高贵的品种。美国佬的爱国主义，让我们对事实视而不见。但是，我们必须承认，长久以来，英国景观里的树木和其他事物，用无数细枝末梢，吸引观赏者的眼光，而这在美国很少见。由于气候原因，树干苍白又干燥，并缠绕着旺盛的寄生植物。因此，树干比大枝丫和树叶更具观赏价值。郁郁葱葱的植物，凌乱地包裹着树干，使之如树叶般绿意盎然。树干极其庄严，高处通常攀缘缠绕着紧密相依的好友：灌木、藤蔓和槲寄生。水汽和温和的阳光滋养它们，苍劲有力的古树给予其支持，我们称之为寄生植物。假如这个词汇隐含任何责备意味，那就不应该馈赠它如此美好的情愫。在英国，这存在于两种不同的植物之间：强壮的树木支持着攀缘的灌木，使它更靠近阳光，假如它需要养分，便用自己的心血浇灌；而灌木，便回报养育者绚丽繁茂的枝叶，给遒劲的大树，平添科林斯柱式[①]

① 科林斯柱式：希腊古典建筑的第三个系统，公元前5世纪由建筑师卡利漫裘斯发明于科林斯，此亦为其名称之由来。它实际上是爱奥尼克柱式的一个变体，两者各个部位都很相似，整体比爱奥尼克柱更为纤细，只是柱头以毛茛叶纹装饰，而不用爱奥尼克式的涡卷纹。（译注）

的优雅。寒冬不忍扼杀这一抹柔意,烈日不舍灼伤其生机,因此,它们比橡树长寿,更有甚者,只要守林人允许,树木死后,它们会将其埋葬在绿色的坟墓里。

如若沿途没有任何景观,英国的篱笆,就能满足你的视觉感官,甚至出乎美国人的意料。通常,我们在自己的地盘上种篱笆,也可能种无花果和凤梨,以期收获果实。诚然,长了果实的,我们亦称之为篱笆,但它缺少英国篱笆原有的繁茂。植物学家会选择枝叶繁茂的灌木和雅致的草本植物,搭建英国的篱笆,但篱笆主人却想不到这一点。篱笆丛中,怒放着和美国同种的花卉,那是清教徒先辈们从英国带去的。它们美丽而亲切,自那以后,一直在花园中享受悉心呵护。他们务实坚定,似乎没有温和的品质,更没办法感知,自己坚毅的内心被花根牢牢抓住,以至于带着它们远渡重洋,在新土地上世代相传。他们并不相信,大自然为自己准备着罕见的美丽。

假如路边没有篱笆,丑陋的石墙上(正如美国的,自始至终都光秃秃,而且颇不近人情),必然覆盖着大自然的手工品。这位细致的母亲,从不让任何事物裸露在外,即使不能提供衣物,至少也会在上面刺绣。栅栏一建成,她就像早就规划好了似的,开始点缀它。那坚固而丑陋的建筑,好像原本就是她的创意。一截常春藤,悄悄爬上矮墙的一边,无数的小脚牢牢抓住粗糙的墙面;一丛青草,扎根于两块石头缝中,那里积聚着路旁的尘埃,湿润过后便成了富有营养的土壤;一簇蕨类植物,长在另一个缝隙里;柔软青葱的苔藓,平铺在栅栏顶部和其他篱笆空隙;地衣顽强地附在其他植物无法生存的秃石上,将单调的灰色,渲染成五彩缤纷的黄和红;最后,大量灌木聚集在石墙底部,柔和了坚硬的轮廓。这些无心的戏谑笔触,让我们意识到:仁慈的造物主,通过自己的女侍——也就是我们所说的大自然,将神圣优雅的魅力与世俗的篱篱融合起来。种植篱笆的乡下人，几乎没有考虑过，自己曾和什么样的人共事。

英国人应该给我们寄照片，那些遒劲的树干，纠缠复杂、姿态万千的篱笆，以及一平方英尺的古墙。他们没有比这更有特色的东西了。艺术家们，尤其是后来的学派，有时候煞费苦心描绘这些事物，却往往将那些轻盈柔软的卷须僵化。诗人们倒是略胜一筹，其中，丁尼生独领风骚。神奇的土壤和气候，孕育出植物柔软细腻的触感，诗人们描绘的意境令人陶醉：论庄严程度，很多国家的风景，比英国最庄严的景色更崇高。在柔和的阴影和阳光底下，那些细枝末梢栩栩如生，再没有比英国更甚的风景了。

前面几段，我偏离了通往埃文河畔斯特拉夫德镇的路。记忆中，那里没有沃里克郡提及的石墙。除了湖区[①]、约克郡以及北部山路崎岖的乡村，英格兰的其他地方也没有石墙。沿途辽阔的田野，淳朴的小村庄，以及古老的村舍，都种植篱笆。有个居民正在拽屋顶的茅草，下面惊现灰尘、泥土、霉物、杂草根、鼠窝、燕巢，以及成群的昆虫，那些从旧稻草铺设之初开始聚集。由此可见，屋舍年代久远。早晨，莎士比亚在故乡散步时，可能见过这个铺设着茅草的屋顶。无论如何，这历史悠久的村舍围墙，应该认识这位客人。此外，还有几栋现代别墅，不远处的林子里，或许还隐匿着贵族府邸，而这恰恰是令英国人引以为豪的，这些房子从不让自己被高地上的人看到。我不记得，路上有什么吸引人的事物，斯特拉夫德镇附近也没有。六月初晨的景象，却深深刻在我的脑海。我深信，这主要因为英国夏天的天气。夏天最美好的那几天，是

① 湖区：英格兰西北部坎布里亚郡的一片乡村地区，是受欢迎的度假胜地，以湖泊与群山及 19 世纪初诗人华兹华斯的作品和湖畔诗人而著称。（译注）

人类能想到的最好神赐。气温如此宜人!可能略微有点热,但美国人恰恰觉得舒爽暖和(他很难察觉这个事实,除非完全适应英国夏日一贯的冷峻)。毕竟,空气清新到无可比拟,微风轻抚,好似喷散的海浪。这样的日子里,除了阳光和温度,再没有其他幸福可言。无疑,我尽情享受着这一切。(纵然时隔两个多世纪)我们这些西方流浪者,仍潜藏着对英国气候的适应基因。即使没有阳光,也能敏锐感知母亲般的暖意,为着慷慨灿烂的阳光,欣喜若狂。

离斯特拉夫德镇不远的树林里,莎士比亚教堂——圣三一教堂的尖塔,开始若隐若现。眼前破旧的老房子,混杂在平庸无奇的现代建筑中间。街道很平坦,再没有比这些普通景色更加摄人心魄的东西了。莎士比亚的惊天之才,足以生动描绘故乡小镇的美。时不时地,你会看到一些造型奇特的建筑,它们被赋予从前的民房才有的个性。这些房子,似乎从居民们怪异的性格中长出来,就像贝壳因为本身特性而从内部开始发霉。几代人之前,它们建成奇怪的形状,并变得愈加古老奇特,正如老练的诙谐艺术家擅长的事。此外,这破败的英国小镇,令我印象颇深的,是更为常见的老人。他们穿着小衣,斜拄着拐杖聚集在河边,人数之多,远远超过吹喇叭召集大家参加最受尊敬的人的颁奖典礼。我试图解释这个现象:比如,我们的新城镇,危害并扼杀老年人的健康;或者说,我们的老人家,有敏锐的健康意识,宁愿自然老死,也不愿远离故土。但说到底,原因可能在于染发剂、假牙以及现代穿衣方式和其他肤浅的新发明。它们还没有渗透到这些古老的英国小镇。人们逐渐老去,从不执着于让自己看起来更年轻。

徘徊过两三条街道,我找到了通往莎士比亚出生地的路。房间极小,也极为简陋。我几乎找不到恰当的描述,让满怀期待的游客做好心理准备。令人敬畏的主人,将自己的住所,变成想象中的宫殿,在空中楼阁迎接宾客。唯有不明智的我们，坚持要在污秽不堪的街巷与之相见。整个建筑里，与莎士比亚相关的并不多，底楼甚至无法容纳后人的肉摊。它位于小棚屋的檐下，横伸到旁边的街道，窗户没有了，陈旧的柜台上，横陈着一把切肉刀，似乎等候着新的主人。门的上部开着，轻叩之下，一位穿着黑衣的年轻女子，将我迎了进去。她不是仆人，相对于英国女孩而言，却极有涵养（很有美国人的特质），或许是照看房子的某位老者之女。楼下有一条小路，铺着灰板石。想必建房时，曾专门铺砌成方形，如今却支离破碎，令人难以置信。很难理解，到底多长时间的日常使用，才会使这些大石头分崩离析，好似突发过地震，而后经人踩踏，勉强平整了一点。房间刷白了，看起来十分干净，却颇昏暗破败。即使最富诗意的想象，也难以美化它的粗制滥造。厨房在后面，是个更小的房间，粗糙程度不相上下。屋内有个简陋的大壁炉，足以容纳大家庭所有成员，围坐在烟囱熏黑的空地。排烟管道很大，莎士比亚甚至能通过它，看到日间的蓝天和夜里的星辰。余烬早已熄灭，这里成了百无聊赖的所在。即使只占四分之一的炉床，燃烧的火焰也能照亮这个旧厨房，使它更加明快。这里本该是家庭欢聚的场所，而今，贫困潦倒的生活令人窒息、压抑。房间不够宽敞，没有安逸的晚年，有的只是老幼两代人的互相依偎。莎士比亚的灵感，竟然没有被这样的环境摧毁。它的生命力何其顽强，它的成长是如此岌岌可危！反之，它使得大师更靠近人性，接触到更多的虚情假意。

接着，我被领到楼上，莎士比亚出生的房间。细细观察，你极可能发现让人怀疑的阴影，就像他神秘的人生。房间位于肉店上方，光线透过大窗户漏了进来，窗上有很多不规则的小玻璃窗格。地面上，粗制的实木地板，杂乱无章地铺排着；周围和屋顶裸露的梁椽，残留着建造者的斧痕，看来从未有试图抹去它的迹象。对于这些辉煌墙体围成的狭窄空间,我们必须再次妥协。这样的环境,比错误而虚幻的完美细节,让人更难以接受。那些地方,我们曾多次听说、读到、想象或者梦见过。很少有地方——或许有七八处——可以让我们从头走到尾。楼层太低,我几乎能碰到屋顶。想来屋顶再低一点,我踮起脚尖,便能触碰到了。这样的谦卑姿态,引得不少人在顶上留名。每一寸墙壁,即使最隐匿的角落,都有类似标记;所有窗棂,密布着菱形签名。据说也有瓦尔特·司各特①的,但我实在找不到,太多人寻求这种方式,让自己的名字,在他的旁边长存。令人讶异的是,人们没有尝试遗忘名不见经传的自己,反而将名字推到声名显赫的人士边上。这一旦被人注意到,便会留下无礼的印象。

依我所见,这个房间,甚至整个房子,都粉刷过,极其干净。它没有我第一次去古老的切斯特时,扑面而来的霉味,那味道甚至能磨灭美国人对古宅的嗜好。一位年迈的女士引我上楼,她谈吐高雅,博闻强志,尤其对莎士比亚有独到见地。桌椅上,摆放着各种图片,房子的景观以及莎士比亚时代的景色,外加他各个版本的作品和当地关于他房子和休闲场所的报道。出售这些东西,想必能给这位令人尊敬的女士带来可观的收入,至少,我买了不少,希望以此报答她的妙语连珠,以及不吝引导我四处参观。这位女士,颇具淑女派头,直接给钱,让我有一丝踟蹰(出于绅士,而非恶意),但我尽量打消顾虑。依我看,她也毫无疑虑。事实上,没有人会对"半个皇冠"一毛不拔,惶惶不安。毕竟,难得有机会在英格兰说上几句话。离开莎翁故居之际,假如不能大方承

① 瓦尔特·司各特(1771—1832):英国著名的历史小说家和诗人。他生于苏格兰的爱丁堡市,自幼患有小儿麻痹症,爱丁堡大学法律系毕业后,当过副郡长。他以苏格兰为背景的诗歌十分有名,但拜伦出现后,他意识到无法超越,转行开始写作历史小说,终于成为英语历史文学的鼻祖。(译注)

认内心泛起的一丝丝涟漪，或被激起的想象，那是极不公允的。旅行中，令我印象深刻的景点，就经常有这样的效果。这个话题涉及的正面思考，不是我去斯特拉夫德镇之前已有的，就是去过之后更加鲜活了。一想起曾拜访莎翁故居，我就颇感愉悦，也深信脑海中塑造了一个有血有肉的莎士比亚，因为，我曾站在他厨房壁炉旁，徘徊于他出生的卧室。但我不确定，这一意识的觉醒，是否足以谈论这位伟大的诗人。莎翁在那里有过多种装扮，只是没有戴桂冠。他曾先后是顽皮捣蛋的孩童，偷鹿的青年，演员们的挚友，达文南特[1]母亲的密友。这位富裕的男子，处事细心，生活节俭。从伦敦回来后，他住在斯特拉夫德镇最好的房子里，从事担保借款；老练通达之年，他是约翰·库姆[2]的挚友，有着红红的鼻子，嗓音醇厚；最后，(或许是斯特拉夫德镇的居民以讹传讹)他是酒宴的受害者——喝酒赛后的回家路上，他不小心栽入沟渠而死。最终，给可怜的遗孀留下了“次好的床”。作为读者，理智告诉我：无论真假，铭记事件本身，就是极大的亵渎。任何情况下，它们要么消失于遥远过去的海岸线，留一个纯粹美好的回忆，要么像帆一样，纵使表面污渍斑斑，在遥远地平线航行时，仍一片雪白。琐碎的旧事和诗人的化身，让我总结出了一些寓意，如同他人生中的惨淡经历。出于整个世界的利益，我们无须识破，伟人和我们其他人一样，甚至某种意义上，常常比我们更不幸。普通人很难理解，他们不曾见识伟人的善恶，也不解他触及尘世的部分有多小。正因此，对他们的好坏的判断，往往受限于道德上的迷惘和智力上的缺失。莎士比亚诅咒非议他的那些人，可能只是泛泛而论，那个人或者那些人，竟然窥探他的俗世隐私。在斯特

① 达文南特：威廉·达文南特，莎士比亚的私生子(传言及其自称)。(译注)

② 约翰·库姆：莎士比亚的老友，从事高利贷行业，莎翁曾为他写过墓志铭。(译注)

拉夫德镇,他表现出神圣而不可磨灭的美德和缺陷,给人们留下极大的思考余地。作为以上文字的报答,上帝让我远离所有被诅咒的人和事。

拜访完莎翁故居,下一站,自然是他长眠的地方。华丽庄严的教堂,矗立在郁郁葱葱的欧椴树之间,尖尖的塔顶露了出来,而哥特式的城垛、拱壁以及巨大的拱形窗户,在枝干间若隐若现。潺潺的埃文河,缓慢地从教堂墓地蜿蜒而过。或许,莎翁不再于此涉水,也不再收集生长于鸢尾和水草间的勿忘草后,埃文河便开始斟酌自己的方向。

一位穿着小衣的老人,在门口迎候,问我是否要进去。他将我领到教堂的门廊下,轻叩着门。我完全可以亲力亲为,但街坊附近的老人,似乎都在墓地周围闲逛,教堂司事的不满和规劝也毫不奏效。老人们偶尔能从游客那里得到六便士,略带救济意味,这也令司事颇为嫉妒。一位面貌睿智的老者,将我带进教堂。他穿着黑衣服,或许是神职人员。假如他收到的钱都进了自己的口袋,或许会比牧师富有。他已经在向两三位游客展示莎士比亚的遗物。我到达后,又进来了几拨人。诗人和他的家人,享有教堂最好的墓穴,恰好在供奉耶稣的圣坛旁,墓碑底部垫高,上面是祭坛。墙边,立着莎士比亚的半身像,下方的石板上,刻着向诗人妻子致敬的铭文,覆盖着遗骸;诗人自己的墓碑上,则刻着诅咒诗;旁边是托马斯·纳什,他娶了莎士比亚的孙女;再是他女儿苏珊娜的丈夫——霍尔医生;最后,是苏珊娜的墓。莎翁的墓碑,看起来最普通,就像童年记忆中塞林镇的埃塞克斯街上铺设的石板。另外,除非我的眼睛或记忆欺骗了我,石板上有一条裂缝,仿佛经历过碑文所述的亵渎。不像其他家庭成员,他的石碑上没有名字,也没有任何权威依据,提示是莎翁的碑文。诚然,处于妻儿中间,这自然是属于诗人的。比他晚过世的妻子,为什么会占据半身像旁边的位置？他另一对儿女的墓穴在哪儿？他们不该比托马斯·纳什以及孙女，更有资格葬于此地吗？会不会是其中之一或两人，葬在了无名碑下？拿莎翁的遗骸开玩笑，是危险的，我克制自己干预墓穴的事(虽然禁令本身使它颇具诱惑)，无论是谁的骸骨，都该让他安息。但我必须说，半身像上的碑文，似乎暗示莎翁的遗体就在下面。教堂北面的墙上，刻着诗人的雕像，底座比圣坛高出大约一人。雕塑的外貌，与我见过的所有莎翁像迥异，让我不得不取下挂在大脑肖像馆里的画像。那些画像里，他龙章凤姿，眉目清朗。这半身像，没有俊逸的脸庞，高贵的神态，但也紧紧抓住了人物的真实感，让人不得不接受。即使不是诗人莎士比亚，他也是富裕的小镇居民，是躺在远处的约翰·库姆的好友。关于半身像，我不知道颅相学者的评述，它前额略微凸起，总体有点后倾，头顶呈金字塔形，眼睛几乎突出到眉骨之外。它的上嘴唇很长，看着有点畸形，除非出于艺术考虑，雕塑家刻意夸张了它的长度，毕竟，安置在基座后，从远处看来会缩短不少。总之，莎士比亚有张奇特而魅力非凡的脸。奇怪的是，面对这样一座雕像，世人居然还要坚持错误的形象，允许画家和雕塑家们将理想化的“作品”强加给我们，而不是真实的他。从此以后，我眼里的莎士比亚，是个脸庞红润的英国人，他有着宽眉，睿智的双眼，鼻子略微向外弯，上嘴唇长而怪异，嘴巴微张，脸颊下方和下巴部分尤其大。真实的莎翁(据所有画像推断，十之八九只是斯特拉夫德镇的富人形象)，大概能透过沉闷的面具，展现天使的面孔。莎士比亚墓穴后方，十五英尺到二十英尺处，是教堂巨大的东窗，新换的花窗玻璃正闪烁着夺目的光芒。窗边的大理石浮雕拱门下，躺着约翰·库姆的大理石全身像。他披着象征尊荣的长袍，双手虔诚地交握。这是个强健的英国人物形象，容貌粗糙。令人欣慰的是，这样一位普通人，在诗人和英雄的精雕细琢中永生。他虔诚的态度,不得不让我们相信:这位古老的放债者,并没有在莎翁预言、嘲讽的那个世界受冷遇。渐渐地,我开始熟悉沃里克郡的口音,发现由于发音相近,有句话语带双关。“噢,”魔王说,“我的约翰·库姆。”——也就是“我的约翰来了!”

诗人的雕像旁,摆着一具长方体的无名棺木,可能是十四世纪某位显耀的牧师。教堂有其他壁画纪念碑和圣坛墓穴,其中,一两个墓穴上,放着骑士侧卧像,他们身披铠甲。毫无疑问,还有当时受人推崇的贵妇们,但她们在莎翁边上,注定突兀而失礼。他极负盛名,除了自身的光辉,无须其他事物锦上添花。教堂执事告诉我,这里不再举行任何葬礼。当然,最好如此了。我想,任何心思细腻的人,都会好奇自己的墓穴,希望能独享这六英尺厚土。他们应该无法忍受葬在莎翁边上,宁可午夜起来,摸索着逃离教堂,也不愿意在这厚重的回忆里长眠。

恰好,这构成一位卓尔不群的女士的回忆录框架。否则,我必然不敢在斯特拉夫德镇的无数描绘上,随意添笔。本质上,她在世时的工作,与莎翁的声名没有直接联系,可事实上,她与其他崇拜者截然不同。或许,她不清楚,自己给莎翁戴上了高贵而庄重的桂冠。至少,美国简短的文学史,无法忽略她的兢兢业业、一丝不苟。单方面看,这演变成了一个不幸的错误,但平心而论,她取得的回报与付出成正比。她坚信自己的观点,偶有谬误,却将它们转化为金子。总之,她能从混杂的物品中,筛选出永恒而珍贵的真理。

我只在伦敦见过培根小姐一次,她住在苏塞克斯花园的春街——一位健硕的中年杂货商家。他彬彬有礼,跟妻子一样,对房客关怀友善。我被引着,走过两跑楼梯(更可能是三跑),来到装饰简陋的会客室,并被告知培根小姐马上过来。桌上有几本书:一册罗利的《世界历史》，一册蒙田的书，培根伯爵[①]的书信集，莎士比亚的戏剧。随手一翻，原来每个人都曾直接或间接引用她的莎士比亚理论。另一张桌子上，放着一大卷手稿，我猜这只是她的部分作品。这些书里，有一本袖珍版圣经。但是，每一件物品都表明，那个霸道的理念，完全占据了她的思想，控制了她的灵魂和才智。我毫不怀疑，她将自己的理论，和圣经联系起来了。如同其他独居的人，培根小姐可能挑灯夜读到深夜，早上却迟迟不起。我拿起蒙田的书（赫兹里特译本），看了好一会儿他的意大利之旅，她终于出现。原以为会见到一个粗俗的老者，长相平庸（说来惭愧，除了文学创造者的身份，我对她一无所知），这真是令人愉悦的失望。她有着一头乌黑的秀发，高高的个子，长得明艳照人。说话时，深邃的双眸闪着光芒，红晕渐渐爬上脸颊，令她看起来很年轻。事实上，她已年过中旬，并不年轻。这么说，并无冒犯之意。考虑到岁月和疾病因素，她年轻时，必定妩媚动人。虽然与世隔离，她落落大方，毫不拘谨：独处的人大都喜欢倾诉堆积的想法，像刚牙牙学语的孩子，喋喋不休。不知道为什么，我们很快便相谈甚欢，好像彼此早已熟悉。她将付梓的书，成了我们的共同话题，之前的偶尔通信，功劳不小。

对于自己的研究，她颇为健谈，假如我更热忱一点，应该会更积极。我确实心存质疑，更实诚做法，是少触及这个话题，而非诱导她畅所欲言。她很偏执，对于莎剧的作者以及剧中深藏的政治哲学，已经到了狂热的地步，甚至丧失了心灵上的平衡。同时，就研究本身而言，也

---

① 培根伯爵（1561—1626）：弗朗西斯·培根，英国文艺复兴时期最重要的散文家、哲学家。他不但在文学、哲学上多有建树，在自然科学领域里，也取得了重大成就。培根是一位经历了诸多磨难的贵族子弟，复杂多变的生活经历丰富了他的阅历，随之而来的，他的思想成熟，言论深邃，富含哲理。他的整个世界观是现世的而不是宗教的（虽然他坚信上帝）。他是一位理性主义者而不是迷信的崇拜者，是一位经验论者而不是诡辩学者；在政治上，他是一位现实主义者而不是理论家。（译注）

让她到达原本无法企及的睿智高度。这是个诡异的现象:在这个女人的意愿之外,一个哲学体系逐渐成形——事实上,它还违背了她的意愿——并最终取代她脑中原有的一切。这样一个体系,建立在想象上,并在潜意识里,反复向她讲述。这过程妙不可言,就像真的从戏剧中找到这个理论。当然,从某种意义上说,她确实找到了。莎翁将颇多深意藏于表象之下,并欢迎每位读者挖掘。他的作品有不同层次的真理,无论读者多爱刨根问底,每个层次都经得起深究。无论追求什么——或许是真理——你都能最终获得。他的各种符号有无数解析,我们现在已经有了那么多旧书,千年之后的读者们,将有一整个图书馆的新书。我想告诉她这个想法,却放弃了,(正如我已经察觉到的)她有着伊丽莎白女王那样的高贵灵魂,应该会马上将我请出房间。

很久以前,我就听闻她坚信,能证实自己理论的一些线索,葬在莎翁的墓穴里,比如:莎剧作者的真实身份以及新哲学的关键。据我所知,这个理念最近有所改动,经过准确定义和完善,现在的她,对此深信不疑。她边说边指着培根伯爵的书信集,表示自己发现了整个疑团的关键线索。那里有确切翔实的指示,告诉我们如何寻找遗嘱,以及伊丽莎白时期哲学家们秘密会议的相关文件。这些东西,被封藏在莎士比亚墓碑下的一个洞穴里(她没有告诉我封藏时间和执行者)。因此,才有那可怕的禁令。她暗示,这些指示一针见血,扫除了寻"宝"时可能遇到的所有困难。假如没记错,甚至能巧妙避开教牧人员的干预,以及其他棘手问题。目前,培根小姐留在英国是为了——事实上她在此逗留了三年——获取有力的证据和材料,证实自己的理论。

她轻声诉说这些离奇的事情,我则洗耳恭听,毫无异议。反对这样一个早已定论的信念,会让她的讲述戛然而止,而且丝毫不能动摇她对墓中"宝物"的信念。假如那些东西不存在,这可怜的女人,除了在崩溃中死去，恐怕别无他路。她坦言，自己再也无法忍受社会上的一些人，他们就算不能完全认同，至少也该给予一些肯定。现在，她离群索居，完全脱离了社会。这些年，她见过法勒夫人几次，但很早便放弃了她们的友谊；卡莱尔[①]待她不错，但也只见过一两次，且颇有些时日了；布坎南先生在英国出任大使时，曾拜访过她；我们伦敦的领事——坎贝尔将军，因公找过她两三次。她详细述说着这些个例。显然，那是她单调乏味的日常生活中，少有的大事。她太孤独了，深居简出，还身染疾病，但她强调自己过得很开心。

我很理解，培根小姐自觉深受重任（这当然也是世人能得到的最大恩赐），并被赋予了足够的能量完成它。倘若力有未逮，她也坚信，上帝会推动自己前行。我们会谈时，一些想法不断浮现，比如，她坚信，命运指引她来到这个公寓，遇见善良的杂货商一家。思及伦敦公寓老板常见的鬼祟和野蛮，这个男人一家，确实堪称奇迹。她还觉得，上帝在关键时刻，将我带到了她面前——多多少少和文学相关的人——她正需要一个人和书商谈判。我个人不习惯当圣使，倒希望上帝能选择其他人。当然，我也不排斥为她尽绵薄之力。稍作翻阅，她的书确实很出色，值得推荐给公众。志同道合的人，会对她的见解青眼有加，并包容其中的错误。它建于谬误，却由此发展出很多怪诞的真理。无论能否在文学上施以援手，将可怜的培根女士拽出妄想一事，鲁莽且无礼。正因这些妄想，她才活得这么舒心快活，有机会崭露锋芒。莎士比亚墓中的"宝藏"，让她如此愉悦，我留她继续想象，畅想那些东西会令她如虎添翼。培根小姐身上，有淑女的大方得体和新英格兰人的井井有条。她仍处于迷惘状态，

---

① 卡莱尔（1795—1881）：苏格兰的散文家和历史学家，英国19世纪著名史学家、文坛怪杰。他曾任教于爱丁堡大学，辜鸿铭的硕士学位就是在他的指导下取得的。（译注）

但我相信，理智会适时阻止她放纵言行，恰如墓碑所证实的那样。

会面持续了一个多小时。其间，她畅所欲言，就像面对着一个老友，唯一一位心怀悲悯的听众。她的话有很强的暗示性，能引诱出听众萦绕于心的观点和想象；她也是个令人景仰的健谈者——缺乏听众让她长期缄默——性格活泼讨喜，时而明媚，时而忧伤，展现着女子的善变和诙谐。言语之中，更流淌着无限诚挚。听众能与她建立短暂的信任，并最终对她狂热的信仰深信不疑。伦敦的街头，并不适合这样的狂热。事实上，狂热也无法在英国其他地方生根发芽。所以，去祷文街[①]前，我便知道，推荐培根小姐的书会困难重重，广受质疑。然而，它最终确实出版了。

出版前几个月，培根女士搬到了埃文河畔斯特拉夫德镇。她觉得，罗利、培根或我不知道的人，将大量秘密藏在莎士比亚的墓中，并受诅咒保护着，如同过去的海盗，常常将金子藏到魔鬼守护的地方。她被秘密吸引到那里，暂居于一个简陋的住所，整日像幽灵一样，游荡在教堂内外。她不肯屈尊，用任何阴谋或卑鄙手段亵渎墓穴。假如她有这想法，或许能获得意外的帮助，取得成功。最初，她结识了教堂执事，打探事情的可行性和对方的参与意愿。显然，这位执事欣然接受，但任何渎职行为都有丧失神职的威胁（朝圣者的捐助极其丰厚，远远多于其他天主教堂），他决定请示教区牧师。培根小姐请求，向可敬的绅士讲述自己的故事，似乎受到了礼遇，甚至给他留下了深刻印象，展示了自己的研究热情。会面是秘密进行的，牧师希望先咨询一位朋友，培根小姐发现或者推测那位朋友从事法律工作。她并不清楚那位朋友的建议，协商仍在进行，也没有被牧师断然拒绝。或许，这种友好的方式只是权

① 祷文街：伦敦出版业中心所在地，在 1942 年第二次世界大战期间的伦敦大轰炸中遭到严重破坏。2004 年，伦敦证券交易所自针线街迁来此处。（译注）

宜之计，推托我们可怜的女同胞。这样的人，普通英国人会立马送她到精神病医院。但是，我又不由得想到，她对莎翁的人生、死亡和葬礼如此熟悉（说起来，就像曾亲临坟墓一旁），她熟知历史、文学以及伊丽莎白时代的名人们，还有她那令人信服的特质和能言善辩的口才。或许，这些真的能说服那位善良的牧师。假如这样，我对他的敬意，将远超英国所有统治者。当然，这件事看似充满希望，但培根小姐误会了。据说，开展调查时，牧师在场才不会受阻挠。夜幕降临后，所有准备就绪，牧师和执事都表示只等她一声令下，便移开墓穴上那块令人畏惧的石头。至少，培根小姐相信如此。她只有思想上的迷茫，对外界的洞察力以及记忆力丝毫未减。除了事情本身荒诞不经，我没有理由对此事耿耿于怀。形势大好，她的信念却开始动摇。她开始顾虑重重，怀疑自己弄错了，怀疑这些历史文物是否藏在这里。一旦正视这个怀疑，她便开始担心，贸然搬走墓碑，却一无所获。于是，她审视起墓碑的表面，试图在不移动的情况下，判断它是否厚到足够容纳伊丽莎白时代的社团档案。她又一次研究起培根的书信集和其他证据、线索、隐晦语、双关的句子，开始担心，它们并不像自己设想的那样，确切指向莎士比亚的坟墓。文字或许明确指向了某个坟墓，但那可能是培根的、罗利的，或者斯宾塞[①]的，而非她一直臆想的莎士比亚那里。或许，她的使命是打扰三位久负盛名的逝者中的一位。他们是诗人、勇士或者政治家，遗骸分别安置在威斯敏斯特大教堂，伦敦塔墓地[②]，或者他们安息的任何地

① 斯宾塞（1552—1599）：英国文艺复兴时期伟大诗人，代表作有长篇史诗《仙后》，田园诗集《牧人月历》，组诗《情诗小唱十四行诗集》《婚前曲》《祝婚曲》等。（译注）

② 伦敦塔墓地：位于伦敦泰晤士河北岸、伦敦塔桥附近。这里是宫廷阴谋和王室斗争的地方，很多名人先后被囚禁在这里并被处死。在很长一段时间里，伦敦塔成为令人毛骨悚然的“死狱”。（译注）

方。况且，她敏锐的心智深处，可能一直潜伏着自我怀疑，足以制止她迈出决定性的一步。她在教堂里踱来踱去，好似白天有权利进来，晚上便也有特权逗留至深夜。她提着昏暗的灯笼过去，晦暗的教堂里，灯笼像只发光的虫子。黑暗中，她摸索着经过长长的过道，走向祭坛，并坐在莎士比亚墓穴上方的高台。假如这位神圣的诗人真的写了碑文，并像他的恳求所示，在乎死后的安宁，那么，是时候让那些支离破碎的遗物，在自己该受天谴的脚下觉醒了。但是，它们是安全的，她根本没打算打搅它们。我相信，她仔细查看过莎翁和边上两块墓碑之间的裂缝。她略感欣慰：假如有必要，一个人足以搬开面前的石头。她将光线微弱的灯笼靠近雕像，但拱形的屋顶下太黑，看不大清。假如她迷信鬼神，很可能幻想他们在场。莎翁的鬼魂被激怒后，必定会显现出来。但我觉得，假如莎翁穿着开衩的紧身衣和长袍，出现在昏暗的灯笼所提供的可视范围内，光秃秃的额头下，一双眼睛俯视着她，就像我们看到的雕像那样，她会毫无畏惧，当面驳斥他的言论，质疑他的作者身份。培根小姐曾彻底羞辱过"莱彻斯特伯爵的马夫"(这是她给一位举世无双的诗人取的轻蔑性绰号)，莎翁虚无的灵魂，自然也很难从她那里得到礼遇。尽管没有明确目标，她一直保持着警觉性，直至深夜。好几次，她都听到过道传来轻微的移动声。脚步声在黑暗中潜行，听起来踟蹰而鬼祟，一会儿在这里，一会儿在那里。声音回荡在梁柱和古墓之间，就像墓中焦躁不安的住户，爬出来窥视这位侵入者。不久以后，教堂执事出现了，并坦言从她进教堂开始，自己便一直在观察她。

此时，她仿佛被一种奇怪的无力感淹没：一切辛劳终将结束，正如她所坚信的一般，伟大的使命就要大功告成。她开始遗憾，这样一个巨大的使命，竟落到一个弱女子身上。她对新哲学的信念一如既往，也确信自己可以充分发展它。如今，她开始向世界妥协，但她仍然希冀，或许幻想无须承担这个空前的任务，无须在责任和声望的包袱下，踽踽前行。她思忖着，只要定居斯特拉夫德镇，就可以淡出世人的记忆。多年来，离乡背井，与亲友疏离，疾病缠身，她仍乐意抛开多年潜心研究的成果，以及与之相关的一切利益。她喜欢这个沉寂的小镇，承认他的住处极有品位，也懂得为腼腆的友人挑选安享晚年的地方——这是我认识她以来，她献给莎士比亚的第一句溢美之词。此时此刻，我不再进一步探查她波动的情绪，以善待她为己任。作为她唯一的知己，培根小姐的郁郁寡欢给我不少压力。幸而，压力转瞬即逝。对于挚友来说，这是不幸的，但她真实高尚却敏感躁动的性格，仍让朋友们心怀敬意。那时，她的书正付梓出版。说句公道话，培根女士确实尚未完全做好出版的准备。表现之一，就是她太在乎要删除的内容。她的作品源于灵感，基于不可动摇的真理，字里行间都是神圣的。一旦掌控材料，老练的编辑便能根据其他人对莎士比亚的辛辣评论，炮制出匠心独运、说服力十足的论文。她自认从莎翁的思想中，找到了哲学真理，当然，这些真理有一定深度。资深的编辑会大刀阔斧，铲除糟粕，但培根小姐希望出版所有灵感，包括一些随想，打造厚重的八开本书册。可这样的书，将被重重摔在公众脚下，再无人拾起。小部分人略作翻阅，也会恨不得踢进泥里。他们自认为优秀的作品，只是伦敦小期刊胡乱修改过的文章。我想没有一位绅士不能感知此书的圣洁。不能识别作者的心血，这是绅士的身不由已，我从未想过指摘他们。事实上，培根女士可以从美国学者和评论家那里，得到更多赏识。他们中的很多人，比最机敏渊博的英国人，更有修养和文学鉴赏力，只是缺乏勇气，不敢想象稍显荒诞的真理，唯恐泄露“天机”。我们美国的记者再版了英国出版社最苛刻的谩骂，甚至来不及考虑行为是否得当，这可怜的女同胞便被污泥所砸。关于培根小姐的另一条信息，来自斯特拉夫德镇的镇长。他是位医生，文字里带着公务和职业气息。他告诉我，最近有位美国女士，出版了一本名为“莎士比亚书”的书，内容很荒谬。作为与她相熟的人，培根小姐曾在头脑清醒时提及我。我们最好不要猜测，她丧失理智前会遭受什么，没有一位作家像她那样踌躇满志，也没有人像她那样一败涂地。她迷信地说，莎士比亚墓碑上的诅咒，或许降临到了她的头上，并最终让底下的骸骨不得安宁。她出现的那个不眠之夜，“老演员”一直保持沉默，预见自己不久后，就会受到无情的报复。倘若那和善的灵魂关注或者知晓此事，反而会用细腻的爱和怜悯报复她的不公——她确实给过崇高公正的评价。她以别的名字称呼他，但这又何妨？他为她创造了世间最伟大的奇迹。这迷惘的狂热者，在谴责的男人身上找到了一定深度。学者，评论家，以及学术团体，致力于解读那些难以想象、无与伦比的场景。她用最崇高的敬意，偿还他这么多年累积的声望。终生目标破灭后不久，她去了更美好的世界。我不理解，为什么我们不信，不朽的诗人曾倒屣相迎，好言宽慰她，并感谢她（思及一些错误推断，眼中闪过一丝善意的幽默），向世人全面解读自己。

她非凡的作品必将无人问津，读者不会超过一个。我也只是翻过独立章节和零星书页。回美国后，一位激情四溢的天才告诉我，自己曾手不释卷，从头到尾读完了她的书。现在，他已经彻底皈依这些学说了。当然，这是他，不是我。似乎最后一封信中，她表示自己的作品不应当被胡乱插手——它属于那个懂她作品的人，那个将她放在适当位置，去面对公众和子孙后代的人。这真是个凄惨的故事。为了重拾这些记忆，我打算闲逛回家。途经夏勒科特公园[①]，那里散乱分布着庄严的榆树，一棵棵、一簇簇、一丛丛，光影斑驳，十分静谧，让人不由自主沉

① 夏勒科特公园：位于埃文河畔斯特拉夫德镇。（译注）

醉在它们漫长而悠闲的慵懒时光。几个世纪以来,它们生长缓慢,不像生命短暂的人类,只有转瞬即逝的快乐,无须狂喜。过去几个世纪,它们作为文明的象征,一直为人类所熟知,受人扶助。温顺却不颓败的英格兰气质(反之,更加丰富),与狂野却活力四射的美国气质相比,截然不同。两者的区别难以言表——正如迄今为止,我努力试图表达的。英国人所谓的森林里,最疯狂的生物,也没有任何奇特。不久以后,我看到一大群鹿,它们大部分斜倚着,有一些站在诗画般优雅庄严的树中间,牡鹿将角高高抬起,像受指示为这风景添彩;有一些撒蹄四处奔跑,时而消失在阴影中,时而重新出现;小鹿不时蹦跶在母鹿身侧。鹿与大自然中的同类,就像英国公园之于美国危机四伏的森林。远古时代,它们和人类有一些交流。或许,莎士比亚屠杀的牡鹿,是这群鹿的先觉者。比后代稍逊一筹,但它可能已经开化,比羊更难接近,却不排斥人类的靠近。即使过分接近它们,也不会发出警告,只会受到恐吓般,挑挑鹿角,并逃之夭夭,或像受惊的女性。大自然的那些传统,几乎遗忘殆尽。它们一直受人喂养和保护,必然丧失了很多与生俱来的本能。我想,没有人类的帮助,英国的冬天很难安然度过。人们批判这种依赖性,但对这些半驯化的种族,却礼遇有加。或许,正是查莱克特村[①]更为温顺的鹿群,让莎士比亚受到启发:在《皆大欢喜》中,他描绘了一只令人怜悯的受伤牡鹿。

离夏勒科特几百码远的地方,古老的砖拱门和门房,几乎隐匿于大厅和路边的树中。路口似乎连着一座墙和古老的护城河。护城河仍然清晰可辨,像一把绿草茵茵的浅勺子,围绕在草坪堤围的底部。大门

① 查莱克特村:距离埃文河畔斯特拉夫德有4英里,距离沃里克及其城堡有6英里车程。(译注)

里面约五十码处,伫立着一座房子,构成了广场的三面,前部分和两翼并列排着三面三角墙。转角有一些塔楼和突出的屋檐、古式阳台和其他古雅装饰,与这半哥特式建筑风格相得益彰。大门上方,挂着路西家族徽章,颜色颇为相称。这座宅邸可以追溯到伊丽莎白统治早期。房子外表和莎士比亚当年找到托马斯·路西爵士控诉对鹿的暴行时, 相差无几。印象中,它并不是灰色的遗址,而是古朴雅致和坚不可摧的,一如从前那么重要。

这是个令人愉悦的地方,屋内外散发着舒适宜人、完美温馨的气息。原本,这些是几代人日积月累,努力创造的成果。任何修缮,都在无形中,给房子的过去和未来增添了永恒性。美国人经常被诱导,只有漫长的光阴,才能成就真正的宅邸。一个人倾其一生,都不足以完成这浑然天成的艺术品,这几乎是委托给他的最短暂的任务。自己必须替各式各样的继承人,布置出温馨可人的房间,思及此,他就气馁。这些太微不足道,太久远。当然,他肯定不会考虑孙辈。据说,这些不满来自英国人的思维习惯,如同大部分人,我们还没有改变天性,以适应新的生命形态。一旦有了充分了解,住在棚屋或帐篷里,就如同住在夏勒科特庄园一样,优点比比皆是。唉! 我们必然的生命中,哲学家们并没有教导什么是最好的,诗人们也没有给我们吟诵最美的诗歌。我们仍然阅读英国的古老智慧,弹奏古老的琴弦。因此,那个历史悠久的门厅,它的继承人比我们更有可能过上高贵优雅的生活, 每天低调地做善事,并能顺应时势做出丰功伟绩。偶尔,我会担心:远在创造出最美好的可能之前,我们的制度可能会消亡。

利奇菲尔德和尤托克西特

初访利明顿温泉后，我绕道来到利奇菲尔德[①]，并暂住黑天鹅旅馆。假如知道路线,我必定住到可敬的博尼费斯先生经营过的旅馆。在法夸尔[②]时代,它以麦芽酒著称。黑天鹅是个老式旅馆,一条拱形通道伸入街面,两头通往房间的不同部分。马车和骑手穿过大石块铺设的地面,发出隆隆的响声。他们熙熙攘攘地进入封闭的庭院,毗邻的房间喧嚣不断。我是这宽敞的屋中唯一的客人,或许单间客房有一些隐藏的同住者,他们完全避开了爱嚼舌头的群体,这恰恰是美国旅馆生活的特点。无论如何,我享有一间宽敞却昏暗肮脏的咖啡室,里面摆放着古老沉重的红木桌椅。房间只属于我,除了侍者,没有其他人来与我交谈,而侍者显然与他同阶级的英国人一样,拙于言辞。现在,我可以证明,从前的隐居生活、习惯性沉默以及历经考验的独立思想,都无法驱散这种环境下英国咖啡室的忧郁气息。手里除了郡县指南,再无其他书籍,除了五天前那份破地方报,再没有其他报纸。偶尔,我会埋首于

---

① 利奇菲尔德:英国城市名,位于伯明翰以北大约 25 公里,有着悠久的基督教传统,以利奇菲尔德大教堂而闻名。(译注)

② 法夸尔(1678—?):英国喜剧作家。1678 年生于爱尔兰伦敦德里一穷苦牧师家庭。曾就读于都柏林三一学院,辍学当演员失败后改学戏剧创作。(译注)

一大堆古老的羽毛（这些老旅馆没有其他床），让头陷在柔软的枕头内，睡一个憋闷的觉，梦得迷迷糊糊。我想，这是从前难以入眠的人，遗留在床上的愁绪。醒来时，鼻间残留着上个世纪的陈腐气息——这若有似无的模糊气味，是我横跨大西洋之前，从未闻过的。

清晨，在昏暗的咖啡室吃了羊排，喝了一杯菊苣，我便起程，徜徉于蜿蜒的街道，试图寻找一两个吸引人的事物。这是个古老的地方，它的名字在古撒克逊语[①]中有忧郁的含义。从今往后，这个词将适用于我们国内那些阴郁的地方。利奇菲尔德意味着“尸横遍野的地方”，这个名字并不是为了纪念战场，更有可能是一个自然过程，就像芸香的枝丫或其他葬礼上的野草，从两位王子的墓中破土而出——这两兄弟是异教徒默西亚[②]国王的儿子，他们皈依圣查得，后来为基督教信仰而献身。我对利奇菲尔德的文物古迹兴致缺缺，那里吸引我的部分原因是漂亮的教堂。我坚信，这里是约翰逊[③]博士的故居——幼时，我就在鲍茨维尔先生的指导下，熟知约翰逊博士固执的英国个性。事实上，我熟识祖父般和蔼可亲的他。那是个孤独的孩子——他给精彩纷呈的文化留下很多，却选择忽略文化的意义。他踮着脚尖，从不怎么高的书架上扯下一本书，随意翻阅。他将自己封闭其中，用感性而非理性，阅读书籍。依我看，那个孩子是唯一与文学巨匠建立起亲密关系的人。事实上，除了两首气魄非凡的诗——《伦敦》和《人类欲望

① 古撒克逊语：又称为古英语，是指从450—1150年间的英语。（译注）

② 默西亚：又译麦西亚，是盎格鲁人建立的盎格鲁－撒克逊王国，它的领土范围大体相当于现在的英国的米德兰地区。（译注）

③ 约翰逊（1709—1784）：指的是塞缪尔·约翰逊，英国作家、文学评论家和诗人。一生重要作品有长诗《伦敦》（1738）、《人类欲望之虚幻》（1749）、《阿比西尼亚王子》（1759）等。还编注了《莎士比亚集》（1765）。（译注）

之虚幻》,我不记得自己关注过博士那些浮夸的作品。作为一个普通人,一个健谈的人以及幽默作家,我熟知并喜爱他,比现在更欣赏他的品格。对他的性格,我有种本能的感知力,可惜,从未试图将这点感悟付诸语言。

毫无疑问,我本可以结交比他更睿智的朋友。他独处的气氛,很凝重,对死亡的恐惧表明:找到精神存在之前,他需要摒弃自身缺陷;他只关注事物的表象,从未深究原委;他聪明睿智,却也仅仅是狭隘的通达。有时候,我站在他身旁嘲笑他。我生性偏爱仙境,也好奇新英格兰人究竟在精神食粮中,混合了多少躁动因子。那些稚气未脱的岁月里,曾跟随步履沉重的旅人,并以他背包里的粗劣的事物为食,也不是那么糟糕。即使现在,它也是健康食品,多么英式啊!潜在的同情心滋生,我更好地享受着故国生活,也能更好地将它糅合到看似背道而驰的美国理念中。这同情源于伟大的道德学家,并因他而保持生命力。再没有比这个更贴切的描述!约翰逊博士的美德,正如英国的牛排一样地道。

利奇菲尔德市(英国有教堂的镇,才能称为市)位于地势上升的区域,不像考文垂,有很多古老的带三角墙的房子。这个城市,足以满足美国人对古代民房建筑的猎奇心理。那里的人,仍保留着一个古老的行为习惯:盯着过路的游客看。铁路,似乎没有让他们习惯,古老街道上出现陌生的脸孔。好几次碰到老妇人,她们穿着端庄得体,迎面向我致意,却丝毫没有停下来寒暄的意思。当然,这些细节上的尊重,根本不是为了讨要六个便士。我很乐意,将它看作古时表达友好和敬意的方式。那个时代,难得一见的陌生人都理应接受致意。诚然,这个谦逊的根源,造就了当地居民的欢迎方式,我甚至不愿用它交换市长或地方长官的宴会。仅仅出于试验目的,我希望自己能鼓足勇气,至少向一位老妇人递出上述的六便士。

城中闲逛时，我来到了一个叫“大教堂”的人工池塘。巨坑里，怪石嶙峋，那是很多世纪以前，教堂建材的采石之地。难以置信，这个小湖泊居然是人工的。它静谧如画，绿色的河岸边，古树垂挂在光滑如镜的湖面上，里面或许能看到城垛的倒影，这些雄伟的城垛曾是这里的天然石头，几个孩童在池塘边垂钓，他们以大头针为鱼钩；这个场景让我想起（很想善待读者们，但比喻的要点忘记了）《一千零一夜》里神秘的湖泊。那里曾是一个宫殿，一个城市，渔夫将幻化为魔法鱼的前居民钓了出来。我们无须奇思妙想，来让此地变得有趣。议会战争[①]期间，布鲁克伯爵正是在“教堂湖”附近，临街房屋的门廊里遇害。枪击来自教堂的城垛，后来的保皇党将那里作为堡垒。这一事变，被刻在墙上的石碑上，以示纪念。

我不清楚，作为宏伟的建筑，利奇菲尔德教堂在英格兰的同侪中处于什么地位。除了切斯特教堂（记忆中，那里的中殿昏暗简陋，却无与伦比）和北威尔士一两个几乎称不上教堂的小教堂以外，它是我见过的第一个教堂。当时，浅薄的我觉得，它是世上最值得端详的东西；如今，见过那么多能与之媲美的教堂后，我便不吝惜溢美之词。脑海中，它犹如空中楼阁，毫不笨重。大部分漂亮的事物，都能看成简单的轮廓；这如同万花筒般神秘，不同的人从不同角度看去，能衍生出迥异的图案；塔顶和三个城垛重新排列过，三个塔尖朝向天空，高度依次递进。每次换个角度看，它都是不同于上一刻的新建筑，让你印象深刻。

---

① 议会战争：英国内战，是1642—1651年在英国议会派与保皇派之间发生的一系列武装冲突及政治斗争；英国辉格党称之为清教徒革命，马克思主义史观称之为英国资产阶级革命。（译注）

这些,都是上一刻衍生出的新建筑。只有这样,你才能意识到几乎消逝在上一刻的建筑,感受如云般的变迁,并对之产生令人欣喜的信念,相信它坚不可摧。无疑,哥特式教堂是人类目前为止最伟大的创造,它雄伟、精致,极其简单,高大的外墙,有着奇异而令人愉悦的壁龛。我们很难用一个理念领悟它,但所有的一切都这么和谐。最终,观众和整个世界都被吸引到其中。这是世上仅有的,足够宏大、足够丰富的事物。这并不是我的感受,或它衬得上这个感知。看着它,就是种纯粹的享受。我无法将自己提高到它灵魂的高度,这高度远不及教堂底部到其中一个塔尖。稍稍拾级而上,我不禁后退几步,令人窒息的美扑面而来,而我只占有最细微的一部分。百年之后,如此神圣的事物,仍能激起我强烈的共鸣。我仍会隔着神秘的内部,站在远处凝望它。意识到自己的局限性,是痛苦的。半压抑的哈欠变成咆哮,但这仍是有益的。大教堂深沉低诉着永恒,让我意识到自己何其世俗。毕竟,这是它最深刻的教导,我也欣然接受。假如必须说实话,我训练无素的热情会很快消退。教堂神圣的或完美的形象,被逐渐淡忘,取而代之的,是整个建筑饱经风霜的悠久历史。无论何种场景,它都是极其可敬的,但这心境容易使人耽于细节。大教堂的外墙,有好些错综复杂的装饰。我仔细端详着,到处都有壁龛,里面的雕像被推翻了,但仍有些徘徊于壁龛之间。正门上方,浅红色石头雕刻的天使、圣徒、殉道者和国王排成一列,横跨整个建筑。英国潮湿的天气,带有腐蚀性,它们在那里矗立了四五百个严冬。这些高贵伟大的雕像,强行在我脑海中留下糖的形象,那是孩子们从嘴里拿出来后的样子。显然,神圣的时间"儿童"已经尝到了甜头。教堂里面,有着狭长却高耸的中殿,还有同等高度的耳堂、侧道、小礼拜堂以及墙上昏暗的圣座。天主教时期,圣座前的长明灯一直照着装饰繁复的圣龛。我谦卑地承认自己无知无畏,胆敢挑剔这伟大教堂的内部隔室太多。中殿和小礼拜堂之间，横亘着祭坛围屏，掩饰了本该有的另一半庄严。它并没有充分铺排开来，而是呈圆锥形，向屋顶无限延伸。礼拜者庞大的身躯，很可能跪在中殿里，其他人跪在每个耳堂，更瘦小地跪在侧道，靠近让人难以理解的狂热者，那些人在祭坛围屏的另一边举行秘密仪式。这些似乎都象征着教派的排外性，而不具有真实宗教的全球性。我想象中的教堂，视野更为开阔。这些哥特式通道，宏伟而庄严，成群的柱子前前后后排列出狭长的通道，支撑着顶上的穹棱拱。暮光弥漫，好似苦行僧的忧郁。能否更好地欣赏这类建筑，并不重要；指摘的唯一价值，在于披露以不当的心情欣赏高贵事物的愚蠢，披露新访客的荒诞——他们假装对这些事物颇有见地，而不是带着孩童般的简单，臣服于它。

过道古老的石制品，有祭坛、方尖碑、石棺和雕像，上面装饰着很多白色大理石。大部分用来纪念当地的名人，尤其是教堂的牧师长和教士，以及他们的亲朋好友。我听过的名人纪念碑只有两座：一个是吉尔伯特·韦尼兹利，另一个是玛利亚·蒙塔古女士。后者是我童年时便熟知的文学家。这真是个愉快的相遇——偶然重逢，墓中躺了上百年的朋友不会指望老友哀伤。教堂丧葬习俗历史悠久，给神圣的建筑，平添不少魅力。至少，多年以后，当活着的人归于尘土，上面奇怪的图案和文字仍向你诉说着过往。教堂的壁龛里，或站或斜倚的雕像，就像辖区内的特权居民。奇异的是，新入葬的人，正如昨天利奇菲尔德街道上所见，但他们却跟中世纪的先贤一样，舒适自在。今后，他就跟教堂的柱子一样，属于这里了。我的想象，或许是精神的投影。垂死的人，加入逝者中间，就像滴入大海的水滴。稍稍熟悉了新世界，便对刚离开的尘世产生了陌生感。死亡并没有带走他们，而是引他们回家。

尘世的苦难和兴衰变迁，一直影响着这些大理石居民。我看到一位身着老式服装的女士雕像,上部已破碎,下半部分无疑是克伦威尔的士兵攻占大教堂时,遭到了破坏。石板上,还留着这位虔诚女士的残骸。那次暴行以后,它的脸上一直散发着神圣的安详,几个世纪来,双手交握祈祷,象征着世俗动乱和灾害无法干扰的宗教信仰。另一座雕塑(显然是中世纪时期,受人喜爱的主题,我在其他教堂见过好几座),是个斜倚的骷髅。它既写实地展现了骨架,又充分展示出大理石的坚硬。况且,那个年代,人们对神秘的人体结构,懵懂无知,亦无从展示。无论作品在解剖学上有多少缺陷,老雕刻家成功将它打造得骇人无比。哥特式想象一成不变的忧郁,到底给我们带来了多少伤害?它如同带着死亡气息的棺盖,困住我们对未来的展望,扼制我们的希望,藏匿我们的蓝天,甚至引诱人们挣扎着从死亡——坟墓——中寻找永生。教堂每天进行两次礼拜,分别是十点和四点。我第一次进去时,唱诗班歌手们(有老有少,大部分是男孩子。他们的嗓音无比甜美清亮,就像鸟鸣般清新)正要结束和谐的合唱。不久后,他们熙熙攘攘地穿过小礼拜堂的侧门,进入中殿。所有人都穿着白色长袍,就像定制的一般,仅为了游荡于昏暗神圣的屋顶和过道,为了用神圣美妙的音乐照亮整个建筑。他们坐在庄严肃穆的管风琴上休憩,就像坐在金色云朵上的天使。忽而,其中一位可爱的天使,扯下身上的白袍,变成生活中常见的普通孩子,里面穿着现代罩袍和剪裁粗糙的裤子。我坚信,这个令人忍俊不禁的小事有些负面影响:它与教堂环境相悖,让我无法找回恰如其分的心态。走出教堂以后,我开始意识到,自己将奇妙的内部世界留在了身后。随后几年,我也没有彻底遗忘它带给我的感悟和乐趣。

大教堂周边非常空旷,被称为圈用地。那里不仅有漂亮整齐的草坪,还有影影绰绰的过道。过道边是主教教区神职人员的住所。主教、牧师和教务区员的住处,散发着清幽的气息,守卫森严,却不拒人于千里之外。他们似乎擅长收纳圣人追求的事物，都是我们普通“罪人”[①]难以寻觅的。庄严且舒适是它们最大的特色，世俗纷扰似乎无法越过门槛，入侵草坪，或蔓延到精美的花园，并被花坛和繁忙的灌木丛包围。主教宫殿是石筑的庄严府邸，略带意大利风格，它的正面刻着建造年份——一六三七。我记得，旁边伫立着一座砖砌的高大建筑，可能是教堂二把手的住处。既然那样，那肯定是艾狄生年轻时的住所，他的父亲是利奇菲尔德的主持牧师。漫步于教士住所前方崎岖的小路，我试图拼凑艾狄生的形象。房屋和里面的草坪之间，隔着铁栅栏，上面攀缘着茂盛的老灌木丛，其上有一排庄严的大树，如同交通通道一般。名人的幽影经常在这条小路上游荡，他们都曾在此走过。约翰逊必定熟悉此地，无论是孩提时代的他，还是年迈时，作为名家重访利奇菲尔德。很多文学回忆录，都提及过苏厄德小姐，她曾住在附近的一所房子里。传闻这里也是安德烈上校钟爱的场所，他过去常常在这些树下来回踱步，看了霍诺丽亚·苏伊德最后一眼，便前往太平洋彼岸，最终，在美国军事法庭惨遭厄运。毫无疑问，孩提时代的大卫·加里克[②]，常在这条小径上奔跑。如果他从小就喜欢看戏，肯定会经常想起《扮成风流潇洒者的计谋》[③]里面的阿彻和艾姆威尔[④]。参加完教堂弥撒，他们便在此图谋结识剧中的女士。如今，这些纯属虚构的人物，一如壮实的老约翰逊。

① 罪人：圣经中讲，人有两种罪——原罪与本罪，原罪是始祖犯罪所遗留的罪性与恶根，本罪是各人今生所犯的罪。（译注）

② 大卫·加里克（1717—1779）：英国演员、剧作家、戏剧导演。大卫·加里克是那个时代享有盛名的演员，也是有史以来最著名的英国演员之一。从孩提时代起，加里克就表现出戏剧天分和兴趣。（译注）

③ 《扮成风流潇洒者的计谋》：乔治·法夸尔的喜剧作品。（译注）

④ 阿彻和艾姆威尔：剧中两个遭遇不幸的年轻人，他们打算游历各镇，勾引年轻女士，骗取钱财后再离开。（译注）

现实已死,他们活着。这昏暗的小径,仍带着金色的记忆,闪闪发光。

探访约翰逊出生地时,我发现他出生于圣玛丽广场。事实上,与其说那是个广场,倒不如说是蜿蜒的街道。房子看起来很高,共三层,正面呈长方形,屋顶急剧高耸。侧面看,就像从中间被劈开了似的,也看不到倾斜的屋顶。一架梯子斜靠在墙上,油漆匠正在灰泥墙上,画出充满活力的线条。地下室角落的房间,是我们现在所谓的绸缎铺,或者说是英语里的“布店”或“杂货铺”——这里曾经是年迈的米歇尔·约翰逊卖书的地方。交叉路口,有个独立入口,门前铺设着几块磨损的石阶,边上围着铁栏杆。我站在石阶上,手扶栏杆而立,约翰逊必定也曾如此站于此地。拾级而上至门口,我轻叩了一下门,再而三,门扉紧闭。绕到店铺入口,我试图开门,但它像天堂的大门一样紧闭着。我四顾寻人,恰好瞧见圣玛丽广场中间的约翰逊,坐在底座上,面朝父亲的房子,这着实令人欣慰。

约翰逊躺下疲惫的身躯、压抑自己的重重忧思,至今几近八十载。睿智的读者会马上意识到,它是大理石制成的,坐在大理石椅上,下面是高高的大理石底座。总之,这是卢卡斯雕刻的石像,一八三八年被安置于此,由主教教区可敬的大臣罗尔博士出资建成。

雕像巨大无比(与巨人般的约翰逊相比,却微不足道),从高达十英尺到十二英尺的基座,俯视瞻仰者,仁慈宽厚,酷似约书亚·雷诺兹爵士持有的约翰逊画像,只是更加平易近人罢了。椅子下,堆放着几本大书,手里拿着一册。博学的雕像显得心不在焉,对外部世界视而不见,神态严肃却心怀慈悲。这是个巨大的雕像,笨重的巨石没有被赋予灵魂,事实上,也没被人化,更像巨石而不是人。你必须用饱含信仰和同情的眼光去看诗,否则,可能错过其人性化的那面。在我们的理解范畴内,它只是块巨石而已。基座上有三个浮雕,第一个浮雕中的约翰逊，几乎还是个婴儿，跨骑在一个老男人的双肩上，双手环绕着头部，下巴搁在那光秃秃的头顶，侧耳倾听高教会派[①]西特韦尔博士的雄辩；第二个婴儿大小的浮雕骑着两个伙伴的肩膀去学校，其中一个伙伴还托着小小的屁股。

印象中，第三块浮雕刻着很多催人泪下的词句，看得我激情澎湃。上面记载的事件，深深打动了我。很早以前，我就想借此，教育年幼的读者。五十年前，约翰逊因违背父命而在那里忏悔，光着头站在狂风暴雨中，看起来令人敬仰，但愁眉苦脸的表情，透露他内心的苦楚。赶集的大人和孩子们敬畏地注视着他，一对年迈的夫妻，双手交叉置于头顶，似乎在为他祈祷。我想，这对年迈的夫妇(艺术家引入他们是极有效的。不远处的集市，有各种商品：活的鸭子和死的家禽)，代表约翰逊父母的灵魂，他们尽其所能，减轻孩子半个世纪来的深深忏悔。

以前，我从未听说上面的雕像。作为艺术品，它似乎没有什么名气，我也丝毫不觉得它应得到任何名望。但它作为一个雕像，重燃了我对古板的英国老人的兴趣，尤其是忏悔事件，对我已经起到了足够的效果。其创造者利比亚艺术家西玻尔，激发了我对美和怜悯的感知力。第二天，我便踏上少有的伤感朝圣路，离开利奇菲尔德，前往尤托克西特，去看看约翰逊曾经站立的地方。博斯韦尔提起过那个镇(它名字发音是“于提尔克西特”)，据说在利奇菲尔德九英里外的地方，但从郡县图上看，应该更远。火车开过一程又一程，似乎足足有十八英里远。我脑中总是浮现，年迈的迈克尔·约翰逊驾着一马车的书。清

---

① 高教会派：基督教新教圣公会派别之一，专指英格兰教会和英国国教会中的信徒。与“低教会派”对立。亦称“安立甘宗公教派”。最早于17世纪末开始使用，19世纪因为牛津运动和英国天主教会派的兴起而流传于英国。(译注)

晨,他穿梭于繁忙的集市兜售书本,晚上重返利奇菲尔德。事实也可能并非如此。

到达利奇菲尔德火车站,最先映入眼帘的,是塔楼和教堂灰色的尖顶。它们高耸着,分布于盖着红瓦的屋顶和稀稀落落的树木之间,中间隔着一两块绿地。从火车站出来,略走几步,便是镇里。这与我记忆中的完全一致,集市就在教堂拐角处。假如没记错,约翰逊,或者代表他的博斯韦尔,曾提及他爸爸的书摊在集市上,靠近神圣的建筑。迈克尔·约翰逊退休后的一个半世纪,至少,他儿子忏悔以来的九十年间,我无法知道这个镇的地貌变化。但是,目前只有一条普通宽度的街道,绕着教堂而过。集市近在眼前,却不是教堂的一部分,也未与之毗邻。熙熙攘攘的人群丝毫没有越过边界,没有拥入教堂内院和古塔。漫步一两分钟,便能从集市中心走到教堂门口,为了图方便,迈克尔·约翰逊极可能将摊位摆在这里,将书摆放在塔底。事实上,这里比喧闹的农贸市场更合适。然而,栩栩如生的画像和令人印象深刻的故事里,约翰逊不能躲在角落里忏悔,他应该在人群——集市最中心的人中间。处于记忆和悔恨的中心,他和周围那些微不足道的事物,形成鲜明对比,并最终压倒它们。或许,其他人会将这看作外在仪式,他却强大到为仪式注入真理和生命力。甚至荒诞不经的人,也无法忽略其必要性。因此,我确信,约翰逊博士忏悔的真实地点,就在集市中央。

那是镇子重要的组成部分,宽广而不规则,四周围绕着房子和商店,有些顶上铺着红瓦,看起来很古老,其他的看似很新,但内部极可能与老房子一样陈旧。温暖的夏日里,尤托克西特的居民很慵懒,他们成群结队地分散在路边,随意交谈着,还经常凝视谦逊的我。这竟让我产生错觉:难道真心同情这著名的忏悔者,并由此引发思考,让我沾上了他特有的风采?假如在博士那个时代,他们的先祖这样看人,忏悔必然举步维艰。这种好奇心表明，小镇除了赶集者外，鲜有访客，我怀疑没有美国人到过尤托克西特。此外，鳞次栉比的旅馆，也令我印象深刻。几乎每走一步就有一两个：红狮子、白鹿、公牛头、主教冠、十字钥匙，其他记不起来了。很可能主要给周边赶集的农民提供住宿，旅馆平时经营惨淡。无论如何，走访尤托克西特期间，我是那里唯一的住客。仅仅光顾过，无法叨扰如此多的旅馆。远道而来的我，沉浸在庄严崇高的情绪中，如今，又站在朝圣之旅终结的地方。假如读者得知我的首要——其实是唯一重要的——任务，必定大吃一惊。我走进一家淳朴的客栈吃饭，培根加蔬菜，一些羊排——这比美国总统餐桌上的还要美味多汁，一个鹅莓布丁，外加一大罐冒着泡泡的麦芽酒。这顿饭，足以喂饱六个农人，也配得上给王子享用，所有东西仅仅十八便士！约翰逊博士会原谅我的，对牛肉羊肉的挚爱，没人比得过他。就餐时，我毫无愁绪——这是我那天最明智的事。理智的人不会耽于幻想，一旦事情与理想相悖，他们便会忽视真理的真实性，丧失最崇高深刻的同情心。正如我们所见，所有诗歌，都覆盖着累赘的散文，就像漂亮的贝壳，有坚硬的外壳。它们隐藏锋芒，除非将粗糙的外壳，长期浸泡在强有力的思想溶剂里，并最终溶解它。为了重放异彩，我们必须更新外壳。否则，一旦崇高的事实，依赖于日新月异的外部环境——它不能成为不朽的或无所不在的事物——它的伟大和美丽，只能在精神上，丰富短暂的时光和少许街坊。

这是我喝麦芽酒时的一些思考，年迈的酒徒，用一枝微苦的香草搅拌杯中的酒。我还发现，一直萦绕于心的，是寻找尤托克西特之行的目的。那个舒适的旅馆叫老马头旅馆。它位于市场边上，像其他旅馆一样，那是老米歇尔·约翰逊卖书时的下榻之处。或许，他曾在我坐的房间里，一边吃着培根加蔬菜，喝着麦芽酒，一边抽着烟。这是个老式房间，早于安妮女王[1]时期。房子楼层很低,地面铺着红色的地砖,裸露的粗横梁穿过白色的天花板。一切未经修饰,却极其整洁。它并不缺少装饰品,墙上挂着上色的公牛雕塑,壁炉架上摆放着古田园风的牧羊女陶器。米歇尔·约翰逊的眼光,可能曾在栩栩如生的陶器上停留。我穿过地砖铺设的人行道,详细观察它后,重回座位小酌。放眼窗外的市场,阳光明媚。我多么希望,像约翰逊站在忏悔的圣地那样,只注视一个地方。历史竟未曾铭记此地,真是傻得令人费解!真遗憾(再没有更遗憾的事了),当地竟未记载人类史上难得的美谈!没有任何碑文,就像教堂墙上的圣经一样神圣!市场上,没有大名鼎鼎的忏悔者雕像,供世人瞻仰。麻木的道德,不曾记录人类犯下的小恶——兄弟阋墙,邻里摩擦,以及为一点世俗利益而出卖灵魂!虔诚的人未曾树立这样的雕像,它仿佛要从约翰逊站立的人行道里长出来。当时,约翰逊身着长袍,雨水拍打,交织着他悔恨的泪水。

尤托克利特之行后很久,我得知,镇上有人可以带我去约翰逊忏悔的确切地点,当地人还充分讨论过,竖立纪念碑的必要性。怀着对告知者的敬意,我猜此事有误,或遭到了拒绝,最终没有得到进一步认可。忏悔事件必能引发公众兴趣,居民们却一无所知,对忏悔地毫不在意。假如教区牧师曾听闻此事,他会不会屡屡引用,循循善诱教众,启迪他们的灵魂?假如父母熟知此事,他们难道不会在壁炉边教育子女,教他们尊重长辈,避免孩子像约翰逊那样,背负五十年的悔恨?假如有确切地点,那里会缺少慕名而来的虔诚信徒吗?每一个镇上出生的孩子,不都能给朝圣者引路吗?在火车站候车时,我询问一旁的男孩——

① 安妮女王(1665—1714):又译为安女王,大不列颠王国女王,斯图亚特王朝末代国王。(译注)

这是个机智、颇有绅士派头的小男孩——问他是否听过约翰逊博士的故事，是否听说过，他站在眼前塔尖高耸的教堂边，足足忏悔了一个小时。小男孩瞪着好奇的双眼回答：

“不知道！”

“你出生于尤托克西特吗？”

“是的。”

我询问他，当地居民是否从不知晓，或从未提及我说的事。

“没有啊，”小男孩说，“我从没听说过。”

这个荒唐的小镇，竟然对古老的不列颠人建镇后发生的，唯一值得纪念的事一无所知。三千英里之外，来自大洋彼岸的陌生人，却将此奉为圣地（他在我的想象中是神圣的）！它只证实了我常说的一句话：距离，让人们更好地解读崇高美好的事实。

老波士顿
朝圣之旅

十一点出头，我们起程前往旅途的第一站，曼彻斯特。五月的阳光，蒙着雾气，还夹杂着凛冽的东风。这一次，我们却完全英式化了，竟觉得那是个阳光明媚的早晨。

兰开夏郡[①]是沉闷的（除了丘陵地区以外）。一路上，我都摆脱不了这样一个想法：我宁愿待在其他任何地方，也不愿意待在这里。途中，有几处历史遗迹，例如：博尔顿市[②]。英国议会战争时期，那里发生过很多著名事件，德比郡[③]有个伯爵，曾在那里的菜市场被斩首。路边有常青的田野、篱笆以及一成不变的英国景观。小城市和大城镇里，随处可见高耸的烟囱，像旗帜一样随风飘扬的黑烟废气，丑陋的砖墙以及一堆堆壁炉废渣。人类的这些垃圾，是大自然无法分解的唯一事物。小山似的垃圾和废弃矿物，使得这个贩铁器的小镇街区，变得丑陋。光阴荏

---

① 兰开夏郡：英国英格兰西北部的郡，西临爱尔兰海。多雨雾，秋冬尤甚。主产小麦、燕麦、马铃薯等；乳、肉用畜牧业发达，里布尔河两岸有园艺业。兰开夏郡是英国工业革命的发源地。（译注）

② 博尔顿市：位于英格兰西北部，毗邻港口城市利物浦和国际都市曼彻斯特，面积140平方公里，人口26.5万人，是英格兰北部的中心城市。（译注）

③ 德比郡：英国中部的郡，首府马特洛克。北部为高原，最高点海拔636米。大部分高沼地为国家公园。（译注）

苒，这不毛之地仍显得颇为寒酸。

下午一点四十五分，我们乘坐谢菲尔德[①]到林肯[②]之间的铁路线，离开了曼彻斯特。这里的景色谈不上极致，却比我们至今经过的地方都美。英国风光，称不上壮丽无匹或如画般秀丽，并不特别引人注目（除了湖区或德比郡这些风景区）。毫无疑问，它自身有一种朴实的魅力，青葱的草地——艺术品般的雕琢——同其他更有特色的事物一样，吸引美国人的眼光。然而，曼彻斯特和谢菲尔德之间，并不是富饶的乡村，而是山谷。两旁萧索崎岖的山，像壁垒一般，绵延在黑压压的荒原上。其间，随处可见大面积的树木，偶尔可见长长的缓坡，荒凉的坡上，山风呼啸，跟读者们在艾米莉·勃朗特小姐书中读到的景象一样，她两个姐妹的书中，有更多相似的景象；还有石头或者砖砌的农舍，偶尔，有一两座年代久远的教堂塔楼。这些都是英国景色中的寻常事物，难以引人注意。

火车上观赏乡村景色，总是差强人意，它们本就不是为了从那条直线上观景而设，所以，我们像从错误的角度看挂毯一样。古老的公路和小道，犹如天然的溪流，融为乡村景观的一部分，目光所及之处，都随之蜿蜒起伏。铁路完全是人为的，将沿途事物弄得乱七八糟。至少，乘客目之所及的地方，几乎没有任何值得欣赏的景色，即使有，也只有敏锐的神枪手，才能捕捉这如画的景物。

我在一个火车站（它位于约克郡荒原，一个古村落附近，绕教堂而过），见到一位身材修长的年迈妇人。她穿着黑色的衣服，似乎刚从火车上下来。引起我注意的，是她摇晃的脑袋，不止一下，而是间歇性，有

---

① 谢菲尔德：位于英国的中心，建在七座山之上，坐落于南约克郡，是英国的第四大城市。（译注）

② 林肯：英国英格兰东部城市，林肯郡首府。（译注）

规律地，连续多次，仿佛对眼前所见，做出严肃坚定的抗议似的，又像预示着什么灭顶之灾。当然，这仅仅是中风或者紧张的表现，但让人浮想联翩：半个世纪前，这个老妪曾历经风雨，那些事要么针对她，要么针对她一直深爱的某个人。她不苟言笑，我想那是出于习惯，她想保持平和，一直在克制自己做出中风的动作。那动作缓慢而有规律，看起来是如此不可阻挡，克制的表情表明她的努力，却仍无法改变宿命。这一切，使得这可怜老妇的脸和动作历历在目。天黑时，我常常害怕她突然浮现在脑海。

进谢菲尔德火车站前，火车停靠了一两分钟以便检票。于是，我得以一瞥这个以剃刀和铅笔刀闻名于世的小镇。小镇被自身排放的烟雾笼罩着，若隐若现——或者说是烟雾缭绕。谢菲尔德比曼彻斯特、利物浦或者伯明翰都更加烟雾重重——比英国其他地方都要严重，唯有纽卡斯尔[①]除外。那必定是冥王星的中心地带，笼罩在硫黄蒸汽中，我们经过死亡阴影谷前往那里，长达三英里的隧道，几乎贯穿整个宽广绵延的山体。

过了谢菲尔德，景色变得柔和优美。有一次，我们见到——我深信那是——谢伍德森林[②]的最北部。然而，森林里，并没有罗宾汉时期种植的千年橡树，而是茂盛的人工幼林，它们要经过一两百年的成长，才能绿树成荫。费兹威廉伯爵的领地，就在这一带，城堡极可能隐藏在不远处的密林中，乡村在我们周围延伸到远方。我推测，大家身处林肯郡。六点钟刚过不久，我们瞥见教堂塔楼，它们实在不比设想中的大多少，但靠近时，我们不得不承认，这建筑，大得超乎我们的接受范围。

---

① 纽卡斯尔：纽卡斯尔是英格兰核心城市之一。纽卡斯尔和其周边地区的人通常被叫作“高地人”。（译注）

② 谢伍德森林：传说中侠盗罗宾汉居住的地方。（译注）

我们没有在火车站找到出租车(林肯郡根本没有),只有隶属于撒拉逊人头像旅馆的公共汽车。司机推崇它为本市最好的旅馆,并带我们过去。那里看起来很舒适,接待很热情。它跟英国大部分古镇的旅馆一样,散发着一种霉味,那味道如同鲜少敞开的教堂——里面宽宽的甬道,铺设着墓石。房子是老式的,穿过拱门进入庭院,拱门的一侧是旅馆的大门。那里有长长的走廊,过道错综复杂,上下楼梯盘旋。置身其中,即使偶遇百年前迷路的陌生旅客,也不足为奇。同时代的其他人,都已在墓中安息,而他却仍在寻找自己的卧室。毫不夸张地说,置身老式的英国旅馆,陌生人必会被它错综复杂的地形,弄得晕头转向。

旅馆位于林肯郡主街道,离其中一间古城门不远。拱门下是公共过道,两边各有一个小拱门,供路人通行。整体来看,这个巨大的灰色建筑,经受了时间的洗礼。通过灰暗的拱道,我们看到中世纪的景象:街道很狭窄,颇有古风。毫无疑问,上个世纪以来,英国的民用建筑,逐渐丧失了特色。有一些比林肯郡更精致的古镇,比如:切斯特和什鲁斯伯里[①],尤其后者,古雅庄严的建筑特别多。过去郡里的贵族,经常在那些偏远的中心地区过冬。现在,这些街道两旁的房子正面,都用砖或泥灰重新装饰过,使后面的房子看起来更加古老,却也失去了那份古朴如画的味道。

七点到八点之间(这在英国漫长的白日里,仍是大白天),我们动身初访教堂外部。穿过"石弓门"(旁边城门的名字),便来到一条狭窄的街道,坡度很陡。走过之后,它成为我人生中最陡街道,假如任马车前行,所有车都会倒退得比前进还快。作为林肯郡几乎唯一的山,当地居民似乎打算充分利用它。街道两旁的房子,很难引人注意,除了一栋

① 什鲁斯伯里:英格兰西部萨洛普郡城市、首府。(译注)

带石门和雕刻装饰的以外。如今，那里已成为贫民的居所，但从建筑风格看，诺曼国王[1]统治时期，极可能是贵族住所。它叫"犹太女人的房子"，六百年前，女主人自缢于此，却一直坚持着房屋的所有权。

街道仍在变陡。毋庸置疑，林肯郡的主教和牧师们都不肥胖；假如他们常常爬山，必定灵魂丰富，几近天使。这是真正的苦行，修道士时代，他们必定气喘吁吁，一路呻吟。从前，主教常常在任职当日赤足登山，站在山顶俯瞰大好河山，令他欢欣鼓舞，足以慰藉他谦卑的登顶方式。同时，教堂的塔楼不时地召唤我们前行，我们最终来到开阔的山顶广场，那里左边有个哥特式大门，右边是另一座门。显然，右边的门落成后，便是教堂外部防御工事的一部分，而西部则在其后拔地而起。穿过哥特式大门一侧的拱门，我们来到了教堂围地。这是个开阔的平地，宏伟古朴的大教堂，从高处俯视周围的古建筑。从前，那些古建筑里住着地位显赫的高官们。有一些人至今仍住着人，其他则年久失修，难以匹配显赫地位。周围环境舒适，印象中，没有哪个教堂能与之相提并论，除了索尔兹伯里教堂[2]的院子（就从属于它的古老居所而言，它简直美轮美奂）。老实说，教堂庭院给我的印象大同小异，似乎是自私节俭的人类想象范围内最可爱、最舒适、最安全、风最小、最高雅、最有趣的地方。将这一切和教堂礼拜联系在一起，真是令人雀跃！

---

① 诺曼国王：英格兰的一个王朝，共有四位诺曼国王先后统治英格兰，统治时间由征服威廉王之后的 1066 年开始，直至 1154 年。当斯蒂芬的外甥亨利二世继位，英格兰步入了金雀花王朝时期。（译注）

② 索尔兹伯里教堂：英国著名的天主教堂，13 世纪早期哥特式建筑，历时 38 年建造而成。拥有英国最高的塔楼，并拥有四份"大宪章"中保存最完好的一份和欧洲最古老的机械塔钟，是历代朝圣之地。（译注）

林肯大教堂[①]由黄棕色的石头砌成。那里倘若没有过大面积整修，就是没有沿袭英格兰大部分古教堂、古堡采用的，略带易碎感的古老墙面。许多地方，都有明显的近期整修痕迹，但大部分看似几个世纪未曾动过。那里仍有很多滴水兽，有的保存完好，有的鼻子破碎，但它们各种各样的怪异风格，远非现代能模仿的。整座塔有数不清的壁龛，无论是入口上方，还是周围，抑或是墙上，大部分空空如也，却也有几个安置着无头圣徒和天使，看起来颇为哀伤。人类似乎对雕像怀抱天然的敌意，无论圣徒还是异教神，懵懂无知的人总会先发制人，将它们的头敲下来！尽管颓败不堪，教堂西面仍是极丰富多彩的，从巨大的底座到高耸入云的顶端，全都覆盖着栩栩如生的雕刻和雕像，至少曾经如此。时至今日，这种美带来的精神震撼，仍然十分巨大，吸引着我们再三审视，确认被磨灭的东西。我见过一个修道士雕刻的樱桃核，雕工精细，必定耗尽了工匠半生的心血。这座教堂的正面，似乎和那个樱桃核一样，也是呕心沥血的成果。这并不琐碎，相反，它呈现出神迹般的宏伟之态，而细节之美则是锦上添花。

一位老女仆注意到我们仰望墙面，便来到旁边房子的门口，询问我们是否要进教堂。当时即将入夜，我们估计里面很昏暗，教堂的屋檐下有一道惨淡的暮光，就像遮蔽着的古迹。婉拒邀请后，我们在外围闲逛。记忆中，它不如约克大教堂[②]宏伟，但却更美。这美难以言表的，我甚至无法描绘它所激起的万千思绪；对旁观者来说，它不是死气沉沉

① 林肯大教堂：英格兰最大的教堂之一，坐落于英国伦敦的林肯郡，属于英国国教会。林肯大教堂曾经保持世界最高建筑的头衔超过 200 年之久，不过 16 世纪时，座堂的中心尖端崩塌，后来并没有重建。（译注）

② 约克大教堂：欧洲现存最大的中世纪时期的教堂，也是世界上设计和建筑艺术最精湛的教堂之一。（译注）

的,反而宏大静谧,有着无限生命力。尽管在某些方面,它与人类有关或与人性相近,却不是人类建造的。总之,我试图表达对这个教堂和其他教堂的观感,结果却流于胡言乱语。

我们在最东边的院子里,听到了教堂的钟声,紧接着,十字架尖塔上的大汤姆钟响了起来,告诉我们正好八点整。那是我听过的最悠扬有力、缓慢庄严的钟声,低沉的回声消散后,下一次钟声才响起。镇里,海拔较高的地区仍是大白天,白昼还会持续延长,但晚上的寒气越来越重。因此,我们走下陡峭的街道——年轻的同伴们在前面奔跑,那速度让我担心他会撞到凸出的墙。

早上,我们乘公共马车(这是个英国词汇,用来形容极其缓慢的交通工具),前往大教堂,途经的路比昨天平缓很多。我们在西面下车,让车夫去寻找教堂执事,无果。故而,一位年轻的女孩引我们到教堂中殿。教堂里面非常宏伟,但我觉得尚不如约克大教堂的中殿,尤其是站在教堂中心的塔楼下看去。只要作者不妄图做专业的建筑描述,仅仅一套语言,就能概括英格兰以及其他所有教堂。它们是相似的:一两英亩石板铺设成人行道;一排排巨石柱子高高耸立,支撑拱形屋顶;昏暗的巨窗,镶嵌着古代或现代的彩色玻璃;中殿和高坛之间放置着精雕细琢的屏风,用来隔断狭长的景象,这景象又再次被巨型管风琴所隔——虽然有重重阻碍,但仍能看到五彩斑斓的彩绘东窗,宽广的窗户,画着上百个身着长袍的圣徒;屏风后,放着一排排带雕饰的橡木椅,供牧师会和受俸牧师们落座,还有主教座位、讲道坛、祭坛以及其他完善这个至圣所的事物。我们绝不会遗忘小教堂的范围(曾经供奉天主教圣徒,现在失去了它的神圣),也不会遗忘小教堂侧道上国王、勇士和高级神职者们的古老墓碑。牧师议事堂,靠近大教堂主体。和索尔兹伯里一样,林肯郡的教堂地面,也竖立着一根中央支柱,像伸展开的树枝，支撑着屋顶。回廊毗邻会规室，环绕方院延伸，地面铺设着墓碑。五百年前，修道士们常在正午时分，在这阴凉的回廊散步，他们的足迹磨损了古老的墓碑。有一些碑上刻着古代的十字，却是用来纪念离世不久的人。

高坛上，被世人遗忘的主教和骑士坟墓中间，有一块巨大的厚石板。据说，这是为了纪念凯瑟琳·斯文福特——(冈特的) 约翰[①]的妻子。这里还有小圣休的神龛，传说那个基督男孩，被林肯郡的犹太人钉死在十字架上。宗教改革运动和克伦威尔时期，教堂遭受过严重破坏，纪念物被破坏殆尽。我拜访过的大部分教堂执事，都对这个雕像破坏者深恶痛绝。他的士兵曾将中殿当成马厩，砸烂了修道士的雕像，以及大家族古老的纪念碑，用以满足他们邪恶粗鄙的恶趣味。不过，拱门之间仍盘绕着一些精致非凡的雕刻，有花、树叶、葡萄藤和其他石雕奇迹。雕塑石材在雕塑家手中，就像石蜡那样柔软——树叶的纹理分毫毕现，让人误以为大自然为了窃取艺术的荣耀，而在我们眼前石化。这里还有很多奇形怪状的脸，它们是修道士像的影子，不停地向我们做鬼脸。雕塑家惯有的庄严深沉，似乎令它们丧失了理智，抑或是它们害怕这样的惨剧，除非被允许添加不可名状的怪诞。

据推测，这个巨型建筑里所有的柱子和雕像，起初都打磨得闪闪发光。艺术家们呕心沥血，完美地将构思付诸实践，必然乐意付出更多心血打磨抛光。如今，教堂的一切都泛黄了。那是人类能想象到的，最丑陋的色调，正因此，有一些人的灵魂，要经受痛苦的洗礼。

---

① (冈特的) 约翰 (1340—1399)：英国军人、政治家，兰开斯特王室的奠基人。他是英格兰国王爱德华三世的儿子，理查二世的叔叔，因为侄子年幼，故此在 1377—1399 年间代他治理国家。约翰因娶了兰开斯特伯爵的女儿布兰奇而成为兰开斯特公爵。(译注)

回廊环抱着绿草茵茵的方院。院子中间,有一个破败的小建筑,门紧锁着。我们的向导——我忘记说教堂执事“抓住了”我们。他穿着黑袍,打着白领结,看起来神采奕奕、精力充沛——打开门锁后,眼前是一跑楼梯,底部看似一幅巨大的油画地毯。最初,这破旧的地毯应该是华丽而俗气的,呈正方形,如今早已褪色,模糊不清。这是一条罗马棋盘路,由小块彩色地砖或一块块烧制的黏土铺设而成。一个偶然的机会,它被人发现,除了清理覆盖在上面的泥土和垃圾之外,至今从未受过干扰。

除了一条石道,教堂内部再没有别的值得记录的了。石道磨损得很厉害,那是朝圣的前人,跪在圣母玛利亚的神龛前祈祷所致。离开教堂,来到大街上,这里比我们从前见到的街道更加古老庄严,两旁房屋林立,高高的屋顶覆盖着红瓦。沿街来到一座罗马式半圆形拱门,那里曾是防御工事的大门。几个世纪以前,街道还是未成形的乡村小径,到如今,这半圆拱门一直跨立于此。拱门离教堂大约四百码,街区四周的罗马遗迹颇引人注意,有一些立于路面,无疑还有无数埋藏其下。如同古罗马一样,日积月累的泥土,可以掩埋地面曾有的一切。我提及的拱门,被埋了大概三分之一,或许它的罗马式路面(假如在原来的深度搜寻)和提图斯凯旋门[①]下方的那条路一样完美。这是个粗糙的巨型建筑,现在仍和两千年以前一样,坚不可摧。虽然饱受风霜蚕食,它仍努力弥补这一切:用野草给破碎粗糙的顶部加冕,两侧突出的地方长出了一丛丛黄花儿。

离教堂极近的地方,有(罗马)征服者[②]建筑的诺曼城堡,古老的

① 提图斯凯旋门:意大利罗马市古罗马广场东南圣道上的一座大理石单拱凯旋门,是16世纪以后许多凯旋门仿效的对象。(译注)

② 征服者:英格兰诺曼王朝第一任国王(1066—1087年在位),绰号“征服者威廉”。他征服英格兰的动机也许只是来源于自己的野心,但却对英国乃至世界的历史进程产生了重要影响。(译注)

城门前，挡着一扇现代木门。我们被阻止入内，因为里面有一部分作为监狱使用。来到宽阔的后山漫步，这里离大教堂和废弃的城堡不远，有一些古怪庄严的老房子以及很多寒酸的小屋舍。我怀疑，现在所有人或大部分人，都搬到镇上地势较低的地方去了，只留牧师、穷人和犯人在高地。野外，干涸的护城河，绕着城堡围墙而过。周围聚集着很多小房子，有一些砖砌房，但大部分都是石砌房，这些曾是诺曼底堡垒的一部分，或者是征服者建城堡之前，便早已存在的罗马建筑。它们像腐烂的树上涌现的霉菌，丑陋不堪，却奇迹般地给整个景色添彩。就此而言，它们和城堡那宽厚沉重的堡垒废墟一样，价值非凡。废墟高耸过头顶，巨大的灰石块从一堆绿叶和灌木丛中高高隆起，诸如丁香花和其他花卉植物，而底座则完全隐匿其间。

绕着城堡外转了一圈，我穿过罗马大门，沿着建筑风格迥异的道路漫步。有一两处贵族府邸，房前有郁郁葱葱的草坪，十分宜人；大部分房子的高屋顶，都覆盖着红瓦，一直延伸到尖尖的三角墙。这些房子似乎属于同一个时代，就像我们镇子早期的建筑一样；还有美丽宜人的村舍，充满乡村田园风格，密实高耸的篱笆牢牢围着屋舍，几乎与茅草屋的屋檐同高。其中一间屋前，我们看到很多图像、十字架以及古物，夹杂着一些陈旧的天主教墓石。这些废弃物被用作装饰品。

现在，我们回到撒拉逊人头像旅馆，天气阴沉沉的，空中偶尔飘下细细的雨丝。我很乐意将自己当成下放到教堂的奴隶，重获了些许自由，但仍受制于教堂，让我无法休息。最终，我不得不在黄昏来临之际，继续爬山。雾气开始弥漫到中央塔的上部，使得城垛和塔尖模糊不清，即使站在下方看亦然。这是我见过的最迷人的风景。建筑底部清晰可见，但顶端的雾气极浓，几乎成了名副其实的云，跟我在山顶所见的一般无二。诚然，字面理解，这就是一座“白云覆盖的塔”。

大教堂更美了,气势比以往都要雄伟,越看越讨人喜欢。它的外观更甚于约克大教堂,这更好的视觉感受,或许源于众多建筑高耸的尖顶,也来自那些高耸入云,回荡在空中的小塔尖。相形之下,约克大教堂看来更方,稍显笨拙,而林肯郡的这座有众多神奇的变化,每次看过去都很引人注意,带给人新的发现,但我们所见的一切,都是和谐发展的。建筑西面的宏伟,让人无法言喻,世人一直试图解读它,却总能挖掘出新意,就像一大部黑字印刷的伟大作品,令人叹为观止——眼前绽放着如此多的雕饰,空空如也的壁龛,上百个空中华盖。假如驻足凝视,便会发现,华盖上雕刻着过去的图像和它们将再次出现的地方——除此之外,我将不再对教堂进行赘述。

这天剩余的时间,我们一直在昏暗的撒拉逊人头像旅馆,读昨天的《泰晤士报》,看《林肯郡旅游手册》以及《东部郡指南》。天气郁郁沉沉,从窗户向外看,街道上却是车水马龙,人声鼎沸。周六晚上,人们结束了一星期的辛苦劳作,拿到了工资,添置了一些东西,以便尽情享受周末时光。一个乐队来回走过,雨水滴入黄铜小号,敲打着低音鼓;旅馆对面的灵媒店,有一大排服装;纵然杯中会落入冰凉的雨水,室外的咖啡小贩,还是偶尔能接待一两位客户。"石弓门"和威瑟姆河上的桥之间,街道上的行人摩肩接踵,一片熙熙攘攘的景象。

旅游指南显示,从林肯郡至波士顿[①]之间的威瑟姆河上,有轮船往返,我向服务员打听到,船在周一早上十点起航。水上观光可能颇为有趣,或许是一成不变的旅途中难得的新意,我们决定走一遭。威瑟姆河流经林肯郡,从一座哥特式拱桥下方横穿主街道,也在撒拉逊人头像旅馆的下方。流经镇上的那段,看起来更像运河,而不是河流——两岸

① 波士顿:位于英国东部的林肯郡,美国波士顿以此命名。(译注)

排列着石器，偶尔有一两个水闸。轮船又小又脏，总之不甚方便。凌晨天已大亮，天空却很灰暗，头顶仿佛压着阴郁的英国低气压。离岸不久，便从日耳曼海刮来一阵令人厌恶的风，直吹到我们嘴里。甲板上还有一些乡下乘客，就像火车的三等座一样。我想，除了我们，没有人会为了可能的河道风光，选择坐船。

通过第一个水闸时，我们简直忧心忡忡。即使航程顺利，我们一小时也走不了六英里。为了搭载乘客和货物，经常有延误——不是在正式码头，而是长满青草的任何一处河岸。景致和火车上看到的并无二致，因为铁路是沿河而建的，除非在河道弯曲处取直而过，但也离河不远。我们唯一的优势，是旅途像蛇一样爬得慢吞吞，蜿蜿蜒蜒，留下了足够多的时间欣赏沿岸风光。不幸的是，没有什么，或几乎没什么值得欣赏的——整个航程中，平坦开阔的乡村，展现在我们眼前——无论远近，都看不到山，唯有一座孤零零地立在那里，山顶伫立着我们参观过的林肯大教堂。足足四个小时，那座教堂一直是我们的地标，直至最终淡出视野，却也不是被其他事物遮挡而消失。

这本该是个悠闲宜人的日子，但凛冽的寒风刮着我们的脸，让人从头到脚泛着寒意。尽管有太阳，但之后又飘起了雨。英国的东风从二月一直刮到六月，比我们大西洋沿岸的东风，更惹人反感。英格兰是难得的晴天，不像我们这里会带来大雾和暴雨天气，但在东风的影响下，明媚晴朗的天空，也变得面目可憎。

整个景观平凡到极点，却有独特的英国风格，颇有欣赏价值：绿茵茵的草坪，屋顶高耸的古老农舍，周边围着石谷仓和干草、谷物，带广场的古村落，远远可见灰色的教堂塔，矗立于地势平坦的乡村之上，周围是一个个红色屋顶。郁郁葱葱的参天古树随处可见，其间或许隐约有一两座伊丽莎白时代的门厅，事实上，那里更像是富裕的自耕农的住所。我们还看到了城堡塔楼，由塔特歇尔所设计，一个姓克伦威尔的人所造——但我不知道，他是否属于摄政者的家族。上流社会并未大范围定居在乡野之地，这里也不适合观光，热爱美景的人，宁愿定居荷兰。沿途，河流始终保持着运河的特点，到后半段，才变得宽敞，足以让这个小轮船掉头——但最宽处也不超过船身的两倍。

一只母鸭带着五只小鸭子过河，那是沿途唯一值得纪念的小插曲。轮船缓缓而过，在平静的河面上卷起无数波浪，拍打着两岸。我看到了眼前的灾祸，急忙跑到船尾看它们的结局，却毫无挽救之力。这些可怜的小鸭，稚气地喊叫着，尽全力逃难。我相信，四只被冲散开了，船头将它们抛到另一边，幸而毫发无伤，但第五只一直被压在船底，或许再也无法浮出水面了。下午三点左右，我们最终看到圣博托尔夫教堂[①]的高塔（三百英尺高，和林肯大教堂里最高的塔一样高），在远方若隐若现。将近四点半时，我们到达波士顿（博托尔夫镇的英式发音快而模糊，由于年代久远，名字被缩短了），乘坐出租车到市场边上的孔雀旅馆。那里非常破旧，但已经是镇上最好的一家。我们被带到狭小昏暗的客厅，里面散发着一股霉味和熏人的香烟味——两天前的烟味，因为服务员向我们保证，房间最近烟熏消毒过。服务员不苟言笑，显然是英国波士顿古老清教徒的后代，和居住在新英格兰"女儿城市"的那些人一样讨厌。我们的客厅，有个值得推崇的地方：可以看到市场、高尖塔的侧面和宏伟的老教堂。

首次漫步在镇上，我无意中来到了河边，那也是码头所在。这里有一长排老式建筑，看似仓库，高而陡的屋顶上开着窗子。会规室和普通

① 圣博托尔夫教堂：1309 年小镇兴建了这座大名鼎鼎的圣博托尔夫大教堂，并最终使之成为波士顿的地标。（译注）

住宅一样，有充足的宽敞卧室。河岸铺着石头，岸边停泊着两三艘大棚船；另一艘气派的大船，显然刚竣工，正在为首航做准备；还有一艘，在河边的造船厂里，只有雏形而已。当我四处观看，有一艘船正从水面开来，由于航道陌生，降低了主帆。岸上有位老人，在向它招手致意，并询问货物，但林肯郡的口音太过怪异，我实在听不懂回答。远方，一艘双轨横帆船扬帆疾行，给人留下了诡异的印象：繁忙与懒怠，陈腐和活力。我不得不拿它与我们人口密集、充满活力的波士顿相比较——那里曾是这古老的英国小镇，嗷嗷待哺的婴儿——古镇似乎从那时起便凝滞了，好像后代的出生带走了所有活力。长码头[①]，法尼尔大厅[②]，华盛顿街[③]，大榆树和州议会大厦，这些地方使我心潮澎湃——但我也发觉，这个古镇，给我宾至如归的感觉。它的名字，让我遗忘自己身处英格兰。

第二天，我们踏着晨光出发（太阳肯定出来四个小时了，因为已经过了八点），在街上散步，就像被授权了似的。波士顿的集市，位于一个不规则的广场，教堂的高坛略微延伸到市场一端。大门敞开，向所有人开放，镇上的居民似乎常穿行其间。依据英国习俗，路面铺设平坦的墓碑；那里的墓碑，刻着浮雕或摆放着祭坛，其中还有些刻着家族徽章。有位牧师，将自己和妻子葬在小径正中间，两旁镶着界石。小路穿过庭院，成千上万的人，不得不踩着他们来来往往。早上，这样的场景，带着一派喜气。一日之计在于晨，人们开始工作，像年轻村落的早晨一样清

---

① 长码头：始建于1710年的波士顿长码头是美国早期殖民地年代最忙的码头。（译注）

② 法尼尔大厅：作为商业中心，最早建于1742年。后美国人在此集会抗议印花税法，被称为自由的摇篮。（译注）

③ 华盛顿街：波士顿的市中心也有这么一条同名的步行商业街，短短的步行街红砖铺路，一间间的商铺林立，街边也有很多特色的美食小摊位。（译注）

新,有活力。孩子们提着牛奶桶,在墓石上偷懒闲逛;学生们在圣坛纪念碑上玩蛙跳;古老的小镇,像逝去的无数日子一样,准备着迎接崭新而有意义的一天。圣博托尔夫教堂庄严的高塔,俯瞰着庭院,塔下埋葬着它铭记的各代人,亲眼见到或仅仅思及这样一个历史悠久的巨人,都令人欣喜。这是现在和过去之间的联姻,它用刻骨铭心的方式,将人类的古老学问和普通兴趣联结起来,并以此充实人性。这是座宏伟的塔,寒鸦在它最高的窗子间安然筑巢,世代传承,并不时在塔顶和扶垛间飞舞鸣唱。假如能住那里,让我成为寒鸦,也能欣然接受。

教堂前面不到二十码的地方,威瑟姆河沿着矮砖墙,蜿蜒而过。河的这一边,渔夫正清洗着渔船;另一艘小艇,徜徉在河对岸,船帆扭曲着,懒洋洋地挂在那里。此处的河宽,可以这么描述:假如高塔倒塌到河面上,塔尖的第一块石头,会落在河中间。河岸更远处,有一排颇有古风的房子,屋顶盖着红瓦,窗子开在外面——就一些建筑的古老程度而言,我们波士顿的首位牧师——教士科顿先生肯定亲眼见过。那时,他常常做完礼拜后,走出教堂正门。事实上,这里肯定有很多房子,甚至有些街道,仍保留着清教徒时期的特色,神情肃穆的清教徒们曾漫步其间。

镇中闲逛时,我们还去了书店,询问店主是否出售有关波士顿的书。他推荐我(或者确切地说,指点我去看,而不认为我会买)一本四开本、描述小镇史的书,大约四十年前,用基金出版。书商似乎是当地的古董商,他见多识广,和蔼可亲。对他来说,一群好打听的陌生人,简直是天赐。他见过一些美国人,都是来此地朝圣的,还曾与其他人通过信。无意中听到我们中一个人的名字,他便盛情招待我们,十分客气,还将我们请到里屋。他谦逊地表示,那里收藏着我们可能感兴趣的一些文章。我们跟着他穿过店堂,上楼来到他的私人住处。诚然,这是鲜有的一次探索，我偶然发现，这个男人的宝藏。所有古玩珍藏，都隐藏在书店朴实无华的外表之下，隐藏在乡间的小生意中。他将我们带到楼上的两个房间，里面有无数本书，我们几乎不敢走动，生怕碰坏了脆弱的东西，并且是年代久远、价值连城的。

公寓四周挂满了图片和古雕刻品，很多是稀有之物。波特先生要给我们展示一些神奇的东西，他走进旁边的房间，拿起一床上好的亚麻床罩，上面的丝绣巧夺天工，几乎完全覆盖了亚麻，整体看起来就像丝织品。床罩被玷污了，看起来很旧，散发着一种古老的气息，上面几乎全是针线绣制的花鸟，精美异常。最值得一提的，是上面的花押字 M.和 S.——这是一个悲剧女性姓名的首字母。这床被子，是苏格兰玛丽女王[1]关在佛斯林费堡时所绣，显然花了多年心血，上面不知洒下过多少伤心泪。刺绣花鸟时，她必定愁绪万千，放弃过很多念想。我们的朋友还拿出了一件手工制品，是奥大赫地[2]一位前女王送给詹姆斯·库克船长[3]的礼物，作为与这个珍贵的古物相媲美的收藏。这是个包，由一些精美的植物巧妙制成，包上装饰着羽毛。接着，他拿出一件绿色的丝绸背心，样式很古老，背心边缘和口袋上，用金丝银线，绣着大量精致的花样。这曾是（宝物所有人通过家族谱系，从祖先开始追查，证明东西最终到了自己手中）伊丽莎白女王时期布莱爵士的官服，那个伟大官员的胸围和腰围必定不大，衣服看起来适合十一岁的男孩，我们中身材最小的美国人，可以穿上这件华丽的背心。之后，波特先生拿出一些雕刻得奇形怪状的水杯，其中一个刻着圣博托尔夫教堂的尖塔，剩下的两个刻着波士顿建筑，有市政楼，也有民居楼，做

---

① 苏格兰玛丽女王（1542—1587）：苏格兰女王及作为遗孀的法国王后。（译注）

② 奥大赫地：又名大溪地。（译注）

③ 詹姆斯·库克船长（1728—1779）：英国的一位探险家、航海家和制图学家。（译注）

工精妙。水晶高脚杯是很久以前，公费学校的学生赠送给老校长的。这真是稀奇了，退休的老校长展示的感恩奖杯，居然是从戒尺受害者那里赢来的。

我们好客的朋友，就像魔术师一样，拿出一件又一件出人意料的东西。他只是朝空中打了个信号，随侍的小童就递上可能需要的古物。早期绘画大师的收藏尤其多，画风精致的有两三幅，有出自拉斐尔的，萨尔瓦托[①]的，伦勃朗画的人头像，还有其他粉笔画和钢笔画，分别出自焦尔达诺[②]和本韦努托·切利尼[③]，以及其他同样声名显赫的人。除了向我们展示的，他似乎还收藏了无数这样的艺术瑰宝。墙上悬挂着斯特恩[④]的蜡笔画像，未经雕刻，看起来是个面目清秀的年轻人，充满了活力。这是张快乐的普通脸庞，不像他仅有的雕像那么丑陋，愤世嫉俗，神态诡异。画像是原创，价值肯定很高。我们希望它出现在新晋的名作家自传前，这个世界待他颇为严苛，让人心怀歉意。同样，那里还有一幅斯特恩夫人的蜡笔画像，她看起来傲慢冷漠。令人奇怪的，不是他最终离开了她，而是他竟然曾设法和这个可怕的女人一起住了一星期。

看过楼上这些以及其他让人印象深刻的东西后，我们来到楼下的客厅。这个神奇的书商，打开一个古老的柜子，里面有无数抽屉，每个

① 萨尔瓦托：一位多才多艺的艺术家，他不仅是画家，而且是演员、戏剧家、音乐家和诗人。（译注）

② 焦尔达诺（1634—1705）：意大利画家，生于那不勒斯，是17世纪意大利最著名的画家之一。（译注）

③ 本韦努托·切利尼（1500—1571）：意大利文艺复兴时期的金匠、画家、雕塑家、战士和音乐家，还写过一本著名的自传。（译注）

④ 斯特恩（约1626—1679）：17世纪（即荷兰黄金时代）荷兰风俗画、油画家。他的作品以心理洞察力、幽默感以及丰富的色彩为特点。（译注）

正好容纳收藏的饰品。他的宝物数量,远超自己的想象,甚至不能完全确定藏品的位置。他在屋内四处搜索,拿出各种新旧物品:玫瑰色的英国硬币,维多利亚时期皇冠,金质的天使,乔治四世时期的双面头像,乔治二世时期的两基尼[1]硬币,拿破仑一世时期的结婚章——只雕刻了四五枚,就连大英博物馆里,都没有这样的金质样本,刻着罗马皇帝的黄铜勋章,直径三四英寸,还有各种扣饰、手镯,项链,以及其他我不知道的东西。其中一个绿色的丝质流苏,原属于玛丽女王在圣十字架宫[2]的床上。有一本流光溢彩的古拉丁版本圣经,还有一本伊丽莎白女王的"密书"(历史学家必定极感兴趣),据我所知,那是她亲笔所书。仔细翻看,里面并未记载国家机密,而是菜谱、酿酒方法、制药和洗涤等家政事务;还有梳妆和家庭计谋,其中一个秘方令我们毛骨悚然:"如何迅速杀人!"我们从不怀疑,嗜血的贝丝女王会不时需要这秘方,但还是惊讶于她的坦诚,惊讶她如此巧妙地处理不寻常事务。事实上,我们的阅读有纰漏,女王的书写也让人误会:那个字是"疽"——一种甲沟炎——而非"朋友"的"朋"。

好客的主人为我们每人调制了一杯酒,尝起来就像柜子里的古玩一样,古朴真实。小酌时,忘恩负义的我们,试图激起他的妒忌心,跟他分享英格兰的旅途见闻。对于古董商或艺术品收藏家,这些都有极大的吸引力,比如,我们谈起了一本嵌在纯金里的祈祷书,四周镶着珠宝。书本身便价值连城,再没有托架可与之媲美。此物做工精致,通体金光闪闪,由拉斐尔亲手所制。我们提起一个银盒子,里面曾装过路易十四的一部分心脏,经香料处理过。令物主惊悚的是,巴克兰德牧师将

① 英国的旧金币,值一镑一先令。(译注)

② 圣十字架宫(1769—1821):1498 年詹姆士五世所建,原为修道院,后来成为苏格兰王室的宫殿。(译注)

国王的一小部分遗物放入口中,吞下去了。我们谈及殉道王查理一世的祈祷书,他在绞刑台上用过,以黑体印刷。圣餐礼时,书在手中自动打开,左侧有个棕黄色污渍,大约六便士大小——国王的一滴血,滴在了上面。

现在,波特先生陪我们去教堂,但他先带我们去老牧师约翰·科顿的住宅,那是不久前刚建的。据我们老朋友的描述,那是个简陋的砖砌房,顶上盖着茅草。如今,随意围着篱笆,里面是个菜园子。教堂右边的过道上,有古老的小礼拜堂,用来纪念科顿先生——这些英国人,视他为美国波士顿的创建人。参观时,里面仍在修缮,将要装一扇彩绘的窗子,纪念老清教徒牧师。随之而来的七月,会有个节日,纪念此事。我也收到了请柬,鉴于英国公共节日里,受邀嘉宾要承受太多痛苦折磨,还是躲开为妙。值得一提的是,美国人——主要是波士顿人(似乎给这里的同胞留下了好印象),捐赠了五百英镑用来建纪念窗,重修小教堂。

走出小教堂,波特先生带我们去见牧师。他亲切地将我们一一做介绍后,才自行离开,但愿陌生人也赐福给他!他真是个再和蔼不过的人了,不像古董商,倒像是实属品收藏家。无论是奥大赫地女王的包,还是玛丽女王绣的床罩,在他眼中都一样珍贵。他读的书很杂,所有稀奇的事物都能吸引他。唯愿挑选"时光"手袋中遗漏的好物,填满他的架子和抽屉(假如还有空间)。或者,送他"时光"手袋,任其挑选!牧师三十来岁,非常绅士。显然,他对本职工作很自信(就像国教里的其他牧师一样)。他生活富裕舒适,是个学者,也是基督徒,甚至能胜任主教之位,懂得如何享受人生,对未来毫无偏见。我很高兴结识这样一位典型的英国牧师,他与这古老的教堂,真是相得益彰。他向我们致意,态度谦恭有礼,带我们四处参观教堂,为我们答疑解惑,甚至最后,给我们空间随意参观。

圣博托尔夫教堂的内部十分精致，其庄严程度，几乎媲美于大教堂，整修成——只要有修整的必要——纯朴高贵的风格。东边大窗上的现代彩色玻璃，是我见过的最细腻丰富、古色古香的。古朴的画作手艺，完美呈现在闪闪发光的透明窗子上，可惜世间已无传承。宽阔明净的教堂，十分惬意舒适，里面没有屏风——前厅和祭坛之间，没有任何事物阻隔整个狭长的景观，甚至连管风琴都被放到了一边——后来，悦耳的琴音，暗示着自己的存在。四周墙上，有很多黄铜雕刻品，一副石棺，一座洁白的骑士圣约翰雕塑以及一位洁白的女士像，两者都是斜倚的全身像，栩栩如生，除了鼻子上有被现代人抚摸的痕迹，保存得很完美。小礼拜堂里，很多古雅的橡木制品，巧夺天工；特别是从前修道士们的座位，真是匠心独运，假如座中人不小心打个瞌睡，必定会栽出来。

现在，我们打算爬到高处去，循着螺旋梯往上，直到塔楼石屋顶下的走廊。站那里往下看，有个凸出的“圣水盘”。我的斗篷在一个台阶上，看起来只有巴掌大小。之后，我们沿着更窄的台阶，拾级而上，来到另一个石廊。这里比寒鸦的住处还高，也远高于我们刚才停歇的地方。往上一跑楼梯，便是教堂的顶部，但仍不是最高点，所以，我们便往回折。这一次，我们走对了塔楼，步入教堂顶部最高的灯室。远处的地平线，笼着一层薄雾，我们仍能看到平坦辽阔的林肯郡。那里有尘土飞扬的马路，河流和运河交汇到波士顿——这里是红瓦顶房子的聚集地。脚下，狭窄的街道上，蠕动着一个个小人。我们身处三百英尺的高空，所在的最高点，更是远在四十英里之外的海洋上的路标。

我们终于心满意足，也厌倦了高空，便走下螺旋楼梯，离开教堂。我最后注意的，是一只鸟。它看似定居在那里，愉悦的鸟鸣和着管风琴声响起。驻足教堂阶梯，我们发现这里从前曾有两个雕像，两边各一座,华盖仍保留着,基底大约高出地面一码。科顿先生的一些清教徒,肯定和石圣徒的消失密切相关。塔楼底部的门道,尤为破败,但以往必然华丽异常。出口的拱门穿过大广场,上面铺着小石块,底部位于塔楼前部。无论塔身,还是建筑上的大部分凸起,都有诡异逼真的哥特式石像——魔鬼、野兽、天使和这三者的组合。教堂维修时,现代雕塑家试图仿制这些狂野的幻想物,但收效甚微。奢侈和荒诞遵循着自己的法则,这世上最古板的事物,也该严格遵循。

我们继续在波士顿闲逛,过桥后才发现,镇子的主要区域在河对岸。蜿蜒的街道和狭窄的小径,让我想起汉诺瓦街、安街以及美国波士顿北部其他地方——童年记忆中,最美的风景在那里。据此来看,当地习俗和记忆,影响着第一批移民,尤其是新英格兰大都市设计的街道、建造的房屋。这里的街巷错综复杂,似曾相识,不少房子带着过去常见的古老尖顶,楼层突出。很奇怪,这种世代传承,给我家的感觉和家族意识。经过多年的失意放逐,我真不愿意离开这个热情好客的地方。此外,我看到了一些海员。他们有的斜靠着邮筒,有的坐在仓库背风处的木板上,或者懒洋洋地斜倚在搁浅的长尾船上,就像生意惨淡的船员和搬运工,在码头休憩。这些使我想起另一个美国小镇,那是我的出生地。但在其他方面,英国的小镇与美国的相比,更像村庄。妇女和亭亭玉立的姑娘们,在门口拉家常,偶尔和年轻男子互相致意;孩子们在夏日的余晖里,互相追逐嬉戏;男学生们在河里划着小船,或在平坦的墓碑上玩弹球;老人们穿着马裤长背心,在街上徐徐而行,他们的举止似曾相识,每个人都像我们的祖父。英国的古镇上,我经常发现,阳光中行走的老人,比年轻人更加快活。显然,年轻人冲动、焦躁而无礼。可怜的鳏寡老人开始怀疑,自己是否有权继续苟活于世,甚至,不得不将满是银丝的头颅,隐藏到荒僻的地方。谈及老人，我想起波士顿慈善学校的学者们，他们穿着蓝色的古式长外套、及膝马裤，脖子上围着扁平领子——这些，是三世纪前服装图的完美重现。

离开的那个清晨，我从孔雀旅馆起居室窗口往下看，发现不规则的广场上，排满了货摊，很多摊位仍在搭建中——只需将破旧的帆布铺在柱子上。那是个集市日。小贩们摆放着商品，以蔬菜为主——大部分是卷心菜。稍晚，到了午前，眼前已是琳琅满目的商品：供观赏和使用的编织篮子，枝条扫帚、蜂巢、橘子以及田园风的服装。我还听到了牛的低哞声，羊的咩叫声，并发现镇子的另一边，是买卖牛（奶牛、公牛）和猪的地方。广场上摩肩接踵，到处都是镇上的居民和林肯郡的自耕农。庞奇先生在一个角落叫卖，流浪艺人试图在另一个角落寻找空地，陈列商品。波士顿镇给我的最后印象，比第一印象更有活力。此外，圣博托尔夫教堂的塔楼，慈祥地低头凝视，我幻想它跟我道别，一如两三百年前，向科顿先生告别一样。它让我向美国的波士顿人介绍自己可敬的高度，介绍自己脚下的小镇。一定程度上，它们堪称同族。这血脉亲情，即使不是相对于老波士顿当前的居民而言，也和教堂庭院中安息的先人有关。

还有一件事，镇里有一座山叫邦克山[①]，与我们的战场同名——那是我们庆祝最广、最值得纪念的首个战场，镇上的居民似乎还引以为豪。

---

① 邦克山：美国马萨诸塞州波士顿港北方的小山。美国独立战争时期的战场。山顶建有 66 米高的邦克山战役纪念塔。（译注）

在牛津附近

在九月的一个晴朗的早晨，我们出发前往布莱尼姆，开始一趟短途旅行。我们驾着由四匹马拉着的马车，我和雕刻家坐在御者座上，还有两个人坐在马车的尾座上，余下的人不甚愉快地坐在车厢里。我们没有马车夫，但是，两名御者各骑在一匹马上，穿着鲜红的短上衣和皮质马裤，脚蹬长筒靴。因此，一路上，当没有其他事物的吸引时，我们看到的就是他们在马鞍上上下颠簸的有趣场景。这一天阳光灿烂，堪称英国好天气的典范，暖和得恰到好处，让人感到舒适——事实上，在正午的阳光下，或许都有点过于暖和了，但却保留着十足的趣味儿，或一丝严峻的感觉，让这一天更加愉悦。

牛津和布莱尼姆之间的乡村景色不是特别有趣，几乎是单调的，或者说是少有变化的。牛津郡也不是特别有趣，虽然从农业上来说，它是英国的一个富饶之地。我们看到了一两个小村庄，我尤其记得在公路入口处，有一间别致的老房子，砌着三角墙。总体来说，路边的风景有着老式英国生活的样子，但是，在我们抵达伍德斯托克，在黑熊旅馆停下来，给我们的马饮水之前，没有任何事物非常值得纪念。这个地区被称作新伍德斯托克，绝不是因为它有着美国城镇的崭新面貌。它只是一个有许多石屋的大村庄，大多数石屋都非常陈旧，因日晒雨淋而变了色。黑熊旅馆是一间古老的旅馆，很大也很体面，里面有带栏杆的楼梯以及错综复杂的通道和走廊，过道和房间里悬挂着古怪的旧画和雕刻画。我们点了午餐（最讨人喜欢的英国习俗，仅次于晚餐），做好准备，以免再次返回，随后，我们动身继续前往布莱尼姆。

布莱尼姆的庭园大门紧挨着伍德斯托克村庄街道的尽头。我们刚穿过这个大门，就看见远处有一座宏伟的宫殿，但是，我们先在庭园里绕了整整一圈，然后才靠近它。这个宏伟的庭园占地三千英亩，圆周长十四英里。从某种程度上来说，它曾是一块王家领地，后来被赐给了马尔伯勒家族。庭园里尽是无比古老的树木，几个世纪以来，无疑是野兽经常出没之地。我们驾车路过时，看见了大量的野鸡在空旷的草地和林间的空地之中觅食，雄鹿相互斗角，然后跳着跑开，不是受了惊，只是有点儿害羞，只是在嬉戏。这是一个宏伟的乐园，这里没有经过细心的保养，也没有经历过严格的统治，但却足够广阔，得以在安妮女王时期的造园师苦心经营之后（那时布莱尼姆领地布局科学），重新和大自然融为一体。橡树巨大多节的树干歪斜地生长着，如今看起来不像是有人干涉了它们的生长，干涉了它们摆出的姿态。后期栽种的树木，也就是马尔伯勒大公爵[①]时期，是根据战斗序列图布置的，该图是杰出的指挥官在布莱尼姆排列其军队时用的。但是，由于土地广袤，树木茂盛，旁观者不会意识到自己格格不入地置身于军事部署之中，仿佛是俄耳甫斯敲鼓把他们召集到一起一样。一百五十年前，这里必定布置得非常整齐，但是如今已不再整齐了，虽然我认为这些树比马尔伯勒的老兵更加忠诚地保留了军队的排列方式。

其中一名庭园看门人，骑在马背上，在我们的马车旁随行。当我们

① 马尔伯勒公爵（1650—1722）：英国历史上最伟大的军事统帅之一。（译注）

驶过领地时,他向我们指出了观看这座宫殿的上好之地。这里有一个巨大的人工湖(老实说,在我看来,这个人工湖如果不能与威斯特摩兰的湖泊相媲美,那么,至少可以与威尔士的湖泊相提并论),万能的布朗[1]用铲子挖了个洼地,并用水填满,于是创造了这个人工湖,就好像大自然把广阔的水源倾注进它自己的山谷似的。无论是从远处望去,还是从人工湖附近的堤岸上看过去,这个人工湖都是最漂亮的:一条清澈的小河为湖泊源源不断地提供水源,因而湖水非常纯净。不仅仅是布莱尼姆的水景,几乎里面的所有景色都得益于人类的设计才能。布莱尼姆的自然景观并不吸引人,但是,艺术使其变得如此美妙,不知情的游客从来不会想到,这里几乎所有的景色都是人类智慧的结晶。娴熟的画家在空白画布上的描画也难以和造园师、种植者、树木布局师在布莱尼姆单一的地表上的建设相提并论。他们充分利用每个地面起伏:哪里有需要,他们就会在哪里猛然抛出一座小丘,就像巨人手中抛出的一大团泥土一样;哪里合适,他们就会在哪里关注美好。他们还会把值得观赏的每一处远景都展现出来,并在不该现身之物附近抛下一层看不透的叶子。当然,一个世纪之后,人工制造的粗糙轮廓已变得柔和,这个地方再次回归大自然,并增添了几分科学之美。

我们驾着马车行驶了一段惬意的路,来到了一座有城垛的塔楼以及与其相连的房子,这里曾是伍德斯托克庭园管理员的住地,他在马尔伯勒公爵拥有这座庭园之前,为国王看管着此处的财产。看门人为我们打开了门,我们走进门厅,发现了各种各样与追捕和林区嬉戏相关的东西。我们爬过几层楼梯,来到塔顶,牛津建筑物的尖顶尽收眼

① 布朗(1715—1783):出生在园艺世家,18世纪60年代后声名大噪,被称为自然风景造园艺术之王。(译注)

底,还有远处的点点,非常模糊。在英国,远处笼罩着雾气,看东西模糊朦胧已司空见惯。回到一楼,我们被引入了一个房间,风流一时的罗切斯特伯爵第二约翰·威尔莫特在这间房里辞世,他是查理二世时期这个庭园的管理员。这间矮小的房间空荡荡的,前面有一扇窗户,后面有一扇更小的窗户。在和这间房间相连的玄关里,有一张残存的古老床架,在床架的罩篷之下,罗切斯特也许曾经向主教伯内特忏悔过。我不知道这个可怜的家伙到底性格里的什么感化了我们,使我们对他比对他同时代的浪荡子更加宽容温柔,他们似乎跟他并无多大差别。我宁愿认为他具有一颗人类的心灵,这颗心灵从来没有从他身上消失过,并且在他遗留的放荡的拙劣作品中,我仍然可以微弱地感觉到他内心的温暖。

依我看来,要是这么好的运气降临到一位爱读书之人的头上,那么,我也应该选择居住在这间房子里。塔楼顶端的房间可以作为书房,还可以在楼下人工野地的深处漫步。这当然是不可能的,于是我们驾车前行,从全新的角度一瞥这座宫殿的雄姿。不久,我们便来到了罗莎蒙德[①]之泉。现在,我已记不清是什么传统将美丽的罗莎蒙德和罗莎蒙德之泉联系在一起,但是如果罗莎蒙德曾经在伍德斯托克的迷宫中生活过、爱过、居住过,那么,她和亨利一定曾时不时坐在这泉水的旁边。泉水从一个河岸喷出,流经一些古老的石建筑,小小的泉流倒挺丰沛,像从一个大水罐中倒出的水流一样,涌向一个水池里,又从这里溜走,流入不远处的湖泊。泉水极其冰冷,其纯净与传说中罗莎蒙德的不清白达到了同等程度。人们还想象这股泉水拥有治疗的功效,像是圣人用来解渴喝的泉水。两三个老妇人和一些小孩在一旁拿着装满神圣之

① 罗莎蒙德:英国贵族,与亨利二世有过一段秘密的浪漫爱情,后被王后毒死。(译注)

泉的玻璃杯，赠送给游客，但是，我们大多自己装满玻璃杯，然后把水喝掉。

我们从那里驾车前往凯旋柱，它的建造是为了纪念大公爵，他站在柱子的顶端，穿着罗马装，手里握着胜利之翼，就像普通人握着一只小鸟一样。我不知道这根石柱有几英尺高，但是无论如何，它高到能把马尔伯勒举起来，远远高于整个世界，人们从很远的地方就能看见他。和其他物体比起来，凯旋柱高高在上，这样无论这位英雄在他的领地漫游何处，尤其是当他从宫殿出来时，都不可避免地会想起自己的荣耀。老实说，我来到布莱尼姆之后，才明确具体地知道名望到底是什么，才知道一个国家能够如何崇敬一名成功的战士。我将这些带走，并将永远珍存。除非他具有一千个人的精神力量，否则，他的自我主义（因为他到处都能看到自己，浸透在每一寸土壤，在树林中生长，在水中闪耀，泛起涟漪，甚至空气中也弥漫着他的伟大）必定会在他体内膨胀，就像斯特拉斯堡的鹅肝一样。这根石柱的基座上镶嵌着一块巨大的大理石牌匾，上面深深镌刻着黑色字体的完整版国会法令，这一法令将布莱尼姆领地赐予马尔伯勒公爵及其后裔。这根石柱恰好竖立在宫殿正前方的一英里处，和宫殿门厅的中心连成一条直线。因此，就像我刚才说过的一样，这根石柱是这位公爵思考的主要对象。

现在，我们驶向宫殿大门，大门是由柱子支撑的拱形门，高大庄严，通往宽敞的方形庭院。一位上了年纪的男仆出现在入口处，他身材矮壮，面色阴沉，身着制服，抢着去握住所有他能抓住的手杖、雨伞和遮阳伞，以便当我们离开时，向我们收取六便士的小费。这多少有点可笑。公众强烈抗议现任公爵的吝啬，因为他向游客（当然，主要是他本地的乡下人）收取观赏这座宏伟宫殿的入场费，而这座宫殿是他的祖先赠送给他的。通常情况下，一座私人住宅，不可能只因为住宅的主人继承或者创造了壮丽的景观,吸引了大众的好奇心,而应该向公众开放。因为他的家园会因此失去庄严和宁静,这也正是这座住宅比其他人的住宅好的原因所在。但是,就布莱尼姆而言,公众要求进入其中绝对是合理的。不仅因为它第一位居住者的名望属于整个国家,还因为这座宅邸是国家赐予的,这样便可以使它成为英国人感恩和荣誉的象征。如果一个人选择成名,那么他很可能会为自己招来一些小麻烦,并且把这些麻烦留给他的后代。然而,马尔伯勒大人对以上提到的公众要求充耳不闻,并且(甚至布莱尼姆的这位英雄自己也没有做出节俭的表率)只出售十先令的票,允许六人进入。如果只有一个人进去,他也必须付六个人的钱。如果一个团体有七个人,那么,他们需要购买两张票才能进去。在庭园和宫殿里,侍从随处可见,他们期待能够收到小费,把钱存进自己的私人账户里,因为他们高尚的主人把十先令放进了自己的口袋里。但是,游客的钱当然花得值,因为他们用这些钱买到了发言权,可以自由谈论马尔伯勒公爵,好像公爵大人是克莱莫尼公园[①]的看门人。

(以上内容写于两三年前,或者更久以前。自从这位公爵把小冠冕传给他的继承者以来,我们知道,这位继承者出台了更加慷慨的政策。在英国,就获得进入有趣私人庄园的便利情况而言,并无可厚非。)

穿过方形庭院对面的通道,呈现在我们眼前的是这座宫殿经典宏伟的正面,两旁是两间侧厅。我们登上正门高耸的台阶,走进门厅。门厅里地板到天花板的高度,不少于七十英尺,是这座建筑的全部高度。阳光透过楼上的窗户将大厅照亮,由于今天天气晴朗,阳光灿烂,高悬的太阳将大厅照得格外光艳,一只燕子还在大厅里飞来飞去。大厅天

① 克莱莫尼公园:一个游乐园,19 世纪在英国建成。(译注)

花板上的绘画是由詹姆斯·桑希尔爵士[①]创作的，设计颇有寓意（毫无疑问，是为了纪念马尔伯勒的胜利），关于它的主旨，我就不费事去弄清了，只好满足于了解它的整体效果——作为最炫目、最有效的装饰。

一个彬彬有礼的人领着我们参观展览厅，他允许我们尽情观赏这些绘画作品。这些收藏价值连城，许多艺术作品是英国或者欧洲大陆的王室贵族赠送给这位大公爵的。一间展览室因鲁本斯[②]的作品而熠熠生辉，还有拉斐尔以及许多其他著名画家的作品，任何一幅都可以使最鄙陋的展览间蓬荜生辉。然而，我记得没有哪幅画（并不是受看画心情的影响）比凡·戴克[③]那幅为人熟悉的大型绘画作品——骑在马背上的查理一世——更为出色。查理一世的身上和脸上透露出忧郁高贵的气质，这一点在其他画家的笔下从未表现出来。但是，琢磨查理这张脸（我发现这张脸反复在半身画像中出现），再将其从完美想象转变为写实主义，我怀疑这位不幸国王的长相是否真的那么英俊、那么让人印象深刻：一个高挺细长的鼻子，一张瘦长、棱角分明的脸，还有略带红色的头发和胡子——这些才是他实实在在的特征。是画家的艺术创造，才给他笼罩上了一层朦胧忧郁的魅力。

在我们穿过这间漂亮展厅的途中，透过敞着的门廊远远望去，我们看见一名十到十二岁的男孩从较远处的房间向我们走来。他戴着一顶草帽，穿着一件亚麻制的布袋衣，这件衣服一定穿了一两个年头，被反复洗过了。他还穿着一条破烂不堪的灰裤子。简而言之，美国一个中

---

① 詹姆斯·桑希尔爵士（1676—1734）：英国画家，善于绘画意大利巴洛克风格的历史题材。（译注）

② 鲁本斯（1577—1640）：德国画家，17 世纪巴洛克艺术的最杰出代表，擅长绘制宗教、神话、历史、风俗、肖像以及风景画。（译注）

③ 凡·戴克（1599—1641）：一位画家。自 1632 年起定居伦敦，由于他卓越的艺术成就，曾被授予爵士称号。（译注）

等阶层的母亲都觉得这样的衣着太过寒酸,不会给她心爱的小男孩平时穿戴。这个淘气小男孩的脸色非常苍白(好像英国的那些孩子的脸色都比较苍白,我们自己的孩子也一样),但是,他有一双讨人喜欢的眼睛,一副聪明机灵的面容,一举一动显出男孩子气概,叫人喜欢。他是森德兰勋爵,现任公爵的孙子,也是马尔伯勒大公爵的血亲(尽管我认为不是直系的)及其名号和房产的继承人。

穿过第一间厅堂,我们又被引入门厅对面与之对应的厅堂。这间厅堂装点着极其华丽的挂毯,这些挂毯由弗兰德修女团缝制完成,并赠送给了第一位公爵。这些挂毯看上去就像绚丽夺目的画幅,完完全全地把这间厅堂的墙面覆盖上了。该设计的主旨是描绘这位公爵曾参与过的野战和围攻。无论我们在挂毯的哪个部分看见这位英雄,它都和真人一般大,衣着大红和金色——修艺女们尽力将其塑造得光芒四射,头戴一顶三角帽和飘逸的假发,骑在马上,勒着缰绳,挥着指挥棒,摆出命令的姿势。在马尔伯勒画像旁边,尤金王子[①]的画像最为显眼。从室内装潢的角度看,这些挂毯是最华丽的;作为艺术品来看,十幅画中九幅画的优点它都囊括其中。

图书馆,这间最宏伟的厅堂,占据了这座宫殿的整整一侧,具有从这一端到那一端的广阔视野。这间图书馆的氛围比大多数图书馆的氛围都更为明亮欢快:和牛津地区古老的大学图书馆形成鲜明对比,也许,与其他大图书馆应有的氛围相比,这间图书馆少了一份阴暗,散发着思想的气息。因为这么多好学的人不约而同地把他们积累的知识都留在了书架上,却没有产生很庄严沉闷的效果。图书馆的天花板和墙

① 尤金亲王(1663—1736):尤金亲王在奥地利历史上是一位举足轻重的人物。他原籍为法国,因为个子矮小,被法国军队拒绝入伍。也有人翻译为欧根亲王。(译注)

壁都是白色的，里面有精致的门廊和白色大理石材质的壁炉。地板是橡木材质的，擦得很光亮，我们的脚踩在上面滑了一下，地板就好像是新英格兰的冰面一样。一尊安妮女王的雕像位于这间厅堂的一端，她穿着王袍，王袍被设计得非常巧妙，缝制得非常精美，观看者必定会强烈感受到她的王家尊严。尽管这尊雕像的脸衰弱多肉，但是毫无疑问，它恰当地表达了她的个性。这件作品是大理石材质的，尽管它立在那儿很久了，但它的颜色还像刚下的雪一样洁白，想必得到了最忠实虔诚的养护。这间图书馆的卷帙都用金属丝捆好，放在箱子里，镀金的背面朝着参观者，贮存着无形的智慧宝藏，好像仍是人类尚未开发的思想矿藏。

宫殿的其他我都没什么记忆了，除了一座小教堂，那是我们参观的最后一站。在这间教堂里，我们看见了第一任伯爵及其夫人的宏伟纪念像，纪念像由雷斯布莱克[①]雕刻而成，据说，花费了四万英镑。该设计涵盖了已故权贵的雕像、各种各样富有寓意的繁荣、幻想和疑惑。显赫的公爵及其夫人的真实尸骸和骨灰长眠于雕像下面，也许，马尔伯勒家族所有已故之人都长眠于此。这些早已腐烂的祖先仍然按照自己的意愿，住在这间房子里，而他们的继承人也在这里度过一日日，想到这点真让人感到不适。但是，除非他生前居住的宫殿也变成一座宏伟的、屹立于他遗骸之上的陵墓，否则，人们对布莱尼姆这位英雄的奉承就不足以达到完满。我们参观过他的坟墓后，产生的就是这种想法。

我们接下来的安排是参观私人花园。一名年纪较大的苏格兰园丁让我们进去，并为我们引路，似乎很希望自己赚到参观费的样子。但是不久，另一名体面的苏格兰人出现并接管了我们，后来得知，他是花园

---

① 雷斯布莱克（1694—1770）：18世纪的一位雕塑家。（译注）

的主园艺师。他聪明有才、和蔼可亲，谈论起树木和植物来科学又不失亲切，各种各样可能的英国栽培方式都从中体现出来。可以肯定地说，伊甸园也没有布莱尼姆的这座私人花园漂亮。花园占地三百英亩，巧妙迂回的小径、众多的起伏波动以及巧妙穿插的树丛，让它看起来没有界限。整个国家的森林之趣都被压缩到这片空间里，就好像整片的波斯玫瑰被压缩调和成了一盎司珍贵的玫瑰油。这个花园篱笆里的世界和外面人类熟知的世界不一样：外面的世界满是灰尘，令人厌倦；花园里的世界是一个更漂亮、更动人、更和谐的自然世界。自然之母仁慈地把她自己的力量赋予了这位园艺师，因为她知道，园艺师会把她已被抹杀过半的淳朴和理想之美显现出来，并允许她将所有的功劳和赞美归为己有。我怀疑在那个区域范围内是否有过冬季，除了夏季里如絮的白云以外，是否有过其他白云。在我的记忆里，我在那儿看到的阳光，仿佛是永恒的。那儿的草坪和林间空地就像人们初恋时漫步的回忆之地。

生活在像这样的一个天堂里是多么美好、多么幸福啊！但是，就在那一刻，这位痴傻的公爵（啊！我泄露了一个原本打算保守的秘密，但那十先令一定也够做赔偿了）就在这座花园里（这是导游告诉我们的，还提醒我们年轻人不要太声张），如果处于算数的状态下，他就一心盘算着那天卖出了多少张十先令的门票，别无其他高尚的想法。尽管我是共和党人，我还是甘愿相信，贵族过着高贵的生活，这宏伟美丽的环境会帮助他们提升生活态度，稍微凌驾于我们众人之上。如果他们没能因此提升生活态度，那这种耻辱不仅会降到他们身上，而且会平等地降临到整个人类种族。因为这证明了再好的条件也不会根除我们的罪恶和弱点。如果真是这样，那该多么悲哀啊！即使是一群在布莱尼姆壮丽的橡树底下吃着橡子的猪，也会比普通的猪更干净、有更好的习惯。

不错，我写的所有这些都少得可怜，根本不足以描述布莱尼姆。我尽量穷尽所有恰当的措辞来描述这座占地巨大的宏伟建筑，描述我在那天灿烂的阳光下看到的一切。因为那天真是百年难遇的好天气。但是，我必须放弃这一企图，只能进一步评论，这里最好看的树木是雪松，我看见了一棵。也许，这里还有许多这样的树木——树干粗大，至少有三百年了。我还看到了许多月桂树，周长有两百英尺，都是同根生出的。园艺师还带我们看了另一片月桂树，是刚才那一大片月桂树面积的两倍。如果这位伟大的公爵埋葬在那个地方，他的雄心可能就是这一大片月桂树的种子。

现在，我们回到了黑熊旅馆，坐下来吃冷餐。我们吃了很多，还喝了(以古老优良的英国方式)合适比例的各类烈性酒。异乡人在英国，闲逛到这个国家的各个地方，不会学到多少与红酒有关的知识(普通英国人的口味很简单，虽然他们饮得酣畅淋漓)，但是他却会认识各种各样的葎草和麦芽酒，很多他之前都从未听说过。我记得一种起泡沫的酒，叫作葎草香槟酒，它能使人兴奋，似乎是麦芽酒和瓶装苹果酒的混合物。另外一种在暖和天气里喝的美味烈性酒，是用棕色的黑啤或者苦啤与姜汁啤酒混合调制而成的，它的泡沫把较重的酒精从其底部搅上来，形成一种让人非常快活且足够浓郁的化合物。但是，所有用麦芽酿造的啤酒(除了剑桥三一酒以外，许久之后我喝了这种酒，巴里·康沃尔[①]也在其不朽的诗句中赞美过它)，把我引向了阿奇迪肯[②]。牛津的学者都这么称呼他，是为了纪念这位和蔼快活的要人，是他最早教会了这些博学的知名人士如何酿造他们最喜欢的琼浆玉液。约翰·巴雷肯[③]非常喜爱这

① 巴里·康沃尔(1787—1874)：英国诗人。(译注)

② 阿奇迪肯：英国国教的副主教。(译注)

③ 约翰·巴雷肯：英国民歌《约翰·巴雷肯》中的人物，是大麦和麦芽酒的化身。(译注)

种美味的烈性酒。它是至尊的啤酒,是啤酒之王,在这个令人疲倦的世界里,你再也找不味道更醇、酒性更烈的酒了。阿奇迪肯强有力的生命力影响并激励着我们。

布莱尼姆短途旅行后,过了几天,我们同一伙人又出发了,分成两队,前往牛津地区附近其他一些名胜古迹。这一天又是愉悦的一天。老实说,最近的每一天都非常宜人,好像每天都是最后有这种上好天气的日子。但是,接连不断的好天气让我们更加相信,之后还会出现更多的好天气。英国的气候被可耻地诋毁了,它的沉闷和严酷并没有像英国人告诉我们的那样糟糕(气候是他们国家唯一的特色,他们却从不高估),而且这里夏季的天气着实美好,是世上最温和、最讨人喜欢的。

我们先驾着马车前往卡姆纳村庄, 村庄离牛津大约六英里远,我们在教堂的入口处下了车。当我们在这里等着拿钥匙时,看见了教堂庭院里一堵古老的墙。它由蓬松的灰白石堆砌而成,据说,这堵墙曾是卡姆纳庄园的一部分。米克尔的歌谣和斯科特的小说都赞美过这座庄园。庄园必定在这间教堂的附近——不会超出二十码的距离。我费力地走过教堂庭院里沾着露水的长草丛, 并使劲向这堵墙里面窥视,希望发现一些有形的、可追踪的建筑遗址。但是,这堵墙太高了,我什么也没看到,而且如果不推倒一些石头,我很难爬过去。于是,我相信了我们团伙里一个人的话,他之前来过这儿,说墙的那边没有什么有趣的东西。教堂墓地处于无人照看状态,似乎也没有人割草,来喂牧师的奶牛。里面有许多墓碑,我只记得一些直立着的板岩纪念碑,为了纪念叫塔布斯的家族。

很快,一位妇女带着教堂大门的钥匙赶到了,我们走进这座简朴的古老建筑,里面有刻字的墓碑人行道、结实的圆柱和低矮的拱门,还具有普通英国乡村教堂的其他特征。其中,有一两张教堂长椅,可能是附近上流人士的座位，比其他椅子装饰得都好，但是，所有的装饰风格都是朴素的。在最神圣之地，高高的圣坛旁边，有一个蓝色大理石坟墓，它是长方形的，带有尖角，看上去很笨重，坟墓是靠着墙修建的，上面有一块雕刻丰富的坟墓盖，也是用蓝色大理石制造的。在坟墓和坟墓盖之间，嵌着两块黄铜纪念牌，就像我们时常看到的嵌在教堂人行道上的黄铜纪念牌一样。黄铜牌上雕刻着一位穿着盔甲的绅士和一位穿着古代服装的淑女，他们大约一英尺高，虔诚地跪着祈祷。不朽的黄铜牌上还刻着冗长的拉丁文，这是赠予安东尼·福斯特的最美颂词，他和他贞洁的夫人就埋在这块墓碑之下。他的雕像是一个跪着的骑士形象，如果斯科特曾看到这个坟墓，他必定不会相信这些赞美墓志铭，他甚至敢在小说中诋毁安东尼·福斯特。但是我充分信任地读完了铭文，我相信，这位可怜的已故绅士是大大被冤枉的，我证据确凿，可以就上述诋毁上诉公堂。

但是，我们虽然没有认真对待这种情况，却可以从中吸取重要的教训。担心自己死后名声是好是坏的这种焦虑，一直困扰着我们，这多么荒唐啊！如果这是虚幻的时刻，我们会发现，上天将我们的名声置于我们自己手中，而不是让别人控制，这与我们现实中的想象大相径庭。如果安东尼·福斯特在另一个世界碰巧遇见沃尔特先生，我觉得他未必会认为抱怨后者对他的诽谤是有必要的。

我们在教堂里停留得不久，因为里面没有什么有趣的东西。然后，我们驾着马车穿过卡姆纳村庄，途中路过了一间非常大的、看上去很古老的小旅馆，小旅馆上刻着熊和破旧手杖的标志。这间旅馆虽然至少有一百年的历史，但是，还没有古老到可追溯至贾尔斯·戈斯林的时期。除了一些更古老的小屋外，没有其他东西可以让游客联想到伊丽莎白时代。卡姆纳不是一个非常大的村庄，也没有传说中那种浪漫传奇的迹象。但是,由于尚未通铁路,卡姆纳村庄与我们到过的其他英国乡村城镇相比,保留了更多的森林特征。这个偏僻的地区,道路狭窄,路边长满了草,道路时不时被大门阻断。树篱未被修剪过,长得非常茂盛。这里不像一般的英国景观,没有精心修剪的整齐与干净,整个景色传达出偏远和僻静的感觉。我们没有遇见旅行者,无论是徒步旅行者还是其他的旅行者。

我不能很清晰地描绘出这天的行程。但是,离开卡姆纳几英里后,我觉得我们来到了泰晤士河的一个码头,一位老妇在这里当起了船夫,她用绳索把小船从河的这一岸拉到河的另一岸。我们的两辆马车停在河对岸,我们继续驾车前行。但是,我们一眼瞥见了这位老妇古老的小屋,石质地板和环形高背长椅围着她的厨房壁炉,非常有英国中世纪的风格。

我们下一站停在斯坦顿·哈考特,在这儿的牧师住宅,我们受到了热情款待。牧师总能满足我们所有的需求,要是他允许我们公开感谢他个人的友善,我们会很乐于描述这种热情款待的。待在一个英国家庭的美国人,很快会接受一个观点,那就是英国人是地球上最友善的人。而且他会长久保留这种想法,至少,只要他待在这个家庭里,他的想法就不会改变。英国人拥有一种磁力,如果你待在某条界线之外,他们会强烈排斥你,但是如果你进入这条魔线之内,他们就会强烈吸引你。

如果我没记错的话,就是在这个地方,我听到了一位绅士问我的一位朋友是否是《红字》的作者。经过一阵子思考(听到这个修改过的题目,他开始似乎没有认出这是自己的书),我们的这位同胞含糊地回答道,这是他的书。这位绅士继续询问我们这位朋友是否在美国待了很长时间,——这位绅士明显觉得,我们这位朋友如果不是在英国出生，也至少必定从小在英国长大，因为他语言讲得相当好，和其他英国人没什么两样。这种偏狭的想法极其古怪，并且经常出现，既有小丑的特征，也有受过教育的文化人的特征。

斯坦顿·哈考特是一个非常奇特的古老之地。古老的哈考特家族以前居住在这里，他们现在的主要居住地在奴尼哈姆·考特尼，离这儿几英里远。这位牧师的住宅是这个家族的宅邸或者城堡的遗迹，遗迹的其他部分触手可及。穿过这个花园，可看见两座灰色的塔楼，别致而庄严，古老而有趣。其中一座塔楼，从顶到底整个构成了这座古老城堡的厨房，并且仍然用作家用，虽然这座塔楼没有烟囱——从来没有过。或者可以说，这座塔楼本身就是一个烟囱，有三十平方英尺的炉床，还有相同大小的烟道和烟孔。塔楼内有两个巨大的壁炉，塔楼的内墙被烟熏黑了。因为几个世纪以来，大量的烟从壁炉里喷涌出来，向上爬升，并在奇特的塔顶上寻找宽大的气孔作为出口。塔顶距离地面整整有七十英尺高。这些高耸的气孔根据风势而巧妙设计，据说塔楼里的厨师很少被烟困扰。毫无疑问，这里的人们习惯于烤全牛，就像现代的厨师烤一只鸡一样简单省事。塔楼内非常昏暗(因为只有粗糙的石头墙，只能从上面提到的烟孔中采光)，仍然有刺鼻的油烟气味，这是已故的几代人使用炉火和举办酒宴的回忆。七十英尺高的塔楼，让人晕眩，整座塔楼就是斯坦顿·哈考特的一个壁炉。依我看来，家庭经济的极限差距就在于美国煮饭的炉子和这古老的厨房之间了吧。

如今，英国已没有类似的地方了。因此，这必定超过了一名美国人的认知阅历。这个地方有点著名，当我们站着注视这间厨房时，我的脑海里萦绕着一个困惑：我以前在某个地方看过这奇怪的场景。这高度、这黑色以及这阴沉的空间，呈现在我眼前，似乎和我祖母的厨房高雅的整洁一样让人感到熟悉。耀眼的火焰熊熊燃烧着,照亮了塔楼内昏暗的四周,这影像让我对这个场景只产生了难以解释的记忆。我以前从来没有如此坚持这种奇怪的想法,因为我只能这样想,我们先前断断续续记得的场景或事件,现在又再次呈现出来,似乎只是它的回声和重复。虽然有一段时间,我没有想到该如何解释这个神秘事件,但是我同样可以在此将这件事做个了结。在蒲柏写给白金汉公爵的一封信中,有关于斯坦顿·哈考特的叙述(就像我现在发现的一样,虽然信中没有提及它的名字),他在翻译《伊利亚特》的部分文字时,曾居住在这里。信中的语言描述棒极了,生动有趣,笔触诙谐而哀婉,完美地描绘出一幅萧条的英国乡村房子的画面。其他的房间大多崩塌消失了。他速写了这间厨房的简陋,他还和女巫一起住在这里,雇佣撒旦本人作为主厨。主厨搅拌着地狱里的大锅,大锅在火上沸腾冒泡。这封信以及和他这里的住宅相关的其他信件,我先前读过,都已非常熟悉了,至今仍记忆犹新。就是因为这些,当我看到如此似曾相识的想象中的场景变为真实时,才产生了这种奇怪可怕的感觉。

我们紧接着参观了这座塔楼旁边的教堂,教堂和这座城堡的遗迹一样古老。在一个献给哈考特家族的祈祷室或侧廊里,我们发现了一些非常有趣的家族纪念碑。在这些纪念碑中,兰开斯特党里一个穿着盔甲的骑士形象,侧卧在一块墓碑上,他是在玫瑰战争中被杀害的。他的面部、衣服以及盔甲都涂上了颜色,仍然非常鲜亮,上面还画着红玫瑰的标志,象征着他曾为之奋战并献身的党派。他的头倚靠在一块大理石上,或者说是雪花石膏头盔上。坟墓上面放着他战斗中戴过的真正头盔。那是一份沉重的安逸,头盔的护面完整无缺,上面的镀金还有残留。头盔顶饰是一只大孔雀,不是金属质的,而是木质的。

很有可能,这个头盔正是他坟墓的纹章装饰。老实说,到目前为止还没有人盗走这个头盔，这非常奇怪。尤其是在克伦威尔时期，那时的骑士坟墓很少受到尊敬，盔甲却很受欢迎。但是，我们没有必要为这个铁锅般的头盔的真假，与已故的骑士发生争执。我们不妨就把它当作骑士生前戴的那顶一直让他头痛的头盔。在坟墓的底部，一根长矛杆斜靠在墙上，杆上附着一面非常破旧、完全褪色的旗帜——骑士之旗。他曾在战场上，在此旗之下，统率过军队。这面旗帜完全破成碎片，我从中撕下一小块，只有指甲那么大，把它放进背心口袋里。但是，我随后再找它的时候，却没有找到。

在小祈祷室的对面，离坟墓两三码远，还有另外一座纪念碑，同样是哈考特家族的。其中一名骑士和他的夫人紧挨着躺在纪念碑上。这个家族的传统表明，这名骑士是博斯沃思原野战役中亨利七世的旗手。一面应该是他曾经拿过的旗帜，现在耷拉在他的雕像上。这面旗帜只是一块褪色的丝绸碎布，和上文描述过的那面旗帜一样。这名骑士的膝盖上戴着嘉德勋章[①]，他的夫人把嘉德勋章戴在自己的左臂上，而把嘉德勋章戴在左臂上是非常奇怪的。但是，如果戴在合适的地方，看上去会不太高雅。这些雕像保存得非常完好，甚至连雕像最细微的装饰也不例外。他们的鼻子——大理石人像最脆弱的部分，也是活人最脆弱的部分——奇迹般地保存完好。除了在威斯敏斯特教堂里的国王祈祷室中，我从来没有见过保存得如此完好的雕像。也许，他们把它归功于牛津郡的忠诚。由于受到牛津大学的影响，牛津郡的忠诚在伟大的内战时期以及议会统治时期，传遍了它附近的地区。而且这个古老家族正直友好的性格颇受好评，在这里居住了几年的农民不会亵渎他们的坟墓，虽然他们这样做也不会受到惩罚。

---

① 嘉德勋章：英王爱德华三世于 1344 年创立的英国骑士最高勋章。（译注）

还有其他一些更近代的哈考特家族的纪念碑,其中一块是最后一任勋爵的坟墓。他大约在一百年前去世,他的人像和他祖先的一模一样,躺在坟墓顶部,穿的不是盔甲,而是贵族长袍。如今这个头衔已经消逝,但这个家族却从更年轻的一个分支存活了下来,而且仍然拥有这祖传的房产,虽然他们很早以前就不在里面居住了。

然后,我们去看了属于这座宅邸的古老鱼塘。在天主教时期,这个鱼塘曾是这个家族重要的饮食来源,那时通过其他途径没法得到鱼。这里有两三个水库,或者更多。其中一个水库非常大,真的很大,风景如画:草绿色的边界,树木垂到水边,水面平静得像镜子一样,城堡的塔楼和教堂倒映水中,水库底部水草丛生。似乎有种古代和现在安静隔绝的甜美芳香在四周萦绕飘荡。今天的阳光明媚,有种古老的柔和魅力。据说,这些鱼塘仍然养殖了大量喜爱生活在深水和静水域的鱼。但是,我只看到了一些小鱼和一两条水蛇,它们正躺在水面上的水草中,一起沐浴着阳光。

我之前提到过,这座古老的城堡留下了两座塔楼。我们已经参观过那座有厨房的塔楼,另一座塔楼更有趣,我接下来会描述一下。这座塔楼大约七十英尺高,是灰色的,显得很庄严,但是修缮得很好,虽然我没有感觉到这座塔楼被整修过。塔楼底层曾是这个家族的小教堂,至今仍是一个神圣之地。在塔楼的一角,有一个环形角楼,角楼里有狭窄的楼梯,楼梯的石阶磨损了,螺旋向上爬升,连接着每层楼的房间,最终通往砌着城垛的塔顶。我们爬上这个角楼的楼梯,到达第三层,进入了一间房间。房间虽然占据了整个塔楼,却不大,通过每侧的一扇窗户采光。房间从地板到天花板都用深色橡木护墙板装饰,在其中一个角落里,有一个小小的壁炉。窗户的玻璃很小,用铅框固定着。这间房间的珍贵之处在于,蒲柏曾在这里居住过,并完成了《异构体》相当一部分的翻译，无疑还写了我之前提到的那些令人赞叹的信。这间房里还有他的一个记录，是用镶在一扇窗玻璃上的一颗钻石写下的（为了妥善保存它，人们将其从玻璃上拿出，送到了奴尼哈姆·考特尼，我在那儿看到了它），记录中他声称自己那天在这里完成了《伊利亚特》第五册的翻译。

诗人的四周散发着芬芳，这是其他人没有的一种天赋。这种芬芳不可磨灭，永远附着在他触摸过的东西上。在布莱尼姆的时候，我没有这种感觉，没有感觉到强大的公爵的鬼魂仍然在为他建造的宫殿里出没。但是，在一百五十年后的这里，我们仍然能感觉到安妮女王时代那位衰弱的小人物，虽然他只是这座古老塔楼的普通客人，夏季的时候在此待过一两个月。无论时间多么短，联系多么细微，只要这座塔楼还在，他的灵魂就不会被驱逐。在我看来，不管是蒲柏还是其他任何有这座塔楼使用权的人，无论生死，都理应依附在这个地方。因为我从来没有看到一间房间，能让我如此想住在里面。房间小而舒适，是一个安全且很难抵达的僻静之处，还能从每一扇窗户看到不同的风景。其中一扇窗户面向教堂，触手可及，下临绿色的教堂庭院，庭院一直延伸到这座塔楼的底部。其他的窗户朝向四面八方，整个乡村轻微起伏的土地尽收眼底。如果居住者渴望站得更高，大约再多爬十二个角楼台阶就能到达塔楼的顶部。毫无疑问，蒲柏曾在夏季的夜晚来过这里，透过城垛的枪眼向外窥探（唉，他是多么可怜的小矮人啊！）

我们驾车离开斯坦顿·哈考特——我忘了有多远——来到了泰晤士河边，或者是其他的小河边，一条小船在河边等着我们。我很惭愧地承认我的无知，我不知道准确的地理位置。但无论如何，我们离牛津有几英里远，并且，我觉得，我们非常接近英国大河的某个源头。小船带着长长的桨，河流不是很宽，船刚好可以通过。河水也很浅，水中长着芦苇和水草。在某些地方,水草长得太长,从河流的一岸长到了另一岸。河滩很平坦,像草地一样。船夫告诉我们,有时候上涨的河水会淹没河滩。河水看上去很纯净,但不是非常透明,虽然我们可以看到河底长满水草。有人告诉我,这种水草产于美国,进口原木时,原木上的水草也被引进了英国。如今,这种水草成了隐患,很可能堵塞泰晤士河及英国的其他河流。我感到很惊奇,这种水草怎么没有堵塞康涅狄格州的梅里马克河和哈得孙河呢?更不用说圣劳伦斯河和密西西比河了!

这是一条敞开的小船,船的尾部有软座,我们一伙人都舒服地待在船上。这一天一直阳光灿烂,非常安静。训练有素的船夫熟练有力地摇着船桨。我们顺流而下,速度很快,仿佛河流渴望向下流一样。沿途风景宜人,时间惬意地流逝。随着我们继续划行,这条河流可能变得更宽、更深,但它仍然是一条小河:它还要蜿蜒缓慢地向前流一百多英里,它的胸怀才能运载舰队,才能倒映出宫殿、塔楼、议会大厦以及昏暗污秽的一堆建筑物。河流随着潮水来回翻滚,把伦敦分得支离破碎。实际上,我从来没有见过任何宏伟的建筑倒映在它浑浊的胸怀里。林间的小河,就像我们现在看到的一样,已被伦敦的泰晤士河吞没。

在我们的航途中,曾经有一次,我们不得不靠岸。当时船夫和其他几个人把我们的小船拉出了急流,否则我们是没法通过的。还有一次,小船穿过一个船闸,我们靠岸了,仔细观赏古老的哥德斯托女修道院的遗址。美丽的罗莎蒙德和她的王家情人分离后,就在这里与世隔绝。这里有一条长长的墙壁废墟,在墙的一角还有一座坍塌的塔楼。一串常春藤在墙上扎根,并且爬满了整个墙面,甚至溢出墙边。我认为,如今女修道院的租赁权归牛津城所有,它的周围地区已被改建成一个谷场。由于大门紧锁,我们只能从外面观看。很快我们就重新返回小船。

大约三点钟(或者说迟早会到三点,因为我没有太注意时间,我只希望这愉悦的漫游可以永远持续),我们到达了牛津附近的佛里桥。我们在这里租了一艘宽敞的驳船,驳船里有一间房子,房子里有一间舒适的餐厅,或者说是客厅以及一个平顶。我们可以在平顶上毫无拘束地坐着,要是乐意的话,还可以在上面跳舞。这样的驳船在牛津地区很常见。来自不同大学的学生或者俱乐部都拥有一些非常宏伟的驳船。驳船由马匹拉动,像运河船一样。一匹马连着我们的驳船,这匹马匀速小跑,我们跟在马后面,轻快地穿过水面,动作轻柔舒适,除了高雅景色的不断变迁,我们仿佛一动不动。这是一种不用为生计烦恼的生活,也是最惬意的生活。我们经过水面时,身心愉悦,凝视着基督教堂的草坪以及渐渐远去的牛津塔楼和塔尖。沿岸景色宜人,丰富多彩:年轻人在划船或者垂钓,一群赤裸的小男孩在洗澡,仿佛这里就是黄金时期的世外桃源,简单淳朴;乡村房屋、小木屋和傍水的旅馆都让人感到新鲜亮丽,因为这里没有染上高速公路撒下的尘埃。我们现在是一大伙人,因为在佛里桥,有许多其他的旅客加入了我们。我们当中有诗人、小说家、学者、雕塑家、画家、建筑家、著名的男男女女、亲爱的朋友们以及亲切坦率、心胸开阔的英国人。在整个航程中,这些人都一起待在驳船上,就像一群愚人挤在一个碗里。我们船上有一位年轻绅士,头上涂了芬芳的润发油。一大群黄蜂飞上我们的船,受润发油香气的吸引,落在了那位绅士的头上。除了这件事,我不记得还有什么烦恼事了。他是唯一一位受害者,他的小麻烦是我们这快乐一天中的小瑕疵,让我们明白我们还是凡人。

与此同时,一张桌子放在我们的驳船里,桌上摆着冷火腿、冷鸡、冷鸽子派和冷牛肉。驳船里充满了一些英国情侣和美国佬的欢呼之声。桌子上除了有果馅饼、蛋糕、梨子和李子以外,不要忘了,还有波尔多葡萄酒、雪利酒、香槟酒和苦啤。对于英国人来说,苦啤就像母乳一样,他的美国表兄也很快接受了这一饮品。在我们妥帖地安排这些事情时,我们已经到达泰晤士河流经的奴尼哈姆·考特尼庄园,一座属于哈考特家族的漂亮庄园,哈考特家族现在在这里居住。我们在这里下船,从河岸向上爬了一个陡坡,停留了一会儿,看了看一座叫卡尔法克斯的建筑,我不太明白这座建筑的主旨。我们继续向前走,穿过我见过的最美丽的公园和树林,在天堂洒向地面最美丽的落日余晖中,我们到达了宏伟的宅邸。

当我们跨过这里的一个私人门槛后,我便不能像之前一样自由地继续我对这欢乐一天无力的叙述了。因此,我可能会结束这次叙述。但是,我可以提一下,我看到了一间图书馆。那是一间漂亮宽敞的厅堂,四周挂着著名文人的肖像,主要是上个世纪的文人,这些文人大多是哈考特家族的亲密客人。这座住宅本身有八十年左右的历史,以古典风格建成,好像这个家族渴望尽力远离他们在斯坦顿·哈考特地区住宅的哥特式风格。地面的一部分是由万能的布朗铺设的,对于我来说,这里的地面似乎比布莱尼姆的地面更漂亮。诗人梅森,这个家族的一位朋友,设计了这个花园的一部分。对于这整个地方,我不会吝啬自己来自大洋彼岸的粗俗称赞。我敢说,这是他能在地球上完成的最完美设计,就好像岁月和几代人共同完成的一样,一代接一代的庄主运用他们的智慧才能设计出的至爱之地。奴尼哈姆·考特尼这样的庄园,是长期继承的辉煌结果。作为共和党人,我们的家园像春天早晨刚下的雪一样融化了。我们不得不知足地在自己的有利因素中寻找平衡,因为这样一座庄园,我们广博的私心显然会觊觎,但我们注定永远无法获得。

但是，不要以为奴尼哈姆·考特尼是英国最棒的景点之一，它只是贵族阶级庄园的一个良好典范。就其美丽、广阔、多样、繁复的舒适等特征而言——这些特征让我印象深刻，就有一百个地方可与之相比，甚至有过之。一位普通人可能会对这样的庄园感到满意，仅此而已。

现在，我准备离开牛津，不想再去描述它。因为我没有那样的文学天赋来充分地或者足够多地记录下我在牛津所见到的一切。牛津必须保持自己独有的表达。牛津可能从未见证一些人的悲惨命运，他们唯一的消遣和宽慰便是梦见灰色的哥特式建筑，那建筑因日晒雨淋而变色，上面长满常春藤；梦见自己站在长满青草的方形庭院里，轻轻的脚步声在幽静的小路上回响；梦见极其舒适安静的草坪和花园笼罩在叶子的阴影之下，阳光穿过大树枝干形成的拱门，照亮草坪和花园；梦见塔尖、塔楼以及角楼，演绎着各自的历史和传奇；梦见暗淡宏伟的小教堂，里面窗户上的绘画五彩缤纷、极其漂亮，营造了一种最浓郁昏暗的气氛；梦见宽敞的大学礼堂，高高的窗户嵌着橡木，礼堂四周挂着各年龄段的人物肖像，这些人都是由这所大学培育出来的杰出人才；梦见长长的嵌着壁龛的图书馆，任何时期的智慧以及学识都搁置在这间图书馆之中；梦见厨房（我们把厨房也纳入其中，因为如果没有牛肉和啤酒，这里就不是英国的牛津），里面有巨大的壁炉，能够立即烘烤一百块大块肉；梦见洞穴般的酒窖，里面堆着一排排的大啤酒桶，装着飘香的烈性麦芽酒，那是真正的母乳。这所有的一切在你的梦境里栩栩如生，你永远不会明白，也不会相信，描述牛津外部的一点点事物是多么微不足道。

在结束这篇文章前，我们真心想点名感谢一位绅士，他热情洋溢、友好好客，使我们如此快乐地观光游赏。虽然我们有关牛津及其附近地区的回忆总是非常愉悦，但是一定程度上，我们认为回忆中的欢乐色彩是通过友好的媒介传递出来的,通过无比的热情散发出的亲切魔力创造出来的。我们经历过了他的热情款待,他只是为了让游客对东道主、对他本人及有关他的一切感到满意。他把自己的形象和我们对牛津尖塔的记忆密不可分地融合在了一起。

8

彭斯[①]常去的一些地方

刚过十一点我们离开了卡莱尔，又过了不到半个小时我们到达了格莱特那绿原。我们再从那儿经过一片平坦的、枯燥乏味的乡村地带向苏格兰匆匆行进。这片土地主要是沙漠和沼泽，一般强盗在英格兰抢劫完后可能会来此避难。但是不久山丘便隆起俯瞰地面，有时候它隆起的高度几乎可称得上是山峦。大约两小时后，我们抵达了邓弗里斯并在那里的车站下车。

虽然苏格兰的夏季出了名的寒冷，但是我们发现这一天却非常炎热，比前一天凉快不了多少。我们毅然冒着灼热的阳光向着城镇行进，边走边询问通往彭斯住所的道路。从车站延伸出去的街道叫作莎士比亚街，在这条街道远处尽头的转角处有一栋房子上面写着彭斯街。然而这条林荫道先前被命名为磨坊口坡。这是一条简陋的乡间小路，小路的一侧到另一侧铺满了碎小而坚硬的石头。小路与村舍或者石灰水粉刷过的简陋房屋相连，把整条街上的房屋都连接了起来。当然，铺路石之间没有一棵树，也没有一片草叶，狭窄的小路如陀斐特一般炎热，

① 彭斯(1759—1796)：苏格兰农民诗人，在英国文学史上占有特殊重要的地位。他复活并丰富了苏格兰民歌。(译注)

并散发出地道的苏格兰威士忌的臭味,到处是没有洗澡的小孩。总之,这里长期处于一种肮脏的状态,虽然一些妇女似乎在绝望地擦洗着她们鄙陋住所的门槛。我从来没有见过一个城郊如此不适合一位诗人居住,或者说任何爱干净的人在这里过日子都会痛苦不堪。

我们询问彭斯的住所,一位妇女指向街道对面一栋两层高的石屋。石屋和它邻近的房屋一样也被粉刷过, 但是这栋石屋也许比其他大多数房屋稍受尊敬,虽然我不情愿这样说。石屋不是一个独立的建筑,而是位于相连的屋顶之下。门上刻着铭文,没有提到彭斯,但却标示着这栋石屋现在被一所破旧不堪的职工学校占据。我们刚敲完门,一位女仆就让我们进去了。当我们说明来意时,她伶俐地笑了,并且把我们带到一间低矮而朴素的客厅。客厅面积不超过十二平方英尺到十五平方英尺。一位年轻的妇女出现在我们眼前,她似乎是这间学校的一位老师。她告诉我们,这间客厅就是彭斯日常用的客厅,他在这里完成了他的许多诗歌。

随后她领着我们爬上一个狭窄的楼梯, 通往客厅上方的小卧室。这间卧室连接着一间非常小的房间,或者说是有窗户的柜橱。彭斯曾把这间小房间用作一间书房。这间卧室本身就是他晚年的睡觉之地,并且他最终也在这儿去世。总体来说,这是一个极其不适合田园和乡村诗人生存或死亡的地方,甚至比莎士比亚的住所更加不如人意。和我们眼前郊区的肮脏住房相比,莎士比亚的房屋有某种朴素之美。人们一想起这里狭窄的小路、铺路石以及邻近的简陋肮脏的小屋,就会感到沮丧。它们散发的水汽,这也是我们人类的弱点,几乎可以让诗人的记忆不再芬芳。

刚才已经评论过这一天酷热难耐。离开这间房屋后,我们回到这座城镇的主要街道上。说句公道话,这条街道与先前描述的鄙陋郊区相比，面貌可大不相同。我们走进一间旅馆，在那里，我们看到一本邓弗里斯指南，得知查理斯·爱德华王子曾经在这里住过一晚。我们休息了一下振作精神，然后动身探寻彭斯的陵墓。

来到圣迈克尔教堂，我们看见一名男子在挖坟墓。随后他从坟墓坑里爬了出来，让我们进入墓地。墓地里挤满了纪念碑。这些纪念碑的整体形状和结构都是苏格兰特有的，都是直立的大理石碑或者其他石质的纪念碑，镶在相同材料的框架上，有点类似镜子的框架。在整个墓地里随处可见阴森的纪念碑。纪念碑高达十英尺、十五英尺或者二十英尺，形成一片壮观的纪念碑群。但是碑上却刻着微不足道的名字。弄清楚这些纪念碑下面躺着的人的身份地位的确很容易，因为在苏格兰把被埋葬人的职业，比如说皮商、鞋匠、屠夫刻在其墓碑上已成为一种风俗。另外一个特点，是妻子以娘家的姓而不是以他们夫家的姓下葬。因此这给人留下了不愉快的印象，好像夫妇间在墓地的边缘就永别了。

一条小路穿过拥挤的墓地。这条小路被走得够多，因而可以足够清晰地将我们引向彭斯的坟墓。但是一位妇女跟在我们后面，看上去她好像保管着陵墓的钥匙，有权让陌生人进去参观。陵墓有点像古希腊的庙宇，有一些壁柱和一个穹顶，占地二十平方英尺左右。以前这座陵墓完全敞露在苏格兰严酷的气候之中，但是如今它得到了保护，被巨大的、粗糙的方形玻璃围住。每一块窗玻璃都有这座建筑整整一面的大小。妇女打开门让我们进入陵墓内部。陵墓的地面上嵌着彭斯的墓碑，跟陵墓建成前杰·阿莫尔在他的坟墓上立的墓碑一模一样。一座彭斯在犁上劳作的大理石雕像靠着四周的墙面，加勒多尼亚[①]的天才召集这位

① 加勒多尼亚：苏格兰古时候的别名或诗歌中的别名。（译注）

农夫让他变成了诗人。依我看这不是一件非常成功的作品,因为雕塑中的犁比人雕得还要好。虽然雕塑中的人有点儿土头土脑,但是他比女神更让人印象深刻。我们的向导告诉我们,一位九十岁的老人认识彭斯并证实了这座雕像和彭斯本人非常相似。

这位诗人的骸骨、杰·阿莫尔的骸骨以及他们一些孩子的骸骨,都躺在我们脚下的墓穴里。我们的向导——她很聪明,通过她自己的简单方式表现出来,和她谈话也非常惬意——说这个墓穴大约是三个星期前开放的,当时是彭斯长子的葬礼。这位诗人的骸骨曾被人动过干燥的头骨——曾经满载着强大的思想和明亮而温柔的幻想——被邓弗里斯的一位医生拿走并保存了几天。自那以后,他的骸骨就被存放在一个新的铅灰色棺材里并储藏在墓穴之中。我们了解到彭斯的长子有一个女儿依然健在,彭斯较小的两个儿子的女儿同样健在。除此之外,他的长子还有一个私生子健在。这位长子在他年轻的时候似乎有着不光彩的生活。他继承了他父亲的缺点。我还知道,即使这些缺陷中也带有伟大品质的微弱影子,这使得世界对他父亲的缺点和罪恶不再苛责。

我们欣然地听了足够多的琐碎八卦,但却发现这些八卦使这位诗人失去了应受到的一些尊敬的记忆。的确,关于他坟墓的这次谈话与我们之前刚参观过的生活住所有着完全相同的倾向和效果。看到他破旧简陋的住所及其周围的环境,并由此联想到他外在的生活和世俗的表现,人们就不会纳闷为什么那时的人在这位声名狼藉、嗜酒成性、衣衫褴褛、住所简陋、与不三不四的人鬼混、把量酒作为唯一冠冕堂皇的职业并时不时品尝一下的人身上,竟然没能发现所有值得赞美和不朽的东西了。为了站在彭斯这一边,我们只能这样做,并为他向世界辩护,让我们努力为世界伸张一点正义。当一位诗人的名声在洁白无瑕的大理石上已然成形时，人们是很容易了解并尊重他的，然而当他本人蹒跚地来到你面前而且过着肮脏不堪的私生活时，想要得到了解和尊重就难得多了。就我而言，我对他还在世时就受到识别并受到如此鲜明的赏誉感到惊奇。在他短短的一生中，必定有一些伟大之处。他的自然行为中必有一些令人印象深刻的奇怪特点，使他很快备受崇拜。

我们回到墓地，看到一个地方在霍乱发生的那年几乎有四百名邓弗里斯人埋葬在这里。这儿还有一些珍奇的古老纪念碑，碑上有凸体的碑文，字迹漫漶已无法破解意思。但是我想，它们标注着这是旧苏格兰长老会誓约支持者[①]的长眠之地；长老会的一些成员是被克拉弗豪斯及其恶棍同伙杀害的。

圣迈克尔教堂是大约一百年前在天主教堂的一个旧地基上建成的，主要材料是红色砂岩。我们的向导允许我们进入教堂，并在门廊向我们展示了一个非常漂亮的大理石小雕像——一个熟睡的小孩。它的下端围着一块带褶皱的布，布的下面露出了两只婴儿脚。这真的是一个可爱的小雕像。那位妇女告诉我们，这个雕像象征着雕塑师的小孩。这个小孩这里仍然用大理石雕刻出他婴儿时期的样子，二十六年前或更久以前就死了。许多夫人尤其是那些曾经失去过小孩的夫人都为之流泪，她补充道。想到这位雕塑师运用他最丰富的艺术创造力，用石头重新塑造了他娇嫩的小孩，并且让这个雕像和本人一样娇嫩可爱，人们就会感到非常愉悦。但是这个故事的结局有些地方和我们已被唤醒的感知相抵触。这个雕像在教堂门廊里放置了超过二十五年后，一位来自伦敦的绅士看到了它非常高兴，便向这位艺术家父亲购买了它。因此现在的这个雕像已经不是从那位父亲内心迸发出来的那个真正

① 旧苏格兰长老会誓约支持者：在苏格兰历史中起着重要作用。（译注）

的娇嫩形象了。他已经以一百基尼的价格把最真实的雕像卖掉了，并雕刻了现在这个复制品来代替它。第一个雕塑形象是完全赤裸的，透露着其在尘世和精神世界的天真。而这个复制品——我刚才说过它的小腿上围着一块带褶皱的布。但是话说回来，那个睡眠的婴儿在鉴赏家的客厅中或许比在这寒冷阴沉的教堂门廊里会更加清静安宁吧。

我们走进教堂，发现里面非常朴素，毫无遮盖，没有圣餐桌装饰。地面上满是难看的木质长椅。这位妇女带着我们来到其中一个侧廊角落里的一张长椅前，并告诉我们这曾经是彭斯家族的长椅。她还带我们参观了侧廊角落附近彭斯的座位。这个座位的位置非常好，一根结实的柱子把他和讲坛隔开了，也隔开了他和牧师的目光，因为罗宾[①]与牧师关系不是很好，她解释道。彭斯的座位在柱子后面，因而他可以在讲道时间打瞌睡或者敏锐地观察世俗之事。这一设置使彭斯在我们面前栩栩如生。另一张长椅角落里的座位恰好在彭斯的前面，不超过两英尺远坐着一位年轻的女士。这位诗人曾看到的那不堪一提的寄生虫就是爬到了这位女士的头上。他还因此写了诗歌《致虱子》使其流传不朽。我们不够大方地去询问那位女士的姓名，但是那位善良的女向导也不能回答我们。这是我们在邓弗里斯看到的最后一件值得记录的事情。还应该说明一下，我们的向导拒绝接受我同伴给她的钱，因为我已经向她支付了她应得的足够多的钱。

我们在火车站等了一个多小时的火车，感到疲倦不堪。火车终于来了，把我们带到莫赫林[②]。我们上了一辆公共汽车，它是开往一英里外的村庄的唯一车辆。我们在这个村庄的劳登旅馆安顿下来。这间旅

① 罗宾：罗伯特·彭斯的昵称。（译注）
② 莫赫林：苏格兰埃尔郡的一个城镇。（译注）

馆是我们在英国找到的真正的乡村旅馆。莫赫林城镇是一个几乎比其他任何地方都更能让人回想起彭斯的地方。这个城镇有一条街和两个紧挨着的小屋，小屋的墙面大部分都被粉刷过了，小屋的屋顶是用茅草盖的。附近的村庄完全没有森林和乡村的特点，和凡人能够设计建造的地方一样丑陋。或者说，一代接一代不爱整洁的人让它变得更加难看。村庄街道的铺设方式及站在一栋房屋的三角墙末端修补另一栋破旧房屋的方式，将所有的翠绿和愉悦都拒之门外。但是我认为，我们不可能看到一个比莫赫林村庄更真实的古老苏格兰村庄了，哪怕在彭斯时期以及更久的以前也是如此。教堂位于这整条街的中间，是用红色砂岩建成的，建筑风格朴素，有一个方形塔和多个小尖塔。彭斯最具特色的作品之一《圣节集市》[①]描绘的就是这个神圣的建筑及其墓地的景象。

在村庄街道的对面，几乎是教堂大门的正对面，有个珀伊司·南希旅馆。《快活的乞丐》[②]就是在这里完成的。这个旅馆有两层楼高，用红色石头建成的屋顶被茅草覆盖，看上去很古老，但是绝不像醉酒的元老一样庄严。旅馆有小小的老式窗户，它可能同样完好地存在了几个世纪。然而我猜七八十年前彭斯在这儿生活的时候，这个旅馆可能只是比乞丐酒馆略好些的地方吧。莫赫林整个城镇看上去锈迹斑斑、陈旧不堪，甚至连一些较新的房屋也好不到哪儿去。这些房屋一直位于这个地方的阴影和黑暗之中。我们到达时，所有简陋小屋的居民似乎都一拥而出，置身于温暖的夏夜之中。每个人都用最熟悉的表达和其他人闲聊，露着腿的小孩嬉戏打闹着，自由走动着，并向我们旅馆休息

① 《圣节集市》：有深刻的讽刺幽默烙印，彭斯通过教会节日上聚会教徒们的所作所为，描写了人类的愚蠢和弱点。（译注）

② 《快活的乞丐》：彭斯的一首长诗，描写一群男女流浪者寻欢作乐。（译注）

室的窗户里看去。我们冒险出去时,这个古镇的人们目光跟踪着我们,人们站在他们的门口,老年妇女的脑袋突然出现在卧室的窗户中。健壮的男人经过一周的辛勤工作后,在周六的晚上无所事事,都聚集在街道的角落里一直盯着毫不矜持的我们。除了在意大利一些偏远的小城镇以外,那儿的居民除了具有以上描述的特点,贫穷还迫使他们行乞。这是可以理解的,我还从来没有这么荣幸吸引如此多的公众注意。

第二天上午,我的同伴劝我和他一起去教堂做礼拜,但没有成功,这让我感到惭愧。因为这一天是圣礼周日,我可怜的朋友在坐满人的长椅上被挤到了最外端。他被迫待在那里听完了四节布道。然后他绝望地回来了,筋疲力尽。但是他多少有点儿宽慰,因为他见证了苏格兰礼仪的大场面,这场面和彭斯《圣节集市》里的描述一样。就在这个地方,这位诗人找到了那不朽的描述。为了和这个乡村的习俗更为一致,我们点了一个羊头和一些肉汤,并相应地进行了自我忏悔。五点钟的时候,我们驾车飞速赶往彭斯位于莫斯吉尔的农场。

莫斯吉尔离莫赫林只有不到一英里,其间的道路在土地高脊上向远处延伸,人们可以望见远处的山丘和两旁的绿坡。就在我们到达这个农场前,马车夫停下车,指向一棵生长在路边的山楂树。他说这是彭斯在《露易丝荆棘》中描述的那棵树。于是我虔诚地摘了一根树枝,虽然我真的已经忘记了这著名的灌木在哪里被歌颂过, 是怎样被赞美的。随后我们进入一扇粗糙的大门,几乎立刻到了莫斯吉尔农舍。农舍位于距大道大约五十码的地方,在一株高高的山楂树篱之后,完全被树荫笼罩。农舍是一个粉刷过的石屋,像英格兰和苏格兰成千上万的其他房屋一样有茅草屋顶。屋顶上杂草丛生,虽然长得奇怪却很别致。农舍前面有一扇门和一扇窗户,除此之外,还有另外一扇小窗户从茅草屋顶上露出来。紧挨着小屋垂直向后延伸,还有其他两栋和这个小屋大小、形状、外观相同的建筑将农场团团围住。三个小屋中的任何一个都像其他两个一样，看上去都适合人居住，也都仍然很适合作为驴圈和猪圈。随后我们驾马车来到农场场院，场院的三面和这三个小屋接壤。一条巨大的狗开始朝我们吠叫。一些妇女和孩子出现了，但是他们似乎反对让我们进入里面。因为这里的男女主人都是非常虔诚的人，他们还在参加莫赫林圣礼没有回来。

但是到了罗伯特·彭斯的家门口却不进去是不合适的。这些妇女似乎只是掉队的游客，无论如何没有人有权利赶我们走。我们从后门进入里面，有三四个小孩，其中一个是八九岁的女孩，她双手抱着一个婴儿。我们后来得知她是这间房子主人的女儿，她尽其所能允许我们到处看看。于是我们走过小屋里一条狭窄的通道，到达楼下唯一的房间。这是一间客厅，我们在里面发现了一位年轻的男人正在吃面包和奶酪。他告诉我们他不在这里居住，他只是在从教堂回家的途中顺便来拜访一下以振作精神。这个房间像一间厨房，显然条件不佳。里面除了这个小屋作为客厅需具备的东西外，还有两张床。因此这也是一间卧室，有时候窗帘可能是掩着的。这位年轻人允许我们自由登上楼梯——到目前为止他一直躺着。于是我们向上爬，没爬几个台阶就来到了楼梯的顶部，正好位于厨房的上面。在这里我们发现了世界上最简陋的卧室。在茅草屋之下有一个斜屋顶，两张床散布在光秃秃的地板上。很有可能这曾是彭斯的卧室或者说这可能是他母亲的女仆的卧室。无论是谁的卧室，在午夜有些时候，这粗陋的地板在这位诗人的踩踏下必定会发出嘎吱嘎吱的响声。在这条通道的对面是另一间顶楼卧室的门。门敞开着，我看见地板上有许多奶酪。

整个房间弥漫着霉臭味还有粪堆的气味。这样的住宅环境如何能在道德意义上比物质条件上要来得清爽宜人，这是令人费解的。毫无疑问,没有一个未婚女子能够对自己怀有神圣的敬畏之心,因为她们和性情粗俗的乡下佬一起住在这乱七八糟的狭窄与肮脏之中。这样的住宅会把男人和女人都变成野兽,这还表明了苏格兰一定程度上的野蛮。我不敢相信苏格兰竟存在此等野蛮。广阔土地上的农夫像莫赫林的农民一样应该住在猪圈之中。任何人在这个小屋里睡觉、吃饭、思考、祈祷,甚至终身居住在其中都会感到痛苦,更不要说是一位诗人了。我一想到这些就感到悲伤。但是我想,如果我没有了解他如此肮脏和坎坷的成长,我一点儿都不知道该如何评价彭斯奇迹般的天赋,也不知道该如何评价他巨大的优点使他没有变坏。空间即一个自由的环境和干净,对人类美德有着至关重要的作用。

传记作家谈到莫斯吉尔农场时,认为它很潮湿,有害身心健康。但是我站在这间小屋的墙壁之外,不知道它为什么会拥有这么坏的名声。农场位于广阔土地的高脊之上,无疑享受着任何微风轻拂之地所拥有的福祉,呈斜坡远远向下延伸没有延伸到沼泽土地。高高的树篱和树木位于这间小屋一旁,给小屋带来了足够惬意的一面,也让那些不知道小屋内部肮脏不堪这个秘密的人们感到惬意。夏季的这个下午如此晴朗,我应该记得这个阳光灿烂的场景。

离开小屋,我们驾车穿过一片田地。马车夫告诉我们,彭斯在这里发现了老鼠的洞穴。这里是离小屋最近的圈地,它现在看上去像一片牧场,而且是一点也不肥沃的牧场。稍远处地面被大量白色的雏菊染白——到处都是雏菊。为了解答我的疑惑,车夫说道,彭斯在这片田地上用犁铧耕地种出了这些雏菊。如果是这样,这里的土壤似乎已经因为一首诗歌被奉献给了雏菊。这首诗歌是彭斯的第一首不朽之作。我下了马车,摘了一整把小小的、羞怯的、像喝醉酒一样绯红的花。对于我们自己国家里的许多朋友来说,这些来自彭斯的农场的花弥足珍贵。这些花和彭斯诗句中的雏菊同系同族，尽管彭斯在诗句中似乎要毁灭雏菊，但却使其成为永不凋谢的花。

离开莫斯吉尔，我们驾车穿过各种各样宜人的景色。其中一些景色和彭斯相关，我们很熟悉。我们还沿着奥金莱克的庄园的部分边缘驾车前行。这个庄园仍然归博斯韦尔家族所有，现在的拥有者是詹姆斯·博斯韦尔[①]爵士。詹姆斯·博斯韦尔爵士如今已去世了。他是约翰逊朋友的孙子，是亚历山大爵士的儿子。亚历山大爵士在一场决斗中丧生了。我们的车夫谈到詹姆斯爵士时，认为他是一位仁慈坦率的男人，但却沉迷于赛马和类似的娱乐活动，而且酗酒成性。可怜的詹姆斯·博斯韦尔嗜酒如命的癖好似乎成了他古老世系的遗传。没有男继承人继承奥金莱克的庄园。我们看到的这部分土地覆盖着木头，由于有许多养兔场，土地被打了许多洞。虽然这片领土延伸了很多英亩，但是收入并不可观。

不久，我们来到了彭斯遇见那个巴勒克米勒姑娘——亚历山大小姐的地点。这场邂逅发生在一座桥上，或者更可能的是，这是一座在旧桥基础上建造的铁质桥。铁桥横跨两岸，高高地悬在空中，在道路深深的峡谷之上。这个场景似乎让彭斯感觉到，这位年轻的姑娘可能就是天空和大地之间的生物，并主要由天上的成分组成。但是老实说，在彭斯的眼里，一个女人伟大的魅力总是在于她的女性特质，而不是其他诗人在她身上找到的天使般的混合特质。

马车夫指出了巴勒克米勒姑娘行走的方向。穿过灌木丛，我们来到卢格河岸的一块岩石。这里似乎是彭斯和她搭讪的传统之地。他的诗歌里没有暗示这次会面。一对情侣无论在什么地方，无论条件高低，

---

① 詹姆斯·博斯韦尔（1740—1795）：律师、作家、日记家，出生在苏格兰爱丁堡，是奥金莱克的亚历山大·博斯韦尔的长子。（译注）

只要能轻声呢喃他们的誓言,那对他们来说就是最美之地。河流在鹅卵石河床上流淌着,有时候在阳光下闪闪发光,有时候深深藏于翠绿之中。在高耸陡峭的悬崖脚下,随处可见旋涡。这座漂亮的巴勒克米勒庄园仍然为亚历山大家族所有。彭斯的诗歌用简单通俗的语言便使亚历山大家族闻名于世，而任何其他曾掌管这一家族的人都难以做到。这片土地的保有期限多么微不足道啊！一个夏日的午后,一位少女碰巧出来散步,穿过附近一条农家的小路。农家主人便吟了四五句略带农夫气息的诗来赞美这件小事,诗句热情粗野——至少不优雅,虽然雄心勃勃。彭斯写了成百上千更好的作品,但是在这以后的几个世纪里,那位少女可以自由出入这美丽女人的梦境,她和她的族人都很有名。我想知道这个家族现任的族长,并弄清楚这个家族的成员是否重视以及有多重视其家族由此赢来的声名。

我们穿过卡特里内[①]村庄，在这一带它被称作苏格兰的干净之村。毫无疑问,在干净这一点上它具有莫赫林城镇的优点。无论我们现在回到什么地方,都无法看见任何值得一写的东西。

当天夜晚有一场暴风雨。第二天早上,莫赫林锈迹斑斑的古老倾斜街道因为潮湿而闪闪发光,尽管阵雨时常滴滴答答地落下来。连续酷热的天气已然过去,天气变得格外寒冷。这非常符合一位陌生人的想法,苏格兰的温度就应该是这样。早餐过后我们发现,第一列向北行驶的火车已经离开了。我们必须等到两点钟才能坐上下一班火车。在这天午前我曾冒险外出短途旅行穿过这个村庄,我并没有怎么描述这个村庄。村庄的主要生意似乎是生产鼻烟壶。这里可能有五六家商店或者更多,包括那些被授权只销售茶叶和烟草的商店。其中最好的那间商店具有美

① 卡特里内:位于苏格兰埃尔郡埃尔河畔的一个小村庄。(译注)

国乡村商店的特点，小本经营各式各样的物品。透过墓地敞开的大门我向里窥视，看见地上填满了死人，挤满了墓碑，既有直立的墓碑也有水平躺着的墓碑。毫无疑问，彭斯在莫赫林的所有老熟人都躺在这里。除了俊俏的琼[1]躺在她的诗人旁边以外，阿穆尔家族的人都在其中。如今阿穆尔家族在莫赫林已无子嗣。

到了火车站，我们遇见一位年长的绅士。他身材高大、面目清秀，在踱来踱去地等待火车。后来我们证实他是亚历山大家族的。我们简直可以推测他是巴勒克米勒的亚历山大，是那位漂亮的姑娘的血亲。一位诗人诗句的美妙功效可以从很久以前就让这位老绅士的白发散发出荣耀。顺便提一下，这些亚历山大家族的成员不是巴勒克米勒庄园的古老家族。这位姑娘的父亲在贸易中赚了不少钱，自诩为这一带第一位以自己名字命名的土地所有者。这里原来的家族叫作怀特弗尔德。

我们乘火车前往埃尔[2]，途中没有任何值得注意的事物。实际上，阴雨天让景色褪去了光泽，我们能看到的一切美丽难忘事物都不幸缩减。火车沿着平坦的沙地向南方前行。我们在绝望的雨中到达了埃尔，驾着马车来到国王纹章酒店。在阵雨停歇期间，我窥视了一下这个城镇。虽然城镇里似乎有许多现代或接近现代的建筑，但是小巷里到处都是三角墙砌成的高大灰白的建筑，看上去离奇有趣。这表明这里是一个古老的地方。

我从一座美观的现代石桥上穿过河流，然后在不远处又再次穿过它。这是一座神圣庄严的桥，具有四个灰色圆拱，定是自苏格兰史初便横跨在这溪流之上了。它们是埃尔城镇的两座布里斯桥[3]，午夜谈话被

---

① 俊俏的琼：指琼·阿穆尔，彭斯的第一任妻子，她曾为彭斯生育九个儿女。（译注）

② 埃尔：英国苏格兰港市。（译注）

③ 布里斯桥：位于苏格兰埃尔郡的市井小镇。（译注）

彭斯无意间听到了。然而其他听者只听到圆拱中间寒冷的溪流急促流动的隆隆声。这座古老的桥又陡又窄，铺设得像一条小街。除了桥的两端，其他部分都被红色砂岩栏杆保护着。桥的两端有一些简陋古老的商店，狭窄的通道蔓延于商店之间。在这一带没有什么事物给我留下深刻印象。然而值得一提的是，在雨天妇女和女孩都光着脚在街上四处走动，只是为了保护她们的鞋。

第二天早上天气仍不见好转，好像它感觉自己注定要经历连续多天的暴风雨一样。但是吃完美味的苏格兰早餐后——有新鲜的鲱鱼和鸡蛋，十点刚过不久，我们还是驾车赶往杜恩河[①]河岸。在距离埃尔城镇大约两英里处，我们在路边的一个小屋停了下来。小屋上面有题字，意思是罗伯特·彭斯是在这堵墙里面出生的。如今这个小屋是一个小酒吧。于是我们下了马车，走进酒吧里的会客厅。会客厅就像我们现在看到的一样，是一个非常整洁的房间。天花板经过现代的改进，墙面被胡乱涂满了游客的名字，嵌在护墙板上的橱柜的木门以及房间里所有其他木质品都胡乱刻着词的首字母。两张桌子也是如此。但是桌子上的题字被一层清漆覆盖了，变得非常稀奇有趣。大多数人生性有种冲动，喜欢把自己记录在诗人和英雄的神龛中。尽管我本人不接受别人以这种方式来阐释我卑微的名字，我也很少愿意嘲笑他人的这种冲动。

这间房间角落里的墙上嵌着一块板，嵌板上是彭斯的肖像画。这幅画临摹了内史密斯[②]的原作画。这间房间的地板是由木板组成的，近代的木板很可能替换了农民小屋里的普通石板。这里还有另一间房间和罗伯特·彭斯真正的出生地有关，它是一间厨房。现在我们正走进厨

---

① 杜恩河：苏格兰西南部河流。（译注）

② 内史密斯（1758—1840）：苏格兰画家。（译注）

房。里面的地板是由石板组成的，甚至比莎士比亚房屋里的地板还要粗糙。虽然地板可能不像它那么奇怪地破裂损坏，撒旦自己的脚可能一直在上面踩踏。墙上开了一扇新的窗户，朝向道路。但是在其对面有一扇原来的小窗户。窗户上只有四块小玻璃，第一缕日光就是透过这些玻璃照耀在这位苏格兰诗人的身上。在房间的一边壁炉的对面有一个凹室，里面有一张床，床可以被窗帘遮挡。在世界上的所有地方中，上帝欣然选择那个鄙陋的角落，把最丰产的萌芽及当初的人类生活储存在其范围内。

这两间房间就如我所说，组成了彭斯的出生地，因为这里没有卧室，也没有阁楼。茅草屋顶成了厨房和会客厅唯一的天花板。天花板的高度就是整间房屋的高度。但是小屋和另一间相同大小、相同类型的建筑相连，这里的小住所通常都是这样排列。此外，自从这位诗人声名鹊起开始吸引游客来到路边的这间酒吧以来，小屋变得辉煌了不少。房屋的主人是位老妇人，带着我们穿过一条通道，向我们展示了一间拱形门厅。的确，虽然门厅不大，但是和人们对这间房屋外观的期待相比，它已经很大很辉煌了。门厅里有彭斯的半身像，门厅周围都挂着画像和雕刻品，主要解说了彭斯的生活和诗歌。在房屋的这部分也有一个会客厅，厅里充满了烟草的香味。毫无疑问，在吟游诗人的记忆里，他们曾在此痛饮了许多杯威士忌。他们声称从该烈性酒中获得了非常多的灵感。

我们买了一些雕刻品，包括阿洛韦[①]教堂、杜恩桥和纪念碑的雕刻品。我们还给了这位老妇人一些小费，然后就离开了。我们驾车前行不远，纪念馆便映入眼帘，我们到达了旅馆。旅馆紧挨着装饰性地面的入

① 阿洛韦：英国英格兰埃尔郡村庄，苏格兰诗人彭斯的出生地。（译注）

口,纪念馆就在装饰性地面中间。我们来到围墙的大门前按响了门铃。但是我们被迫等了好长时间,因为这个地方的日常主管,那位老人去帮忙铺设一间新教堂的墙角石了。不久他出现了,让我们进去。但是他很快又匆匆离开去参加结束仪式,把我们和彭斯关在了一起。

纪念馆外的围墙被漂亮地设计成一个装饰性的花园。花园里有大量珍奇的鲜花和灌木,它们都得到了悉心照顾。纪念馆矗立高处,有一个三面的厚重底层。底层之上高耸出一个光亮高雅的希腊庙宇。科林斯式的圆柱支撑着庙宇唯一的圆顶,圆顶朝向四面八方。这座建筑本身就很漂亮,虽然我不知道作为一位苏格兰乡村诗人的纪念馆,它有什么独特之处。

纪念馆底层的门敞开着。我们走进去看见了壁龛里放着彭斯的半身像。半身像看上去更加敏锐、优雅,但是不像他一般的肖像画那样热情、那般全神贯注。我认为肖像画并不太好。在房间的中心有一个玻璃橱,玻璃橱里存放着两卷袖珍《圣经》。彭斯曾把该《圣经》赠给高原的玛丽[①],当时他们相互许下了誓言。《圣经》印刷劣质,用的是粗糙的草纸。《圣经》中有个诗篇写到了这些庄严肃穆的誓言,这位诗人亲笔在每卷《圣经》的封面内都题写了这一诗篇,而且高原的玛丽的一撮金发系在了其中一个封面上。这本《圣经》曾被玛丽的一位亲戚带到了美国,但是又被送回这里好好珍藏。

纪念馆里有一个楼梯。我们爬上楼梯,来到顶部,看到了杜恩河上的两座桥。汤姆·奥桑特的不幸遭遇的场景触手可及。我们走下楼梯,闲逛着穿过内花园来到角落里的一栋小建筑。走进这栋建筑,我们发

---

① 高原的玛丽:指玛丽·坎贝尔,彭斯的第二任妻子,彭斯曾作诗《高原的玛丽》献给她。(译注)

现了汤姆和祖托尔·瓦特的雕像。这个雕像的石工足够笨拙呆板,但却透出活泼热情和兴奋喜悦。从花园的这一处,我们也能看到杜恩河上的老桥。汤姆在老桥之上飞奔,冒着即将到来的可怕风险。这座桥在整个风景中是个美丽的装饰,它有一个高高的、优雅的圆拱,上面长满常春藤,常春藤的叶子洒下阴影将整座桥笼罩。

我们等了许久之后,那位老园丁来了。他告诉我们,他在铺设新教堂的墙角石时听到了非常好的祷告。现在他赠予了我们一些玫瑰和野蔷薇,让我们离开这个舒适的花园。我们立即迅速赶往阿洛韦教堂。教堂离纪念馆有两三分钟的路程。我们登上路边的几个台阶,穿过一扇门来到这个古老的墓地。那个教堂就位于该墓地中间。这个建筑完全没有屋顶,但是侧墙和三角墙头完好无缺,虽然墙的有些部分很明显是现代修复的。没有任何教堂比这个小教堂更朴素,没有任何教堂在建筑风格上更低调。新英格兰的会堂也没有比这更简单的。虽然诗歌和娱乐疯狂地攀爬并聚集在阿洛韦教堂之上,让我们很难看到该教堂真实的状况。顺便提一下,我不明白撒旦和聚集在一起的女巫为什么会在这个神圣之地举行狂欢。但是这个古怪的场景在世界的虚构信仰中已然确定。众人必定会不顾相反的规则和理由承认它是一个真实事件。很有可能教堂里存在一些纵欲的牧师、一些表面上虔诚背地里毫无信仰的牧师,因为他们虚假祷告而驱散了这神圣建筑里的神圣,从而使该建筑成了鬼魂、巫师和恶魔的圣地。

即使是现在,教堂内部也被用作完全不相干的用途,就像撒旦和那些女巫当时把它用作舞厅一样。因为教堂的中间被一堵石墙分隔开了,每个隔间都变成了一个家族的埋葬之地。其中一块纪念碑上写着克劳福德的名字,其他的纪念碑上没有题字。人们不可能感觉不到这些善良的人,无论他们是谁,都没有权利把他们平凡的骨骼塞进这个属于世界的地方,无论他们是伤悲还是欢乐,他们的存在都和来这里的朝圣者的情绪不协调。他们也把我们从自己的领地赶出去。那块领地是彭斯从真实的土地提取出并将其融入想象的领域后赠予人类的免费礼物,是不可剥夺的。这些可怜的寮屋居民从前用铁质格栅阻挡着教堂的两个门廊,现已长眠于此。愿他们不得安宁,直至他们出现让我们进去为止。

阿洛韦教堂小到不可思议。因为在看见它之前,我们想象它应该占据很大的空间。我在教堂墙外踱步测量它的长度,发现它只有七十步长,宽度也不超过十步。教堂似乎只有很少的窗户。如今如果我没记错的话,全部的窗户都用砖石堵住了。一扇竖框窗户高长而窄小,朝向东面的三角墙。当汤姆·奥桑特沿着埃尔城镇的道路接近这扇窗户时,窗户闪耀着可怕的光芒,他可能看见过这扇窗户。此外,在最靠近道路的那一面还有一扇方形小窗。当他坐在马背上时可能还往里面窥视过。的确,如果这扇窗户没有被堵住,我站在地面上就可以轻易看到窗户里面。在其中一堵三角墙的顶部,有一个古怪的钟楼,钟楼上仍然悬挂着吊钟。以上就是我所记得的阿洛韦教堂。除此之外,修建教堂的石头是灰色的、不规则的。

埃尔城镇的道路经过阿洛韦教堂,并借由一座现代修建的桥穿过杜恩河。这座桥转弯处不多,呈一条直线。为了接上那座老桥,它似乎刚经过教堂就转弯了。随后它急剧地转向河流。这座新桥离纪念馆不到一分钟的路程。我们走到新桥上,弯下身子靠在桥的栏杆上,欣赏美丽的杜恩河。河流在树木繁茂的河堤之间滔滔不绝地、惬意地流着。我从来没有看到过比这更美丽的景色了,虽然如果温和的阳光照耀到此景它可能会变得更加美丽。这座长满常春藤的老桥有着高高的圆拱。透过圆拱我们看到了河流和远处绿色河堤的景象。这座桥安静而优

雅，绝对是最生动别致的建筑，让我大饱眼福。美丽的杜恩河河堤林木丛生，树枝都浸入水中了

在这一刻，关于它们的记忆就像小鸟的歌声一样感动着我。彭斯低吟着诗句，天真而狂热，和他们本土的歌曲和谐一致。

要离开这里必须经过汤姆冒险的那座桥。于是我们走到现在已部分废弃的道路上，站在桥拱的中心，从这个神圣之地采集了一些常春藤。此后我们尽可能快地返回埃尔城镇并在那里搭乘上火车。很快，我们就看见埃利萨克雷格像金字塔一样从海上升起。随着格拉斯哥离我们越来越近，我们看见了高高在上的洛蒙德大钟。大钟顶部有一个圆顶，每一面都由一条棱支撑着。但是一个人比一座山要好。我们一直交谈着，若不是和实在的人交谈，至少也在一位卓越的大地之子居住并歌唱的环境中和他的健壮鬼魂交谈。从此以后，我们不应该只把彭斯当作一位诗人来欣赏。因为没有一个作家的私人生活和自己的名声如此紧密地联系在一起，并在所有的创作中如此必要地得到体现。从此以后，他写的一切东西对于我们来说都将是个人的温暖。就像他的同乡一样，我们应该亲自了解他，仿佛与他握手并感觉到他真实颤抖的声音。

9

伦敦
郊区

我们记忆中的一个英格兰夏季，看上去似乎比平时拥有更频繁的阳光补缀。但是，我相信，这可能只是心理作用：由于我们在伦敦周边地区找到了非常宜人的住所，那里有一缕从来不照到海上，也不照在陆上的阳光。然而为了享受阳光，我不得不解决同时住在两个地方的问题。到目前为止，我完成了一件不可能的事情：我经常从英格兰一侧人们的视野和知识范围内消失，并来到英格兰另一侧，悄悄地代替一张张熟悉的面孔，仿佛我一直都在那儿似的。习惯我们新的住所比较容易，因为住宅里不仅物品丰富，而且气氛也和家庭气氛颇为相似。家庭元素是无形的，即使是装修最完备的寄宿房，其包含的家庭元素也无法出租。一个朋友把他郊区的住宅交给了我们，住宅便利、典雅、温暖舒适。那里有客厅和藏书室，一想起我们在那儿时感受到的亲切，就感觉那些地方仍然温暖明亮；那里有衣柜、卧室、厨房，我们若是能好好利用这份亲切细致的信任，房子里甚至还有酒窖可以使用；那里还有草坪和舒适的花园角落，以及可以想到的构成一个英国住宅的一切，这里都具备。他把这一切都交付给了我们。这个夏季，在他离开欧洲大陆的日子里，我们这些朝圣者和风尘仆仆的行者就可以在此安逸地休息了。可以说，我们长期都住在帐篷里，尽可能地把烟煤堆在壁炉上，但还是在壁炉旁发抖，壁炉里的火焰并不让人感到愉快。至今我仍记得那种沉闷的感觉：我坐在第一个英格兰壁炉旁，注视着秋季里的一个下着雨的寒冷黄昏，黄昏变得越来越暗，逼近花园。住宅前居住者的肖像（显然，这是他一生中最不友好的仪容）从壁炉上方充满敌意地怒视着我，好像愤愤不平：一个美国人竟然妄图把这儿当作自己的家。他若是得知我离开他的住宅时，跟我进入时没什么两样，都是同样的异乡人，他愠怒的鬼魂可能会得到平息吧。但是毕竟，我们现在住在一个真正的英国住宅里。高雅热心的人一直在这里过着他们的日常生活，并将这里留给我们，过了一个夏天慢慢成熟的日子。作为一个异乡人，机会总是仓促草率，能有机会享受这样的是罕见的。

距离整个世界的中心点如此之近（因为美国人现在没有他们自己的中心，我们会将其定在比如说圣保罗大教堂[①]附近的某个地方），我应该被巨大的伦敦旋涡的湍流翻来覆去，这似乎很自然。但是，我却陷入了一个平静的旋涡。在旋涡里，相矛盾的运动制造了静止，并且，厌倦了大量不相宜的活动。我在我的临时避难所里找到了平静，这份平静比这座大城镇能够提供的任何东西都更具吸引力。我已经非常了解伦敦了。也就是说，我很早以前就感到满意了（只要满意是可能的）：神秘的渴望——成千上万颗心的磁力都作用于一颗——驱使每个人在各自范围内，将自我与芸芸众生融为一体。早些时候，日复一日，我走过熙熙攘攘的大道、广阔偏僻的广场、乡间小路、小巷和迷宫般古怪的庭院、公园及古代知识分子群体的花园和围墙。在喧嚣的城市、市场、

---

① 圣保罗大教堂：坐落于英国伦敦，位于伦敦泰晤士河北岸纽盖特街与纽钱吉街交角处。巴洛克风格建筑的代表，以其壮观的圆形屋顶而闻名，是世界第二大圆顶教堂。（译注）

桥梁和沿河雾蒙蒙的街道之中，这些地方显得非常幽闭僻静。总之，我带着不知疲倦、一视同仁的好奇心，寻觅了这座大都市所有的地方。我一直走，直到感觉当地居民也很少有人像我一样，走过这座城市的那么多角落，才停止。漫无目的的闲逛（我主要的目的和成就是迷路之后，找到更确切的路）几乎曾经使我身临所有书中读过的物体和著名地区。这些地方让伦敦成了我年轻时的梦想之城。我发现它比我梦中的伦敦更好。因为生活中没有任何东西（我指的是那种乐趣）可以和这份浓重的、黯然的喜悦相提并论。这份喜悦是一个美国人能够感受到的。在伦敦的气氛中，几乎不知道应该把它称作快乐还是痛苦。结果就是，我在那儿找到了家的感觉，这是在世界其他地方都找不到的。虽然后来，我对罗马也有点相类似的感觉。只要这两个大城市中任何一个一直存在，无论是过去的城市，还是将来的城市，即使一个人的祖国土地可能会在他的脚下崩塌，在地球上，他也不会完全无家可归。

因此，已经沐浴了这座城市全面彻底熏陶的我，某种程度上可以在其中潇洒自如，并能够随心所欲地接近它或远离它。此后，我碰巧住在伦敦桥界标一小时高峰时间范围内，我更常常禁不住诱惑，在夏季，花一整天的时间待在我们的花园里，寻找任何东西，无论是新的还是旧的，无论是奇妙的还是平凡的，甚至超出了花园的范围。这是一个宜人的花园，不是很宽阔，却包含了许多休息和娱乐设施，有花园藤架、花园椅子、灌木、花床、盛开的玫瑰花丛、石竹花、罂粟花、天竺葵、香豌豆及其他各种各样鲜红色的、黄色的、蓝色的、紫色的花朵。我没有费心去一个个识别它们，但是，我总有一种模糊的感觉，觉得它们很漂亮。英格兰昏暗的天空以最巧妙的效果给鲜花上色，把华美和精细混合到同样的纹理中。但是在这个花园里，像其他任何地方一样，英格兰茂盛的翠绿比任何热带奇观和各种各样的色彩都更具魅力。永不凋败的草地和绿叶可能会满足人们对自然之美的渴望。我注意到英格兰园艺师在培育一些酸梅树、发育不全的梨树和苹果树时,总喜欢抛开种种麻烦和辛苦。比如说,就在这个花园里,有一排不幸的树,靠着一堵砖墙,完全平直地铺开,看起来好像是被活活地穿刺在墙上,或者说像是钉在墙上的十字架,以一种残忍的、不可达到的目的,通过拷打,强迫它们生产水果。看到了英国在园艺方面的优势,并衷心地急切想为自己国家添点光,这一点发现使我很宽慰。反正我是从来不吃露天生长的英格兰水果的,因为它们的味道和美国的萝卜没什么两样。

这个花园包括了英格兰家庭景观的主要特征——草坪。草坪经过了平整和细心的修剪,成了玩儿滚木球的好场地。我们有时候尝试练习久享盛名的滚木球,虽然玩儿得不熟练,但仍然可以感受得到运动和休闲相结合的快乐。大多数古老的英格兰消遣方式通常就是这样。我们小领地的一面被房屋围住,其他几面则是一排树篱栅栏和一堵砖墙。先前提到过的灌木和穿刺入墙的果树遮蔽着砖墙,使其变得柔软。有大量的树叶从近处或远处的树上飘落下来的。这些树点缀着宜人的郊区,产生了一种森林和田园的奇妙效果。因此,我们可能会幻想自己置身于树木繁茂的隐蔽地的深处。每隔一会儿,我们就可以听到火车呼啸着飞驰而过及其尖锐刺耳的声音。当声音到达布莱克西斯[①]站时,因其来自较远处而变得缓和。那刺耳粗野的声音,必然会把我找出来,它是广阔世界的声音,召唤我出去。我不知道时常想起伦敦周边地区会让我感到更痛苦还是愉快。因为,一方面,对一个有知识的旅行者来说,有许多更好的事情可以做,而我却在阅读或者在草地上和孩子们一起玩耍。我的良心刺痛了我。与此同时,和我逃离的混乱相比,这给

① 布莱克西斯:伦敦的一个郊区。(译注)

了我奢侈的懒散，让我感受到了更强烈的愉悦。但是，总体来说，我不后悔浪费了一个小时。我只希望能够花两倍的时间，以同样的方式待在这里。因为我记忆中的印象是：待在这个舒适的花园里，我非常高兴，这种高兴持续的时间就像英格兰的夏季那么长。

好的天气可是我的一大乐趣。意大利没有这样的天气，美国也没有。除了英格兰，其他地方从来没有这样的天气。二月到六月之间，可怕的东风肆虐，冬季潮湿阴冷、没有阳光照射，还有棕色的十月和黑色的十一月。作为对这些天气的回报，有几个星期的无与伦比的夏季天气，分散在六月和七月之中以及九月初期，天数不多，但足够猛烈，可以补偿这一整年的天气缺失。毕竟，普遍的阴沉天气在这样高峻的地形上也可能会产生转瞬即逝的阳光。在我的记忆中，我看到了这转瞬即逝的阳光，它比原本更灿烂：对于那些日常居住在阴沉昏暗中的人来说，些许阳光就会让他们感到荣幸。但是，英格兰人似乎不知道他们夏季转瞬即逝的阳光多么令人愉快。他们把它称作炙烤的天气，满脸通红，满头大汗，匆忙赶往海边，处于燃烧和溶解的状态。我观察发现，甚至连他们的家畜对这种天气也同样敏感。我们美国的家畜感觉恰到好处的气温，他们的家畜就受不了了，总是寻找最浓厚的树荫，或者站在及腿中部深的水池和溪流中为自己降温。就我而言，当美国夏日的热量多少有点儿从我的血液和记忆中冒出来后，英国的天气简直就如天堂一般。天气可能有点儿太过温暖，但是那热量是适度的、无法估计的充足，是上帝的慷慨恩赐，而不是刚好够用。在英格兰的第一年，我居住在英国最不温暖的地方。如果炉床上没有火，我从来不会感到太舒适。第二年，我开始适应新环境，开始察觉到夏日严峻的亲切和害羞，但有时候它又几乎是温柔的、含蓄朦胧的，很少欢笑。在接下来的几年里，要么是英格兰的牛肉更新了我的纤维，要么是英格兰麦芽酒注满了我的血液,或者说,无论什么原因,我开始对冬季感到满意,尤其喜爱夏季,渴望更多的幸福,而不仅仅是呼吸和晒太阳。我们现在谈论的是仲夏,但我不得不坦言,正午的太阳猛烈地照下来,使我简直无法承受。因此,我很乐意和灌木丛的阴影互换位置,让我自己成为日晷的一个可移动的指标,测算这几乎无止境的一天的小时数。

每一天似乎都是无尽的,虽然从不乏味。就你的真实体验而言,英格兰的夏日肯定无始无终。当你醒着时,在任何合理的时间,阳光已经穿过窗帘照射进来。你度过了无数小时安息日的寂静。时光静静流逝,各种各样平静的事件轻轻地雕刻着这寂静的时光。最终,你意识到又到了就寝时间,虽然天空中仍然有足够的日光,让你书页上的字清晰可见。如果有这样一个季节,在夜幕降临时,会笼上一层透明的面纱,透过面纱,已逝去的白昼注视着即将来临的另一个白昼。或者,如果伦敦的纬度不完全真实,在这个岛屿更北部的地区,我们可以冷静地断言,在昨天逝去之前,明天已然诞生。在金色的暮色中,它们共同存在,衰老的旧时光依稀识别不祥的婴儿的脸。虽然只是一个凡人,你可以用回忆之指和预言之指同时触摸它们。我不关心白昼会有多长,也不关心它们有多少天。在经历过冗长的、令人厌烦的辛苦和不安的过程之后,我已得到了休息。我能够心满意足地永远不跨出这座郊区别墅及其花园。如果我缺少任何东西,这里都能很好地满足我,让我梦到它,而不用为实际占有它而奋斗。至少,这是我此刻的感受。虽然我在那儿的生活是短暂的、不可靠的、瞬息万变的,但可能却是最愉快的。因为我在那儿享受到了家的很多乐趣和舒适,丝毫感觉不到它们在我背上的任何负担。如果我们能够在每个驿站找到搭好的帐篷,游动的生活还是有很大的优点的。

有关我们住宅的内部情况,就只有这些——一个深厚的安静之地，可接触到频繁的活动。但是，甚至当我们停下站在自己大门的外面时，也不会因大世界的突然出现而感到震惊。我们正居住在其中一个绿洲中，绿洲生长在（就是最近几年，我相信）布莱克西斯广阔的荒地上。另外，荒地提供了广阔的、无人居住的土地，异常接近这座大都市。总体来说，这片土地的所有权似乎属于每个人，但又不属于任何一个人。但是，这些土地的所有权，主要落在了一些男人手中，他们的日常事务将他们与伦敦联系在一起。因此，你会发现他们的别墅或小棚屋，沿着乡村街道站成一排。这些街道的外观常常更具美国街道的特点，而不像更古老的英格兰定居点，具有半乡村的景色。观赏树木遮蔽着人行道，长满草的边缘和车轮轨迹相接。这座住宅无疑具有和美国那些乡村不一样的某些特点，显现出建筑设计的标志，虽然很少有个人的品位。别墅尽可能地远离街道，树篱或栅栏将别墅相互隔开，这一点与英国人保守排他的性格倒是很一致。为实现这一点，居住者不得不在其被允许范围内，用尽可能多的灌木遮蔽他的住宅。透过间隙，你可以瞥见保养得很好的草坪，通常点缀着鲜花以及英格兰人说的假山。假山是几堆长着常春藤的岩石和化石，为了浪漫的效果而被设计成小规模的。两到三条这样的村庄街道，在这里描述的，有一个共同名字——比如说，布莱克西斯公园——构成了一种居民社区，社区里有由警察看守的大门，还有半隐私地。走出社区，你会发现自己位于微风阵阵的荒野上。

在这片巨大的、光秃秃的、枯燥的公有土地上，我常常迷路。就像我后来在罗马的坎帕尼亚大区[1]迷路一样。我深呼吸，把空气（虽然它

---

① 坎帕尼亚大区：地处意大利南部，西面第勒尼安海，西北临拉齐奥大区，北界莫利塞大区，东北临普利亚大区，东界巴斯利卡塔大区。（译注）

可能受到了伦敦烟雾的污染)吸入我的肺里,有一种荒原自由感,奇怪且意外。雾蒙蒙的大气帮你幻想可能并不存在的远方。在幻想持续的小段时间内,这种孤独就像西部大草原和森林的孤独一样让你印象深刻。但是很快,一英里或者两英里以外的铁路发出刺耳的声音,硬要告诉你位于何处。或者,你认出了远处一些你知道的标志性建筑——一座与世隔绝的别墅,别墅周围可能还有花园围墙。或者,你认出了新的殖民区主街道,在这原本贫瘠的土地上发芽生长。半个世纪以前,人类持续行善的最常见的标志大概就是绞行架和戴着镣铐的杀人犯来回行走的嘎吱声,仿佛酒馆的招牌发出的声音。那时,布莱克西斯很危险,因为有拦路贼和强盗。即使现在,就我所知,和布莱克西斯相比,西部大草原虽然会让人们迷路,但可能仍然是一个安全区域。当我了解布莱克西斯后,精制的绞刑具已开始流行。我仍记得,当我午夜穿过那些荒凉之地时,听见身后的脚步声,还听到不远处一个骑兵巡逻队嗒嗒的马蹄声,这使我精神上备受鼓舞。大约日落后,或者更晚一点,多少有点儿荒凉的广阔荒野,对我来说,似乎穿上了让人印象最深刻的外衣。在那一刻,我发现自己位于高地之上,我曾经看到了无边无际的伦敦,位于四五英里以外。伦敦中央有巨大的圆顶,两栋国会大厦的尖塔直插入烟雾笼罩的苍穹。较薄的烟雾模糊了大量的物体,并一直在物体上方盘旋。这些都清晰可见——一幅辉煌的、昏暗的画面,朦胧庄严,却有不可抵抗的吸引力。就像一位年轻人梦境里的大世界一样,预示着在那样远的距离,宏伟从来没有被完全实现。

当我住在那附近时,两三组板球运动员时常在布莱克西斯扎营。正在进行的比赛似乎负载了社区或郡县的荣誉和声望,这激起了除我以外所有人的兴趣。我不喜欢英格兰的哪个地区以其他地区为代价来赞美自己。我相信,为了享受本国最流行的伟大运动项目,成为一个土生土长的英国人是必不可少的。无论如何，这对一个旁观者来说，都是精彩的表演。但我发现这表演很懒散、拖延、沉闷，还缺乏画面感。其他娱乐项目的选择近在手边。射箭的靶场已建好，弓和箭可以租借，一便士就能让你射好多箭。这里空间充足，可以进行足够远的飞行射击，任何现代弓箭手在箭杆加力，也不能射出这个范围。此外，还有一个荒唐的项目：把一根棍子扔进陶瓷器具里。我见证这个项目已经有一百次了，我也曾亲自参与过一两次，但从来没有满意地看到陶具的一丁点儿破碎。在其他地方，你发现了孩子们骑的驴以及非常温顺、有耐性的小马。追求享乐的伦敦男人和女人骑在它们上面，进行比赛，展现出美妙的马术表演。就点心而言，有姜饼（但是，作为一名真正的爱国主义者，我必须宣称它是我们本国的美味）和姜酒，可能还有货摊看守人隐藏在商店里的烈性酒。频繁开往格林尼治的火车和无数的蒸汽船，让布莱克西斯的空地变成了伦敦人的操场和呼吸之地。很容易就能抵达格林尼治，价钱也不贵。因此，由于它们的广泛使用及其乐趣，可以这么说，这片广阔的土地被繁荣地区的市民偷走，并将其改造为自己的特色了，我对此感到怨怒。其中一类游客尤其引起了我的注意：他们是一群小男孩和女孩，有老师监护——他们是慈善学校的孩子。像往常一样，这是我从他们的外表推测出来的。他们都是汇集在黑暗的小巷和肮脏之地，老师带他们到这儿度过夏日的一个下午。这些脸色发白的小子孙，来自暗无天日的伦敦角落。他们从来不知道，天空原来比他们本地小巷上空的狭窄、模糊的条带更广阔。我猜想，他们很开心，但心存疑惑，对他们头上及周围宽阔的、空荡荡的空间感到有点儿恐惧。他们发现空气里只掺入了极少量的烟尘、煤烟以及坟墓散发出的气体，这使得他们甚至都不敢舒服地呼吸了。他们感到无处藏身，一片迷茫。因为肮脏的伦敦——他们不知检点、声名狼藉的母亲，逼他们逃离其臂膀,备受折磨。

穿过这些休假的人群,我们来到了格林尼治公园的一扇大门。大门开在古老的砖墙之上。通过这扇门,我们从光秃秃的荒原进入一个具有古老文化熏陶和森林点缀的地方。树木经由林荫道向四面八方延伸,许多树木显现出年代久远的迹象。这些宽阔的、保护良好的小径,随着海拔的高低,沿着平缓山丘的底部上下起伏。这让格林尼治公园的地表多样化了。它们当中最高耸的、最陡峭的(虽然都不是很高)山丘是地球上著名的顶峰之一,可以与勃朗峰①和钦博拉索山②相媲美。该山丘是格林尼治天文台的所在地。如果所有的国家都同意这样说,这里是巨大的地球的经度的起点。我过去常对照靠在天文台墙上的宽大钟盘,调我的手表。站在时间和空间的正中心,我感到很愉快。

伦敦的周边地区还有比这更漂亮的公园,公园里有草皮和精心种植的树木的美景。尤其是夏季午后的肯辛顿③,对于我来说,它似乎和世界上任何能够或应该令人愉快的地方一样。总有一天,我们必须离开这个世界。但是,格林尼治也很漂亮——这里是艺术人和大自然的共谋之地,就好像它和伟大的大自然母亲共同商议如何创造一个令人愉快的景观一样。此外,这两位最久远的居住者诚心诚意地实施了它们的共同设计。它也有自己的额外魅力,因为就表面看来,它更像是平民的房产和运动场,而不是大都市附近贵族的度假胜地。这提供了一个实例,说明君王的房产实际上是平民的,并表明平民和君王的关系

① 勃朗峰:阿尔卑斯山的最高峰,位于法国的上萨瓦省和意大利的瓦莱达奥斯塔的交界处。(译注)

② 钦博拉索山:一座圆锥形的死火山,海拔6272米,位于厄瓜多尔首都基多西南偏南150公里。(译注)

③ 肯辛顿:英格兰伦敦肯辛顿和切尔西区的一个地名。(译注)

要比他们和贵族的关系自然得多，而贵族却佯装介于君王和平民之间。因为一个贵族只为他自己建造一个天堂，并在里面填满自己的浮华和骄傲。但是，平民迟早是国王和王后创造的任何美景的合法继承者，如今的格林尼治公园也是如此。每个星期日，当阳光照射时，甚至在阴沉糟糕的日子里，只要不下雨，英格兰人都直称这为好天气，好到我们都看不到平民在自己的橡树下行走时是多么强壮，也看不到他们明显发现了那儿满是简单的乐趣。他们是人民——不是平民——是一个阶级的典范，他们周日穿的衣服和他们平日穿的衣服明显不同。在英格兰，这意味着健康的生活习惯、日常的节俭和位于最下层阶级之上的阶级。我渴望认识他们，为了调查他们是什么风俗习惯、他们住着哪种住宅、他们的政治、他们的宗教信仰、他们的品位以及他们是否和比他们阶级地位高的人一样心胸狭窄。几乎毫无疑问：无论处于哪个阶级，一名英国人就具备典型英国人的特性。虽然我想，这种特性在一名工匠或者小店主身上不如在一名国会议员身上体现得更强烈。

英格兰人的特点，就像我设想的那样，绝不是非常崇高的。他们似乎黏附着大量的泥土和肮脏的灰尘，可能和好争吵的顽固之人一样，在卡德摩斯[①]播种了龙之牙后，破土而出。但是，虽然个别英格兰人有时候不可思议地难相处，但就整体而言，一名旁观者能感受到他们天生的善意。他们坚持着人类被创造出来时原本的朴素，比我们做得都好。他们相爱、争吵、大笑、哭泣，把他们内在的真实自我展现出来，比任何阶级的美国人认为的高雅之人都更自由。格林尼治公园的这些休假之人也常常如此。虽然这听起来可能很荒谬，但我猜想自己满意地

① 卡德摩斯：希腊神话中的英雄。腓尼基的首领阿革诺尔之子，忒拜的创建者，又是传说中将腓尼基字母传入希腊的人。（译注）

瞥见了那儿的伦敦人的田园生活,其范围几乎不会超过伦敦老城。沿着斑驳的林荫道,他们在草地上野餐,粗鲁地在宽阔的斜坡上嬉戏,或迷失在混杂的人群中,或迷失在几对调情的青年男女中。甚至无处不在的警察和公园管理员也不能扰乱我脑海里的美好印象。无论如何,黄金时期的一个特征就是成群的鹿在公园偏僻的深处与你邂逅。它们很容易受诱惑,走过来啃一点儿你手上的面包。但是,几个世纪以来,虽然它们从未受过什么不义的待遇,没有听到过号角的声音,也没有猎犬紧跟在它们或者它们有角的祖先后面吠叫,但忧虑感仍然徘徊在它们的内心之中。因此,手轻轻一动或者靠近一步都会让一整群鹿惊惶奔跑,就像微风吹散飞行的蒲公英种子一样。

所有那些喜庆的人都在格林尼治公园里闲逛,公园的面貌类似星期日或者圣徒纪念日时的鲍格才家族公园[①]的面貌,鲍格才家族公园位于罗马围墙下。但是,我可以毫不惭愧地说,它有点儿打扰了庄重的清教徒凄厉的鬼魂,那些鬼魂可能仍逗留在新英格兰中心昏暗的深处,置身于童年时期安息日里严肃阴暗的记忆之中,以及对教理问答中获得的不义教训、冗长的布道中古怪的幻想或几乎克制不住的笑声的阵阵懊悔之中。有时候,我去户外参加礼拜,尽力把长期积聚的刺痛从这些惭愧的刺痛中除去。在公园围墙外面的运货马车上,一名卫理公会[②]的牧师提高他的声音,迅速地召集了一群人。牧师渴望的宗教福利事业驱使他这位好人如此真诚热切地喧嚷,并费力地做出手势。这让他很快满脸大汗,显得很着急。他内心的火焰也和炽热的太阳一起

① 鲍格才家族公园:罗马的一座大型景观园林,位于罗马东北边缘的苹丘。(译注)

② 卫理公会:基督教新教卫斯理宗的美以美会、坚理会和美普会合并而成的基督教教会。(译注)

密谋,把他变成了一名积极的殉道者。他甚至在每次虔诚的礼拜中,也是如此。因此,他以牺牲自己的肉体为代价,来换取增长听众精神的每一个原子。他的演讲若是足够长,他最终还是要在他们眼前换气的。

如果我朝他微笑,他应该明白,这不是在嘲笑他。在履行圣职方面,他比许多高级神职者都做得更合人意。这些路边礼拜吸引了许多人,这些人从一年年末到新的一年年末,都不会去听祷告、布道或者赞歌。就是因为这个原因,他们最有可能被这位牧师的口才所打动,成为他的听众。格林尼治一名领取养老金的人员也在那边——戴着三角帽,穿着老式的、有黄铜纽扣的蓝色外套以及宽松的短裙,这让他看上去好像和本鲍上将[①]是同时代的人——这位强壮的海员可能听到了一两个词,这些词汇深入他的内心,比医院里专职牧师被期望演讲的任何内容都更深入。此外,我总是注意到,相当一部分听众是士兵。他们休假一天,从伍尔维奇[②]来到这里。从外表看上去,他们是强壮的老兵。其中一些老兵把多达四五块勋章佩戴在他们胸前的鲜红外套上,这些勋章来自克里米亚半岛或者东印度群岛。混杂的人群都表现出真诚的兴趣,仔细听着。我必须坦白承认,对我来说,集中五分钟时间的注意力于任何英格兰布道是从来都不可能的:在这个年代久远的教堂的屋顶下,这种布道已非常常见而没有太大的感觉了。而对于大教堂来说,布道是礼拜中极其微不足道的部分——的确, 在华而不实的仪式、音调以及唱诗班歌手响亮的高音旋律中,它若是仍被看作是其中一部分的话。富丽堂皇的布置让我们这些清教徒赞叹不已,我们认为它是整个布道的亮点。因为我认为是我们的祖先——英格兰和美国的异端,

---

① 本鲍上将:一名海军上将。(译注)

② 伍尔维奇:英国伦敦东南部格林尼治区的一个城郊地区,位于泰晤士河右岸。(译注)

使布道成为安息日活动中如此重要的一部分。

卫理公会派教徒可能是第一位，也是唯一的在户外做礼拜的英格兰人。自从古老的大不列颠人聆听德鲁依[①]祭司布道以来，就是如此。这让我想起了那古老的祭司，想去看看他们黑暗时代的某些纪念石碑——那些祭司不虔诚，但却很好战——纪念石碑位于卫理公会派教徒滔滔布道的地点附近。这是一些古墓，坟墓下或里面应该埋葬了在某场战争中阵亡的战士，这场战争已被遗忘或隐约记得。在耶稣诞生后的两三个世纪里，这些人一直在格林尼治公园战斗。任何曾经在高度和数量可能与他们持平的东西，如今，在实际的场景下，它们都不再显著，与那场战役一样被遗忘，这些战士算是历史上保留下来的关于那场战役仅有的纪念碑吧。因为这只是一些并排着的小山丘，比地面高不了多少，在十英尺到十二英尺直径范围内，它们的峰顶之间有浅浅的凹陷。就在不久之前，其中一个古墓开放了。在里面没有发现骨头、盔甲，也没有发现武器，只有一些小珠宝和一撮头发。头发也许来自一位英勇将军的头上，他在胜利的战场上死去，他不可磨灭的名望遗赠给后世人。头发和珠宝可能存放在大英博物馆里。在大英博物馆里，无数代人的陶瓷碎片和废物，使游客们宁愿希望每个过往的世纪能将其所有的碎片和遗骸带走，而不是使它们持续积累，往人类不得不背负的知识上增加负担。至于名望，我不知道它之后情况如何。

穿过公园后，我们来到了格林尼治医院附近。为了一睹这个医疗机构，我们将穿过其中一扇宽敞的大门。这个机构为英格兰中心地带赢得的荣誉，比我了解的任何其他公共性质的东西都多。我们很少能

① 德鲁依：这个单词的原意是熟悉橡树的人，在历史上，他是凯尔特民族的神职人员，主要特点是在森林里居住，擅长运用草药进行医疗，橡树、橡果等是他们崇拜的圣物。（译注）

够在这样一个虚伪的国家政府机构的行动和关系中意识到任何仁慈。我们自己的政府，我应该想到，太过抽象，不曾对其残废的海员和士兵表示同情。虽然随后，政府无疑会秉持一种严厉的公正，像钢铁一样令人寒心。但是，对于我来说，格林尼治领取养老金的人似乎是这个国家宠爱有加的孩子。政府是他们的保姆，老年人对自己的定位也是孩子般的意识。很有可能，一种更好的生活已被安排妥当，更明智的关怀已被赋予他们。但是，就是这样，它让他们度过了一个懒散、无忧无虑、舒适的晚年。他们喃喃地抱怨、大声咆哮、粗鲁地说话，就好像过去岁月里所有的恶劣天气都积压在他们身上。但是，和人类中饱经风霜、身经百战的部分人们不可避免的不满相比，他们的不满并不见得更加强烈。他们的家园以其公开的形式呈现在一张非常宏伟的平面图上。它的萌芽是一座王家宫殿，宫殿的扩展产生了一系列的宏伟建筑。就外观而言，它比我见过的任何英格兰宫殿都更漂亮。宫殿里有一些四边形的宏伟建筑，由柱廊和碎石路连接着，里面有长满草的广场。广场中央有雕像，沿着泰晤士河延伸。宫殿是用大理石或者非常浅色的石头建成的，古典风格，里面有柱子和柱廊。这（我认为，符合我的品味以及老水手的品位）在英格兰气候里只产生了一种寒冷和颤抖的效果。如果我是那位建筑师，我会研究沃平地区[①]以及塔楼附近地区（我曾参观过这些地方，仍深刻地记得海军上校莱缪尔·格列佛和其他真实或虚构的航海员）航海人员的特征、习俗和偏好。此外，我会建造一个外观轻巧的医院，和那里的水手寄宿房朴素的外观相似，狭窄、黑暗、难看、不便利，但却温暖舒适。毫无疑问，以上的所有特性，或者说大多数的特性，都能满足一名老水手的心愿，可能和现代住宅的建筑之美以及

① 沃平地区：伦敦的一个自治区。位于泰晤士河的北岸。（译注）

健全设计相一致。因此,一栋新颖、真实的建筑将被公之于世。

但是,他们的同胞,亲切地说是老朋友,把古老的王家之地分配给他们。伊丽莎白曾在这里开庭,查理二世也曾在这里建造他的宫殿。就这个位置而言,它对待他们就像对待许多国王一样,为他们提供了大量清香的格罗格酒、啤酒和烟草。对于那些先前生活已完全不适合晚年的人们,可能没有什么可做的事情来为他们谋利益了。他们主要的不适可能是缺少可做之事或者可想之事。但是,从我见过的这些人判断可知,倦怠的习惯似乎已经蔓延到他们身上。在模糊梦幻的心境中,他们半睡半醒地坐着,感受着漫长的一天消耗至就寝时间,他们的意识没有任何不同。他们坐在石凳上,沐浴着阳光,慢慢进入睡眠,或者处于快入睡的状态。当有脚步声接近,在柱廊下回响时,他们就会惊醒。他们羞于被别人看见自己在打盹,匆忙地把自己唤醒,就像以前半夜时分海上的站岗员一样。在最欢快的时刻,他们会聚集成群,讲述他们在著名海军将官带领下无尽的航海故事,相互烦扰,还会讲述有关刮风和风平浪静时期、战斗和追逐时期的航海故事,还有所有种类的事件,这些事件都发生在甲板上和空心的船体内部。这就是他们专有的世界。至于其他消遣时间,他们同伴和同伴之间会相互争吵,也可能挥着麻痹的拳头打向布满皱纹和伤痕的脸。如果想运动一下,他们会激励他们木质的腿在平坦的空地上行走,空地与泰晤士河毗连。同时,他们会批判过往船只的船帆,并像群射出的子弹一样中伤蒸汽船。因为蒸汽船成了海上的另一元素,这已经超出他们以前熟悉事物的范围。所有这一切只是晚年的不起作用的安慰,但是却可能比他们之前的生活更好。他们之前除了在船上禁闭的生活以外,几乎没有其他生活了。在此期间,他们在世界上的大海中翻来覆去,很难瞥见这种生活。他们忘记了绿草和树木是什么,从来不知道女人是什么,虽然他们可能会遇到他们认为的彩绘女幽灵。当我们把他们绑在这里时，一个国家亏欠人类太多，它把人类的身体消耗殆尽，它让人类不朽的部分得不到发展并被贬低了。我已经在他们身上浪费了没有价值的一个段落，现在让我建议，老年人应该对道德印象有一种敏感性，甚至(年纪更大一点)有一种接受真理的能力。当生活的有效时间逝去后，真理似乎常常会来到他们身边。格林尼治领取养老金的人员可能证实了现在真实教育的科目比他们学童时期的更好。但是，能够为这个阶级培养教师的师范学校又在哪里呢？

这些领取养老金的人员有一个漂亮的小教堂，是古典风格的。在教堂里的圣餐台上方挂着一幅本杰明·韦斯特[①]的画。我盯着这幅画看了很长时间，也未能理解它的构思。因为这名艺术家(虽然说他是我的同胞，受人尊敬，但让我感到心痛)具有冷淡的天赋，具有把冰磨进他的绘画作品中的本领，具有让观众失去知觉的力量以及消除他那怜悯的力量。他超过了任何曾接触过画笔的画家。不管良心的阵痛，我抓住这个机会，把终身的痛恨发泄在这位贫穷、无可非议的人身上，为了那幅画着李尔[②]的枯燥乏味的画，画面透着冰霜般的暴怒。在雅典娜神庙展览中，这幅画曾是困扰我的难题。我想知道，它会被火烧毁吗？

在格林尼治医院，他们不得不带你参观的主要地方是绘画大厅。大厅是一间非常宏伟、宽敞的房间，至少有一百英尺长，五十英尺高，天花板上有詹姆斯·桑希尔爵士绘制的壁画。作为一件艺术品，我认为，这幅画着壁画的天顶没有什么优点，虽然它因为绚丽的色彩和华丽的室内装饰而产生了非常丰富的效果。这间宏伟房间的整个墙上都

① 本杰明·韦斯特（1738—1820）：18世纪下半叶，英国画坛横空出世的艺术奇才。(译注)

② 李尔：莎士比亚四大悲剧之《李尔王》中的主人公。(译注)

覆盖着绘画作品，其中有许多作品描述了战斗和其他海上冲突事件。与现在相比,这些事件曾经比现在更清晰地存在于世界的记忆中。但是,这些作品主要是年老的海军将官的肖像画,包含了一整条线的英雄。两百多年前,他们就踩在英国舰船的后甲板上了,在威斯敏斯特教堂的一个坟墓附近,这个坟墓是纳尔逊[①]抱负的最崇高体现。一名海军战士的最高要求似乎就是把自己的肖像悬挂在绘画大厅里。但是,凭借一个接一个的胜利,这些著名的人物逐渐成为一群乌合之众。就描述的脸部特征而言,他们绝不是非常有趣的人。他们总体上很平庸,总是异常迟钝。我观察发现(无论是在绘画大厅里,还是在其他地方,不仅是肖像画,还包括我瞥见的这些著名人物本人)英雄的容貌并不像那些政治家的容貌那样令人印象深刻。诚然,除了在极个别例子中,好战的能力仅仅成为片面展现管理世界事务的一种深厚天赋。举个例子,如果这些海军将官的脸说的是实话,那么他们中十之八九都是木头人。人们会猜想,他们可能在自己船上作为木头傀儡来服务会更好,而不是在后甲板上指挥任何错综复杂的行动计划。我们不能确定相同一类人今后是否会遇到相似程度的成功。因为他们主要凭借古英格兰人的大胆取得胜利,他们施展的场地是现代科学尚未征服之地。粗野之勇已经失去了价值,自从他们那时以来,这种勇猛在战争质量的相对评估中,其地位必须继续降低,并且越来越低。在英格兰和法国之间的下一场海战中,我想,我会把赌注下在法国人的头上。

但是,英格兰的这位伟大海军英雄却是非同凡响的。纳尔逊是有史以来世界上最伟大的人物——他没有任何属于他这个阶级的迟钝

---

① 纳尔逊(1758—1805):指霍雷肖·纳尔逊,第一代纳尔逊子爵,英国18世纪末19世纪初的著名海军将领及军事家。(译注)

特征，他被接受成为他们的代表人是不公平的。首先，在最恶劣的职业内，他像女人一样做事有条不紊，像诗人一样强烈敏感。他赢得的国人的爱慕和钦佩，比其他任何英格兰人获得的都要多。但是，他是凭借高品质的效力赢得它们的。这不是英格兰人的品质，或者说，无论如何，这种品质因为人类身上的病态之物而得以加强，并变得深刻强大，这让他和生活彼此误解。他是一个天才。一位英格兰人的天赋通常是性格构成中平衡缺乏的症状。因为当我们匆匆浏览他们这些诗人的名单时，举个例子，观察他们当中有多少人已经得病或者残废，他们的生活中有多少时间因精神错乱而变得黑暗时，我们可能会自我满足。一名普通的英格兰人是最健康的人类，一名杰出的英格兰人，不管怎样，几乎总是一位病人。纳尔逊勋爵也不例外。他的个人品质、他的生活以及他的职位之间的奇妙对比或关系，让他和历史中展现的所有人物一样有趣。遗憾的是，骚塞[1]的传记——表面上看上去很好，但是就人的真实描述而言还不充分——本应该把这个主题从一些作家的手中拿出来。和这位真实的英格兰人相比，这些作家被赋予了更多雅致的鉴赏力以及深邃的洞察力。但是，骚塞完成了他自己的目标。显而易见，这是为了让他的英雄成为英格兰海军学校年轻学生的榜样。

但是，英格兰人崇拜英雄的能力充分表现在他们理解纳尔逊勋爵的性格上面。一间更小的房间毗连着绘画大厅，它的墙壁上满满地、专一地装饰着伟大海军将官壮举的绘画作品。从他遇见北极熊开始，到他在特拉法加[2]去世为止，我们在他事业里的所有著名事件中都看见了这位虚弱热情的人，他像一团蓝色柔和的火焰一样，在房间各处颤

---

① 骚塞（1774—1843）：湖畔派三诗人中的一位。（译注）

② 特拉法加：西班牙西南海岸一个海角。英军主帅霍雷肖·纳尔逊海军上将在特拉法加海战中阵亡。（译注）

抖着。凡是进入那间房的英国人,没有一个感受不到他脾性深处翻滚的寻欢作乐成分,并发现自己变成了引人注目的英雄,无论自己大脑多么迟钝,内心多么强大,也无论自己平凡的情绪多么不易激动。老实说,我自己,虽然属于另一个教区,但是我深深地感受到了那里被唤醒的崇高记忆。我承认纳尔逊用一种象征性的诗歌演绎了他自己的生命。我和这些率直的岛民有一样的权利去理解这些诗歌。虽然我力图成为一名冷静而重要的观察者,但是当一名游客(不是一名美国人,我很高兴这样说)把他的手杖几乎插入其中一幅画中的纳尔逊的脸上,指指点点地评论时,我很享受他们爆发出的真诚愤慨。这些旁观者很快就像许多炙热的煤炭一样发光发亮,可能还会把冒犯者淹没在他们的愤慨之中,如果他们不后退的话。但是,所有物件中最神圣的是纳尔逊的两件外套,外套放在分开的玻璃箱子里。其中一件是他在尼罗河河口海战时穿的。现在,这件外套已经被飞蛾损坏了,很凄凉。并且,除非它的看守人像我们保存华盛顿军装一样保护它,否则它在几年后会被飞蛾完全毁坏。另外一件外套是他在特拉法加受到致命伤害时穿的。在它的胸前,缝了三四颗星和骑士勋章。因为时间的流逝和潮湿的环境,它们现在已经变得暗淡无光。但是,在当时的战争时期,它们星光闪闪,足够吸引法国的神箭手给他致命一击。肩部可以看见弹孔,肩章上的部分金黄色流苏上也可以看见弹孔,其他部分的流苏被射掉了。外套上面摆放着一件染着伟大血迹的白色马甲。自六十年前鲜血涌出以来,马甲上所有的红色都已经完全褪去,只剩下一条暗黄色的线条。但是,它曾是英格兰最红的鲜血——纳尔逊的鲜血。

这间医院位于格林尼治城镇附近,在我的记忆中,它总是保持着一种节日喜庆,因为我初次与之邂逅,刚好是在复活节后的星期一。在这个古老的城镇上,复活节前三天是狂欢季的传统一直保持到几年以前。在这期间，伦敦散漫的和不光彩的部分像泛滥的泰晤士河一样涌入街道，污浊如这座大都市浑浊的垃圾，肮脏的污染物和可能会在郊区发现的乡村纯洁，如果尚存一点的话，满溢其中。这场欢宴被称作格林尼治集市，我很幸运可以目睹这自古传承下来的最后狂欢。

如果我曾想到自己要带着笔记本和铅笔，穿过这个集市，把所有显著的物体都草草记下来，我不会怀疑，记录下来的可能是英格兰生活的缩影。它和罗马狂欢节的描述一样典型，一样值得历史保留。由于疏忽，我没有这样做，我只记得穿着肮脏破旧的人们的混乱，其中混杂着一些比较聪明的人物。但是，总体来说，它展现的是一个无纪律的集市面貌。我们在自己的国家里从来没有见过这种面貌。这叫我明白了为什么莎士比亚谈到一群人时，总是提到恶名声的特性。英格兰普通人，我恐怕，连像洗涤槽一样的日常必需品都不熟悉，更别提浴盆了。而且我们和他们之间有一个巨大的区别：在海的另一岸，我们的男男女女都有工作制服和假日休闲服，有时候这些服装像玫瑰一样鲜艳。但是，在这个古老的发达国家，劳工的污秽或肮脏的习惯紧贴着每个人，还逐渐成为个人存在的一部分。这些是普遍的事实，包括重大的推论和相关性。如果你停下来思考一下，世界上真的很少有比在节日中穿着破烂外套或肮脏睡袍更悲哀的场景了。

散发着难闻气味的人群异常稠密，好像被焊接起来一样，我们奋力开路穿过街道。街道两边有牡蛎摊、柑橘摊（英格兰非常盛行的水果，他们把已枯萎的柑橘煮沸，伪装成新鲜的水果）和盖着帆布的货摊。货摊里最吸引眼球的商品是镀金的姜饼。姜饼完全被荷兰式镀金包裹在内，我起初没有认出这位老朋友。但是，我想知道那些金色的皇冠和影像是什么样的。同样，还有小孩玩的小鼓和其他玩具以及各式各样显眼却不值钱的物品，这些物品是针对稍大一点的孩子的。在这样一群乌合之众中,谁会有天真的品位,渴望得到这些玩具或者花钱去买它们呢,这让我感到很困惑。这并不是说我有权根据自己的知识,去断定这群乌合之众一定不如一群穿着干净漂亮的人天真。因为,虽然他们其中一人偷了我的手帕,但是在这种情形下,我只把它当作集市游戏,我很感激这位小偷放过了我的钱包。他们安静、文明,脾气也好,大大地弥补了大英民族的粗鲁特性。这里没有暴乱,也没有人群来回晃动的骚乱,就像我常常注意到的美国人群一样。除了时常爆发的笑声、嘶哑声和尖叫声以及广泛传播的含糊低语声以外,这里没有什么其他噪声。这些声音与伦敦桥桥拱下潮水的隆隆声极其相似。刺耳的、令人愤怒的咯咯声,无论远近,无处不在,这让我感到非常困惑。有时候,这种声音就来自我自己的背上,听起来就像我的英格兰外套的结实织物被无情地撕裂成了两半。在整个集市上,很显然,每个人的衣服都以同样的方式正在被撕成碎片。不久,我发现了这奇怪的噪声是由一个小小的器械发出的。这种器械被称作集市娱乐——发出一种咯咯的声音。器械由一个木头轮子组成,轮子上的轮齿抵在一个薄木片上,与人的背部轻快地摩擦时,才产生这种令人焦躁的声音。女士们在她们男性朋友的背部拽拉器械,发出咯咯的声音(在格林尼治集市,每个人都被认为是朋友),作为回敬,年轻男士们也在女士们英格兰典型的宽大的背上拽拉。古老的习俗将这一切联结,人们都欣然同意这种玩笑并感到愉快。由于报告这样的机械发明装置,是我其中一个公务,因为我自己的国家可能还不知道这种装置,我认为有必要详细地描述一下集市娱乐。

但是,这远不是唯一的娱乐活动。这里还有许多戏剧台,台前是演出场景的绘画作品。时不时,一名鼓手出现在其中一个戏剧台上,重重地敲打一个非常松的鼓。他的后面跟着全部的剧中人物。他们把自己排列在剧场前面的一个木头平台上。他们穿着戏服，但是戏服非常破旧——肮脏、皱巴巴的白色紧身衣，磨破的天鹅绒棉，褶皱的丝织品和压碎的棉布。因此，在光天化日下进行了一长串演出后，他们脸上和服装上所有的光彩和荣耀都消失殆尽。他们一起唱了一首歌，然后退回到戏院里，公众便被吸引到那里，只需买一张一便士的票就行了。在此之前，另一个展台上站着一对强壮的拳击手。他们正在展示肌肉，并为高贵的英国艺术拳击表演赛招揽顾客。这里有巨人、怪物以及古怪野兽的照片，大多数无疑都庞大得令人惊叹，值得所有人崇拜，除非艺术家已经远远超越了他的题材。变戏法者大声宣布他们准备上演的奇迹。杂技演员把他们身体上的每个关节都弄脱臼，并把他们的四肢绑成死结。无论他们在哪儿，只要能找到可以在地面上铺一小块方形地毯的空地，都会这样表演。在混乱的人群中，尽管每个人都踩在旁边人的脚指头上，一些小男孩却热切期望为你擦靴子。这些小男孩，我相信，是现代社会的产物——至少不会比盖伊时期更早，他在他的《琐事》中庆祝他们的诞生。但是，在其他大多数方面，这场景让我想起了班扬[①]对名利场[②]的描述——这里的朝圣者正年轻气盛，也并不是完全不可能成为一名寻欢作乐者。

虽然看到这么多的便携式体重称量器似乎很奇怪，但是，我很快就把它归为英格兰的一个特征。称量器的所有者大声叫喊着，持续而全力：来吧，称一下你的体重！来吧，来吧，称一下你今天的体重！来吧，称一下你的体重！一大批人，大多数是大块头，被这喧嚷打动了，坐到了称量器上。我不知道他们是否以自己的肌肉来自我估量，并通过秤

① 班扬（1628—1688）：英国著名作家、布道家。出生于英格兰东部区域贝德福德郡的贝德福德。（译注）

② 名利场：班扬的小说《天路历程》中一个虚拟的地方。（译注）

上的磅①数来估算他们的社会地位。但是,我要把它记录下来,当作一个民族怪癖和象征,象征着世俗因素比精神因素更加普遍。英格兰人一心想知道他们有多么结实、多么笨重。

总体来说,由于喜爱黑面包、牛肚和香肠的生活以及更好吃的美食和佳肴,我很享受这个场景。一看见一位粗鲁年老的格林尼治领取养老金的人员,我就觉得很有趣。他忘记了他年轻时作为水手,也嬉戏过,冷酷地、不以为然地站在那里,看着所有这些浮华。我们挤出一条路,穿过这座人满为患的城镇,来到公园。在这里,我们同样遇见了许多嬉戏作乐之人。但是,这里比街道有更自由的空间供他们嬉戏。我们很快发现自己成了橘子炮击的对象(大多数的橘子都腐烂了),这些橘子从附近小山丘的有利地形扔出,在我们耳边呼啸而过,有时候重重地打在我们神圣的身体上,没有丝毫弹性。这是这个时期特许的自由,除了用橘子回敬以外,绝不会遭到怨恨。许多人手牵手,正在赛跑,冲下斜坡,尤其是从山顶上最陡峭的斜坡上冲下来。山顶上竖立着世界中心天文台。这些人通常是男女搭档(就像生命的赛跑一样),在到达山脚之前,经常一起摔跤。在这附近,我们被两位年轻的女孩纠缠烦扰。最大的女孩不超过十三岁,她一直戏弄我们买火柴。在发现她们的商品没有市场时,较高的那位女孩突然在我们面前翻了个筋斗,让我们站着的山丘完完全全颠倒了。然后,这位乱七八糟的邋遢女孩爬上斜坡,又向我们卖火柴,一副端庄的样子,好像从没打破平衡翻筋斗一样。由于担心她重复表演翻筋斗,我们给了她六便士,并警告了她,然后享受着没有她表演的时光。

我在这里或者其他地方看到的最古怪的消遣其实是一种古老的、世代相传的娱乐活动,叫作圆环中的亲吻。我要描述一下我看到的这项娱乐活动。虽然一位英格兰朋友向我保证他们会用手帕,作为某种客套，这让这项活动变得更高雅优美。的确，一张手帕！但是，人群中并没有这样的东西，除了那张刚从我口袋里窃走的手帕以外。这是最简单的游戏之一，只需要少量练习，甚至不需要练习，就可以让参与者完全熟练掌握。游戏规则是这样的：一个圆环（照目前的这个情况，圆环很大，上面镶嵌着许多脸面，大多数脸面都在咧着嘴笑）组成了一个中心。一名大胆的小伙儿走进这个中心，然后，环顾这个圆圈，挑选任何可能最吸引他眼球的姑娘。他伸出他的手（她一定要接受），带着她来到中心，在她的嘴唇上亲一下，然后退回到之前的圆圈中。接着轮到姑娘了，她向幸运的青年男子抛出赞许的眼光，用她的手牵着他走上前，献给他一个少女之吻，让他高兴。然后，她又退回到圆圈里，在一张张傻笑的脸中，掩饰自己的脸红（如果她真有害羞的话）。这时，其他姑娘都预先摆出了众多干净的嘴唇，那位受宠的小伙儿立即选择最漂亮、最丰满的一个，把刚才姑娘的亲吻问候传递到上面。游戏照着这个规则继续进行，直到所有喜庆的人群都缠绕在一起，形成一个环状的、解不开的吻链。然而，的确会有几只孤苦伶仃的嘴唇被遗弃。他们为了获胜抛弃了那么多雅致的矜持，结果却永远也体会不到亲吻问候的快乐，想到这点我就感到一阵强烈的同情。小伙子们若是有点骑士精神，圆圈中相貌最普通的姑娘也还是有机会被亲吻的。

但是，老实说，以我一个美国人的眼光，一看便知她们都一样其貌不扬。我也不得不承认，我刚说的骑士精神，在我一生中的任何时期，我都没能做到。她们看上去都像乡村姑娘，有着强壮健全的外貌，红润而粗糙的双颊像卷心菜似的。我猜她们一定有着坚定的道德原则，再多粗暴地使用，也不会使其受到太多的损伤。但是，美国苗条的小姑娘是多么不一样啊！最重要的是，我渴望谦恭有礼。但是，必须把赤裸裸的事实真相讲出来，英格兰的土壤和气候很难养育出女性之美，就像他们很难生产出清甜可口的水果一样。虽然这二者的极好典范可以遇到,但是,他们都是文雅社会里温室中的改良品。并且,他们都极易堕落为粗劣的原始混合物。男人有男子气概,但是女人却不漂亮,虽然典型的英国女性很适合男性。回到格林尼治集市的小姑娘的话题上,她们没有什么魅力,她们的行为可能并不完全值得称赞。但是,不可能感觉不到她们天真意图中的信仰程度。带着一种半害羞的风味和完全的朴素,她们才得以继续进行这个游戏。这让观众可以带着愉快的心情看着她们,因为就她们把嘴唇让给陌生人的方式而言,这里仍然具有古老田园生活里的东西——古时无忧无虑的自由,就好像世界上没有邪恶和不洁。至于这些青年男子,他们主要是伦敦生活中庸俗沉积物的典范。他们经常表现出不体面的文雅、喧嚣、苍白,还穿着未洗过的外套、未更换的亚麻衣,带着昨日未洗之脸以及昨晚杜松子酒馆里酒宴上的野性。从这些标志中总结了他们的特征,我想知道他们的集市搭档,在经历了圆环中的亲吻,并建立了一种危险的亲密关系后,是否会有这种合理的前景:她们仍会带着和来集市时同样多的天真(无论它的数量和质量如何)回到她们的乡村家园。

在这个集市上,广阔的城市开始和乡村地区建立亲密关系。集市产生的各种混乱,终于导致了镇压。这就是它最后的庆典,几百年来的欢乐到此结束。我可怜的概述,像它的颜色一样暗淡,可能在读者的眼里还有些许价值,因为考虑到将来没有观察者有机会给出一个更好的概述。但是,刚刚描述的这些古怪的娱乐活动、任何道德恶作剧以及其他可能促进发展的风俗习惯,竟然会导致格林尼治集市的瓦解,我很难相信。因为通常对于我来说,有社会地位、受人尊敬的英格兰人,除非性格异常仁慈,否则是既不相信下层社会的女同胞有任何女性纯洁,也丝毫不会在乎这点的,只是允许它的合理存在。阶级差别非常显著，英格兰村舍中姑娘的地位和我们国家南方诸州的黑人女孩的地位有点相似。因此，这不可避免地损害了那些男性自己的道德状况。他们忘记了，谦卑的女性有权利和义务保持自己的尊严，和高高在上的女性的尊严一样。这数页的文字不能很好地讨论这个话题。但是，我把它提出来，作为一个重大看法。就我的观察而言，如今的英格兰是汤姆·琼斯和约瑟夫·安德鲁斯[①]时期以及汉弗莱·克林克和罗德里克·莱顿时期[②]寡廉鲜耻的老英格兰。就一名直率的青年而言，正如他们认为的那样，我们这个高雅时代，就像那个讲话更坦率的时代一样。这个奇怪的民族对任何不自然的纯洁和特别的拘谨都保持着某种蔑视的态度。在男性性格里，他们似乎把它看作一种可疑现象。

然而，我绝不是主观臆断英格兰的道德品行，在这里提到的阶段，真的比我们美国的道德更差。我确实这样希望，因为摆出一个更高的架子，或不管怎样，更加谨慎地隐藏任何差错，我们都比他们做得更好，或必然做得更糟。他们公开声明，承认不道德，让我印象深刻。这有助于把弊病抛到表面上来，这样可以更有效地处理它。让一个神圣的内心不被完全亵渎，不用冒着让他们全部堕落的风险，把它的毒药再放回到这个人物的精神活力中。尽管如此，和我们相比，这些英格兰人肯定是一个更坦率、更朴素的民族，无论是贵族还是农民。他们把这些高尚的、有男子气概的品质归功于他们大自然生产的更粗糙的谷物。而

① 汤姆·琼斯和约瑟夫·安德鲁斯：指的是英国小说家亨利·菲尔丁的两部作品中的主人公。《约瑟夫·安德鲁斯传》以幽默笔调揭露社会的不平等现象。代表作《汤姆·琼斯》通过一个弃儿的身世，讽刺和抨击当时贵族资产阶级社会的庸俗、虚伪和道德败坏。（译注）

② 汉弗莱·克林克和罗德里克·莱顿：指的是苏格兰作家托拜厄斯·乔治·斯摩莱特的两部作品《罗德里克·莱顿历险记》和《汉弗莱·克林克历险记》中的主人公。（译注）

我们具有更优良的谷物,最终必定会获得他们不受影响的大理石般的高雅。但是,如果我们能够把这当作对我们的补偿(我把它留下来考虑一下),那么,我相信这可能是真实的。

10

泰晤士
河上

在上篇文章中，我流连忘返的地方就是格林尼治高地。这是个风景秀丽、充满欢乐的老城。老城有什么特色，我已记不清了。朝着泰晤士河方向顺流而下，你会看到沿途的街道渐趋破败，破陋凹陷的房屋密集地挨着。屋子上挂着啤酒店和饭馆的招牌，招牌上都特别标示着提供小银鱼及其他上等鱼饵。在招牌的背面，你通常还可以看到"花园"字样的通告。尽管人们以外围界线来估计这片地的容量，但是这块极乐胜地散发出的丛林魅惑和神秘隐居气息仅来自于一片小小的后园。这里廉价的餐饮和娱乐行业的发展离不开无数从伦敦大桥来的寻欢作乐者。他们花上几便士，乘船而至，以人均一先令的价格美餐一顿，绝不亚于上层绅士用一基尼的钱在航船酒店上享用的一餐。

泰晤士河上，汽船来来往往，煤烟袅袅。这几乎是到达伦敦的最佳方式。至少，坐汽船可以是至尊的享受，除却一些个美中不足，比如：无数的煤烟颗粒从烟囱中排出，飘浮在空中；逢上仲夏，烈日炎炎，露天甲板上浓浓的暑气袭来；再如阴天时，寒气逼人，雾霭连连；还有那捣蛋的阵雨，随时落到你头上，才不管之前的天气预兆如何。除此之外，熙熙攘攘、络绎不绝的乘客，也造成小小的不便。在船上你很难有立足之地，甚至呼吸都困难，想找个地方坐下就更不可能了。除去这些不便,你的口袋还可能被扒。要是你对这些都无所谓,那这条令人难忘的河沿岸的全景,河上流动的生活中发生的故事、上演的小插曲,都使汽船旅行远胜于简短快捷却枯燥无味的火车旅行了。在一次汽船之旅中,几艘单人赛艇忽然从我们身边飞驰而过。那是一场正在进行的激动人心的划船比赛,刹那间,船上的每个人都被吸引住了。这壮观的场面在我们视野中仅停留了片刻,我们看到的也只不过是几只轻快的小艇,每只小艇上坐着一个赛艇运动员,赤着胳膊,衣着单薄,只一件衬衣衬裤而已。只见那赛艇运动员面色苍白,神情紧张,伸展开每一块肌肉,牢牢地抓住船桨,娴熟地划动,小船掠过水面,轻盈如空中飞燕。这点小把戏看似没有任何崇高的竞技精神,却立即吸引了我,使我感到吃惊。然而,无论这场“战役”是什么性质,也不管赢家的奖品为何,它都能激起人们强烈的共鸣。看到一个人全神贯注,使出浑身解数,全力以赴,甚至为比赛心甘情愿赌上自己的灵魂,这样的罕见场面使人肃然起敬。格林尼治一年一度的“自由船夫”划船比赛,这已是第七十四届,在这一届上宣布了赞助人是市长大人和其他知名人士。我猜他们会出资买一艘船作为赢家的奖品, 表现欠佳者也会相应获得少许奖金。横穿一座大城市的河流,往往会为展示这座城市宏伟庄严的建筑提供特殊优势,然而泰晤士河畔,所谓的“桥下游”的景观,绝没有给人留下应有的深刻印象。事实上,它似乎剖开了伦敦的心脏,仅仅暴露了它已经腐烂破败到何种程度。林立于两岸的是你能想象到的最破旧、最黑暗、最丑陋的建筑。衰败的仓房,窗户已被堵死,码头也一片萧条。因此,若是对世上的大都市没多大了解,我定会以为这城市已经历了商业和金融预言家所预测的本世纪大萧条。泰晤士河水流浑浊,反射不出任何影像,只怀抱着无数肮脏的秘密,仿佛一个愧疚的良心,因源源不断注入的罪恶的溪流而肮脏不堪。因而,泰晤士河也不过是流经这座城市的一条阴暗河流罢了。说实话，河面上倒不乏活动，来往的成百上千的汽船荡起水波，不计其数的船只遍布水面。只是这些船只大多构造笨重，比不得我在墨西河[①]上看惯的那些。我得意地以为，这全是因为泰晤士河上美国快速帆船较少的缘故。不仅如此，这里美国改进的帆船也不是很普遍，老式的荷兰和英国的平底大货船仍旧存在。

大约在格林尼治和伦敦大桥之间，河的左岸，有一个简陋的靠岸处。汽船在这里鸣笛，并在一个巨大的圆形建筑前短暂停留。在这儿花点时间上岸是值得的。这个圆形建筑暗示着一个巨大的实践失误，这一失误若是由美国人犯下的，必会成为英国佬永远的笑料。但是，这是英国人自己犯下的错误，在挥霍钱财上，美国人跟英国人比，那真是小巫见大巫了。那圆形建筑位于泰晤士隧道的入口，有一个玻璃圆顶，阳光透过玻璃，直射到河道入口的深处。我们费力地走下几段楼梯，来到一扇关闭的门前。此刻，我们仍处在光天化日之下，然而打开门，一条狭长的拱廊便通往无尽的黑夜。现代玻璃已有了那么多的新用途，然而建筑师却想不到用它来覆盖这失败隧道的部分拱顶，真是可惜。那样一来，昏暗的泰晤士河便仿佛一朵云彩，在隧道上空漂浮而过，而河底隧道也就不会比伦敦地上街道阴暗很多了。现在，隧道每隔一段都设有喷气灯照明，不是很亮，却足够照亮顶棚和墙壁潮湿的泥灰及宽大的石子路。石子缝隙间渗出的水分，不是来自泰晤士河的河水，而是隐藏于地层深处的泉水。据预计，络绎不绝的步行者、骑马者以及各式各样的汽车会在隧道中翻滚回荡，因而建造了两条平行拱廊，中间仅一墙之隔，以分别容纳预计的两大人群。但是迄今为止，只开放了一条拱廊，只有寥寥的足音激起微弱的回声。

---

① 墨西河：英国利物浦的一条河流。（译注）

然而有人好像在这里生活,一年中或许有那么一两次,他们碰巧上岸,见到阳光,便会像猫头鹰般眨巴眼睛。据我估计,拱廊足有一英里长,两边有许多小凹室,里面有摊位和商店,主要由妇女经营。她们年龄都不小了,这点倒让我很宽慰。她们埋藏得比坟墓还深,当然会减损其恰到好处的英格兰女性之美。你接近时,她们老远就认出你的特征,因为她们早已习惯昏暗的汽灯。她们满心迫切地恳求你,缠你买她们的东西,并向你展示萤石盒子里的隧道景观,还在一端放一个放大镜,使图景效果更好。她们还会以六便士的低价向你推销劣质的首饰、闪亮的黄玉和炫目的翡翠;大如"光明之山"[①]的钻石价格也不高;还有各式各样在地面上的世界已不复存在,却出现在这个地狱般的集市上的小玩意儿。你可以幻想自己仍跻身活人之间,因为她们会劝你品尝蛋糕、糖果、生姜啤酒等小甜品,然而这些食品更对鬼魂虚幻的胃口,而不适合英国人实实在在的胃。最宽敞的商店里陈列了一幅幅白日世界里的城市和风景的透视画,阴森的气息萦绕其中,泛着微光,使得这些图画似乎可以很好地代表死去之人有生之年留存的阴暗、不满的回忆,这些回忆与他们虚幻存在的恐怖混为一体。我之所以在这些琐碎事物上着墨如此之多,且极尽嘲讽地对此加以强调是因为,如果这些都不重要的话,那么这整个精巧的发明、这项巨大的工程就全然失去了意义。英国人在他们伟大河流的河床下开挖隧道,使两三千吨重的航船在他们头顶驶过,这一切仅为了给几个老妇人提供新场所来卖蛋糕和生姜啤酒!

然而建筑的构想是极其宏大的。尽管工程耗费了大量的人力财力,年收入入不敷出,连防止地下水渗漏的资金都赚不回来,可以说是个彻头彻尾的败笔,但是我想只需要三四倍(或者,据我所知,有二十

① "光明之山":历史上著名的钻石,产自印度。(译注)

倍）高的支出就可以使这项工程变得非常成功。从河岸到河面有个很大的斜坡，而隧道在河床下挖得极深，因此，马夫和汽车为了能从入口进入，需要在河两岸和隧道之间走长长的一段路。因此，整个工程的大部分资金本应该花在两个边缘处。结果这工程却被彻底搞砸了。多年以后，当新西兰人在伦敦大桥的废墟间充分地说教时，会想到一个奇迹般的隧道就在附近，对他们来说，这条隧道正如巴比伦的空中花园般不可置信。泰晤士河那时或许早已冲破巨大的拱廊，河流的泥沙和拱廊本身的大石块，混杂着溺死者的骸骨、沉船的锈铁以及河流常常掩埋的珍稀宝贝，会将通道堵住，隧道入口也将消失。二十代人之后整个遗址也将被遗忘，周围地区将被视为疟疾肆虐的危险之地。因而，旅行者也将肤浅而草率地探索一下那个古老奇迹的踪迹，并在公众面前赌上自己的名誉，在当天的《太平洋月报》上声称，隧道只是个传说，尽管之后他还会继续探索其丰富的精神深度。

然而眼睁睁地看着如此多富丽堂皇的巧妙设计付诸东流，不在这不幸结局中发掘一些用处，即便是与最初构思大相径庭的用处，是不可能的，至少对一个美国北方佬来说是如此。以前这个几英尺长的长廊中不可计数的凹室可能被用作一个个地牢，这可能是政治犯最合适不过的容身之地了。废黜的国王及失意的政治家，能得到这样一个既宽敞，又与世间的嘲弄完全隔绝，而且与他们之后暗淡的命运如此匹配的住处，也没什么可以抱怨的了。这儿的一间凹室，比起伦敦塔里与房间相通的黑暗藏身处，可能更适合沃尔特·雷利爵士[①]。雷利爵士曾

① 沃尔特·雷利爵士（1552—1618）：英国伊丽莎白时代著名的冒险家、作家、诗人、军人和政治家。他未经女王的允许，与女王的侍女秘密结婚，女王因此将他投进了伦敦塔。在伦敦塔幽禁期间，他编纂了《世界史》一书。（译注）

在塔中来回踱步,构思他的《世界史》。在这些凹室中,他的足迹可能笔直狭窄,也确实如此,因而可能稍微缺少思考所需的自由空间。然而他脚步前前后后徘徊的踪迹,一定程度上,使他的肢体运动与他行星轨迹般循环的、雄伟的思想曲线和谐一致。脑中有世界史要构思,我想这里对他来说是最好不过的隐居地了:与世间男女的所有诱惑隔绝,远离那些尔虞我诈与钩心斗角,深入事物的中心,以饱经风霜的阅历全面地审度、证实历史的记载,洞察人性的秘密——那些光天化日之下,凡人永远无法揭晓的秘密,在连续的孤独与黑夜中,被他那万无一失的眼睛侦测出用意和图谋。然后那些先贤的魂灵可能从更深处出现,与他共处在昏暗的长廊中,以古老威严的神态在他身边踱步,以忧郁的语调同他谈话,声音洪亮却总是充满忧郁地向他讲述他们那些没能圆满完成的著名行动背后的高明想法和意旨。那些后人眼中的辉煌成就,在这些策划者眼中不过是失败一场。雷利是个航海家,因而诺亚会向他解说诺亚方舟之所以如此适航的特殊构造;雷利是个政治家,因而摩西会同他讨论法律和政治原则;雷利是个军人,因而恺撒和汉尼拔[①]会在他面前辩论,把这位军事学员作为裁判;雷利又是个诗人,因而大卫王[②],或任何他能召集到的著名诗人,会抚摸他的竖琴,以歌唱和音乐微妙的灵性来呈现过去的真实意义。

然而,我忘记了沃尔特·雷利爵士生活的那个世纪对气灯这玩意儿一无所知。隧道需要用蜡烛照明,即便是要看清一个小鬼,也需要足够多的蜡烛来照明,花费巨大,堪称浪费。考虑到这点,这地方可能更

① 汉尼拔:北非迦太基著名将领、军事家,曾在与古罗马的“布匿战争”中做将领。(译注)

② 大卫王:《圣经·旧约》中以色列著名帝王,以弹一手好竖琴闻名。(译注)

适合囚禁玄学家，在这里他那神秘的玄思就不会蛊惑人心了。在这黑暗的长廊中，与外界断绝联系，他便能充分探索人类智慧的深邃之处和神秘蹊径了，而这早已是他习惯为之的事。但是在这之后的每代人，怎么会甘心他们的改革者，尤其是当时恰好健在的最优秀、最智慧的人，住在这样一个监禁之地？他们想烧毁整个社会体系，佯称要净化其受到的一切凌辱！让他把这些都带进隧道，若有能耐，就先把泰晤士河放火烧了吧！

这些若不确切，那与此类似的，是当我在河下行走时脑中萦绕的一些幻想：这建设失败的隧道，在地面上没有踪迹，更没有任何坚实的现实根基，这让人联想到散漫和不牢靠的东西。要是我当初可以看到几年后，我定会感到遗憾，美国的事业部门怎么就没在哈得孙河或波拖马可河[①]下面修建同样的隧道，在艰难时期为国家政府提供便利呢？在黑暗中，为了我们的和平统一，要与国家和秩序的所有敌人速战速决，并把他们囚禁在这儿，让他们听着头顶上滚滚河流单调的声音，或者奇迹般地仍保持不息的活力。直到数月后、数年后或数个世纪后，骚乱完全结束，反对派随血水被冲走（没有血流的冲刷，混乱是不会结束的），正义派在血水浸润过的泥土里牢牢扎根，直到这时，他们才可能再次爬上地面，看一眼他们的国家，自觉配不上如此美好的一片土地，于是死去。

刚刚提到的那些讨厌的人恐怕还要在这里度过漫长的日子，比起他们，我在底下逗留的时间要短得多。当阳光再次打到脸上时，我一点也不感到遗憾。从泰晤士河萨里[②]一边上岸，我来到了海斯港，经常读

---

① 波拖马可河：美国东部重要河流，流经首都华盛顿。（译注）

② 萨里：英格兰东南部郡，位于伦敦西南，滨泰晤士河。（译注）

航海冒险记的读者对这个地方应该不陌生。隧道出口处有个轮渡码头,我以一种原始的渡河方式,即乘坐无顶小船再次穿过河道。风击打着海浪,加上来往的汽船激起的波涛,使我们本来就弱不禁风的小船上下猛烈地摇晃,这可把一位老妇人给吓坏了。她是这船上除了我之外唯一的乘客,船夫们试着安慰她。“别怕,大妈!”他们中的一个小声说道,“我们尽力为你把河面整平。我们去拿个刨子,把浪头刨平哈!”这个玩笑可能听上去“笑”果不佳,但因为泰晤士河曾一度以古老粗俗的“水上笑话”闻名,而这是我听到的唯一一例,所以我冒险把它记录了下来。沿着下沉隧道的路线直行,我们到达了瓦平①。在我的预想中,这是世界上涂柏油和沥青最多的地方,这里聚集了许多经验丰富的老水手,满溢着温暖、繁忙、粗野、平凡和欢乐的生活。然而,我没想到这里是个冰冷的、毫无生机的地方,建筑破旧,居民呆板。就我所见,居民中没有一个实实在在的水手,倒是有不少码头骗子,做着与海相关的投机倒把生意,半真不假地维持生计。麦芽酒和烈性酒酒窖应有尽有(小型酒业在英格兰很流行,他们佯装自己拥有巨大的酒窖,延伸至地面以上十平方英尺都装满了酒),还有卖苹果、橙子和牡蛎的商贩、鱼贩子和屠夫的小摊,还有服装店,店门前飘荡着蓝色夹克和帆布裤子。一切都是最低等的,这里简直破败得不可救药。离开伦敦这一偏远地区,我往市中心悠然漫步而去。沿途街道开始只有星星点点的行人车辆,渐渐越来越多的步行者、马车、出租车以及无处不在的公共汽车挤满街道,水泄不通。然而我勇气不足,感觉缺乏恒心写下去,因为即使最耐心的读者也会没有耐心卒读关于漫步整个伦敦街道的详细描述。更主要的原因是,还没等我们到达半途的休息地查令十字街,出版商

① 瓦平:泰晤士河边小镇。(译注)

就有一整部书卷要出版了。便捷起见，我们登上另一艘过往的汽船，继续泰晤士河上的旅程。

接下来值得一提的是一组古建筑群，有古城墙、城垛和塔楼。一座巨型方形塔从中突起，淡灰色线条中镶嵌着白色的石块，塔顶两端分别有一个小小的塔楼。这个中心建筑就是白塔，连同整个堡垒环圈及圈围中的所有建筑，构成了英国历史上著名的伦敦塔，英国诗歌中广泛、形象地再现了其辉煌风貌。一堆河筏子通常停泊在塔前。要是我们在适当的时刻，仔细地观察一下壁垒的底部，便会发现一个拱形的水路入口，入口的一半浸入水中。泰晤士河由此漠然流过，仿佛这是城市里的一个狗窝入口。然而，这其实是"叛徒之门"——一个忧伤的凯旋通道（现在大概已经关闭，永久封锁了吧）。无数显贵要人从此门入塔，作为他们去西天路上短暂的栖息地。数次经过这里，我发现除了我，几乎没人去注意这个阴暗不祥的陷阱门。还好有美国的存在，至少因为它漂泊的子民对英国的历史建筑如此动情，这般情谊显然是英国国民所无法企及的。这些东西太熟悉、太真实，完完全全地内化于日常物品和生活琐事中，混杂一通，因而很难在他们的意识中激起想象的色彩。即使他们的诗人和小说家也觉得，企图从这些东西中提取诗意的素材是白费功夫，或者说几乎是妄想。然而对一个美国人来说，这些东西本身就充满了诗意。英国人对伦敦塔无动于衷，而对我们美国人来说，那却是一个魂牵梦萦的城堡。已故的G.P.R.詹姆斯[①]先生是位诚实且优秀的绅士，人们可能想象得到，他通过端详这个建筑的每块旧石头，就可以提高自己精湛的手艺。他曾经向我证实，他这辈子从未看过伦敦塔，哪怕一眼也没有，尽管他成为伦敦的

① G.P.R.詹姆斯（约1801—1860）：英国19世纪小说家。（译注）

历史小说家已经好多年了。

用不了一天的航程,我们将到达伦敦大桥。在那里,我们会换乘另一艘汽船,沿河而上,航行一段更远的水道。然而这里的标志性建筑飞速变换,层出不穷,使我无暇描述,因而对大圆顶这样的建筑也只能挤出一句话来:我认为在昏暗背景下的大圆顶比湛蓝天空下的圣彼得教堂更别致。然而我不得不提一下我曾看到的一艘美丽的大游艇,因为我亲爱的同胞们对与英国王室有关的一切都很感兴趣。大船装饰宏伟,金碧辉煌,覆盖着华丽的篷布,停靠在圣保罗大教堂附近的码头。船上陈列着大英帝国的王室旗帜,周围装饰着许多各式各样的旗帜。许多侍者待侍一旁,他们的装扮成为当今英格兰一道最宏大亮丽的风景线。这些可是地道的王室侍者,身着大红色制服和白色丝质长袜,制服上装饰着俗艳的金边。我不晓得这是什么节庆或仪式性场合,才有如此盛况,虽然这可能仅仅是市长大人的一次城市公开亮相。然而这一盛况对我来说是很有价值的,因为它在我面前生动地展示了辉煌的昔日,那时的国王和贵族习惯性地把泰晤士河当成伦敦都市的主商业街,在河上举行豪华的列队游行。然而今天,那些风俗都已废除,能展现河上生活的只剩下许许多多烟渍重重的汽船了。大街上也经历着同样的变化,从前各式各样的马车,现已渐渐被出租车和公交车取代。因而生活的色调一代比一代单调,生活似乎抓住每个机会,剥去贵族阶级身上的金边,而使下层阶级变得更加体面。

远处是白衣修士区,也就是喧哗的老阿尔塞西区,现在跟伦敦其他区一样,也呈现出一派端庄景象。旁边是寺庙的大街和砖砌广场。那一闻名的花园靠近河畔,仍旧花草灌木丛生。当年约克和兰开斯特城的游击队员采摘下致命的玫瑰,把它们或苍白或血红的花瓣撒在英国的战场上,其中之一便来自这片花园。紧挨着花园,我们看到萨默塞特宫[①]白色尖长的正面，或是背面。在它的前面屹立着两座新建的国会大厦，一座尚未完工的巨塔残缺的塔顶隐匿于烟熏的顶篷。整座巨大笨重的建筑是现代建筑师能构造出的最好典范，精致地模仿简洁时代的建筑杰作，那时人们的建筑水平比他们自我感觉要高。在国会大厦一旁，我们看到神圣修道院的顶部及顶端诸塔。河对岸那座灰色古老的宏伟建筑是兰贝斯宫[②]，那是一组庄严的城堡和塔楼，主要以砖砌而成，但是至少有一座是巨大的石塔。旅途中，我们从六座桥的桥底穿过，从伦敦的黑暗心脏出来，很快将到达一个整洁的郊区。在我的记忆里，“泰晤士老人”从这儿开始呈现出未受污染的纯洁一面。现在，我们回头可以望见无数聚集一团的房顶，还有从房顶间挺拔而起的尖塔、楼塔、石柱以及至高无上的大圆顶。简而言之，我们回顾着这世界上最骄傲、人们如此渴望并热爱置身其中的城市的神秘。或许并不是因为它拥有许多绝妙宜人的东西，而是因为，世界上无论如何也没有比这更好的了。外部生活的精华都在于此，无论是精神上还是物质上的东西，我们若是感觉伦敦不够完美，那我们甭想在世上再寻找到更好的了，就此知足吧。

汽船在切尔西结束航程。这是个古镇，遍布着无数酒馆，还有一些著名的花园，叫“克雷蒙”，供公共娱乐。然而最引人注目的要数切尔西医院，我觉得它与格林尼治医院一样，都是由查理二世建造的（医院四方院中央竖立着这位帝王身着古罗马服饰的铜雕像）。这里被征用为英国军队的老弱士兵之家。医院为三层建筑，由黑色阴暗的砖砌成，带有石头镶边和饰面，高顶处有窗户，绝不给人恢宏的感觉（格林尼治医

① 萨默塞特宫：伦敦市中心一座华美异常的新古典主义宫殿，曾一直是税务局的总部，直到前几年才被改为展览馆并对游客开放。（译注）

② 兰贝斯宫：英国坎特伯雷大主教在伦敦南部的官邸。（译注）

院稍微有些不和谐的恢宏),却有着安静庄严的整洁。街前的两端各有一个宽敞开阔的大门,热情好客般地对外敞开。在大门口漫步时,我看到一些头发花白的老兵,身穿老式的红色长衣,头戴上个世纪的三角帽,偶尔也有人戴一顶现代鸭舌帽。他们走起路来几乎都迈着患风湿病似的步子,两三个还拖着木腿行走,失去手臂的人也随处可见。我向其中的一位不健全的英雄询问,问他外来人员能否入院参观,他真诚地答道:"可以啊,先生,随便看! 进去随便逛——上楼,或者随便哪儿都行!"于是我进去了,沿着方形庭院内部穿过,来到小教堂的门口。这个小教堂是临街建筑群的一部分。在这儿,我遇到了另一位退休老兵,这位老战士举止非常温和,有基督教徒的风度。他碰了碰他的三角帽,问我是否想去里面参观。我说好,于是他打开门,我们一同进去了。

小教堂里有一个拱形房顶的大厅,祭坛上方有一幅大型壁画,壁画上画的什么我也懒得去了解。教堂天花板四周插着很多旗杆,上面挂着灰尘满布的破旧旗帜。这长长的一排旗帜既是军事纪念品,又被用作宗教崇拜物,放在这里做装饰很合适。这些旗帜是在世界各地作战时得到的战利品,自詹姆士二世以来,大英巨狮与各国开战,从中虏获的所有旗帜都在这里。有法国的、荷兰的、东印度的、普鲁士的、俄罗斯的、中国的和美国的,统统收藏在此神圣之地,这些旗帜不是作为世界纷争结束的象征,而只是忧郁地低垂在过道上,平静而谦卑。是的,我刚刚在列举中说了"美国的",因为这位友好的退休老兵误以为我是英国人,在介绍时也没有落下在布莱登斯堡和华盛顿虏获的旗帜,我想他的口吻中透露出对胜利的强调。我想它们比起同样蒙受耻辱的同伴来,挂得更高,垂得更低。然而令人宽慰的是,由于尘埃满布、布条破烂,再加上飞蛾的慷慨筑巢,它们壮丽的图案早已漫漶难辨,或几乎如此吧。很快它们便会从旗杆处腐烂,变成难以分辨的碎片,从教堂门上被清扫出去。

让一个人在异国他乡看到自己国家的国旗放在一个耻辱的位置，会使他很好地认识到自己是多么不地道的世界主义者。然而事实上，一个民族最好摒弃对军事胜利的沾沾自喜之情，不仅因为这种敌意会使整个国家一直骚动不安，而且它还会持续不断地诱使后代追求一种常常是得不偿失的光荣。我衷心希望每个战利品可以粉碎消失，每份关于古往今来英雄的回忆与传统能够马上从所有人的记忆中永远消逝。当然，若是那些彪炳千古的名字的消逝，会使我们北方人失去什么很宝贵的东西，那我大概会有截然不同的感觉。

我把口袋里所有的、一笔可观的酬金给了那位老兵，来报答他不经意间激起了我的爱国情感(但恐怕其中也有点真感情的)。他是位面容和善、和蔼可亲的老人，谦逊直率、举止温和，与他交谈很愉快。不知为何，老兵似乎比老水手更平易近人。在老水手最圆滑的、礼貌客气的表面下，人们往往会听到一声怒吼。而这位温和的老兵，以儒雅可敬的面容，用他那平和的声音向我讲述当年的滑铁卢战役。在此战役中，他自始至终奋战在一座大炮台上，并毫发无伤地脱了身。现在他在医院中待了四五年了，虽已结婚，却不得不承受与妻子的分居之苦，因为妻子住在医院外面。当我问及他的退休战友们是否过得舒适幸福时，他欣然答道："啊，是的，先生！"思忖了片刻，他又低声补充道，"有些人，您知道，在哪儿也住不惯。"我的确知道，我担心对于那些必然不舒适的人们，切尔西医院体系并没有提供外面的事物让他们思考，不仅缺乏对他们的健全关怀，也没有足够的有关他们自身职业和兴趣的规范，来舒缓生活的痛楚。但是我的老朋友，尽管在滑铁卢战役中，引爆了大炮导致大量流血，他却在医院过得很开心，现在或许是在天堂过得很开心了吧。

穿过贝特西桥,在切尔西附近,我记得我看到了远处水晶宫的一道光,远远地在午后的阳光下闪耀,仿佛海市蜃楼——一座偶然降落到地球上的空中城堡,转瞬即逝,就好像我们时不时看到的一个肥皂泡完好地落到地毯上一样——华而不实、转瞬即逝的东西注定要被飘过此地的第一片阴云压倒碾碎。我看着看着,它便消失了。我要不要为这巧妙的现代设计的消逝画一幅画呢?或者我该画点别的什么?伦敦及周边的一切都已被无数次描绘,却从未被转化为清晰易懂的图画。它是个“古老,古老的故事”,从未被讲述,也永远不会被讲述。在写这些回忆时,我一心想努力描绘出所有创造性的事实,这样读者脑海中就会形成一张张图画,当他们之后亲眼看到这些真实场景时,会感到无比熟悉。在描绘特定物体时,其他作家也并没有经常更成功地给我预言性的描绘。实际上,我觉得这类文学的主要乐趣和优势不在于它为没有旅行过的人们提供任何真实的信息,而在于它唤醒了已经人们的回忆,激起了他们感情的共鸣。因而在前几天,读塔克曼先生的《在英国的一月》时,我发现了别致的乐趣。这本书是一位有教养的美国人观察这个古老的国家,感受他在那儿寻觅的事物之后,抒发感情和表达思想的最佳范例。准确的轮廓概述没什么作用,尽管着色的事实可能多少有些成效。然而对那些有趣非凡的物体的印象及其引发的心态,如果人们能真实生动地记录,就会产生真正的效果,并且会进一步展现出真实的场景,尽管这道出了我们所见到的事物,但却比直接的描绘要好得多。抒发围绕其间的情感,却无法分析唤起它的咒语,这样你会在这个过程中获得这个事物的幻影。从以上的这些思考中,我得出了这样一个令人宽慰的推断:一个事物越悠久、越闻名,越会被作为描绘的对象。

一个周日下午,我穿过一个礼拜堂的侧门,门镶嵌在一面岁月染黑的墙上。我发现周围好多人聚集在一个耳堂和耳堂紧邻的正厅中。那是座巨大古老的建筑,条条柱子支撑起屋顶,路面由石子铺成,屋顶覆盖的范围和路面延伸的范围非常宽敞，足以容纳伦敦所有做礼拜者。屋顶是个非常广阔、高耸的凹面,人类肺力所能发出的可听见的祷告远远不能将其填满。耳堂里摆着排排橡木长椅,我找到一条长椅坐下,以我所了解的方式,加入了正在进行的神圣仪式。但是到了布道时,牧师的声音很微弱,他的思想也很渺小,在此时此地,这些都显得无关紧要了，牧师和我们所有人都置身于这场崇高的宗教仪式之中,它在我们身上和周围是可见的,在我们脚下是可感的。这座建筑本身就是对久已逝去的虔诚教徒的敬拜，以石质材料奇迹般地保存了下来,没有丢失丝毫的芬芳和热情。它是数世纪前,这些逝去的人们从肺腑倾泻出并唱响的一种圣歌。它恢宏而甜美,仁慈上帝已使它延长,以造福后世听众。因而我得出结论:对我个人来说,任由我的目光漫游于整座建筑,也比将目光和思维都禁锢在这些显然尚未受感化的凡人身上更好、更虔诚。他们正冒昧地在这里高声说话,却又丝毫没感觉到这是冒昧。

威斯敏斯特大教堂(我们跨入其中那一刻,读者无疑已经认出)的内部由很多褐色石头砌成。内部的一切,包括高耸的屋顶、挺拔成群的柱子、尖尖的拱顶,都好似在大整修中,破败之手所触碰到的所有地方都被铁架固定或被细心保护着。因而这里被监控了起来——作为一个古代圣洁之地,或是哥特建筑艺术的崇高典范,抑或是作为国家利益与骄傲的象征。不管怎样,人们期待它继续存在的岁月与其已经经历过的年代一般长,这种期待是不无道理的。感受它庄严的安静、持久的平静,观察它如此友善欢快地接纳今日的阳光是件甜蜜的事。阳光从巨大的窗子落入,洒在雕花的廊道和拱顶上。廊道和拱顶稍稍卸下它们古老的忧郁,来迎接阳光。阳光对古老的修道院、教堂和城堡似乎总是很友好,柔情地亲吻它们,尽管那柔情仍是可敬的亲密友好,但比起对现代建筑,可深情得多了。一方金光铺在正厅阴暗的道路上,穿过远处宏伟的西门。两扇折叠大门大开着,我们在古老信仰的庄严气氛的朦胧包裹下坐着,透过大门看到外面行人来来往往的图景。教堂横亘在我们与南边的耳堂中间,耳堂有绘图的玻璃窗,窗子最顶端是个迸射着多彩光芒的球体,上面画着一群圣人和天使,他们神圣的躯体形成一个光环,从中间的一个十字架迸射而出。这些窗子是现代的,但却将柔软特性与绚烂的光彩效果结合。透过柱子和拱顶,我看到建筑内远处的墙上几乎全部覆盖着大理石,饱经岁月,现已发黄。没有空白无字的厚石板,只有每个年代被认为最智慧、最勇敢的人的纪念碑。一些人只由墙上牌匾的题词为后世所纪念,一些人由浅浮雕,还有一些人(昔日著名的将军、上将,现已被遗忘)由呆板的、高耸可达侧廊顶的坟墓,或半遮着巨大的拱窗为后世所纪念。这些大理石山还与寓言故事、带翅膀的小号手以及戴长假发的古典人物有关。然而看这古老的教堂将所有这些荒唐之物融入它自身的宏伟壮阔中是很奇怪的,它甚至通过这些放在别处荒唐可笑之物来自我放大。我以为,这是哥特式崇高感的沐浴,使这些荒唐之物不必躲藏而威严尽失。这些上世纪的怪异纪念碑与老建筑师神圣构想中狞笑的面目有着相似的目的。

我收回在远处游离的目光(这是我第一次来威斯敏斯特大教堂,很高兴能将其一览无余),开始在耳堂中观察我身边的景物。紧挨着我手肘处的是坎宁[①]雕像的底座。在它旁边有个宏大的坟墓,宽大的墓碑上放着一位爵爷和夫人的全身大理石像,一块牌匾上写着他们的名

① 坎宁(1770—1827):英国杰出的外交家。(译注)

字——纽卡斯尔公爵和公爵夫人。这可是查理一世时代著名的公爵，公爵夫人也是个了不起的人物，向来以其诗歌和戏剧闻名于世。她是世家出身（她坟墓上的解说已经相当骄傲地向我们宣告了），她的所有兄弟都是勇士，所有姐妹都贞洁高尚。旁边的空地最近又新增了约翰·马尔科姆爵士[①]的雕像，崭新的大理石洁白如雪。再旁边是彼得·沃伦爵士[②]的壁碑和半身雕像。这位英国老少将圆墩墩的脸定会引起一个新英格兰[③]人的兴趣。因为他之所以赢得爵位，一举成名，而且死后在威斯敏斯特大教堂占得一座坟墓，并不是他自己的功劳（尽管他尽力佯装如此），而是我们殖民地先烈们，尤其是马萨诸塞州的勇士们的英勇气概和战争大业赢来的。曼斯菲尔德伯爵[④]像由一块巨型大理石块雕琢而成，他身着法官长袍，头戴假发，假发下是一张严峻的脸，坐在耳堂的另一面。他旁边的底座上立着一个象征司法正义的人物，手中拿着的并不是传统的杂货店用的天平，而是一对真正的杆秤。毫无疑问，这是一件古老而经典的工具。然而我猜测，在正义的法庭上只有鲍西亚[⑤]一位法官真正用上了它（在称量夏洛克[⑥]那一磅肉的时候）。皮特[⑦]和福克斯[⑧]也置身

① 约翰·马尔科姆爵士（1769—1833）：英国士兵、殖民地管理者、外交家、语言学家和历史学家。（译注）

② 彼得·沃伦爵士（1703—1752）：英国著名海军上将，在美国殖民地马萨诸塞州大肆发展了英国海军力量。（译注）

③ 新英格兰：美国东北部地区。（译注）

④ 曼斯菲尔德伯爵（1705—1793）：英国王座法院首席法官，是促成英国法律适应国家新开展的工业化、新兴的国家商业化和殖民关系需要的第一个法学家。（译注）

⑤ 鲍西亚：莎士比亚喜剧《威尼斯商人》中的人物。（译注）

⑥ 夏洛克：莎士比亚喜剧《威尼斯商人》中的人物。（译注）

⑦ 皮特（1759—1806）：与父同名，是英国历史上最年轻的首相，就职时只有24岁。因领导英国对抗法国而声名大噪。（译注）

⑧ 福克斯（1749—1806）：英国辉格党资深政治家，自18世纪末至19世纪初活跃于英国政坛，是皮特担任首相期间的主要对手。（译注）

于这些显贵当中。还有约翰·肯布尔[1],身着罗马长衣,站在不远处,然而奇怪的是,他已全然没有了有生之年的尊贵,据说他当年的尊贵如身裹披风。大概舞台上那转瞬即逝的威风与经久不朽的大理石及坟墓的庄严格格不入吧。然而,另一方面,几乎这里陈列的所有知名人物都多多少少掺入了雕刻家的艺术技巧。其实,在不失相似的前提下,使创作对象尽可能远远地高于日常生活是艺术家的金科玉律(除非艺术家的神来之手能将现实物体之前隐藏的尊贵显现出来)。若是反其道而行之,效果必是荒唐可笑的。威尔伯福斯[2]先生的雕像便是非常明显的例子。他的雕像让我感觉到,我貌似见过他本人,就坐在廊道的对面,只是没有颜色。

这位卓越人士坐在那里,一条细腿搭在膝上,一手拿着一本书,另一手的手指,我想是放在下颌下,或是置于鼻侧,或其他有类似效果的地方,仿佛陷入沉思。他面容极其丑陋,布满皱纹,稍稍偏向一侧,透着最狡黠的得意,在你面前闪烁,仿佛他正直视着你的眼睛,洞察到你有意无意间向他隐瞒的东西。他的面容是那般坚决,让你感到难以忍受的傲慢,思考自己与一个石像之间究竟有什么样的共同点,从而对其产生厌恶感。我敢说这雕像与威尔伯福斯先生本人甚相似,就如一粒豌豆和另一粒一样。你大概会想象在某个出其不意的时刻,威尔伯福斯先生还没来得及消除自己的皱纹,就看到了戈耳工[3]的头,被石化并

① 约翰·肯布尔(1727—1823):英国著名戏剧演员,生于戏剧世家,以出演莎士比亚戏剧闻名。(译注)

② 威尔伯福斯(1759—1833):18世纪末至19世纪初英国政治家、慈善家、废奴主义者。首相小威廉·皮特的密友。(译注)

③ 戈耳工:希腊神话中三个蛇发女妖之一,面貌丑陋可怕,任何人一见她们的眼睛即化为石头。(译注)

变白为白色大理石——不仅他的身体，连他的外衣和内衣，乃至衣服上的一个纽扣及最小的褶皱也被石化了。这一荒唐的结果表明，将经久不朽的大理石加之于渺小独特的个人（如在一座蜡像中可体现的）是多不和谐。雕塑家在其宽广宏大的构思中，应赋予一个伟人不朽的形象，这便会抹除其所有鄙薄的弱点。但是如果雕塑的原型与那宏大的构思难以相称，或是那原型无法摆起架势，那他是否能被塑造成大理石的不朽者似乎就是个问题了。说实话，英国人的脸面和身形不是很适合雕塑，不管那本人有多光鲜亮丽。

在描绘第一次参观威斯敏斯特大教堂时，我就用这种半开玩笑的批评方式是不太合适的。毕竟这是我从童年起便怀着无比崇敬的心情朝思暮想的地方。我那时参观过，现在重新回顾，怀着对其建筑者深深的感激，对最卑微人物善意的兴趣，好奇地看他们如何通过在这里累积尘土和记忆，来将渺小的自身奉献给雄伟的教堂。然而这一恢宏的建筑有一种特效，能使你在其正厅的屋顶下，如同置身在广大的苍穹下一般自由微笑。你若有笑出声的冲动，只要教堂管理人听不到拱廊间的回声，那就放声大笑吧。在一个普通教堂里，你要自我收敛，以防破坏那里的圣洁或礼仪。然而在这些温和的、真正友好的墙壁外，你绝不必保留性格中一丝一毫的老实和庄重。它们自身的庄重已恰到好处。因而感觉到许多纪念碑荒唐可笑并不会影响你对它们的总体印象。这些纪念碑纪念了许许多多几乎被遗忘的坟中人，这些人很少能从其后代中得到更好的恩惠了。你或许知道戈弗雷·克内勒爵士[①]毅然决然地拒绝葬在威斯敏斯特教堂，他说："傻瓜才葬在那儿。"然而，这

① 戈弗雷·克内勒爵士(1646—1723)：英国17世纪末到18世纪初著名宫廷肖像画家。(译注)

些奇异的大理石雕刻从毛石内墙的暗白色点点斑渍中突出,与建筑外墙上布满的簇簇青苔和常春藤一样自然生成。因为它们是每个朝代亲手写成的历史和传记记录,不可避免的错误是确实存在的,偶尔的荒唐也掩盖不了它的庄严。尽管你进入教堂只期待看到名人的坟墓,然而最后你定会不失满意地读到很多名字, 文学中的和历史中的都有。这些名字就算曾经拥有过人类的尊敬,现在也已经失去了。

愿逝者安息吧。你若是错过了你想找到的一两个名字,他们可能被漏掉了吧。其实只要数世纪以来的名人贤士选择将其尊贵雕像安置此地,并选择长眠此地,多一个或少一个名字,或教堂中有没有某个人的坟墓都无关紧要了。墙上的题字和图画充分地显示了过去的品位、风尚、礼仪、舆论、偏见、愚昧及智慧的更迭变迁,因此它们融合成为一个对逝去年代的纪念,这比任何个体墓志铭撰写者所写的都要真实。

仪式结束后,许多听众宁愿逗留于正厅或漫步在神秘的廊道中,因为世上没有什么比一个哥特式教堂更加迷人了。无论是巨大的明处,还是神秘的暗处,它都一步步诱使你走向其更深处的内心。透过正厅和高坛及唱经楼之间镂空的屏风, 我们可以看见一扇奇妙的窗子闪烁的微光。然而教会管理员却禁止我们进入教堂更神圣的深处。这些警惕的管理员一丝不苟地履行着职责 (因为他们不能从礼拜天的游客手中要到半分小费),挥舞着权杖,将我们赶往大门口,仿佛赶一群羊似的。我徜徉于一条廊道中,不经意间低头,发现脚下的石头刻有熟悉的感叹语:“啊,杰出的本·琼森①! ”于是我想起了有关肥壮的老本·琼森在这里的坟墓逸事。他的坟墓直立地面,我想不是因为他本人失礼,不情愿在这片尘埃中葬身,而是由于在沉睡的昔时权贵之间,一块立足之地是一个

① 本·琼森 (1572—1637):英格兰文艺复兴剧作家、诗人和演员。(译注)

诗人唯一可以合理得到的。想到这儿，我感到厌倦——要站住脚跟竟需要如此漫长的时间！要不是为了名誉，本·琼森先生完全可以在某个乡村墓地更加舒畅地伸展开身体。然而迄今为止，我猜想，英国社会的上层阶级对他们的文人怀有一种崇拜和蔑视参半的混杂情感吧。

另一天，事实上不止一天，我找到了“诗人角”。我看到一块木牌，上有一手指指示标，将游人指向一条通往教堂后方的小巷角落里的房子，那边是“诗人角”。“诗人角”入口在南边耳堂的东南端，在普通场合作为进入教堂唯一的自由通道。这并不是一个宽敞的拱门，而是一个狭窄低垂的小门。穿过此门，再推开里面一扇遮挡刺骨寒风的屏风，你便会发现自己置身于教堂一处阴暗的角落里，对面墙上光秃秃的诗人半身雕像紧盯着你。里面也不乏伟大的诗人——本·琼森就在门后；旁边是斯宾塞[①]的牌匾；巴特勒[②]的雕像也在耳堂的同一侧；紧挨着巴特勒的则是弥尔顿[③]的雕像。人们一眼便可认出他的半身雕像，因为它与他的一幅肖像画极相似，不过老了点，多了点皱纹，更伤感了些。半身像下面有一个银灰色的侧像勋章。一道昏暗的阳光透过高悬的窗户洒到这些半身像及许多其他大理石雕像上，使其泛黄，仿佛旧羊皮纸，覆盖着这里角落的三面墙，一直上升至路面以上。这里对我来说似曾相识。在此我可以卑微地与这里的栖息者亲密接触——不然我的生活该多么骇人、多么孤独啊，我感觉自己完全不是这儿的陌生人。与他们在一起很愉快，我身旁萦绕着一种和蔼的威严，混杂着和善与友好。更令

① 斯宾塞（1552—1599）：英国文艺复兴时期伟大诗人，代表作有长篇史诗《仙后》，田园诗集《牧人月历》，组诗《情诗小唱十四行诗集》《婚前曲》《祝婚曲》等。（译注）

② 巴特勒指威廉·巴特勒·叶芝（1865—1939）：爱尔兰著名诗人、剧作家和散文家，1923年度诺贝尔文学奖得主。（译注）

③ 弥尔顿（1608—1674）：英国诗人、政论家，民主斗士。他是清教徒文学的代表，一生都在为资产阶级民主运动而奋斗，代表作《失乐园》。（译注）

我高兴的是,看到他们如此多、如此和谐地聚集在一起,彼此赏识,彼此尊敬。无论世代相隔多远,无论有过什么私人恩怨,将他们生前远远地分离,此刻都融化和解。我从未对其他任何墓碑如此感兴趣,也从未被其他逝去名人的形象如此深深地感动。与其他凡人比,诗人的鬼魂是唯一在尸骨入土后存活下来的。他的鬼魂并不可怕,反而在生命中最寒冷的气氛中用他特有的温暖呵护着许许多多的心灵。还有什么名誉值得企求?或者,说得再直接点,还有什么不朽声名存在?我们根本不记得,也不在乎过去的任何事,除了诗人给我们带来的智慧上尊贵与崇高的领悟。伟人的魂灵是虚无的,他们只会在黑暗的舞台上进行短暂的表演后无益地离开,除非诗人将其富于创造的灵魂赋予他们,并给他们注入鲜活的生命,这种活力是他们活在躯壳中时从未向世人展示过的。因此,尽管他狡猾地自我伪装于盔甲中、官服中或是帝王的紫袍中,存活下来的都不是政治家、战士或君王,而是向来被蔑视的诗人。那些显贵们曾把自己的面包屑给诗人吃,他们现在拥有的全部正是他们欠诗人的——一个名声!

上面这段叙述中,我似乎进入了超越自身境界而驰骋想象的空间。然而我从"诗人角"进入小教堂时正是这种情绪。小教堂里有国王及伟人的墓冢,至今仍富丽恢宏,更甭说当初是多么不可思议了。那时大理石板和石柱锃亮一新,雕像上涂的色彩明亮鲜艳,神龛的镀金闪闪,阳光中仍掺杂着其丝丝缕缕的光芒,阳光本身却因陈年的灰尘而显出暗淡。在大教堂这一隐秘之地,我们所铭记人物的纪念碑并不多。忏悔者爱德华[1]的神龛值得一提,它一直作为宗教信仰而被保存,

---

① 忏悔者爱德华(1004—1066):英国盎格鲁-撒克逊王朝君主,因为对基督教信仰是无比的虔诚,被称作"忏悔者",或称"圣爱德华"。(译注)

它上面的灰尘曾贵如黄金。亨利五世在阿让库尔[①]作战时戴的头盔及配备的马鞍悬挂在他的坟墓之上，现在已成为重要的文物，或许这更多是得益于莎士比亚[②]，而不是他个人的取胜吧。名位向来是入住这里的通行证，然而即便是王室贵族的尘埃，也同地下的污泥一样低贱吧。我确实很高兴能回忆起一两个伟大技师的巨型雕像（不得不提一下这些雕塑，因为它们具备英国人的精神特征），它们为英格兰的物质福利做出了巨大的贡献。它们置身于被遗忘的诸多国王王后之间，随意地坐在大理石椅子上。另一方面，这些古老的纪念碑离奇别致、古色古香，是它们主要的价值所在。然而，艾迪生[③]葬身于这些权贵之间，并不是缘于他的文学声誉，而是他与贵族联姻，并成为一名国务秘书。他的墓碑上刻着几行铿锵有力的诗句，那是好友蒂克尔[④]为怀念他而写的，蒂克尔之所以为后世所铭记，也正是因为这几行诗。然而我不久前发现，这几行诗大部分是他从他之前一位不知名的蹩脚诗人那儿剽窃来的。

回到“诗人角”，我又注视着墙壁，想着我们以及后世不可或缺的热情友好该如何向诗人展现。尽管骚塞的半身像和坎贝尔[⑤]的全身像最近刚在此安身，其实这里几乎没有一点剩余的空间了。教堂充其量只有极少一部分空间给了诗人、文人、作曲家及其他出身高雅的艺术

---

① 阿让库尔：法国地名，1415年英军在亨利五世的率领下，在此地重创法国军队，是英法百年战争中著名的以少胜多的战役，为随后整个诺曼底征服奠定了基础。（译注）

② 莎士比亚基于英格兰亨利五世国王生平，于1599年创作了以“亨利五世”为名的著名历史剧，着重描写百年战争期间的阿让库尔战役。（译注）

③ 艾迪生指约瑟夫·艾迪生（1672—1719）：英国散文家、诗人、剧作家及政治家。（译注）

④ 蒂克尔（1685—1740）：英国诗人、政治家、是艾迪生的好友，曾翻译《伊利亚特》。（译注）

⑤ 坎贝尔(1901—1957)：英国诗人、讽刺作家。（译注）

世家。而其他行业的人即使闯入那个神圣小角落，也没觉得什么不妥。我觉得这些人在这里很舒适和谐,他们会回忆起他们有生之年受到的待遇,然后以冷眼相还,向权贵投去蔑视的目光。而这些权贵,不管在其他地方受到多大的礼遇,在这儿也不得不受这冷眼了。这恰如其分地表明了从前文学方面的显赫成就跟其他方面的成就相比,到底受到了世人多大的尊重与礼遇——艺术家只能待在宏大的教堂中光线昏暗的角落而已(即使这儿也不是他们个人的清静之地)。这里的墙壁隐藏在大理石的包裹层下，大理石碑都耗费在那些曾经赫赫有名,而今默默无闻的人身上。然而,为这点与世人争吵或许并不值得，因为我不得不承认，这儿不止一个的诗人仅凭其石碑而留名于世,并没有将这无感情的石头注入不朽的精神。对这些人,你不会问“他在哪儿”,而会问“他为什么在这儿”。依我看,所有能对人的内心世界产生影响的文人,包括英国文学刚形成时期的文人,可以有足够的活动空间,在乔叟[①]宽大水平的墓碑旁坐下,并将他们的卡斯塔利亚泉[②]一饮而尽。这些最神圣的诗人将此地神化,并将其光荣反射到他们同时代最卑微的人身上。但愿这些卑微的人已经摆脱了他们狡猾的性格中惯有的嫉妒和病态的敏感，发现他们曾一心想获得的身后名原来毫无价值(以神界货币算可能不足六便士)。人们设想一位死去的诗人躺在苍穹之外,吸入尘世赞誉的污浊空气,这对诗人来说可绝不是什么好奉承。

然而我们没法抹除这样一种想法:那些为我们留下不朽歌曲的人们,得知他们的歌曲在人类心中激起无穷的回响,定会非常欣慰;看到

---

① 乔叟(1343—1400):英国中世纪作家,著有《坎特伯雷故事集》等著作。(译注)
② 卡斯塔利亚泉:希腊帕纳塞斯山上的神泉,被称为诗歌灵感的源泉。(译注)

他们的名字炫示在威斯敏斯特教堂这样一个满载记忆的宝藏之地，也会非常喜悦，那是一种崇高的喜悦。有些人，无论如何，都是一些地道的、多愁善感的诗人（他们完全配得上这一殊荣），我确定他们的魂灵会在“诗人角”徘徊片刻，只为一睹他们同类中的典范。他们有一种强烈的自然渴望，与其说渴望赞誉，不如说渴望同情，他们凄凉多舛的一生中很难获得同情。这种饥渴的欲望可能通过多愁善感的情绪立马表现出来，那般纤柔，那么难以磨灭，甚至在坟墓以上一两步的距离就可以感觉到。比如说，如果李·亨特[①]在天有灵，得知他的雕像被置于许许多多他敬仰爱慕的老诗人中间，即使是现在，他也会很高兴。尽管根据英国人的评判，古往今来的作家没有一个不应该被安置在这里。然而李·亨特在这里是当之无愧的，若不是为他的诗歌（对其价值我不做估评，因为我从未读懂过），也要为他轻快的散文，那是他无韵的诗歌，他笔下神秘莫测的快乐，有如花草的生长，以生命的过程演绎轻柔的奇迹。正如所有柔情的作家一样，他的字里行间时而会透露出一丝矫情，但是下一刻，丰富旺盛的自然生命力便漫过，将其埋藏得不见踪影。我多少算是认识他（既然，感谢上帝，我邂逅过的英国名士去世后我都无权动笔，对尚健在的不敢冒昧），那就以描绘我与李·亨特的第一次会谈作为这篇散乱文章的结尾吧。

那时他住在哈默史密斯，住的是一间简陋破旧的小屋，周边的屋子都同样破旧。从屋内眺望出去，除了一条丑陋的乡村街道，根本没有任何风景。屋里屋外确实无一物能满足亨特先生对一个雅致环境的渴望。一位邋遢的女仆为我们开门，他本人站在门口，一个俊秀且德高望

① 李·亨特（1784—1859）：英国著名的散文家、评论家、诗人，浪漫主义代表作家之一。（译注）

重的老者形象,身着一件黑外套,扣子一直扣到下巴,身形高大瘦削,整个面容安详而不失活力,举止文雅有节,却毫不做作。他带我们进入他的小书房,或是客厅,没准是书房兼客厅——一间萧条的房间,墙上糊着破旧的壁纸,地上的地毯也破烂不堪,没有几本书,我记得没有图片,也没什么装饰,甚是窘迫。我在这些外部的瑕疵及装饰的缺失上花这么明显的笔墨,并不意味着在为所有著名人物特写时,这些都值得一提,而是由于李·亨特先生有着如此强烈的享受一切美好事物的天赋,而上天却没有赋予他这些美好,这种不公就像剥夺一个普通人充足的赖以生存的空气一般。所有淡淡的华丽,经过他个性的柔化,都将与他相得益彰。然而他并没有那份倔强的自尊,可以明明一丝不挂,偏要装作拥有华美的长袍。

我说过他是个俊秀的老人。说实话,我从未见到一张比这更姣好的脸,无论是就容貌还是表情而言。我也未曾见过一张脸如此完美地展现戏剧般的情感,却不掺一丝一毫的做作矫情。这一点使他的脸如孩子的脸一般。在门口我见他第一眼的时候,就发现他很老,长发花白,皱纹满布。总之那是一张年迈的老脸,尽管我知晓他的年龄,见到这张脸却让我感到意外,因为他在书中总是以年轻人的天真与活力与读者交谈。但是当他开始讲话,并越来越热切地谈话时,我不再感觉到他的年龄。他的脸上满溢着思想的活跃,年纪的昏暗阴影的确会时而盖过脸上的活力,变得暗淡无光,然而下一刻他的眼睛中便又焕发出青春的光彩。在此之前或从此之后,我都未见过如此美妙奇幻的变换。直到今天,仅凭回忆,我很难判定他真正固有的状态是什么——年轻还是年老。我也从未见过举止如此得体的英国人,温和而不圆滑,完全随意无拘束。和善细腻的性情都是自然而发,而没有依照教条,就算多多少少依了什么教条,那也是细腻微妙的,即使最细腻的洞察者也无法侦测到。

他的眼睛乌黑明亮，他愉悦的声音，配上富有画面感的语言，像一曲音乐。他似乎对身边人发生的事很有鉴赏力，尤其是在他恰巧与某人谈话时，他总能捕捉到那人心绪的变化。我感觉我对他的话的任何反应，或者我的任何情绪，无论如何短暂，都逃不过他的注意。然而这并非由于他刻意的警惕，而是因为他天赋的观察力是那般透彻细腻。我内心感情的储蓄池掠过的一丝微风，总会在他活动的脸上激起一丝涟漪，然后这涟漪似乎蔓延到他心里，形成同样的储蓄池。说实话，发现这点让我有点困惑。一定程度上，你不必麻烦说出自己的感觉，因为他已经知道你想说什么，或许他知道的比你想说的还要多。他的身体一直优雅地活动，然而不知为何却丝毫不破坏他的安静。他谈话的时候，双手总是紧张地交叉着，很多类似的举动都显示了一种细腻而快速的敏感，很快地感受到欢乐或痛苦，尽管我想两种感觉都不会很强烈。他从头到脚都没有英国人独有的特质，不管是道德上、才智上还是身体上。牛肉、麦芽酒、黑啤酒、白兰地或葡萄酒，他都一概不沾。他早年好像很勇猛强健，也曾想投身于自由党艰苦卓绝的人道斗争。我很难确定，这是否只是他想象中的世界在真实世界的一个映像。他绝不会给人露骨的打击，也不像是个能承受这种打击的人。我看到他没有身着战甲，却穿着最和平的长袍。然而，如果仅从我所见到的来下结论，我会感觉他主要的不足是缺乏勇气。尽管他绝不是个懦夫，但是他的性格中却无明显的好战和自卫倾向，除非他刻意将此加诸直觉。或许正因为这一点，英国人并没有很好地赏识他，使这样一位亲切温和的诗人很窘迫，直到晚年也殊荣无几。

我想李·亨特的平易近人及和平倾向并不是继承于其美国血统。至少，我想我们无法有说服力地将前一个品质称作一个民族性格，尽管后者或许是从他母亲那边的祖先继承来的——他们都是宾夕法尼亚州的教友会信徒。然而他的出众之处——细腻、敏感和优雅——却是此前从美国天才式培养的幸福典范中发展而来的,也是(尽管我有些不太情愿地说)我们未来才智进步后,可能变得非常普遍的优点。无论如何,他的容貌是彻底美国化的,而且是上好的,他的举止也一样,因为我们是世界上举止最好的民族,同样也是举止最差的民族。

李·亨特非常喜欢受赞扬。也就是说,他渴求认可如同花朵渴求阳光,或许赞誉给他带来的浓烈的色彩还会使他受益呢。我们冒昧表达了对他作品的看法(我努力深入良心来做评判,可那是深远的一段路,因而只好由与我欣然同行的一位女士和一个年轻女孩儿来发表看法),作为回应,他的脸闪着光,显得非常高兴,也不失那份绝对却微妙的坦诚,我欣赏他的正是这点。他说他无法向我们表达这种赞誉给他带来多大的快乐,说这种赞誉往往使他惊喜,因为他自己擦靴子,其他琐碎的事也亲自去做,因而从未意识到自己身上的闪光点。然后他笑了,他自己和身边的整个破旧的客厅都因这个笑容而美丽起来。当面表扬一个人往往是世界上最困难的事,然而李·亨特先生欣然优雅地接受了这番夸赞(把这当作是共鸣,而非庸俗的奉承),因而唯一的棘手之处就在于如何使此刻的赞誉成为永久的舆论。我们言谈间,一场暴风雨骤然而至,大雨如泻,电闪雷鸣,但是我希望,并很高兴地相信,这对李·亨特先生来说是晴朗的时刻。然而,他最爱听的并不是我的话,而是我那些女同事的。在这种圣地,女人是很好的使者。

他一生必定历经磨难,也满载享受,总是喜怒形于色,这样别人也更容易利用他。他生性乐观,快乐总是占上风。他的快乐是淡淡的,温和的、优雅的,却很少达到那种由权势而生成的极致典雅。美丽最青睐的还是强者。我想我见到李·亨特先生时，他大概比早年美丽得多吧，不管是容貌还是气质。我能想象得出，他年轻的时候在特定场合下会过分讲究。现在年高德重，多了几分庄严与优雅。我很高兴听他说，人们对他有最信心满满、最振奋人心的期待。

11

英国贫穷一瞥

住在英国的大城市，我常常避开繁华的大街（那儿的建筑、商店及熙熙攘攘的人群跟我在美国见过的没什么两样），而特意走入一些偏僻的地方，这些地方使我想起狄更斯笔下的污秽肮脏。在那里我看到了相对崭新的一个民族和一种生活方式，一幅阴暗的、幻影般的图景，简直不堪入目。然而，它却有着一种特别的趣味，丑陋中也散发着魅力。

世界到处都充斥着肮脏，这可以想象得到。自从夏娃偷吃禁果，地面上空便覆盖了一层肮脏的外壳，世间万物因此变得阴暗，肮脏便成了标志性的副产品。从这个不幸的时代以来，夏娃的儿女们便投身于一场绝望且徒劳的挣扎之中，他们挣扎着想要摆脱这肮脏。然而一条贫困的英国街道的肮脏，仿佛一头凶猛的怪兽，却是我们大西洋另一边的人民从未目睹的。它肆虐于自己的领地，并无法想象地蔓延到各处。我们美国享有得天独厚的优势：阳光照耀之地，空气清澈干爽，一切变得干净起来。我们身上的杂质也由此转化为转瞬即逝的尘土，下一阵风便可将其吹走。而在英国，冷湿的空气中潮湿、黏着性的煤尘黏附在各种表面，没有不断费力的擦拭是不得清洁的。城市烟雾弥漫，与掺杂着烟煤的黑色雪花充分混为一体。雪花盘桓上空，降落，落在人行道上和华美建筑物的正面,落在淑女雪白的纱衣上和绅士浆得笔挺的衣领上及衬衫胸部上,给像样点的街道也披上了一件半丧服。即使再有钱,也无法去除房屋上和指端的烟煤;至于贫穷的人,就只能束手无策地向这黑暗势力投降了。除了灾难性的环境、拮据的经济及蔓延到日常生活的厄运,还有一种精神上的凄冷沮丧,这种精神似乎尤其会因为冰冷的水而颤抖。看到这么糟糕的环境,我们不得不相信,古代的大洪水不应仅是一次孤立的现象,而应有隔段时间来一次的必要。因为我们意识到,只有这样大型的冲洗日,才足够清除这个肮脏旧世界在物质和精神上的污秽。

这些贫穷的街道上遍布着无数的小酒馆,英国人把它叫作“精神地窖”。门前镀金的门柱金碧辉煌,衬托着酒馆。然而常来这儿喝酒的顾客却脏兮兮的,这又使酒馆黯然失色。衣衫褴褛的小孩拿着破旧的修面杯,或破了嘴儿的茶壶,或类似的临时性容器,来到酒馆为父母打点儿伤身或令人发疯的酒,这便足以报答他们的养育之恩了。正午,几个邋遢得令人不可思议的女人进入酒馆,和她们男男女女的酒伴站在柜台旁,将欢喜忧愁一同搅拌在这满杯酒中,然后畅快地一口喝下。至于男人,他们常留在此,喝到烂醉,喝到他们兜儿里只剩半个便士,然后仿佛等待着口袋里奇迹般地生出六便士,好让他们再醉一回。大多数酒馆都有标着“床”字的显眼的广告牌,这无疑是为酒客们在一醉和再醉之间提供一个容身之地。然而,扪心自问,我感觉自己并没有绝对地谴责这些悲哀的纵酒者。尽管死神就在这酒杯中,但是在我无法向他们提供更好的安慰之前,我不应该剥夺他们喝饮少许杜松子酒的权利。我觉得他们需要这样猛烈的刺激,来振奋可怜的心灵,以摆脱他们外界生活和内心世界令人窒息的贫困与肮脏,并让他们看到和感受到(尽管是模糊的)一种精神的存在,这个精神限定了他们当前的悲惨境遇。上天无疑把戒酒的任务委托给了戒酒倡议者，但他们却从未完全领悟上天的意旨。尽管那些忠实的戒酒者失败了，但是并没有损失一切。

当铺是方便可及的，神秘的三只金碗的标志使其格外醒目。我一直纳闷，这些窘迫的人们会有什么私人财产，能够以银或铜来计算，从而付得起借贷款的底金呢？当铺旁边是古衣店，悬挂的古衣在风中飘荡。此外，还有肉店，肉店的等级倒与周围环境匹配。肉店里摆放的不是英国人爱在市场上盯着看的丰硕肥大的动物躯体，没有几块肥牛肉，屠宰的猪和羊的肋骨与肩骨上也没有浅浮雕般的肥肉（那是一种独特的英国式艺术）。这些都没有，有的只是少量的瘦肉，从排骨上切下的边缘肉，生硬难嚼的碎肉，从关节上剁下的骨头，牛肚、肝脏、犍牛蹄，或是其他最便宜、切成最小块的肉。我想即便是这种食物，在他们餐桌上出现的频率恐怕也不比圣诞节频繁。透过其他小商店的窗子，你看到了半打干瘪的鲱鱼，几只鸡蛋放在篮子里，鸡蛋看起来阴暗如古董，你仿佛闻到了它们的味道。还有下了苍蝇屎的饼干，诱人食欲的奶酪块，烟斗和烟卷。时不时一位健壮的挤奶妇肩扛木轭经过，一头挑一个木桶，装满白白的液体，液体的配料是水和粉笔末以及一只病牛的奶。这只母牛已经献出了自己的精华，但由于被养在城市的角落，吃的是古怪的草，仍然很难使奶丰盛健康，好不可怜！我偶尔还看到一头驴，驮着装满蔬菜的筐篓，进入街道，然后离去，返程的货物却换了样，看起来好像驮了垃圾和清扫的街道杂物。除此之外似乎没什么商业活动，哦，可能一个女孩儿还会卖给你一双袜子或一个活动衣领，也可能一个男人会在你耳边神秘地推销便宜的极品香烟。然而我记得曾在那里见到一些女商贩，将她们的小玩意儿摆在人行道旁，她们则坐在车行道正中央，假装在卖半腐烂的橙子和苹果、太妃糖、奥姆斯柯克蛋糕、梳子和廉价珠宝、最粗糙的陶器，还有小小的牡蛎壳。实际上，她们这一整天都在耐心地编织。夜幕降临时，她们收回没卖出去的货物。从城镇其他区进口必需品的规模大幅削减。比如，稍有钱的居民以手推车购煤，穷一点的则按配客[①]购买。最奇特也最可悲的景象是，当一辆负载量过大的运煤车经过街道，恰好一两把煤掉进泥里，这时六七个妇女小孩过来，为这地下宝藏抢得不可开交，就像一群母鸡和小鸡大口吞咽洒掉的谷子。写到这里，我可以顺便提一下，有人还卖煮熟的蜗牛（我看来是蜗牛，也可能是一种海产品），这也是没什么营养价值的食品。过去，小贩儿们骑着脚踏车挨家挨户地叫卖，叫声甚是尖锐火热。

这些破旧地方的居民似乎把人行道和街道中央当成了他们的公共大厅。在关于下层生活的话剧中，剧中的地点可能严格按照“三一律”统一安排，街道可能是所有场景和事件的发生地。求爱、争吵、阴谋和反阴谋、密谋抢劫和杀人、家庭困难或纠纷，所有这些事件无疑总是在这露天大厅发生，昏暗的煤烟如华盖般壮观地悬挂其中。不管英国天气多恶劣，对城市的穷人来说，户外生活是他们生命中唯一健康舒适的部分。至于肮脏不透气的屋内，晚上一家子人和邻居都挤在一起睡觉，持续不断的雨让他们白天也不得不待在屋内，他们不情愿地你推我挤（在视野范围内没有任何物体清晰可见），真是难以想象的恐怖。怪不得他们从肮脏神秘的小屋里爬出来，从阁楼上蹒跚走下，或从地窖里爬出。雨停之前，你会看到脏兮兮的主妇站在地窖顶部台阶上，让雨滴滑过脸庞，慢慢蒸发。主妇的孩子们（山洞隐秘处的顽皮后代，尚不具备人性）一窝蜂似的跑到光天化日下，在附近的泥坑中嬉戏，获

① 配客：容量单位，等于2加仑。（译注）

得他们知道的所有自我净化。大自然将这些小淘气抛入街道，将他们弃在那里，并毫无遮掩地视他们一文不值。大自然这位母亲这般对待它的孩子，而所有人类却熟视无睹，我想看到这一幕的人几乎会怀疑自己灵魂是否还存在。如果他们是终有一死的，那我又能比他们强到哪里去呢？所有宝贵的东西，即使是长生不死的生命之种，也会被埋在这污秽的土堆中，也会被投入穷困邪恶的粪坑中！每次看到这个场景，我都会感到惊讶和厌恶，那种感觉就像我童年时的一种经历，只不过比那要强烈得多：小时候，我常常掀起长期放在潮湿地面上的一块木板或一根旧圆木，这时便看到一群肮脏丑恶的昆虫，活跃地在下面来回乱窜。不敢百分百地保证，我感觉那些丑陋的小虫和多足昆虫的未来，似乎跟我们人类的这些兄弟姐妹、上天遗产的这些共同继承人的幸福生活前景没多大差别。啊，真是让人想不通！在一个满是恶臭污水的深池塘底部，我身负一个快淹死的小孩，摸索着前进，慢慢地，慢慢地，我的希望挣扎着，挣扎着浮出水面。我把孩子举得高高的，为了让他存活，也让我自己存活，让我们俩都存活。除非被淤泥堵塞的鼻孔能够被打通，呼吸到空气，我不知道我们当中有哪个最纯洁、最聪明的人能正经地指望吸一口气。整个永生的问题全悬于此刻。要是我们失去这些无助小孩中的任何一个，整个世界便丢失了！

在这些地方，妇女儿童的数量似乎占绝对优势。男人们可能在异国漂泊，以谋求每日奇迹，吃上一顿饭，喝上一场酒；或者他们在白天睡大觉，这样他们就可以在黑夜中更好地踏着猫步夜行了。这儿的妇女相貌年轻，脸面却衰老、发黄、满是皱纹。因为她们不能节制地使用稀有的火，脸经受了重重烟熏，眼睛也变得昏花。火对她们来说是稀有的，因而她们不能把有限的烟放走，煤烟给她们带来温暖，尤显宝贵，被烟囱吞走岂不可惜。一些妇女坐在门前的阶梯上，怀里喂着她们没洗过澡的宝宝。这一幕我们只能从侧面一睹,以示对我们自己母亲和所有妇女的尊重,因为最美好的场景在这里变成了最丑恶的。然而奇怪的是,这些黑暗住所中的母爱,与我们众所周知的幸福家庭的母爱是一样的。在我的记忆中,没有比听到一位枯瘦如柴、衣衫褴褛的母亲,自我夸奖她那穿着粗布烂衫、皮包骨头的婴孩有多么漂亮,更令我悲伤叹息(愈加深刻是由于掺杂了一种莫名的、想微笑的冲动),这正如一位少妇向她的女性朋友们炫示幼儿园中穿着白色长袍、胖嘟嘟的、自己的心肝儿一样。的确,这些可怜的灵魂中并未完全泯灭女性的光辉。她们同样是我们青春年华中甜蜜的忧愁,我们爱她们,珍惜她们,保护她们,为她们疯狂,与她们生死相依。我们喜欢看她们用华丽的长袍打扮自己,用珠宝装饰自己,尽管她们现在衣衫褴褛,有些荒唐,全不和谐。一次又一次,我在门前台阶上或地下室阶梯的人群中认出了她,看到她倾情投入地与人聊天,谈论无形的琐事,为一个小玩笑而大笑。与这家同喜,与那家同忧,聪慧、简单、顽皮、耐心,却又容易被惹恼,爆发一阵小女人的怨恨、愤怒和嫉妒,狂暴一阵,就像改变了穿丝绸裙子的姐妹们的社会气氛一样。虽然良好的修养习惯又将其压抑,变得规矩端庄。即使在这儿,也不完全缺乏有修养的人。看到这些衣着破烂的民众的礼貌和敬意,我不禁吃惊,简直无法置信,怀疑这些礼仪从何而来。然而我最终信服,他们日常交往中遵循着特定的规则——地下室、阁楼、普通的楼梯、门前台阶和小路都遵循一定的规则,与客厅遵循的法则一样,都体现了深厚的自然和谐理念。

然而我又迟疑,当我描述这些女性性格的典型特点是如此粗鲁时,是不是不该傻傻地说出最后那两句话。她们手脚麻利,这让我想起了菲尔丁小说中的莫莉·西格里姆和其他女主人翁。比如有一次,我看到一个女人在街上见到一个男人。不知道有什么我不知道的原因,她突然狠狠地抓住男人的头发，扇他耳光。在这种折磨中，男人展现了典范性的耐心，只抓住最早的机会逃之夭夭。女人的伶牙俐齿办不到的，她们就用尖锐的指甲来办，或者用所有的辱骂来办，辱骂铺天盖地而来，仿佛具化为一记洪亮的耳光，抑或露骨地来个双拳袭击。我想所有英国人都比我们自己更深受这种简便直率倾向的影响，在出现分歧时采取人身攻击的方法。谁若是看到一群英国妇女（比如圣周期间，在西斯廷教堂门口）受社会无情严苛的束缚而将其好斗的天性暂且隐藏，定会感到欣慰。她们巨大的体能天赋需要漫长的修养才能上升为精神意义。这正如客厅里精致的装饰。这些几乎露天居住的妇女，身处最糟糕的环境，毋庸置疑应该自由地生活。那种自由是美国任何阶层的妇女所不知的，尽管我还是坚信它可以与广泛的自然礼仪和谐共融。看到她们（各个年龄的，甚至年高的老人和刚在街上蹒跚学步的小孩）在泥潭中走来走去，或是在冬天酷寒的天气里，她们高高地将衬裙撩起，冻得红扑扑的光腿脚穿过黑乌乌的雪地、踏过雪泥。看到这些，起初我感到十分震惊，然而当我看到天气变好时，鞋袜又重新出现，这才感觉好一些。她们节俭地将鞋袜保存起来，以免弄湿，这样在室内双脚就干爽了。她们的艰苦卓绝是了不起的，她们的坚强远胜于我们，这可以从她们赖以生存的糟糠之食中推测出。我曾看到她们头上负着重荷，却行走自如，仿佛它们是时尚的帽子；有时候头上的负担大得足以将她们整个身子覆盖，从背后看，就像托斯卡纳[①]的女孩背负着大捆绿色树枝从乡村走来，仿佛团团移动的翠绿和芬芳。而这些可怜的英国妇女负载的好像是垃圾，显得极不和谐，简直不堪描述：有骨头和碎布，房屋及街道清扫的杂物，还有因为贫困而丢弃的聚集的货物，一堆肮脏

① 托斯卡纳：意大利重要古镇。（译注）

物类似耶稣的大把罪行。

有时,尽管很少,我在年轻女性中发现一种优雅,这对我来说是全新的发现。那是下层阶级所独有的一种魅力。我尤其记得,一个女孩,衣着并不干净,也绝不时髦。她本人在各方面也很粗野,然而她骨子里却散发出一种魅力,一种地方性的魅力。她穿着一件长袍,朴素美丽,举止得体,她生在这件长袍中,从未想要将其抛弃,因为她实在没有别的可穿了。即便是夏娃也无法比她更自然,没有半点做作与模仿。她们似另一个星球的举止和装饰并没有使她们得体的优雅庸俗化。这种顺其自然的美可能正从地球上消失吧,美国是绝对不会再有的。美国的女孩,不管是贵族千金,还是普通人家姑娘,或是住着茅屋狗舍的贫穷人家的闺女,都追求千篇一律的穿衣风格和举止行为,很少有辉煌的成就或一塌糊涂的失败。像"绅士般的""淑女的"这些字眼都是很坏的,给我们带来无尽的挖苦。然而,这是因为(至少我希望如此)我们生活在一个转型的国家中,我们应该将朴素提升到一个更高的层次。

在这种我一直企图描述的糟糕境况下,能看到仍然如此相称的神秘效果,是很美好的。一个妇女,显然和她最穷的邻居一样穷,会在门前台阶上做针线活,与其他五十个妇女一样。然而在她的裙子四周(尽管不幸地打满了补丁),你可以感受到一种独特的体面。在我看来,这种体面坚不可摧。即使最舒适的客厅——那儿壁炉上的茶壶哼着它那古色古香的曲子,显示着一派生活安宁的景象,也胜不过那种体面。少女也有同样的魔力。我们在这艰难时世中养成的恶习,使我不再坚信自己美好的愿想。然而我在这些破败的街道上看到了少女,仅凭她们经过时给我留下的印象,那一刻我就觉得为她们处子的纯洁,赌上自己的性命也在所不辞。然而下一刻,随着四周不洁的道德之潮汹涌而来,湮没了她们的脚步声。同样的赌局,我连一根蓟花的冠毛也不愿赌上了。然而这一奇迹全归天意，不管她们是纯洁，还是我们同样有罪之人所谓的邪恶，天意都同样智慧、同样仁慈地对待（甚至对那些贫困的女孩也一样，尽管我对这一事实并没有深刻的洞见）。你的信念若尚未根深蒂固、生机勃勃，那你最好还是不要偏离正轨，误入痛苦怀疑的歧途吧。这里"挤满了狰狞的脸"，满布皱纹，邪恶、悲惨、冷峻。回味着我刚引用的弥尔顿的那行诗，我得出这样的结论：当年亚当和夏娃回顾伊甸园紧闭的大门时，吓到他们的那张张丑陋的脸并不是深坑里的魔鬼，而是他们千千万万子孙后代更加恐怖的面容的预兆。上帝保佑他们，也保佑我们——他们的兄弟姐妹！我要补充一点，尽管他们孤立无助、衣衫褴褛、饱经忧虑，尽管他们绝望、肮脏、憔悴、饥饿，然而最让人痛心的是看到他们安然接受自己的命运，仿佛他们就是为这一切而生，别无他求似的。这种品格甚至在小孩身上与在他们祖母身上一样根深蒂固。

事实上，小孩是"恶之花"，这花将会结出同样黑暗的果实，在我身边成熟、丰收。当然，你可能将其想象为天然邪恶的肿块，小小的器皿满满的，足够撑得起他们的淘气，反面我也不能说太多。我很少看到父母管教孩子的痕迹，除了一次：一群脸色苍白、面无表情、身子半裸、呆板、发育不全的孩子在泥浆中玩闹争吵，一位母亲（喝醉了，我真诚希望如此）从人群中一把抓住她顽皮的小孩，掀起孩子的破衣服，用手重重地打在孩子娇小的最嫩的部位，摇了他一下又放他走了。这小孩若是知道自己为何被打，那他肯定比我装出来的要智慧得多。他大叫，然后回归泥浆中的伙伴们。然而我看到一种美好，一种比我见过的更幸运的孩子生活中的一切都更加感人的东西，让我来详述一下。我指的是一些小孩子（很小很小，人们可能都觉得不能让他们自己上街）监护比他们更小的孩子。他们从何获得这种责任感我无从知晓，除非是上帝直接恩赐的。但是看到他们举止中透出的责任感,看到他们在履行并不适合自己的职责时的那种焦灼与忠诚,看到他们将自己稍微稳定的脉冲联结到一个婴孩踉跄的脚步,并让小婴儿随意引导他们走向何处的那种温柔和耐心,看到这些真是令人惊奇。

然而,我看到一个双颊凹陷、大眼睛的十岁女孩,无精打采地照看她的婴儿弟弟,对此我没有感到很惊奇。她只是稍稍提早意识到了自己一生的职责。我倒是很喜欢那个病恹恹的小男孩,他违背了男孩的天性,成为他姐姐的仆人——她身板太小,不能走路;他不够强大,无法将她抱在怀里——因而他把她从一个垃圾堆运送到另一个,可以说是创造了一个奇迹。看到这爱和责任的表达,我重新振奋起精神,相信这些被忽视的孩子不会毫无可能找到一条通向天堂的道路,摆脱他们当前处境中的污秽与邪恶。或许他们骨子里都有这种潜能,尽管他们看起来都有些粗野,甚至在嬉戏时也很呆滞;他们很少有欢乐,甚至连一种完全被唤醒的无赖精神都没有。然而有时我又会惊奇地发现一张明朗、聪颖、欢乐的脸,一双乌黑的眼睛透过附在皮肤上的污秽,闪烁着活泼与灵动,就像阳光挣扎着穿过覆满尘埃的窗玻璃。看到这一幕,我总是有种在睡梦中的感觉。

在这些街道上,穿蓝色制服、系腰带的警察很少出现,不比在那些有名的大街上出现得那般频繁。我曾想象这里的居民可以有充分的时间谋杀其同胞,或任何外来的陌生人。比方说我:可能我会冒犯这里肮脏的圣洁,法律的迟缓帮助还没到,恐怕我就一命呜呼了。然而这儿是有监管的,权力部门的监视是不会让民众受惑犯法的。从前,在饥荒年代,我看到一个游吟诗人行走于街道,嘴里用方言沙哑地唱着不和谐的曲调,我只能听清歌曲表达了听众的饥饿之情。但在他旁边有一名巡逻的警察,并不妨碍他唱歌,却洗耳倾听着这个粗俗的艺人说唱了些什么,如果他唱得太有煽动性,警察就会出来让他闭嘴。然而在我看来,这并没有危险:他们耐心忍饿,耐心忍受生病和死亡,并不是屈从,而是希望的无力和破灭。如果他们想跟上头对着干,可能会通过传播毁灭性瘟疫的办法。因为这样医务人员便会确认,他们遭受所有的普通疾病都带有其他地方所不知的病毒。当这些病在其他幸福之地不再肆虐时,却仍然作为传统瘟疫折磨着他们。连慈善女神都拢起长袍遮身,以防传染。的确,如果他们想证实自己与最高贵、最富有之人是同血同根的, 那最残酷的报复可能便是散播他们受贫困毒害的空气,并迫使贵族富人吸入致死。

一个地道的英国人心地是善良的,但对于贫穷和乞讨却有着无法克服的憎恶。因而美国人会觉得英国的乞丐很奇怪。一旦乞丐通过他的特征认出他是美国人,便会把他视为猎物般,在街上将他团团围住。这时英国人就会投来微笑,告诉他英国的公共福利很好,足以满足每个穷人的基本需求,街头施舍只会助长懒惰和邪恶。还说远处小路上那个悲惨的人吃得比施舍他一先令的傻瓜还要豪奢,他美餐一顿后便会把一天的收入存起来。渐渐地外来人接受了他们的猜想并开始实行,暂时免去了烦恼,却难免有伤道德,有时也会悔恨已晚。多年以后,那些怀恨的不幸者或许还会阴魂不散,萦绕在他的记忆中。他们脸色苍白,受尽饥饿的折磨,破衣衫在东风中飘拂。他们右臂瘫痪,左腿肌肉收缩,成了一条无知觉的棍棒。然而他却冷酷无情地经过他们身边,只因为某个英国人坚决地告诉他这乞丐看起来太悲惨, 装扮也太精心,简直太假了。就算这个英国人说的是真的(有百分之一的可能),那也只不过算是给他一点多余的钱来摆脱他。这样他怨恨的形象就不会阴魂不散地拖在你良心后,跟你满世界跑了。为了弄清真相,我找来了几个英格兰假冒的迫害者,并另找了至少一个我在意大利的阿西西结识的病恹恹的不幸者。他的面部有着某种不祥的征兆,使我反感,因而我让他早出晚归。他整天在外乞讨,却一个铜板儿也得不到。我最近一次看到他时,他为自己报了仇。不是像其他意大利乞丐那样凭借连珠炮似的恐怖咒骂,而是通过一副伤心欲绝、欲求折磨、绝望而又听天由命的表情,那一刻我简直可以为他画一幅栩栩如生的肖像画。要是我能再走过那片土地,我再也不会听任何人的猜想。我会以微薄的价钱买回一点做慈善的享受,而不是在我任何自然感情的表面覆上一层无情的外壳,损害自己的道德良知。

另一方面,一些乞丐为乞讨付出最大的努力,我至今仍庆幸自己经得住这般纠缠。乞丐的下半身被截掉的现象也司空见惯,他会连续两三年地纠缠我。尽管没钱坐车,他似乎有一种神力,可以使自己到达城市中的任何地方(我相信定是同时发生的)。他身穿一件水手服(可能是吧,因为衬衫对他的身体来说未免太奢侈),肩膀宽阔,身形非常健壮,上面是一张鲜活的大脸,洋溢着力量和智慧。他的衣服和亚麻布都一尘不染。有一天,我走在一个不知名的地方,突然意识到大街上身前这一阳刚的躯干我不知走到了那里,看起来仿佛刚刚从地面生长出来。你一离他远去,他便会再陷进地表,在另一地点重新出现。他的眼神传达出完美的敬意,然而却恐怖地紧盯一处,从不眨眼,直视你的脸,从不游离到别处,似乎使你的眼睛着了魔,他重重的枪林弹雨一直跟踪到你完全淡出他的视野。这就是他恳求施舍的方式。这使我想起了那位苦苦恳求吉尔·布拉斯①的仁慈同情的老乞丐,在路边用长管毛瑟枪瞄准了他。他无声恳求的热切与直接,他对你近距离无情的人身攻击,看似充满敬意,却正是粗野的花朵。或者,你也可以给出一个可

① 吉尔·布拉斯:法国流浪汉小说《吉尔·布拉斯》的主人公。(译注)

能更加真实的解释：一个天性中有巨大自然力的人都会努力把你的不情愿扭转到合他们的目的。显然，他已经将他的救赎赌在了每天纠缠我的最终胜利上了。他的胜利意味着我不得不向他身旁的帽子里“进贡”。然而，让他盯上的受害者不知是人类还是魔鬼，骨子里有一种顽固，并未让他们如愿以偿。也正是由于这种顽强，我可以以正常的步伐无数次经过他，淡定地与他尊敬的目光相遇，给他上好的机会（我觉得这是他应有的机会），让他来征服我——只要他有这个能力。他从未成功，然而另一方面，他却从未放弃战斗。我若是再次经过那些街道，我敢说这些半截的霸主还是会从地面冒出来，紧紧盯着我的眼睛，或许会取得胜利。

如果我在抵挡另一类乞讨者时表现出同样的英雄主义精神，那我的自我感觉会更加良好。这类人专攻我的弱处，轻易便赢到了战利品：那便是假装圣洁的教士，打着白色的领结，因为令人痛心的不幸，而拿着自己草拟的募捐单，来找我捐款；有时是可敬的破产商人，挨家挨户地走，本人害羞且安静，但是有一位心地慈软的朋友跟他做伴，向人证实他的正直，跟人说明突如其来的不幸将他击垮；有时则是穿着甜美的柔弱女子，生于富贵，却因表面放纵实则已破产的父亲的去世，或是因为心爱的丈夫遭遇商业灾难而自杀身亡，而突然被抛到岌岌可危的世界慈善机构；有时则是怀才不遇的作家，恳请我作为同行的怜悯，常常因一些小小的成功而欢欣鼓舞，他倒是够意思地在文学界标榜我的成功，并在公共期刊上擅自附上公告，声称他为此做出了巨大的贡献。这种人在英格兰比比皆是，还有千百种各色游荡的骗子，或比这种人高明或低等。他们相当出色地扮演着自己的角色，却很少有绝对迷惑人的效果。尽管我是个未经世事的美国北方佬，但我一眼就辨出了他们是骗子，几乎绝无例外。他们像耗子，啃啮社区中老实厚道的面包和奶酪,凭小偷小窃长得肥肥的。尽管如此,我还是常常满足他们的要求,私下承认自己是个傻瓜。在这里你要遵循一种礼仪,不能打破可疑的体面的外壳,除非你恰好是个巡警,不然即使你确定那外壳下是个无赖也不能揭穿。

尽可能地熟悉了这贫困的大街后,我感到很好奇,想看看公款到底给这些居民提供了什么样的住所。他们的房子恐怕必然是最不舒适的,否则他们选择(如果这算选择的话)在外如此悲惨地生活就实在让人难以解释了。于是我参观了一个大型救济所,欣喜地发现这里各个部门都有条不紊地运转着,他们似乎过着秩序井然的生活:吃饱穿暖、安静恬淡,不受权力机关政策的随意干扰。的确,或许正是这种井然有序,这种严格要求的整洁,还有从这样那样的基督精神的限制和规定中得来的舒适,才是这些穷苦无能的居民最主要的悲哀。他们早已习惯将污秽与鲁莽作为终生享受。街道上的户外生活对这些曾经彻底沐浴其中的人来说,有一种难忘的魅力,正如森林或草原的野外生活带给他们的吸引力一般。然而我想大部分穷人要进入救济所肯定无比困难。他们总不会从审美角度考虑,偏爱街道那缺衣少食的不安定生活吧。若是这样一扇热情好客的大门向他们大敞,他们也不会在外风餐露宿、承受风霜雨雪了。可能我并没有看到最恶劣、最黑暗的一面,我陪同的有诸多权贵,男女都有。一名训练有素的公务员当然不会向权贵们展现任何触动他们神经的东西,他会觉得那是大大的不敬,也是莫大的耻辱。

我们重点参观了救济所中妇女的房间。毋庸置疑,妇女们受到了精心的呵护与关怀。正如之前提到的那样,习惯了生活困难时期完全的自由,一些妇女无疑也为遵守规矩而心生厌烦。不过至少那种自由也算是对全然绝望的贫穷,或是对使我们远远低于体面生活的任何境遇的一个补偿吧。我问救济所所长,他们维持被收容者的和平有序时,有没有遇到什么困难。他告诉我在女人中遇到的麻烦要比男人中多得多。女人性格怪异,爱吵架,常常相互折磨纠缠,你无法控制她们作恶的方式,也无法实施同样不可捉摸的权威。所长在说这些时特别温厚耐心,当我听说妇女们总是蒙蔽他的双眼,而他却平静地顺从、接受时,我对他肃然起敬。我看到那些妇女时,她们看起来确实很和谐,情同姐妹,尽管我还能隐隐感觉到有些人在所长和尊贵的访客面前故作姿态。

在我看来,这位所长非常适合这一职位。拥有同样职务的美国人定是更优秀的人选:学历更高,思路更开阔,天性更敏锐,能更加娴熟地捕捉外部的变化,并更加灵活地应对困难。妇女们也甭想蒙蔽他们的半只眼。除此之外,他的黑色外衣和清瘦土黄的脸使他看起来像一名学者,他的举止也会无限接近一名绅士。但是我不禁疑惑:总体来说,这些更出众的才能就一定能创造出更好的结果吗?这位英国人的相貌和举止都甚是粗俗。他面色红润,性格直率,友好真诚,像个农民,没有任何高雅的修养,也绝无过多的情感。但是他却有一种与生俱来的健全特性,这在救济所的氛围中定是大有裨益的。他对救济所的穷人说话时,用的是洪亮、温柔、激昂的语调,给他们适当的自由,可能都使这些孤苦伶仃的不幸者感觉自己既健康又自由。要是他能再多理解他们一点,他就不会如此明智地对待他们,连现在的一半都赶不上。我们若是尝试将我们的行为举止强加在他们个人的特殊需求上,可能会使病人更加病态,使不幸者更加悲惨。他们热切地接受我们努力做出的好意,但是这就像把他们不健康的呼吸再次吸回,反复呼吸,每次重复都会加剧他们的内伤。真正同情他们、为他们好,应该看到他们健康的一面,忽略他们染病的部分——太细致的关注会使疾病肆虐发展,就像阳光下的毒草。我的好朋友所长大人便是这样做的,因而他就像健康而有活力的西风,还稍稍掺了一点北风。他的手里仿佛携着一缕阳光,照亮了一张张阴郁的面孔。他身体力行,身教大于言传,具备英国人惯有的品质:做得多,说得少。

我猜想,不管这个国家其他方面多么舒适,这里的妇女一定感觉有点美中不足。她们被禁止,或者不管怎样,没有办法来施展打扮自己的天性。她们穿着清一色的蓝格子制服,朴素难看,头上戴一顶英国女仆帽。她们总体都带有英国人邋遢不堪的一面,面容同样粗俗,在一起简直组成了一个姐妹团。在我们美国民众中,这种全然无光的脸是很少见的。尽管我们是大熔炉,但还会有个别人特别不幸:他们浑浊的体质中,从未有过一滴文雅之血的净化,他们祖先从古老的英国带来的呆滞目光,世代相传,没有一丝微光将其点亮。

然而,即便在这个英国救济所中,也至少有一个人声称自己与地位和财富联系密切。所长告诉我们,这个人可能因我们的来访而感到欣慰,于是他将我们带入一个小会客厅。跟我们去过的其他房间比起来,这里的装饰看起来更像一处私人住所。壁炉台上有一排宗教书籍和流行小说,一位老妇坐在明亮的炉火旁,读着一本小说。见我们来了,她起身以浮夸的礼节迎接我们,像是在履行一个繁复的仪式。我不禁暗地怀疑,她身上那种贵族的矫饰到底纯不纯正。但是不管怎样,她看起来德高望重。她热情亲切地欢迎我们,尽管表达起来稍有生疏,小心翼翼,有些局促尴尬,然而她那饱经风霜的内心显然乐开了花。寒暄了一番,我们离开了。所长压低声音,告诉我们她曾是个高雅的贵妇,几年前还骑着自己的马,而现在只活在无尽的期盼中,期盼她的富贵亲戚能驾着马车,来把她接走。所长说这番话时充满了敬意,随后他又补充道,这儿的穷人都对她很尊敬。我不禁陷入思考:她言谈举止中透露出一些怪癖，因此对于她从前的社会地位，所长说的可能有偏差，老妇人可能也太虚荣浮夸了。然而真正触动我的是：这强有力地体现了英国最普遍的虚荣心。一方面，老妇因与贵族沾点边而自命不凡；另一方面，所长和贫民们因此而对她服从、尊敬。我想换作我们美国人，当财富和名望离我们而去时，我们身后可很少会留下一个苍白的鬼魂，或者即使有鬼魂漂流到了海外，也没人认得出吧。

我们又参观了其他几个房间，伫立门外，可以听到里面妇女叽叽喳喳的谈话声，有时掺杂着争吵声。但是每次当我们跨入门槛时，里面毫无例外都变得沉默安宁了。起居室中的妇女分成一个个小团体，我猜她们是根据亲密关系而自发扎堆儿的，有时三四个人一起，有时人更多一些。我记得她们都忙着织粗布袜。我很遗憾地说，她们都毫无生机、死气沉沉，只有所长跟她们搭讪时，会激动一阵儿。她们似乎喜欢被访客关注，哪怕是多么微不足道的关注。我在那儿见过一个最幸福的人——你要是把无忧无虑看作幸福，那快速回顾我的生活经历，我还真难找到一个更幸福的人。她是个老妇人，躺在床上，四周围着十个或十二个面色阴沉的妇女，做着她们的针线活。我们进去后，她对我们笑，并立马开始跟我们说话，声音细小，带着铿锵的颤音。她说自己年龄已过百，所长说出她的确切年龄是一百〇四岁（不知他怎么恰好知道）。她精神矍铄，有说有笑，真令人赞叹。她好像在两三代人之前，就已经完成了自己毕生的任务。现在她一身轻松，对别人也没什么负担，只需要快快乐乐地度过她或短或长的余生（尽管她过得很幸福，但她却似乎并不在乎余生的长短），等待死神想起来把她带走。我想死神肯定在生死簿上错置了她的名字。她已经绕着人类生命走了一圈，现在又回到了嬉戏之地。所以她变成了一个奇迹般的老顽童，成了小她七八十岁的人的玩物。他们把她当作孩子，跟她说笑，她的回应任性、奇妙而有趣,逗得他们乐极了,有时她还会巧妙地在言语中夹入嘲弄,搞得他们耳朵都有些刺痛。她在这个世界已经不会再离开床了,就躺在那儿,像个女王或是婴儿般受人服侍。

这间房里还坐着一位穷人,她曾经是家喻户晓的演员,却因脑软化而不得不放弃自己的职业。疾病似乎偷走了她的部分生活,使她的生命不再连续,也破坏了她的内心思想与外部世界的健全关系。我们第一次进入房间时,她高兴地看着我们,表现出急切想加入我们谈话的样子。然而当我们在与百岁老人谈话时,这位可怜的演员突然哭了起来。只见她面部扭曲,一副舞台上夸张的痛苦表情,不知因什么莫名的悲伤而直拧双手。她可能回想起过去生活中的什么真实灾难,或者,很有可能,那只是一个戏剧性的悲痛,在剧院满座的观众面前,她曾千百次蹒跚而行,千百次尖叫,千百次自拧双手,也曾千百次受到雷鸣般掌声的鼓励。但是我对这一奇怪现象的解释是:她看到这个活力空洞、犹如气囊中啪啪乱响的干豆子的老婆子成为访客的焦点,而曾经一个呼吸就可以牵动千万颗心的自己,却干巴巴地坐在那儿,渴求关注——那可是她的天然食粮,于是感到委屈不平。我想呼吁所有美好和富于想象的艺术家——诗人、小说家、画家、雕塑家——来谈一下,这算不算一种连一个衰退麻木的大脑也感受得到的悲伤呢!

我们还参观了很多卧室,里面有一排排床,大多都设计为双人床,配有床单和像麻袋一样的枕套。在我看来,救济所所有的安排都没有充分考虑审美因素,哪怕一丁点儿视觉上廉价的享受,可能也会为贫民带来莫大的恩惠。但是不管怎样,这里有整洁有序的美。迄今为止,这份整洁对大部分人来说还是陌生的,可能足够他们用余生来适应了吧。我们又到了洗衣房,这里进行着有条不紊的洗涤和甩干工作,湿衣物和床单被套等散发着蒸气,洗衣房的气氛因此而闷热朦胧。过去一两周的贫困生活化为气态，就成了现在这种气氛。不管我们有多讲究，都要呼吸这空气，我们不得不把这怪怪的气体吸入生命最深处。假如女王在的话，我真不知道她会如何摆脱这不得不吸入的空气。我们拥有多么密切的手足情谊啊！而我们又如何尽一切可能刻意拉开贵贱的差距呢！一个穷人呼出的气体，也会借着烟草的烟气，飘入宫殿的窗子，进入国王的鼻孔。其实我们在生命中的每一刻，都会有一种普遍的人性，通过无数秘密的渠道弥漫在我们所有人身上，潮涨潮落，川流不息。以上只是其中一个可感的例子罢了。摆出一副傲慢的姿态，是多么小气和肤浅啊！让整个世界净化吧，否则我们中没有一个男人或女人是干净的。

不久我们来到了孩子的住所，一进去，我们第一眼便看到几个呆板病态的小孩在院子里慵懒地玩耍。我们同行的一人突然感到一种莫名的不适。孩子中间有一个面色苍白、长相凄惨、半身麻痹的小不点，大约六岁的样子。但我也不知这个孩子是男孩还是女孩，孩子的眼睛和脸上长着瘀瘢，所长说那是坏血病。瘀斑模糊了孩子的视力，因而这小不点走起路来摸摸索索、东倒西歪，像是在漫无目的地寻找什么。这个病恹恹的孩子凄惨可怜，受尽瘀瘢的折磨。这必是深厚的罪恶和悲伤的产物，好几代有罪的祖先才产出如此可怜的一个后代。这孩子一看到刚刚提到的那位绅士，就马上对他产生了好感，像一只宠物猫在他身边走来走去。时而蹭蹭他的腿，紧紧跟在他脚后跟上，拉着他的衣尾。最后，孩子使出疲软的四肢最快的速度，一下子冲到他前面，伸出双臂，无声地要求被抱起来。孩子没有说一句话，许是因为智力不足，不能讲话，但却冲着他的脸笑，那微笑透过孩子脸上的瘀瘢，闪着悲惨的光芒。孩子似乎找到了一种方式，来表达自己完全的自信，相信自己会受到爱抚与重视，肉做的人心怎么会忍心挫伤这份期待呢？似乎上帝已经代表那人承诺给孩子这份恩惠，那人不得不履行契约，否则他在人类中就不要称自己是人了。然而他要做到并不见得容易。他受着英国人传统保守的束缚，羞于与人类的实际接触，并囿于对一切丑陋事物特殊的反感。除此之外，他习惯了隔岸观火的态度，据说这种态度(但是我希望这是误传)会使人往热血中丢冰块。

于是，我以极大的兴趣观看他内心的挣扎。最后，他抱起令人作呕的孩子，并像父亲般温柔地抚摸着。我真心觉得他做出了英雄般的举动，离他最后的救赎近了一步，他肯定做梦都没想到。当然，那一刻我们都对他微笑了，但是在同样紧张的境况下，我们无疑也会这么做。不管怎样，孩子看起来好像对他的举动很满意。因为当他抱了孩子很长时间再放下时，孩子还那么喜欢跟着他，紧紧抓着他的食指，直到我们走到后院的边缘。我们又去参观了另一个地方，返回时经过后院，又看到这个小可怜虫。他在等待着自己的冤家，脸上挂着欢快的笑容，在那脏兮兮的小嘴和黏糊糊的眼睛中隐约可见。毫无疑问，这孩子的使命便是提醒我们这位朋友，应该尽其所能，对他生活的世界中所有的遭遇和罪恶负责，不能对孩子的黑暗灾难袖手旁观，好像事不关己的样子。兄弟的罪恶产出的后代就是自己的血脉，同样地，那罪恶也是自己的负担，只能通过行善积德来赎罪。

这个房间的所有孩子似乎都疾病缠身，上了楼，我们看到更多的孩子。他们的状况跟刚才那个小不点一样，或者更糟。他们的母亲(更可能是其他妇女，因为这些孩子大都是弃婴)在一旁伺候。房间的主管是位中年妇女，面容非常慈祥，和蔼可亲。她怀里抱着一个不安分的孩子，在房间中走来走去。那是一趟疲惫的旅途，所有细心的母亲和保姆也都来来回回，不知走了多久多远，却始终没走出那块地方。她坚定地告诉我们，她很喜欢孩子，因而很享受这份职业。这些孩子丝毫不扭扭捏捏，其实从这点就可以看出，他们不会受过什么虐待。但是另一方面，孩子们看起来也并没有对某个人格外亲近。就这点来看，他们和楼下可怜的孩子是大大不同的。他们好像在女性中感悟到一种普遍的母性光辉，也就不在乎哪个具体的女人是他们此刻的母亲了。他们的温顺使我非常震惊，不亚于亚历山大·塞尔柯克[1]在他荒岛上的孤独王国，发现野人奴隶的驯顺时表现出的惊讶。他们对陌生人的接近表现出一种乖顺的亲密，一种恰到好处的冷漠，这种感觉是我从其他孩子那儿从未感受到的。我对此的解释是，一方面因为他们身体和神经麻木，欢乐和恐惧的快速刺激，可以激荡一个健康孩子灵动的心弦，而对他们，却是苍白无力的。另一方面则是由于他们命运悲惨，缺乏个人家庭的概念，因而也就缺乏家庭所孕育的那种甜美的羞涩，那对一个沐浴在母爱中的孩子来说，就像天堂般圣洁。他们的境况就像温箱中孵化出的小鸡，成长过程中没有一只特定母鸡的呵护。我想不管是小鸡还是小孩，那是对他们各自不同性格形成不可或缺的东西。

这个房间很宽敞，里面有很多床铺。像其他所有住人的房间一样，炉子里烧着一团明朗的炉火。正对着炉火坐着一位妇女，抱着一个婴儿。那婴儿简直是我见到的最可怕、最不堪入目的东西。数天后，甚至直到现在，当我脑海中再次生动地浮现出那一幕时，他仿佛就躺在我的心上，像人性中一种不幸错位的东西，污染着我的道德理性。在一个可能存在这样一个婴儿的世界中，最神圣的人也会和万恶之人没什么两样，最贞洁的处女看起来也不纯洁。所长把我拉到一边，悄悄对我说，这个婴儿是不健康的父母产下的。其实，其余所有孩子几乎都是这

① 亚历山大·塞尔柯克：苏格兰水手，在一次航海中被遗弃在一个荒岛上，在那里度过了四年零四个月。后来丹尼尔·笛福的《鲁滨孙漂流记》借鉴了他的这段冒险经历。（译注）

种情况。是啊，造化弄人！这个幽灵般的婴儿，是对男女间爱情结晶的可怕讽刺，是疾病和罪恶的合成体。生病的罪恶是其父，罪恶的疾病是其母，他们的孩子躺在妇女的怀中，像是发育的瘟疫，一旦存活长大，定会把世界感染，使其变成一个更加恶劣的地方。谢天谢地，他不会存活！这个宝宝（若是要强加给他一个甜美的称呼，我们就这样叫他吧）看上去有三四个月大，但由于是个怪胎，可能实际年龄要大很多。他满身疹瘢，皮肤异常得暗黑无光。他已经奄奄一息，身体已消瘦萎缩，只能大喘着呼吸，每喘一次便痛苦地呻吟。看到眼前这一幕，唯一的宽慰便是想到他必定无法存活，不会再进行如此痛苦且伴随呻吟的呼吸了。或许当初看着他死在我面前，会比带着他活着时的记忆离开要好受得多。现在我对那个小小生命受到的无尽折磨仍难以释怀。我怎样都无法描述出这个婴儿是多么可怕，我也不该去描述吧。然而我必须添上最后一笔。尽管这孩子很小，但是他受到的苦痛赋予他一种早熟与聪慧。他凹陷眼窝中的双眸盯着来访者，眼神中似乎充满寓意和恳求，仿佛召唤我们为他彻底不公的存在做证。至少，当他的目光积极地与我恐惧的目光相会相应时，我是这样阐释的。因此，我尽己所能，把这个事实呈现在世人面前。上帝使世人必历心志体肤之苦，直到这个黑暗可怖的不公被平反，才会得到解脱。

随后我们来到了学校，就在教堂下面。大部分小学生跟我们刚刚见到的孩子一样，都是孤儿。他们几乎无一例外，看起来都病恹恹的，呆滞的脸上长满了疹瘢，大多都有眼病。而且，这些小可怜虫似乎皮肤很不舒服，歪斜地坐在长椅上，表现出一副很难受的样子。他们从父母那儿继承来的恶疾，仿佛一件最贴身的衣衫，材质与涅索斯的衣衫是一样的。只要他们活着，就必须忍受无法名状的不适，一直穿着这件衣衫。我只看到一个孩子看起来是健康的。我指出了这个孩子，所长告诉我这个小男孩在这些不幸的小学生中，是唯一的例外。他不是个孤儿，也不是你可能猜到的留守儿童。他的父母是有头有脸的人物，父亲是救济所的官员。至于剩下的孩子，一百个苍白、发育不全的小孩同这个脸色红润的男孩相比较，我们该说些什么，又该做些什么呢？看到如此多悲惨不幸，我感到沮丧难过。然而对于这些烙在我脑海中的罪孽，我却无力治愈。因此，我只能返回这章开头提到的想法，觉得一场新的大洪水势在必行了。就这些孩子而言，如果今晚他们最好的朋友将他们统统投入水中淹死，而不是温柔地哄他们入睡，不管怎样，这对人类是个福祉，因为他们必会加速人类的衰落与腐败；对他们自己就更好不过了，他们继承的只有疾病和罪恶。如果他们的灵魂中还有上帝生命的火花，那这似乎便是唯一能照亮他们灵魂的东西了。这种对人类身心疾病的极端治疗方法，当然不是人类可以随便使用的。上天应该也不会接受这种方式，而是等待未来一代代人找到更加温和的革新方式吧。

优秀仁慈的所长和其他更知情的人士，并没有采取像我这样悲观的态度。尽管希望还是很黯淡，几乎看不到值得宽慰的事。了解到这点还是很好的。他们说到一些男孩子，从街上捡回来并在救济所养大后，有时会过得不错。因为他们走出救济所进入社会前，会学习经商，凭借正直的作为和好运气，也不是没可能找到工作，维持生活。女孩就不同了。她们只能去当仆人，并且由于她们出身贫贱，还总是会遭到体面家庭的拒绝。其实更主要是因为她们难以适应英国有序的大家庭的生活，因而连最微不足道的小事也无法圆满完成。她们便去比自己稍微高一两级的家庭做仆人，和他们一起艰苦生活，忍受虐待，过着不安定的生活。她们最终落入罪恶的泥沼，最好的情况也顶多是在泥沼中摸到踏脚石，爬出一条泥泞的路。

离开学校后,我们到了面包房和酿酒室(一位真正的英国人不至于如此狠心,连穷人每日喝的啤酒都不给)。经过厨房时,我们看到火上烧着一只大锅,锅里翻滚着一种美味的汤,汤满满的,将要溢出。我们又参观了一家裁缝店和一家鞋店,两家店中都有很多员工和身材矮小、面色苍白的学徒工在工作。尽管他们对这行不怎么感兴趣,倒是蛮勤劳。最后,所长带我们进入一个小屋,里面堆着大量的新棺材。棺材是极朴素的,松木材质,没准儿是长在美国的松树。木质粗糙,并没有用刨子刨平,也没有染上黑色或涂上黑油漆。但是两头各有一个绳索扣, 这是为了方便把这个粗陋的大盒子和里面躺着的人搬上马车,并运送到墓地。墓地里有一个个十英尺深的大坑,穷人便被一个叠一个地埋在里面,遗骨已混杂难辨。但愿他们在另一个世界找回自我,比在这个世界过得幸福!

我们离开时,一个人进入了我们的视线。我在所有救济所都见过这种人,不管是城市的还是乡村的,在英国还是在美国。他是个常见的白痴,在后院中拖着脚步走来走去,拖得木底鞋嘎嘎响。他以一声不知是号叫还是大笑来跟我们打招呼,伸手向我们要钱,拿到钱后就咯咯咯傻笑。根据我的经验,所有弱智都迫切想要铜板,似乎有一种神奇的本能,可以估算铜板的价值。这可能是人类智慧最早的启蒙,那时更高级的天赋尚未成形。会有那么一天,甚至就在这个世界上,我们都将明白,我们对金钱、土地、豪宅以及众人都拥有的美好事物的占有欲,不过是人类不完全发育的智慧的一个表征, 就像那个白痴对铜板的渴望。当那天来临之际,或许用不着等到那天,我想世上再也不会有贫穷的街道,也不再需要救济所了。

我曾经参加过一些英国穷人的婚礼, 婚礼的场景让我印象深刻。尽管那绝不是自豪和愉快的情绪,像刚刚结束的英国王子的婚礼给英格兰人民带来的震撼那样。婚礼在曼彻斯特的大教堂举行。教堂是个异常黑暗阴森的建筑,我步入其中,仔细欣赏圣坛里古色古香的木雕。一位侍女对我微笑(不知为何,所有女人在谈论婚礼时,脸上都会闪烁着这种笑容),让我在中殿坐着等等,等这些贫穷夫妻举行完婚礼。那天是复活节,他们在这个日子结婚是很好的,因为牧师在这天不会收费。我按侍女说的坐了下来,很快牧师和他的执事出现在圣台上。一大群人从侧门拥入,排成一条长长的、混乱的队,横穿过圣坛。他们是我在破陋的街道上认识的人,或者同等生活境况的陌生人。现在,在他们的婚礼上,他们仍然穿着我看到的平时穿的衣服:男人穿着休闲服,捉襟见肘,或穿着工作服,因干脏活干得已面目全非;女人紧紧地拽着破旧的披肩,唯恐里面破烂的衣服露出来。他们都没有刷牙,没有剃须,没有洗脸,没有梳头,饱经风霜的脸上,布满皱纹。新娘身上一点处女的感觉都没有,新郎也死气沉沉,毫无生机。总之,他们就是人类中的破烂与不堪。一阵带着凶兆的东风,呼啸着穿过街道,恰好把他们吹到一起,吹成肮脏的一堆。他们每个人都深知自己的悲惨,然而却都抱着奇怪的错觉,误以为与另一个悲惨的人结合,他们自己的不幸就会有所减轻。所有的新人(在如此混乱的人群中,很难准确计算他们的数量)很快站起来,牧师对他们集体做完仪式,然后简单对各对新人分别进行了一些礼仪。这些礼仪也是大批量操作的,避免了重复的麻烦。这种简要的方式,可能会令人担忧,会不会让每个男女都互相成为夫妻呢?或者,可能因这个错误而引起别的闹剧呢?但是,在集体接受祝福后,他们便自行组合在一起(因为他们只会这个),解散离去,去阁楼上,或地下室,或露天街道的角落,度过他们的蜜月和余生。牧师温文尔雅地微笑,执事和司事大大地咧嘴笑,侍女几乎放声傻笑,甚至新婚夫妇们好像也觉得这事很有趣。然而对我来说,尽管我的笑点不是很高,但是我却把这当作我见过的最悲伤的一幕,储存在记忆中。

不久后,我恰好又经过那个庄严的教堂,听到欢乐的钟声,看到一群参加婚礼的人群,正沿着台阶往下走,走向一辆四匹马拉的马车。一名魁伟的车夫和两名左马御者在门外等待。一名牧师和司事将二十个穷人的悲惨结合起来,一位主教和三四个执事将他们的精神力量结合起来,以构筑这对新人宝贵的联姻。新郎举止随意,有一种亲切的英国的典型骄傲。新娘穿着白色婚纱,飘飘地行走,美丽可人,看到如此佳人可谓享受。她丝质的拖鞋上不知沾了什么脏东西,仿佛教堂墓地道路上的顽石,这可真叫人可惜。衣衫褴褛的穷人常拥簇一团,围观这富贵人家的婚礼,常常因羡慕新娘的美丽,崇拜新郎的阳刚而大叫出声,也为新人的幸福祷告(可能会因此得到施舍)。如果拥有人间最优厚的条件,他们就能幸福,便能拥有彻头彻尾的幸福。他们将享受富足的生活,住进最宏伟舒适的英国房子。那种房子是他人无法建造、无法继承的。在房子的私家花园内,远远地设置了一个安全的门厅,环绕着古老的树木、修剪过的草坪、茂盛的灌木丛还有最整齐的小径。一切都如此艺术地构思和打理,夏季时是一个天堂,甚至在冬天其魅力也不减。所有这些可观的财产,对他们来说显得格外独有和不可剥夺。因为这是他们祖祖辈辈传下来的,每一代都会有一些改良,增加一丝魅力,因而流传下去的,也就具有更强烈的合法印记。

12

市民
宴会

人们常常困惑地想，若是尘世的晚宴将来被取消，一个英国人该如何接受这种生存状态。即使他失去了食欲(对我来说，这简直无法置信，因为这是英国人不可或缺的天赋)，他神仙般的生活中也总会有那么两三个小时的间歇，他会感到仅有精神养料的滋养是令人反感的，若不是绝对的厌恶，至少也是轻微的反感。晚餐的观念已经深深镶嵌在他的性格中，根深蒂固。这一观念在他的理智中闪闪发光，在他最柔情的心绪中软化，如此紧密地与教堂和国家联系在一起，其风俗和礼仪世代相传，变得如此庄严。因此，若是彻底取消晚餐，死神不会妙笔生花地使他臻于完美，而会永远使他不再完整，不再是我们心中的英国人形象。他不会完全地开心了。天堂尽管拥有各种享受，却失去了他昏暗小岛上的一种每日幸福。或许我们可以并不失敬地猜想：就英国人这一特殊需求，或许会有特殊供应吧。我忽然想到，弥尔顿也赞成上述观点。他的诗中展现了和蔼的天使长在亚当的餐桌上食欲旺盛，一个劲儿地只吃蔬菜水果，因为那个时候，作为主妇的夏娃没有其他食物可以款待他。弥尔顿或许旨在为他的同胞们带去乐观和宽慰的希望吧。尽管弥尔顿以一种崇高的诗人规范修身自律，但是他确实没有失去一个地道英国人在享受美餐时的情趣。一系列仲冬的美味晚餐都巧妙地隐含在天堂的食物描绘中，在十四行诗《赠劳伦斯》[①]中也有优雅却充分的展露。那场未被享用的晚宴，尽管丰盛，却被从地狱厨房出来的撒旦瞬间掀翻，引起熊熊烈火。

在这个民族中，他们这一代人确实很聪明。晚宴有种圣洁感，独立于餐桌上的食物之外。因此，哪怕只有一块羊排，他们也对其充满崇敬之情，并因此而获得某种愉悦。而我们这些粗野的饕餮，就算在最丰盛的饭菜面前，也很少感受到这种感情。他们大吃了五六十年，却依然顽强，依赖他们强大的消化系统，尽情放松饱满的食欲，看到这点是很令人欣慰的。然而一个美国人，往往还远远没到体衰之年，就失去了食欲，并不再相信自己的消化系统了。从那之后，他很少念叨晚饭，并自担用餐风险，如果真要用餐的话。我不知道我的同胞允不允许我告诉他们（尽管我认为几乎不用过多证实）：大洋这边的人们从不进食正餐。不管怎样，尽管大自然给我们提供了丰富的物质资源，但是最高级的晚宴很有可能从未在美国被享用。那是文明和高雅的完美花朵。由于我们不能产出它，或者假若一股巧妙的灵感使其绽放，而我们不能欣赏它绝妙的美丽，这才致命地显示出我们的文化是有限的。

然而，这并不是说有修养的英国人中的暴徒，也晓得以一种如此高雅的心态来吃饭。民族性格中无法驯化的粗野，对他们来说仍旧是一个障碍。即使在他们最有资格出类拔萃的特定行业，这个事实也无法改变。尽管我常常出席绅士们的宴席，但是只有一次我记忆犹新。虽然很遗憾，我错过了那次晚宴中的许多高档佳肴，但是我仍能感到那是一件完美的艺术品。我们绝不能把那称作一种动物的享受，粗鲁得

① 《赠劳伦斯》：弥尔顿写给劳伦斯的诗，来纪念两人的友谊。弥尔顿失明后，劳伦斯常来看望他，两人常常在炉边说一些闲话，吃一点美味食品，喝几杯醇酒。（译注）

无法原谅的人才会那样。因为,从那种臻于完美的低级享受中,升华出一种梦幻般的精神快乐。就像在绘画和诗歌的杰作中,有一种无形的东西,一种最终令人回味的甘美,它在你的思绪边拍打着翅膀,而你想要留住它时,它却消失了,于是你不得不只要意会,不要实感。在那个晚宴中,一种先知般的感觉似乎是必备的。一定程度上,这种感觉是为宴会的特别结果而准备的。围绕圆桌而坐的客人(只有八个)享用了美餐后,似乎受到了微妙的影响,开始变得很有教养、很高雅、很温柔,此刻简直远胜于凡人。然而它也有那种温柔甜蜜的忧愁。我们最美妙的欢乐达到顶峰时,都会有这种忧愁。我们在它所有欢乐之外会感到一种魅力,它源源不断地从这种魅力中呼吸潜在的特质。眼前这场晚宴,是许多艺术、技艺、想象、创造和完美品味的结晶,是人类开始饮食并以酒下食以来,世世代代的酝酿成长。成长在这一刻成熟绽放。如此欢乐的成果,必定将大量的欢乐倾注于这短暂的一刻,而其他同样美丽的事物却可以产生永久的欢乐,这一点不得不令人深深感叹啊。然而这样的晚宴,比起我们任何时候在气氛活跃的康希尔咖啡屋吃的晚宴,并没有好到哪儿去。除非整个人全身心地去享用它,并且所有的情境和事物都要非常和谐,尤其是具有非常和谐的心态,这样任何事物也无法与客人彻底被唤醒的情趣粗暴地产生冲突。我们发现这个世界,尤其是我们存在的那部分世界,是粗俗、不和谐、骚乱的地方,一块牛排就足以和其他晚宴一样美妙。

然而上述追忆偏离了主题,我想简单地描述这些公共的,或半公共的宴会,描绘在英国人当中如此普遍流行的宴会风俗。无论是和平还是战争年代,任何事情都是吃着烤牛肉忖度裁定的,都是喝着酒反复谈论的。这种欢宴也不是仅仅在重大场合才有的,所有重要的市政局和相关部门定期就会举行。最古老的英格兰人似乎和现今的英格兰人对它们一样熟悉。在许多英国古镇里,你会发现一些庄严宏伟的哥特式大厅或房间,本地市长和其他官员一直在这里举行会议。常常邻近处有一个昏暗的厨房,里面有一个巨大的壁炉,炉上可能惬意地烤着一头公牛。现代烹调规模大减,因此烟囱上布满了蜘蛛网。位于考文垂的圣玛丽大厅,是古代宴请的好地方,或许我会很好地利用一两页纸来描述它。在一条狭窄的街道上,圣米歇尔教堂对面(这是考文垂三大著名尖顶之一),你会看到一座中世纪建筑,这座建筑的地下室有一间庄严的厨房,现已废弃,跟我刚提到的厨房一样。在同样的高度,有一个地窖,有着低低的石柱和交叉的拱门,仿佛大教堂的地下室。沿着破旧的楼梯往上爬,橡木质的栏杆已黑如乌木,你会到达一间古老的大厅,约六十英尺长,宽和高也很成比例。房间的一边通过六扇窗户采光,窗玻璃是现代喷染的;房间较远处的一端,则通过另一扇巨大恢宏的拱形窗采光,窗玻璃富丽古典,构成一件纯粹的历史珍品。玻璃上展示了古代的一些显贵,带着纹章的漂亮装饰。尽管五彩的光线照进大厅,尽管我参观时正直正午,然而那黑色的橡木镶板,还有一些悬在墙上的褪色挂毯以及层云覆盖的拱顶产生了阴郁的效果。这样一来,绚烂的阳光只能将大厅照得可见罢了。挂毯上编织的人物,穿着亨利六世时期的衣着(那是大厅建立的时间)。文物研究者将这些挂毯作为研究那一时期服装的可靠证据,我想他们应该也将其作为历史名人的真实肖像画的依据吧。然而,他们像鬼一般,面无血色,当你想辨认出他们时,他们便可怕地消逝在这古老的针线活里了。从前大厅里全部镶满了纹章,后来因为人们在墙上挂外套,将其蹭掉了;或者是手持抹布和刷子的妇女,由于对灰尘和蜘蛛网的盲目厌恶,而擦掉了世代相传的光辉遗产。数位英国帝王的全身像挂在墙上,最早可到查理二世。讲台上,或是地板高处,放着一张古色古香的椅子,专用于礼仪。传说好几位王室人员在这里宴请考文垂的忠实部下时，曾坐在这张椅子上。这里很宽敞，足够容纳一位王室人员的身板，甚至两位也未尝不可。但是这里生硬不舒适，让我想起了过去在老式新英格兰厨房中常见的那种橡木长椅。

头顶上是原始的橡木天花板——没有一根柱子的支撑，天花板好像有种自我支撑的力量——形状恰似谷仓顶，所有的大梁和椽木都暴露在外。在约六十英尺高的地方，天花板上雕刻了天使和其他一些图画。然而年久的积尘将这些哥特艺术杰作埋没，人们已很难辨认出。大厅入口上方是一条诗人画廊，栏杆上挂着一排古盔甲。画廊对面有一扇巨大的拱窗，窗子色彩斑斓，阳光透过间隙隐隐地照到过道。还有一件事物也给我留下了深刻的印象(既然已经写到这里了，我就一个不落都描述完吧)，我记得在这些庄严场所的某处，有一幅戈黛娃伯爵夫人[①]的骑马画像。画家在处理这位知名夫人的头发时显得很小气，要不是有那么多配饰，那对考文垂的好公民来说简直就不堪入目了。这般千呼万唤后，我觉得自己的叙述恐怕太糟糕，没能把自己脑海中的场景很好地传达给读者。我的所见使我对保存良好的古迹有了最生动逼真的理解。一群身着铁甲的骑士走来，在门廊中发出叮叮当当的声音。一个长满胡子、穿着皱领服的老人搀扶着一位严肃的夫人。这位夫人身着早已过时的绚丽长袍，走起路来发出沙沙的声音，露出一张美丽的脸，尽管在发霉的坟墓里，肤色稍微暗淡了些。只见她伴着竖琴和六弦琴的乐声，从诗人画廊中威风凛凛地走出，下面生锈的盔甲发出空旷的响声，与之相应。哎呀，我本该意识到的，这些鬼魂曾对此地如此

① 戈黛娃伯爵夫人：英格兰盎格鲁-撒克逊的贵族妇女，依据传说，她为了争取减免丈夫强加于市民们的重税，裸体骑马绕行考文垂的大街。(译注)

熟悉，比起我这个陌生人，来自一个遥远的没有历史的国家，更加有权利待在圣玛丽大厅。但是刚刚的叙述意在说明：英国人对丰盛晚宴的热爱、将晚宴看作神圣习俗般的崇敬在英国人性格中是如何根深蒂固。因为，从最早可知的时期以来，英国人就建造了美轮美奂的宴会厅，富丽堪比他们的宫殿和大教堂。

我不知道刚提到的大厅现在是否还用作庆典，但是其他同样古典恢宏的大厅是用作庆典的。例如，在伦敦有一个“兼做外科医生的理发师大厅”，那是个很棒的古老房间，天花板和墙上都装饰着精美的木雕，还有霍尔拜因[①]的杰出画作，代表了兼做外科医生的理发师的一次重大集会。所有的肖像（留着茂密的胡须，我认为，有一半胡须很好地压着另外一半的胡须）都俯首跪在亨利八世面前。据说罗伯特·皮尔爵士[②]曾出一千英镑，获权将画像中的一个人头剪掉，因为他习惯将完美的摹本入画。这个房间里有许多与会人员的画像，他们都是史上的知名人物，还有一些英格兰君主及政治家的画像。这些画像都在岁月中褪色、暗淡，然而那种暗淡透出一种成熟的壮丽，只有岁月才能赋予这种美。我并不想再赘述更多古老的壁画，来折磨我的读者。但是这些历史悠久的市民宴会中，仍保留了其他形式的庄重。那些德高望重的市民假想其有一种奇怪的高贵感和一种庄严的盛况，这些市民绝不会梦想获得超出自身范围的地位与特权。就这一点，我想是值得一提的。因此，我看到两顶总督和副总督戴的正式帽子，那是开背式的银冠（真正的冠冕或王冠，确实是这些城市大公戴的），边缘装饰着绛红的天鹅绒。有一个巨大的壁橱，对着大厅敞开，里面有无数华丽的盘子，用来

① 霍尔拜因（1465—1524）：德国著名画家。（译注）

② 罗伯特·皮尔爵士（1788—1850）：英国19世纪维多利亚时期著名首相。（译注）

装点宴席桌，还有千千万万的叉子、勺子；一只巨大的银酒碗，是某位快乐的国王或其他王公的馈赠；除此之外，还有许多不太引人注目的容器，两只爱心杯，有着精致的镀银，其中一只是亨利八世的赠品，一只则是查理二世的。这些杯子，加上盖子和底座，是很大很重的。然而杯身部分容量极小，甚至连一品脱的酒都装不下。当宴会习俗刚形成时，每位客人大概都要一口饮尽一杯吧。将杯子一个个沿着桌子向下传递到每个酒客的手中，这可是一个特别的仪式，以后有机会我会详述。同时，我若是有资格，我将很乐意邀请读者，来参加市长大人在海港大都举办的正式宴会，我在那种大都可待了好些年。

市长的晚宴很频繁，每两个星期就举办一次，每次邀请五十到六十位客人。市长大人在他一年的任期内，大概会不止一次地邀请本镇或邻镇杰出的市民和尊贵的王公，聚集在他的餐桌上。无疑，这种聚会很大程度上是为了谋获反对党和各行业人士的好感。各个党派的英国人总会找到一个舒适的中和点，不像我们美国人，他们的见解分歧远远没有我们的那般彻底。不管他们是否自称是自由党派，每个人都衷心希望，世上的任何事物都永远不会与其惯有的或当前的状态大相径庭。因此，任何的政治敌对，只要两三杯酒下肚，没有化不开的。而且这消解之酒绝不会因此而干燥苦涩，只会符合英国人的口味。

我有幸参加了这样的宴会，第一回是在审讯时间进行的，客人包括法官和知名的律师公会人员。我七点到达城镇大厅，那里部署了身着盛装的侍卫。我向其中一位报明身份，他传达给站在一层楼梯的另一个侍卫，然后这个侍卫再传给第三个，这样最后传到接待室门口的第四个侍卫。经过这样的传递，原声已面目全非了。于是我获得特权，以异国人的身份进入。其实不仅对整个人群来说我是陌生人，即便对我自己来说，也同样陌生。然而市长大人友好地认出了我，让我跟两三个绅士聊了起来。他们都十分友善,并因为我的国籍而更加热情了。尽管英国人对美国总体民族性格持有偏见,但一个英国人却几乎总是对一个美国人很友好,这一点很奇怪。我的新朋友们显然在努力使我感到自在,作为对他们好意的报答,我很快开始用一种批判的心情环顾人群,将我粗鲁的观察搁置一旁,得出无声的推论,并在当时坚信自己这些推论是正确的,然而一年后我连一半都不信了。

出席宴会的有两名法官,多名律师,还有几个穿制服的军官。其他客人好像主要是商界人士,其中有个来自新斯科舍[①]的船商,我跟他倒是可以攀上点关系:我们生在同一片天空下,而且我们的生长地是连在一起的。还有一位老绅士,我无论如何也没搞清他的性格。只见他头发斑白,身着黑马裤和长丝袜,身旁配一把剑。其他的嘛,除了一件军装,就很少有官服的模样了。这是我第一次见到英国人的大型集会,我对当时真实的印象是:他们是一群体形笨重、其貌不扬的人,面容和举止都非常粗糙,但却并不让人反感。但是要发现一位绅士潜在的良好修养,需要更加熟悉其民族性格,那时的我显然不具备这一能力。出席的大多是中年人,或者年龄更大的,他们形态绝不优美,因为在他们身上,年轻的俊秀随年龄的增长而飞快剥落。并且,他们的上身似乎会变长,腿会缩短,肚子也会挺起,显出一副尊贵的架势,恰好和大都市的人一样。他的脸(由于现场气氛的尖刻,加上午餐喝了啤酒,晚餐喝了葡萄酒,又吃了大量易消化的多汁食品)泛起红晕,色彩斑斓,至少多长出一个下巴来,并很有可能长出更多。这样一来,最终,一位陌生人一眼便可以看到他野性的一面,但是要发现其智慧的一面,则需要点时间和精力了。把他跟一个美国人一比,我们国民就

① 新斯科舍:加拿大省名。(译注)

显得肤色苍白、体形较瘦了，我真的觉得这使我们从审美角度占了极大的优势。而且，在我看来，英国的裁缝并没有尽其所能，为这些体形笨重的人量身定制衣服，总是故意将衣服做得肥大宽松，使这些人的粗野愈加夸大。一位英国裁缝显然没有“合身”的概念，时尚就更不在他考虑的范围内了。但是，跟读者坦诚讲，我后来意识到那位裁缝比我们国家的裁缝，拥有更加高深的艺术。他知道依据英国人的独特性格来打扮他的顾客，这样他们看起来好像生在衣服中，合的不是身，而是神了。你若是把一个英国人打扮得时髦（除非他是个特例，我见到过几个），那你就把他变成了一个怪物——他外形最突出的就是那种笨重的体面了。

对这些初次印象，最后我再说一点：我想象着，不仅在英国萨福克[①]的审判席，就是美国新英格兰任何内陆郡县的审判席，应该也会有众多面部瘦削的律师。他们看起来饱经风霜，面色土黄，深深的皱纹爬满额头，嘴角处也留下它们残酷的犁痕。这些具有深深格子条纹的英国律师，行走缓慢、智力迟钝——这是他们必有的特征。若是跟美国那些律师来一场专业对战，应该优势不大。这场较量究竟结果如何，我是没有资格裁决的。但是我记述自己最初见到的英国人，并不是因为他们值得记述，而是我最后发现他们一文不值，而放弃了他们。随着时间的推移，我得出这样的结论：古往今来，英国这个民族的人民总是面容姣好的，他们的穿着有自己独特的品位。尽管他们的表面并不像丝绸那样柔软光滑，但是内心却文雅礼貌，那种文雅是如此彻底纯粹，浑然天成，人们都很难相信那是后天获得的——也就是说，一位有身份的人，其父辈祖辈都是绅士。健壮的盎格鲁－撒克逊人的品行，没个三代人

① 萨福克：英国东部一郡。（译注）

是无法变得文雅起来的。还有商人及各行各业的人,都有自己特定的礼节。因此,我的批判的唯一价值在于例证了这样一个事实:一位旅行者往往倾向于以一个民族的特性来衡量另一个民族。就像英国作家在衡量我们美国人时那样,总是顺理成章地主动承担被人厌恶的责任,却没有努力寻找我们某种一致的美丽原则。

到了吃饭时刻,我们被传唤就餐。我们并没有排成庄严隆重的队列,但是却推搡冲撞,到了餐桌后纷纷争抢位子。我怀疑那些法官是要对这种鲁莽的狂热负责的,我之后从未在类似的聚会上看到这种场面。宴会厅面积巨大,而且,与套房的其他房间一样,粉刷华美,金碧辉煌,灯火通明。餐桌服务一流,侍者列队而立,气势恢宏。他们有的身着便装,有的身着城镇制服,装饰着富丽的金边,成了风华正茂的英国青年的代表。我们都坐定后,仰观并俯视一张张诚挚的面庞,这些面孔形成一道狭长的景观。他们都面容坚毅,意识到当前正进行着隆重的仪式,决心临时应付这一场面。不管是不是英国人,我实在不晓得,有什么比这些更加美丽:雪白的餐桌布,房间中央装饰的一大簇花儿,闪亮的银器,华美的瓷器,水晶玻璃,就餐间隙喝的雪利酒玻璃瓶,法式小面包,还有精心折叠的餐巾,摆设在每个盘子上。总之,开餐前一切的优雅细节都美妙至极,沐浴在一束人造光下。没有这束光,晚宴上的拼盘仿佛是虚幻的,最简单的食物就是最好的。随后分发了纸质的菜单,菜品丰盛极了。每个人单独点完菜后,食物才会上桌。我完全忘记了都有什么菜,但是我觉得这没什么大碍,因为所有大型晚宴的菜品都大体类似,要为那么多人准备菜品,总归不会有多少珍馐美味的。有人向我透露,说某些老成的绅士心里有数知道该点什么,所以对外来者来说,就餐过程中看他们点什么就点什么,倒是上上策了。然而,我却对此不屑,因为在这种餐桌随便吃点什么就足以满足我了,就像桑丘·

潘沙[1]在卡马乔[2]的婚礼上从大锅里舀出食物来吃一样。于是，我自己点了一两道菜，很早就忙活完了，然后惬意地看着英国人费力地吃到最后。

他们还肆意饮酒，尽管喝得很理智。因为我发现他们很少喝霍克酒。他们会将香槟酒的气泡慢慢从酒杯中倒出，并喝一点雪利酒缓缓神儿。但是，他们喝起来小心翼翼，直到最后觉得有十分把握才肯纵饮。然而他们酒品并不高雅，显然也不像许多美国人装出来的那样，尝过多种酒。常常跟珍稀酒品打交道的纨绔风气，并不适合一位彬彬有礼的英国人。他往往钟情于自己的酒种，选定一两种作为自己的终身伴侣，很少三心二意，拈花惹草。作为如此专情的回报，他拥有一个完好的胃，只是有点痛风，而他却把这视为健康和恩赐。他很有自知之明，因而不会经常给自己满上杯。确实，社交中可能很难容忍这种惯常的失礼。在我看来，必要时，在场的英国人喝上三瓶绝对没问题，步伐仍会跟他们祖先的一样稳健自如。但是喝完三瓶“英雄酒”，用不了多久，他便会醉倒桌下。当初我们美国开展禁酒运动（现在有些搁置），而几乎同时，英国上层社会也不再有纵饮行为了。这两者大概有种微妙的一致性，至少我希望如此。我记得有一次，一位中年绅士向我解释，为什么尚未到记忆退化之年的人总是违反禁酒令，却没有引起足够重视。他告诉我他曾见到某位地方官，叫约翰·林克沃特爵士，或是准克沃特（意为“喝水”。但我觉得这位欢乐的爵士绝不会叫这样怪异的名字）。这位官员坐在官椅上，摘下头冠，交给牧师，说道：“牧师先生，我昨晚喝醉了。这是我的五先令。”他说起来一副毫无所谓的样子。

---

① 桑丘·潘沙：小说《堂吉诃德》中的人物，堂吉诃德的仆人。（译注）
② 卡马乔：小说《堂吉诃德》中的人物。（译注）

晚宴期间，我与座位两边的绅士愉快地交谈。其中一位是律师，饶有兴趣地讲述法官的社会地位。在审判期间，他们代表了王权的尊贵和威严，优先于国家最高军事人员、地方军务长、大主教、王室公爵，甚至威尔士王子。当下，他们就是英格兰最有权势的人。我的这位朋友红光满面，透露出对自己职业的得意，简直热情洋溢。他信誓旦旦地跟我说，在王室宴会上，若是进行审判，法官则可以伸出手臂，搀扶女王走到餐桌旁就座。在随后的一些场合，我恰巧有机会与如此尊贵之人同席，我发现法官对自己至高无上的尊严特别在意，费尽心思给他们礼仪上的下级们留下深刻的印象，其程度有甚于世袭的贵族。如果这样说不算不敬，其实主教也有同样的脾性。尊贵的地位对一个英国人来说太美好了，他渴望生而为贵，并希望自己能感受到这种从一开始就与天性彻底融为一体的尊贵。这样在无辜的旁观者面前，他们就不会鲁莽地炫耀了。

我的另一边是一位中年男子，块头大，举止粗放，相貌丑陋(在座的就没有好看的)，一张黝黑、粗糙的脸，安静时看起来很严酷，眉头紧锁，甚是可怕。他食欲旺盛，绝不放过任何一次喝酒的机会。我在想如何与这位严酷的桌友搭讪比较好，就在这时，他转向我邀我干杯，善意中带着严厉。随后我们开始谈话，他言语中透露着坚定，我莫名地感到我们间的距离拉近了，比我和任何一个英国人之间的距离都近。我本来就没把他当成受过教育的人，更不用说是训练有素的学者。但是他好像拥有受过教育的人的所有智慧，掌握训练有素的人的所有智力。我全新的美国特征以及我对英国性格细致入微的观察，看来引起了他的兴趣，或者逗他开心了，抑或两者都有。在丰盛酒肉的滋润下，他变得愈加亲切(我似乎不该用这样的话来描述他明显真诚的善意)，渐渐地，他表现出想要跟我进一步熟识。他让我打电话到他伦敦的寓所，说找威尔金斯军官。他掷地有声地说出自己的名字，毫无羞色。我记得主教斯威夫特[①]上门拜访贝特沃斯军官时，说过同样的话。对方的回答是："请问是哪个团的，先生？"我想象着自己去拜访身旁这位粗犷的先生时，无非也会遇到同样的反问。后来，我听说他是英国律师界声名显赫的人物，是个苛刻的家伙，在刑事审判中是个非常顽强的斗士。不久后，我在报纸上看到了他的死信，这使我比想象中愈加悔恨，恨自己没有跟他再混熟一点。他并没有很多吸引人的品质，但是我觉得他拥有最迷人的一种品质——地道的男子汉气概。

撤去桌布后，一组漂亮的玻璃瓶摆在市长面前（是市长将它们送上了航海之旅），瓶中装满了波特酒、雪利酒、马德拉酒及红葡萄酒。我觉得宾客中喝最后一种酒的人最少。众人满杯后，市长大人站起来领酒。当然说的是"各位尊敬的官员"，或是类似的话。随后立即有乐队上来（他们在后台预备的脚步声和调拨乐器之声，我已经听到），演奏起《天佑女王》。在座众宾客一下子起立，唱响著名的国歌。这是我生命中第一次看到一群人，甚至单个人，沐浴在忠诚之情的积极影响下。因为，尽管我们美国人声称自己对国家和组织很忠诚，并愿为其流血丧命以表忠心，但是在每个人的心中，这一原则都冰冷坚硬，仿佛推动强大机械运转的弹簧钢。在英国人的身上，与我们的"弹簧钢"一般的力量产生于人心温暖的跳动。他为我们赤裸裸的抽象概念穿上了血肉做的衣装（目前穿的是妇女的血肉衣），成功地将热爱、敬畏和理智的崇敬合为一种感情，将他的母亲、妻子、儿女及整个亲人观念具化为一个特定的人，并将其奉为他的国家和法律的代表。我们美

---

① 主教斯威夫特（1667—1745）：指的是爱尔兰文学家乔纳森·斯威夫特。他先是爱尔兰教会的一名牧师，后来成了都柏林圣帕特里克大教堂的主教。（译注）

国人特爱笑，就像我在市长的餐桌上笑得那般甜。但是我觉得，由于我们有种傲慢的特权，可以对我们的总统毫不关心，就像对待一个傀儡，或是插在玉米田里的填充稻草人一样，因而我们缺失一些非常宜人的心灵愉悦。

但是说实话，看到这群矮壮的中老年绅士，酒足饭饱后，他们肥大红润的脸上闪烁着酒水、汗水，洋溢着热情，他们从心底和胃底里喃喃地唱出那些奇特古老的歌谣。在英国人的身体构造中，心和胃两个器官的距离要比我们美国人的要近得多。对我来说，这些歌谣像是世上最粗俗的老调子。但是对于它被普遍接受且广受欢迎，我并不感到惊讶，因为它独特地表现了这个民族的信仰和英国人必然的正义感，表现了上帝因此而对这个独一无二的小岛的尊重和偏爱，表现了它假装下定决心加强防范，反对其他所有公国和共和国顽固的欺诈邪恶。尽管丁尼生本人显然是个英国人，并受其影响，但他就这一目的作的诗歌，也不及那些歌谣的一半。整个宴会桌突然搬进来，发出高低起伏的声音，从滚滚雷声到吱吱的马车轮声，变幻无穷。然而旋律却足够强劲，并没有被最刺耳的声音损害。看到这一场景，我决定为这狂欢的喧闹增加一点自己的力量。那看起来不过是对这片土地上的第一夫人的适当礼节，从广义上讲，我视自己为她的客人。因而我第一次一展歌喉（可能也是最后一次，因为我打算再也不唱歌了，除非是关于联邦复辟的歌曲《嘿！哥伦比亚》），自由抒情悦耳的歌声，第一次向维多利亚女王致敬。我座位另一旁的绅士，则通过点头或手势向我示意，严肃地赞许我对英国王权合适的颂扬。唱完歌，我们坐下来，心情好极了。

接下来的祝酒是为了向国家重大机构和利益集团致敬，每次祝酒都是市长指定或众人要求个人来发表祝酒词。然而没有一个人的发言给我留下很深的印象，丝毫没有英国餐后演讲的高级感觉。英国人发表演讲散漫不着边际，演讲时毫不注重艺术形式，常常东拼西凑，千呼万唤终始出来。最终说出的话倒是极理智的，只是说得一团糟，仿佛不是说出来的，而是一股脑儿抛出来的。他们竟对自己这种演讲方式感到满意，这一点确实令人费解。在我看来，这几乎既是无奈而为之，又是故意为之的。一个英国人，若是有野心谋获公众欢迎，就不应过于圆滑。如果一位演说家油嘴滑舌，那么民众就不会相信他。他们讨厌狡猾伶俐。只要有一点点平凡与普通贯穿民众之中，演说家的思想愈是坚定笨重，他们就愈喜欢。所有粗糙却不粗俗的表达方式，都合乎民众的口味。当对手打击他时，只要不是太针对个人，这种方式可以将对手击倒。但是语言刻意的整洁，或是其他类似表面功夫，都是民众所无法容忍的。他们通常不会认可一个有预谋的优秀演说家，除非那人是个贵族(例如德比家族的史丹利爵士)。因为作为世袭的立法者，也定是个公共演说者，他不得不尽己所能修正自己糟糕的演讲术。总之，我不完全赞成他们。我要是在乎任何演说家，就应该像称赞我们自己的演说家一样称赞他们。当一位英国发言者坐下时，你感到自己在听一位实实在在的人讲话，而不是一个演员的讲话。他的情感中有种有益健康的泥土气息，尽管这种明显的浑然天成本身就很可能是种艺术，那种艺术绝不亚于我们斟酌字句和修饰结语时的艺术。

演说家为了让听众明白，从头脑中挖掘出未经修剪和装饰的想法，然而没有一个英国人对此感到羞耻，这便是这种浑然天成的风格的积极效果。至少，在当下的场景是没人感到羞耻的，除了一名炮兵少校。他在回应其军队时，声音细小颤抖，言语支支吾吾，思想支离破碎。无疑，我想他宁愿在他的炮台前被刺刀刺死，也不愿在公众面前说一句话。这位窘迫的少校说话的器官不是他的嘴,而是大炮的口。

就在我投入地评论同座宾客时,市长大人站起来又一次领酒。他说前两句话时,我心不在焉,很快我从市长大人话语中感到一股气流,使我担忧地看向威尔金斯军官。“是的,”这位严厉的军官喃喃说道,并把一瓶波特酒推给我,“下一个轮到你了。”看我一脸惊愕的表情,就知我是个毫无经验的演说者,于是他善意地补充道,“没什么的,你发表个致敬词就好了。你说得越少,他们越喜欢。”我说既然如此,那我一言不发,大概他们就会大爱了吧。但是军官却摇头。这次我是第一回受邀参加市长的宴会,也曾想到会遇到当前这种窘境。但是我想自己不应抱有这种不和谐的想法,而且这种想法与我的个性大相径庭,命运万万不会为我设这样一个灾难。于是我很快从脑中驱散了这种想法。我想在我起立讲话前,若没有其他事物出来阻止,一场地震或是末日霹雳定会来干预的。然而市长在这儿无情地继续进行着演讲,确实,我衷心地希望他可以永远继续进行演讲,希望他冗长的演说可以永无止境。

若是我亲爱的读者——我最和善的朋友、最亲密的知己,想屈尊一听我的故事,我可以淡然相告我做公众演说家的亲身经历,仿佛说的不是自己,而是另一个人。确实,它就是关于另一个人,或仅仅一个幽灵。因为那个坐在桌旁的人,或是随后站起来演讲的人并不是我,不是正常自然状态下的自己。那个时候,如果摆在我眼前有两个选择:市长让我发表一通演讲,或朝我的脑袋开一枪,我会毫不犹豫选择后者。我实在无话可说,脑中了无一物。更糟糕的是,我没有任何华丽的辞藻或堆砌的语句,来将那空洞与虚无掩饰敷衍过去,并巧妙地将其伪装为智慧,使那可怜巴巴的虚无空洞得过且过。但是时间迫近了,市长发表了他的致辞,深情地颂扬了美利坚合众国,并在致辞结束时,在高涨的欢呼声中,高度赞扬了其在座的杰出代表。接着乐队开始演奏《嘿!哥伦比亚》,我相信,也可能是《圣经老百首》[①]或《天佑女王》,总之一切我理应知道或关心的歌曲。音乐停止时,我一瞬间感到强烈不适,那一刻我似乎剥下并抛开自己一生的习惯,站起来做演讲——脑中仍然一片空白,但是却有种超然的平静。宾客们在餐桌上喋喋不休地说着,并大声呼喊:"听着!"仿佛在这个愚蠢慵懒的、喋喋不休的世界里,盼望已久的这一刻终于来临了,这一刻将有金言出口。在这紧迫的危急时刻,我看到了一点国际情结的喷涌,这感情可以、必须也应当有所发泄。

好吧,的确没什么,就像军官说的一样。最使我感到惊讶的是我的声音,我从未听到自己以那种慷慨激昂的音调讲话,这使我一度感觉那是另一个人的声音,是另一个人负责发表那场演说。这种想法在那种情况下真是绝妙的宽慰与鼓励啊!我继续演讲,没有一丝尴尬,并在热烈的掌声中坐下。我觉得自己演讲的内容并不值得这热烈的掌声,但实际上却赢得了英国人的肯定。依我看,这是由于我鼓起勇气、畅所欲言的结果。"说得漂亮!"威尔金斯军官说道。我感觉自己就像一个第一次顶着枪林弹雨的新兵。

在此时此刻,永久结束我的演讲生涯,我十分乐意。但是,我却总是身临同样的或更糟的境地,不得不硬着头皮尽力去面对。因为对我这样的官职,演讲是家常便饭,而这一职位是我自愿承担的。在这种重担下, 我本人即使在道德上没有疏忽失职, 也会被压得粉身碎骨,但是,我却只能惭愧懦弱地逃避。我随后的运气是多样的。一次,尽管我

---

① 《圣经老百首》:根据第100首诗编成的赞美诗或其乐曲,亦作Old Hundredth。(译注)

感觉那是装模作样,我还是在心中草拟了一个稿子,无疑那会是一次美妙的演讲。只是在准备演讲的那一刻,我一个字也记不得了。于是我只好尽力即兴编出另一个演讲。我发现这种方法不错:在心中提前构思几个要点,然后全交给临时的灵感和上天慈悲的援助,从而有所产出。若是在演讲时发现有好多朋友出席,我常常会惊慌失措。我倒宁愿在大门口跟一个敌人讲演。而且,我常常在小规模听众面前会感到尴尬,而听众众多时相对发挥好一些——众人的共鸣会产生一种振奋人心的效果,常常使演讲者摆脱自我,投身于一种可能比个人情感更舒适的感情中。此外,我若是随意自信地站起来,想潇洒自如地完成演讲任务,常常会发现自己几乎无话可讲;然而我若是全然绝望地迎接演讲任务,感到一种危机,看到失败的恐怖,结果偶尔会是恐惧与危机感将我贫瘠的天赋汇聚集中,使我生动确切地表达出自己的感情,那感情片刻前还如在五里雾里,那般遥远模糊。总之,尽管我的成功算不得什么,我发现任何正常人只要长有舌头,就都具备强大演说能力所需的主要条件。若是他觉得为这件事付出巨大的辛劳苦痛都值得,那他可能会开发出许多其他的天赋。我怀疑,即使是最优秀的演说家,也尚未对自己的演说感到满足,它根本无法满足他们最旺盛的冲动。无论如何, 要是一个人能在众人的低落情绪攻击他自然而然的同情时,保持自己对事实的高尚想法,并能坦诚地说出自己身上最优秀之处(尽管有多多少少的掺假,他知道这对听众来说更可接受),那他定是个非凡的大丈夫了。

关于英国市民宴会的这篇文章真是拙劣,我竟没有尝试去描述市长大人在伦敦府邸的宴会。我更喜欢在市政厅一年一度的宴会,但是却从未有幸亲历一次。然而,有一次我有幸受邀去一个正式的宴会,我欣然接受了。然而我事先跟市长打了个预防针(尽管那似乎没有必要),

我通过一个我们共同的朋友告知他，我不是美国雄辩术的合适代表，因而不得不卑微地向他请求，不要期望我开口讲话，除了在接受市长大人热情慷慨的欢迎时以外。我的请求得到了亲切的默认。因此我六点半准时出现在宏伟的府邸门厅，心情惬意而潇洒，再没有从前在此情景下折磨我的怯懦与焦虑。这座府邸建于安妮女王时期，位于伦敦正中心。府邸的主人若真的像他的世袭地位和风光显示出的那般伟大，这座宫殿绝对配得上他。然而时代变了，自从惠廷顿时期以来，甚至在霍加斯[①]时期，他勤劳的学徒，可以想象到的完整的终生最高奖赏就是能在市长大人的门下混个一官半职。现代的人们却说，真正的高贵与显赫已不在于那一官半职，迟早所有尘世的机构部门都将不再产生高贵显赫，只剩下一个绘彩镀金的空壳，犹如一只复活节彩蛋。现在还雄心勃勃，屈尊想做市长的人只能算得上二三流人等了吧。我对此略感悲哀。因为在我们国家建国初期，新英格兰的原始移民与伦敦人是有强烈共鸣的，那些伦敦人大部分在宗教上是清教徒，在政治上是议会议员。因此在我们的祖先看来，市长大人是很大范围的统治者，绝不亚于在位的首相。现在城市真正的伟人的目标似乎已超越市井的伟大，将自己与民族政治联系在一起，努力谋求与国家贵族平起平坐。

在门厅，一群侍者接待了我，他们身着蓝色上衣和浅黄色马裤的制服，这身打扮棒极了，就像美国革命将领。只是他们的制服上装饰了更多的花边和刺绣，美国那些简单而伟大的老英雄们，做梦也未想到会穿上这样的制服。同样，这儿也有两个威风凛凛的人物，身着大红上衣，佩戴大大的银色肩章。我本以为他们是官衔很高的军人，后来得知

① 霍加斯（1697—1764）：英国著名画家、雕刻家。（译注）

他们是市长大人的家丁，现在被分配给在场的宾客，他们每人在宴会桌上都有各自负责的位置。我们（我把自己包括在一小组朋友中）被点了名。于是我们上楼，在第一间接待室门口见到了市长大人，并有幸会见了市长夫人。由于这对尊贵夫妇任期满后就退休了，对于他们从平凡而可敬的位置突然上升到自己范围内的显著尊贵地位所表现出来的举止风度，做任何评价都是不被允许的，不管是批评还是赞扬。像他们这种人几乎总是充分任职到期满。如果可以为普通人伟大的潜质做一文章，我们自己国家就有一个典型例子，其潜质之大远远超出区区一个市长之位，尽管他没有市长外表粉饰的光鲜富丽。我听到的信息若是没错，市长大人的薪水正好是美国总统的两倍，然而这对他来说仍然入不敷出。

这里有两间接待室，宽阔的折叠门大敞着，两间房也仿佛融成了一间。尽管房间是老式的，当然还没有老到令人肃然起敬的程度，但是这套间却相当气派。房屋高耸，房间宽敞，天花板和墙都是雕花的，房间两头各有一个白色大理石的豪华壁炉，上面装饰着雕刻的花环，花环上花叶相间。宾客大概有三千人，大都是政界、军界、文学界和科学界的名人，尽管在每个圈子里，我都想不起有什么格外著名的人物。但是，这的确是向文人表示敬意的一种愉快方式。比如说，他们对大众是有很大贡献的，但是却很少与大众面对面。市长宴会这种善意的资助，将他们汇聚一处。他们可以与各界知名人士沟通交流。我不知道市长大人选择客人的方法或原则是什么，也不知道他能否在任期内招待伦敦大千世界里所有的著名人士，最后，我更不知道大家是否都格外想获得并珍视市长大人的邀请。但是在我看来，这种定期举行的宴会是英国人想出的聪慧举措，这举措使各行各业的人彼此有更好的理解。然而，就像社会上大部分其他的差别一样，我猜市长大人的邀请函不总是能找出有谦逊优点的人，而是在受邀者意识到麻烦事，并对这份殊荣感到怀疑时，邀请函才最终来到。

这一宴会有个令人愉快的特色，我在其他任何公共或半公共宴会上从未见过，那就是有妇女出席。无疑，她们主要是城市官员的夫人和女儿。从古老的戏剧和讽刺诗中暗含的典故来看，伦敦城的著名就在于伦敦妇女的美丽以及美丽的妇女和世家子弟的相互吸引。无论如何，我在这些熙熙攘攘的房间四处游荡时，发现自己关于英国丽人娇柔的特性和经常出现的事实怀有某些异端思想，这些思想透露出美国的稚嫩，很有必要修正一下。

至今为止，我在英国已待了好些年。说实话，自从了解了其他类型的妇女魅力，跟我在美国有幸见识过的相比，我的品位恐怕早已开始下降。我斗胆承认，我常常发现，或似乎发现，我现在偶尔遇见的一些亲爱的同胞妇女身形瘦削（我该称那作骨瘦如柴，可天理不容），身体发育不完全，或者可以说她们身体构成不足，面色苍白，声音细微。然而所有这些特点都使我更加坚定决心，坚持把这姣好的物种看作天使。因为我有时不得不承认，从较低等的视角来看，英国妇女可能要比她们优质一点。而美国妇女的优势（如果人们认为她们有的话）就在于她们肩上和身体其他部位多出的肉了。若是放弃美国丽人优雅的魅力，来交换半百斤重的肉，这交易可真划不来。

我们收到某个信号，随后进入一个巨大的房间，叫作“埃及大厅”，我也不晓得为何叫这个名字，只是建筑很古典，与孟菲斯[1]和金字塔庞大的风格大相径庭。我们一进去，一支强大的乐队欢欣地奏乐，充足明亮的灯光照在两张长桌上，拉长了整个大厅的长度。两张长桌之间有

① 孟菲斯：古埃及城市，废墟在今开罗之南。（译注）

一张十字工作台，它几乎整整占据了长桌之间的距离。玻璃和银器在一两英亩的雪白锦缎上闪闪发光，一场气派宴会的所有伴随物都陈列在锦缎上。我们很容易地找到了各自的位子，然后市长大人的专职牧师对着食物做了祷告——这一仪式英国人从不会省掉，不管是在大宴会上还是小晚餐中。然而，我想与其说他们把那当作一个宗教仪式，倒不如说他们将其作为喝汤前的开胃小菜。

根据古老的传统，在这种场合下喝的汤当然是甲鱼汤。尽管其他方面的餐桌礼仪不能懈怠，但是每个客人可以喝两碗。的确，从我身边那位绅士的进食来看，我猜这并没有实际的限制，只看客人的食欲多大和汤碗的容量多大了。我是不太喜欢喝这种汤的，只喝了一碗，然后就遵循智慧格言，总是吃一点水果，喝一点酒，或尝一个当地的特色名菜。我想市长大人的晚宴大锅就是甲鱼汤的“泉源”吧。喝完汤后，从小玻璃杯中啜一口朗姆和潘趣酒。这是一个正统习俗，人们坚持了半个世纪，却从不知道为何要这样做。酒是精酿的，对我来说，为了啜上一口潘趣酒，喝一点汤也是值得的。剩下的菜品都编排在一张菜单上，菜单印在精致的白纸上，四周装饰着绿色和金色的藤蔓花边。菜单看起来棒极了，不仅因为那五花八门的英国和法国菜名，更由于菜本身货真价实，全部陈列在桌上，等待客人来瓜分和大卸八块。这种古老而实在的方式挺费事的，浪费的钱也不少，然而却绝没有白费功夫，因为这样你就可以确切地感受到眼前实实在在的一场盛宴，而不是菜单上空空的纸头承诺了。这也可以微薄地满足客人的心愿，每人都可以往自己的盘子里夹东西了。有的饕餮先用目光吞噬掉整个餐桌的食物，然后才一点点蚕食相对较小的食物。英国人喜欢看到上等的牛变成肉店的肉，却一般对这种饕餮艺术没有更好的评价，我对此感到困惑。分到我的是三种充足的美食，我费力把它们记住，以防读者觉得我口口声声说的宴会只是个“巴米西德宴会”[①],因而彻底失望离去。这三道菜是:一条羊鱼、一盘精炖蘑菇和一部分雷鸟肉。雷鸟与松鸡同科,但是生活在苏格兰群山的山峰上,吃的是山珍野味,比人工饲养的英国家禽吃得好多了。其他的美食早已彻底消逝在我的记忆中,就像在普洛斯彼罗[②]的宴会上,爱丽儿[③]对着食物轻拍翅膀,食物就不见了。乐队在就餐间隙奏乐,乐声激励人心,给我们带来新能量。同样,侍者们从窖子中源源不断地供酒,客人们开怀痛饮,将宴饮过后新一天天明还会来临这个不爽的事实早已抛到脑后。只要这种情形继续,拘谨的人是绝不会尽情享受晚宴的。

在桌子另一边,差不多在我对面,坐着一位身着白衣的年轻妇女。我忍不住强烈地想描述她,但是我不敢。因为她不仅美丽超群,而且性格独特,所以不管我描写得多粗略,都会有人识破她的身份。我从未想到画面之外,或小说封面之外,竟存在这样的女子。我不仅从未在那儿看到像她一般的女子,她是如此超凡脱俗,仿佛一个幽灵,即使在尘世间也没有她的同类,似乎只有在诗画中才有吧。我们不要再说她了,过度的描述会使她端庄冷峻而不失女子般娇柔的优雅在我的纸页上闪闪发光,却带着一种奇怪的排斥和不可及,正是这种魅力使她美丽动人。在她旁边坐着一位绅士,对她亲密地献着殷勤。我只记得这位绅士的鼻子和前额一个粗略的轮廓,还有他那茂密怪异的胡子。你几乎看不出他长了嘴,只有在他开口说话或进食时,才能捕捉到一点迹象。然后,你确实会突然意识到,在那无法穿透的黑暗灌木丛后,有一个隐藏

---

① 巴米西德宴会:《一千零一夜》中波斯王子举办的无食物的假宴会,比喻虚幻的酒宴或虚假的殷勤。(译注)

② 普洛斯彼罗:莎士比亚戏剧《暴风雨》中的主角。(译注)

③ 爱丽儿:莎士比亚戏剧《暴风雨》中的一只小精灵。(译注)

的洞穴。这位女士和先生的身份是确定无疑的,任何一个小孩一看到他们都辨认得出。那是蓝胡子[①]和他的新妻子(她是所有妻子中最可爱的一个,但是有一种神秘的忧郁,使她年轻美丽的容颜都黯然失色)正在蜜月之旅,并在市长大人的宴会桌上,在一群尊贵的陌生人中就餐。

经过一两个小时的"刀叉之战",我们取得了英勇的战绩,随后上了甜点。在这欢宴时刻,洗指钵通常会被传上来。并且,一只大大的银盆会被搬到每个宾客面前,盆里盛着玫瑰水。我们把餐巾一端浸入水中,能闻到宜人的芬芳,而不是那沉闷、令人厌倦的气味。我们不会感觉到不复存在的宴会上可憎的鬼魂。这似乎是这座城市的一个古老习俗,习俗的范围不仅仅限于市长大人的宴会上,但也没有超过西边的坦普尔栅门[②]。

在所有宴会中,还有另一个古老的习俗,我也不晓得它的宗旨和目的为何。通常,一个身着盔甲、头戴头盔的人立在市长大人的座椅后面。餐后酒品上桌后,另一位官员从座椅后出现,开始做一个庄严洪亮的宣告(在宣告中,他会罗列主要的宾客,包括三四位贵族、两三位准男爵、众多将军、议会议员、市参议员及其他显赫的名字。其中一位的名字我莫名地听着耳熟),随后,他会以这样的风格结束:"还有出席宴会的其他女士们和先生们,市长大人用爱杯[③]敬你们一杯"——最后一个词儿带着矫情的鼻音,"让这一杯在你们中流传吧!"在所有的古老仪式结束后,餐桌每一边的几只爱杯立刻就被慢慢地放下。

这就是他们的方式。市长大人站起来,双手捧着盖着的酒杯,交给

---

① 蓝胡子:民间传说人物,又称青须公,长着难看的蓝色胡须。传说他杀害了六任妻子。(译注)

② 坦普尔栅门:旧时伦敦城的入口。(译注)

③ 爱杯:有两个杯柄以便轮饮的大银酒杯。(译注)

旁边的宾客。同样地，旁边的宾客也站起来，为市长移开杯盖，让他喝酒。这个过程完成得相当出色。接着，这位宾客又盖上杯盖，双手接过酒杯，然后交给他旁边的宾客。他旁边的宾客又为他打开杯盖，让他喝上一口。之后第三位和第四位宾客进行同样的仪式，第四位宾客又和第五位进行，直到所有宾客感到自己已在一条复杂的爱的链条中错综缠绕、无法解脱为止。当酒杯传到我手中时，我自内到外细细地端详了它，断定这应该是个装饰华美的古董银杯，大约能盛一夸脱的酒。将酒杯放到嘴唇上很费事，鉴于这点，宾客们只是美美地品上一点点，但却似乎十分满足了。事实上，酒杯中原有的一夸脱酒几乎仍在杯中。这让人禁不住怀疑，每个宾客将酒杯传下去之前，只是用嘴触了下银杯的边缘罢了。这种禁酒行为可能有两个原因：讲究的宾客们对这么多人共用一个酒杯感到厌烦，或者是真的不赞成饮酒。我很好奇地想了解所有这些重要的事实，又想将其介绍给我美国的同胞们，供他们借鉴利用，于是我实在地呷了一口爱杯里的酒，再没有机会喝上另一口。我断定杯里的酒是红葡萄酒，质地并不咋的，大量地掺了水，变辣变甜了。作为仪式性或虚幻的酒，这已经很不错了，但却绝不能在其他任何场合喝了。

现在祝酒根据传统顺序开始，并配有各种祝酒词。这些祝酒词巧妙风趣，可以跟我之前愉悦地听到的餐桌雄辩典范相媲美。在每个新节目前都会有预告，在市长坐的椅子后面的传令官，或者我也不知是什么官，带来一个郑重的消息：市长阁下要祝酒了。于是市长大人愉快地发表了他的祝酒词，又额外讲了几句。乐队奏起符合时宜的乐曲。接着传令官又开始宣告，大意就是某某贵族，或绅士、将军、尊贵的教士，或其他人等即将就市长阁下的祝酒词发表回应。接下来，如果我没记错的话，又是一通热烈的奏乐，小号声和各种弦乐声此起彼伏。最终，那个倒霉蛋终于等到这一切结束,然后站起来,在众人面前献丑。一个羞涩的伯爵在伦敦市文雅的市民面前发表自己的首次演讲。他显然提前将每个字句都熟记于心(甚至包括听上去最随意的即席应景话,不管他是怎么做到的),他真的出口成章,我在英国听到的所有演讲中,他的演讲是最顺畅的一个了。

演讲者在宴会上,或任何类似场合的讲话都郑重其事、掷地有声。这给我留下了深刻的印象,虽然说不上荒谬,却是最奇特的。为什么人们享用过美味的餐宴,欢饮香槟酒后,能平静下来,以最恬淡安宁的心情大饮雪利酒和老波特酒,然后还能聆听毫无生机、像餐后打盹儿一样沉重的讲话,扰乱整个完美结局呢?若是香槟酒能让演说家喷涌而出的感情的表面闪闪发亮,或者芳醇的波特酒能闪烁在他们的演说之间,并泛起老式英国幽默的红晕,那我大概会明白为什么那些诚实的绅士饮酒时滔滔不绝了,我也无疑乐意做一个忠实的聆听者。但是演讲者并没有那个想法和冲动,听众对这种现象也没有明显的期望。事实上,我想演讲者用算术的修饰语表达自己的观点,或是提出任何商业或统计学的艰涩问题,就像在海中的岩石上加一块重重的树皮块一般,这样才最能取悦听众。我想现代生活的悲惨严酷及人们太过认真的功利主义,恐怕都使这古老优良的市民宴会习俗发生了彻底的变化,这是可悲的。几百年前,人们来参加宴会,只是为了寻求开心;而今他们来,却想通过陈述苦艾般的苦楚,在酒中倾入冷静的智慧,结果却搞得一团糟,将箴言和酌酒的雅趣双双糟蹋了。

可能在宴会的这个阶段,发表以上的情绪难免有些尖刻,也大大地影响了自己接下来享受宴会的情趣。到现在为止,我感觉还是非常幸福的,不仅因为这儿的场面绚丽,而且因为我与三位非常友好的英国朋友得以亲密接触。其中一个是一位女士,她的尊名家喻户晓,我若是敢写出来，想必读者们都会知晓。另一个是位绅士，也同样声名显赫，他品味高雅，心地善良，亲切文雅，这些品质在他身上完美地组合，实在难得。第三位绅士是我在英格兰欠人情欠得最多的一位，他生性温和友善，从不厌倦地帮助我。他带我去了很多地方，城市、乡村和露营，看到各色生活画面，这些都是我自己无法发现的。他确切地知晓一个外国人的需求，并慷慨地满足这些需求，仿佛比这重要千倍的事都不在他的生活中。因此，在市长大人的宴桌上，我感到前所未有的安全、温暖和舒适。这比在任何人，甚至我自己家的炉边都温暖舒适。

一阵雷电突然划过平静的天空。市长大人站起来，准备发表一个“文学的和商业的”的颂词。我不禁疑惑，“文学的”和“商业的”这两个形容词，是否曾因一个连词的牵线而结成连理。它们当然不能按照自己的意愿混在一起，胡乱交媾了。市长接着说道，“在座的一位杰出的先生在文学和商业领域取得了显著成就”，然后继续演说大英国和刚提到的杰出先生的祖国间的血缘和利益关系。他们两国的关系是大国间前所未有的亲密。市长大人感到自信满满，相信在座的所有尊贵客人都会和他一样，热烈地期望大西洋两岸的这两国，保持神圣不可侵犯的亲密关系，直到永远。接着又是同样令人厌倦的老套祝酒词，生硬且干巴巴的，就像发霉的压缩饼干。祝酒词的内容几乎跟我公职生涯中的所有演讲没什么两样。随后，传令官以洪亮的声音宣布，某某先生将要针对市长阁下的祝酒词发表回应，然后小号奏起演讲开始前的传统乐段，不出所料，接着便是雷鸣般的掌声，最后节庆大厅陷入一片沉寂。

市长大人在他的演讲中承诺赋予我安全通行权，这使我感到美滋滋的。在这之后，所有这些对市长大人来说，都是一场可怕的叛变。真奇怪，他怎么就不能让一个无名小卒安静地吃他的晚餐，品府邸的小酒，并满怀对英国古老好客之情的感激离开呢？市长大人若是在爱杯里下了老鼠药给我喝，我也会从他手中欣然接过。但是我猜这事的奥秘多少是以下这样。

那个时候，整个英国上下充斥着一种奇怪的慌乱感（不是恐惧，尽管像恐惧一样敏感和令人胆战），由于英国相似的民族性格、强烈的爱国情感以及他们在公共事务中依赖外界观点，而缺乏自己的审视和独到见解，所以这种慌乱感要比我们美国同样的情绪要来得更突然、更普遍，也更不合理。事实上，我从未见过美国陷入类似的状态，也坚信我们不会陷入。我们的兴奋感不像他们的一样，来得那么冲动，但是无论如何，我们的兴奋是合乎道德和理智的。例如，北方大崛起这场战争的开始，就有几分冲动和热血。只是因为它如此普遍，必然在瞬间爆发，就像一千个人同时安静地从座椅上站起，定会引起一场骚动，让人误以为是一场暴风雨的来临一般。那时我们却很冷静，从那之后也一直很冷静，也会一直冷静到最后，无论怎样，我们都会沉着接受。我们的这个性格是英国人最难以理解的地方。他们从我们强大的冷静力中，想象我们是一只野兽。这只野兽的正常状态应是凶残的，总是在等待时机，打破国际法规的薄弱障碍，并在他们的带领下，将世界的合理部分强行结合，以将我们囚入更加坚固的牢笼。有时，这种焦虑变得如此强大（当一个人感到焦虑时，会传染数百万人），就像一阵风吹过广阔的谷子地，一阵吹打便使得整片谷子弯曲、摇摆。每根秸秆都跟它千千万万的同伴一样焦虑，纷纷摇摆。在这种时候，所有的英国人谈话间流露的情感和表情都惊人的一致。你在他们每个人身上就可以看到整个国家，然而，你若是严刑逼供，每一个人都可以对自己的惊恐给出合理的解释。世界上只有两个国家可以使英格兰陷入如此怪异的状态，那就是我们美国和法国。这就是一个极端富裕民族的一致敏感，他们珍视国家荣誉,对于他们繁复而古老的繁荣,他们长久地巩固,并小心翼翼地维护。然而,繁荣真正面临威胁时,他们却无力评判(因为这个民族,他们的舆论习惯偏向几位领导人的想法)。

如果英国人习惯在国际纠纷中审视外方,他们大概很容易就放心了。因为在他们政府断然没有一寸诚信的立足之地的单一情况下,那种特殊危机引发战争的危险是很小的。他们不会不知道这个事实。他们也不会看到国会有任何支持发起战争的表示。当法律和权利真正以支撑得住的,或貌似可信的理由展开争论时,再没有比此时更危险的时刻,海军司令官可能会随时在可怖的军事竞争中打响第一炮。如果我没记错的话,曾经一次纠纷,仅仅是个外交口角。一位英国部长,表面精明大方(这是他们习惯对待下属的态度),为了在一次站不住脚的诉讼中力挺一位大使,就设法吓唬我们。美国政府(上帝那时尚未否认我们政治家的统治)施以果敢而巧妙的报复,无疑将对手残酷地羞辱了一番,但却纵容他们毫无理由地肆意报复。

现在市长大人,像其他英国人一样,可能以为战争像西风一样即将来临,并很高兴能抓住一个哪怕像我这么无足轻重的美国人,使我滔滔不绝地讲述民族同感、血脉和利益的一致性,语言文学的共同性等老生常谈,并在没有和平的情况下宣扬和平。哪怕我的演讲微不足道,他们也不放过。或许市长大人智慧地认为,一群修养良好的英国人在他庄重而驰名的宴桌上,定会表达出那美好的感觉,对终极大业产生巨大的影响。因此,市长大人邀请我赴宴时,就注定了这是一个策略。他想诱使我像次要人物库尔提乌斯那样,怀揣更大的自我牺牲目标,纵身于英美不和的峡谷中。我若是无耻反抗,他便决定用他高贵的右手,将我推入其中,并妄图永远关闭这恐怖的峡谷。总而言之,我原谅了市长大人。无论对于哪一方,他的用意都是好的:对他来说,他可以分享荣耀；对我来说，除了这样一个表现英勇的机会，我也该别无他求；对他的国家来说，它仍可以继续得到棉花和面包原料；对我的国家来说，则可以获得人类生产生活所需的一切。

市长大人一开始讲话，我就敲了敲自己的脑袋。脑袋发出空荡荡的声响，因为里面全然空空，没有合适的想法。我就没想过听他的演讲，因为我从其他人口中二十次的重复演讲，便提前得知他要说什么了。我也知道，演讲不会有什么实质性内容。在如此窘境下，我向我三个朋友中的一个寻求帮助。我知道这位绅士拥有令人艳羡的口才，于是就以各种他认为最神圣的办法，求他至少给我一两个思路以开场。一旦开场，我就仿佛漂浮在海上。我坚信，我的守卫天使一定会为我护航，让我再次挣扎着漂浮上岸。他建议我开场可以赞美市长大人，并表达一下清教徒祖先的后代世世代代对其市长职位的尊重。我的朋友认为，不管赞美是否属实，给市长大人点甜头儿至少不会有害。之后，如果我愿意，可以凭借我圆滑的口才，使演讲内容灵活多变。这很容易便能让我过渡到英美关系这一重大议题。这一议题可是市长大人重点提及的。

我抓住这把救命稻草，仿佛是死亡之握，并恳请我的三位朋友体面地为我收尸。然后，我站起来，去拯救这两个国家或是在这一过程中死亡。全场各桌一片哗然，对我发出雷鸣般的喊叫，然后突然又陷入沉寂。但是，由于我从未凑巧处在比这更尊贵也更危险的境地，我想在此结束我的整本札记，让自己仍在满腔的英雄气概中挺立，或许这是圣人般的妙招吧。

（京）新登字083号

图书在版编目（CIP）数据

霍桑英国漫记/（美）纳撒尼尔·霍桑著；于承琳等译.
—北京：中国青年出版社，2017.10
ISBN 978-7-5153-5017-2

Ⅰ.①霍… Ⅱ.①纳…②于… Ⅲ.①游记—作品集—美国—近代 Ⅳ.①I712.64

中国版本图书馆CIP数据核字（2017）第299329号

出版发行：中国青年出版社
社　　址：北京东四十二条21号
邮政编码：100708
网　　址：www. cyp. com. cn
译　　者：于承琳　王超超　高旭　鲁筱君
责任编辑：朱艺　沈谦　zhuyi1127@126.com
编辑电话：（010）57350510
门市部电话：（010）57350370
印　　刷：北京科信印刷有限公司
经　　销：新华书店

开　　本：880×1230　1/32
印　　张：9.25
字　　数：230千字
版　　次：2017年12月北京第1版
印　　次：2017年12月北京第1次印刷
定　　价：32.00元

（京）新登字083号

图书在版编目（CIP）数据

—北京：中国青年出版社，2017.10

ISBN 978-7-5153-5017-2